译文经典

E.B.怀特随笔
Essays of E.B. White

E. B. White

〔美〕E.B.怀特 著

贾辉丰 译

上海译文出版社

目 录

前　言

随笔作者是些自我放纵的人，天真地以为，他想的一切，围绕他发生的一切，都会引起大家的兴趣。此人陶醉于他的事情，就像喜欢观察鸟类的人陶醉于他的郊游一样。随笔作者每一次新的出行，每一次新的"尝试"，都与上一次不同，带他进入新的天地。他为此兴奋。只有天生以自我为中心的人，才会如此旁若无人、锲而不舍地去写随笔。

随笔有各式各样，一如人的姿势、姿态各式各样，霍华德·约翰逊牌冰淇淋的味道也各式各样。随笔作者清早起来，如果有事情要做，便从塞得满满的衣橱里选取他的行头：视他的情绪，他的题材，他可以套上随便哪件衬衫，扮成随便什么人——哲人、泼皮、弄臣、说书人、密友、学者、杠头、狂热分子。我性喜随笔，一向如此，很小时就忙了把我幼稚的思想和经验敷衍成文字，用来折磨别人。我最早是在《圣尼古拉斯杂志》[①]上露脸的。偶然有了想法，我仍然会回到随笔这种形式（其实无形式可言）上来，但我并不奢望随笔在二十世纪美国文学中占有位置——它毕竟不登大雅之堂。随笔作者，与小说家、诗人、剧作家不同，必须满足于自我设定的二等公民身份。作家如果把眼光瞄向诺贝尔奖或其他俗世的荣耀，最好去写小说、诗歌或戏剧，听凭随笔作者去信手涂抹，满足于一种自由自在的生活，享受无拘无束的存在。（约翰生博士称随笔是"不正规的急就章"；本人写惯了随笔，无意与这位可敬的博士论辩。）

不过，有一件事是随笔作者切忌的——他不可瞒哄或矫饰，因为立即就会给人察觉。德斯蒙德·麦卡锡[2]在他为一九二八年 E.P. 杜登公司版的蒙田文集所作的序言中说，蒙田"天生真诚不欺……"。这是个基本要素。甚至随笔作者的无拘无束，也只是在一定程度上：随笔虽然是一种松散的形式，也有它自己的戒律，提出了它自己的问题，这些戒律和问题，很快就显露出来，（如我们都希望的）成为对有些人的威慑，这些人舞文弄墨，只是为了归置自己的胡思乱想，要么就是因为情绪亢奋，精神恍惚。

我想，一些人是将随笔视为自我主义者的最后一块存身之地，用他们的品味来衡量，操这种形式的，都是些自我意识太强，只管自说自话的人。在他们看来，作家认定他几步闲行，或一点心得，就能吸引读者，实在是有些傲慢。他们的不满，确实有几分道理。我一向清楚，我天生关注自我，以自我为中心；满纸都是写自己，显然是过于看重自己的生活，忽略了其他人。我穿破了许多件衬衣，并非每一件都适合我。但每逢我灰心丧气时，衣橱里，掩在所有东西的后

---

① 《圣尼古拉斯杂志》，美国儿童文学杂志，创刊于1873年，结束于1939年。许多英美著名作家都曾为其撰稿，包括马克·吐温、史蒂文森、吉普林等。

② 德斯蒙德·麦卡锡（1877—1952），剑桥大学三一学院毕业，为哲学家 G. E. 摩尔的密友，曾为《新政治家》杂志文学编辑，1951年封爵。

面，总有一件蒙田式的披风挂在那里，还散发一点樟脑的味道。

本集中所收随笔，时间跨度很长，涉及各种话头。我选取了再读时仍觉得有趣的文字，另外的一些，似乎也还耐看。有的随笔，例如《这就是纽约》，随时光的流逝，已经成为不合时宜的断片。我写纽约，时在一九四八年夏季，属于一阵心血来潮。我描述的城市，已经消失，原地耸起了另一座城市——是我不熟悉的。但我记得前一座城市，且迷恋它。戴维·麦考德[1]在他的《关于波士顿》一书中曾讲到，国外一位记者访问这个国家，第一次见识纽约。他报道说，纽约"激动人心，但外观浮浅"。我明白他的意思。我最后一次拜访纽约，它似乎经历了根本性的变化，像是患了尚未给人察觉的脑瘤。

两篇关于佛罗里达的文字也时过境迁。令人高兴的是，我对南方黑人状况的评论已经失效，这些文字不过是预言性的，没有终极的意义。

为拼凑这些随笔，我打劫了我的其他集子，有一些文章是第一次结集发表。我没动《人各有异》一书，只从中抽取了三章，它记载了我大约五年的乡间生活，不致速朽——我不想把它改窜得面目全非。现在的这部随笔集是按照主题，或心境，或地点编排的，并非编年体。集中的文章，有些注明了时间，有些没有。大的格局上，有一个时间顺序，但整

---

[1] 戴维·麦考德（1897—1997），美国诗人，生于纽约，曾在哈佛大学任教，并为该校募集巨额捐款。

部集子，或其各章，并没有严格按年代划分。有时，读者会发现我在都市，而他以为我本该在乡村，或者倒过来也是如此。这可能引起些小小的困惑，却是不可避免又很容易解释的，我前半生大部分时间住在城市，后半生大部分时间居于乡间。二者之间，会有一些日子，没有人，包括我自己，能说得清（或留心）我在哪里：我出于一些不得已的原因，在缅因与纽约之间游走。有钱财上的原因，也有对《纽约客》杂志的情感上的原因。乃至对那座城市的情感上的原因。

我现在终于可以歇息下来。

E.B.怀特

一九七七年四月

鸣　谢

　　本集中的三十一篇文章，二十二篇首发于《纽约客》。
"别了，我的至爱"，是与理查德·L.斯托特合作，最初以这
个名字在《纽约客》上发表，后来由G.P.帕特南之子公司
印行了一本小册子，题为"告别T型车"。"一头猪的死亡"
刊于《大西洋月刊》。"辩驳"刊于《纽约时报》的专栏版，
题目是"农夫怀特的红皮蛋"。"这就是纽约"最初是《假日
杂志》上的一篇文章，后由哈珀斯兄弟公司出版了单行本。
"佛罗里达珊瑚岛"和"重游缅湖"两篇文章，最初发表在
《哈泼斯杂志》的《人各有异》系列里。"大海与海风"最初
刊于《福特时报》，"夜之细声"最初刊于《耶鲁评论》，题
目是"瓦尔登湖——一九五四"。"书、人与写作"部分中关
于幽默的意见本是科沃德-麦卡恩出版社《美国幽默文库》
一书序言的一个部分。同一部分中关于唐·马奎斯的文字，
是从道布尔戴出版公司《阿奇和梅奇塔贝尔的生平与时代》
一书序言中节选而来。

农　场

告别四十八街

一九五七年十二月十二日,龟湾

几个星期以来,我一直忙着打发这间公寓里的东西,试图说服那些杂七杂八的死物儿散去,别来烦我。这不是件容易的事。我惊讶的是,一个人聚敛的俗世家当,竟然迟迟不肯重新回到俗世中去。九月里,我始终希望,某个早晨,就像施了魔法,所有的书啦、画儿啦、唱片啦、椅子啦、床啦、窗帘啦、灯啦、瓷器啦、玻璃制品啦、器皿啦、纪念品啦,一概从我身边消失,如同大潮退去,留下我静静伫立在海岸边。此事并未发生。妻子和我,日复一日,埋头归置,留的留,抛的抛,交给搬家公司的东西,也都得包装好。但公寓统共有六个房间,里面能装的杂物儿,一点不比航空母舰少。你可以作些精简,但要想彻底清理,确实需要点智慧,而且耐力超人。在此期间的某个上午,有一位旧书商上门,买走了几百本书,说起他兄弟的死讯,"癌症"一词在起居室炸响,像是他的悲哀引爆了一颗定时炸弹。他满载归去后,屋里的书仿佛一点没有减少,烦恼却增加了。

每天早晨，我离家上班时，手中都会携带些东西出门，扔在第三大道街角市政硕大的垃圾筐中，我的理论是，从扔做起，是解决问题的关键。妻子是战略家，她懂得更多，开始悄悄地调动一切力量，以便最终扫荡这些杂物。你可以花费千百个早晨，带了东西，扔在街角，但家里仍然是满满当当。你很难赶得上滚滚而来的收藏的速度。家就像一座装了单向闸门的水库：允许流入，却阻止流出。东西没日没夜地收进来——顺畅、隐秘、不知不觉。我于收藏并不热衷，但收藏东西，不一定是因为你想要收藏。商品和摆设会自己找上门来，即使你戒备森严，也挡不住它们。图书和玩物邮递到家。节庆纪念，有礼品馈赠。退伍军人送圆珠笔。银行送笔记簿。如果你碰巧是位作家，读者会送来他们生活中出现的随便什么东西。曾经有人送我一段木片，上面有山狸的齿痕。有人死了，留下了一些难以毁弃的念想儿，虽是涓滴之微，也能鼓荡家中的大潮。流入不绝如缕，却少了相应的流出。通常情况下，家中丢弃的，只有废纸和垃圾，其他的一切，都留存下来，潜伏在什么地方。

近来，我们不住公寓了，我们在一家旅馆宿营，早上返回公寓，继续手中的工作。我们每人有一身工作服。妻子着棉布套裙，我改穿深蓝色热带休闲裤和球鞋。随后，我们全力以赴，没完没了地忙。

在清理杂物的日子里，各种问题接踵而来。丢掉一把椅子，自然随便是谁，想做都能做到，但是，好比说，对纪念品，又当如何处理？纪念品无异于水蛭。纸质的纪念品，例如中学或大学的毕业证书，只要你有胆量划根火柴，就能化为灰烬，但铜质的呢，不仅无法销毁，简直想扔掉都不可能，因为上面通常镌刻了你的尊姓大名，人们想必不愿随手丢弃他的美名，就算恶名，也舍不得丢。它可能落到好事者手中。当然，对纪念品的处置，各有各的招数。我曾在爱德华·R.默罗的电视节目"面对面"中看到，有些家庭，单有一间"纪念室"，供某位有收藏癖的人物堆积他的藏品，如此一来，只要他想徜徉其中，便可沉浸在回味悠长的辉煌中。倘若不嫌弃往昔的成功已经走味儿，这当然不错，但如果有人不喜欢这股味道，那么，到需要清理的时候，麻烦就来了。几个星期之前，我坐在那里，呆呆地盯着一块奖饰，它闯入我的生活，大体上是某个公司狂热的促销宣传的结果。这是胡桃木上的一个铜质饰物，重得足以给划艇做锚使，但我不需要锚来固定划艇，上面又刻了我的名字。亏了我能摆弄改锥，最终撬下了上面的名牌；我把名牌搁好，拎了余下的残骸来到垃圾筐候着的街角。这番辛苦，实在胜过了为获奖付出的心血。

另一日，我发现我坐在沙发上，一边是给山狸啃过的木片，一边是我在一次大学典礼中戴过的荣誉学位帽。此时此刻，我最需要的，其实是一只山狸，能吞了这顶学位帽。这顶方帽，我再不会戴它，但我性格软弱，又不忍丢弃，我毫不怀疑，它将终身伴随我，不会带来温暖和欢乐，只会割据我本来不大的空间。

清理进行到一半，凌乱的房间里还堆满了虏获物，我生出了一个绝妙的念头：我们不妨关闭公寓，听任所有东西发霉，我们去缅因州的弗莱堡集市①，在那里，可以坐在牛圩的帐篷下，看看别人如何打发东西。当然，倘若有人想避免聚敛，集市就是个危险的场所，其实，我来是为买下一头白脸小母牛，显然还怀了小牛——不难证明，此物之累赘，并不亚于给山狸啮过的木片。弗莱堡是妻子的祖上住过的地方，位于萨科河谷，西望群山，天气看来会很不错，农业协会的《优质产品名录》提示，"各项活动，遇雨顺延至第一个晴天"。我宁可在牛圩上找个前排座位，也不想在歌剧院占一个包厢。因此，我们收拾行装出了城，有意超越弗莱堡一百七十五英里，只为在现在的家中睡上一晚。

我们逛弗莱堡集市的那天，正是新一代造月者发射第一颗小月亮的日子②。我若预先知道在这个嗜欲多多的时代，有颗人造卫星将要加入我的世界，我没准会留在纽约，闷头生气，不会来集市上游逛，不过，懵懵懂懂中，我得以快活一天，观看快步马绕场环游——这种古已有之的人间景象不知陶醉了多少人。我们看了赛牛、赛猪、拍卖牛犊；我们在自家外观俗艳的一九四九年老爷车的后座上用午餐，车就停在耕地上；随后，我在海福特牛③拍卖场给自己找了个前排座位，脚下满是刨花，听拍卖师狄克·默里先是巧舌如簧，

---

① 弗莱堡集市，创办于 1851 年，地点在缅因州牛津县的弗莱堡镇，为缅因州最大农产品交易会，尤以其莱牛和公牛展闻名世界。每年 10 月举行，历时八天，并有农业展览，及各种赛事和娱乐。
② 指苏联于 1957 年 10 月 4 日发射世界第一颗人造卫星。
③ 海福特牛，英格兰种肉用牛，体红面白。

随后一锤定音，连带欣赏牛的眼白中流露的狂野神情。

那天早晨，秋日的阴霾像铺了一层灰毡，但天空很快就放了晴。没人听说苏联的人造月亮。转轮旋动，挽车飞奔，棉花糖点染孩子们的面孔，斑斓的霜叶点染层林和山丘。一组扬声器给人人事事蒙上爱情的旋律，轻扬的微风给人人事事蒙上尘灰。次日上午，在波特兰①的拉法耶特饭店，我下楼用早餐，看见梅·克雷格②庄重地盯着一张餐桌，默里先生，那位拍卖师，兴奋莫名地盯着另一张。报纸的头条新闻报道了人造月亮。一个国家的国产天体，如果有什么确切含义的话，在上午的那一刻，我还无法领悟。但我很高兴，我在西牛津农业协会③第一百零七届年展上，度过了穹苍法自然的最后一天。仰望天空，我没有看到任何东西，能比费里斯转轮④更有趣。

不过，这都是几个星期以前的事了。这天下午，我坐在凌乱的房间里，周遭是各种纸盒和包裹，装满了打发不掉的收藏，不免心情抑郁。我向四十八街望过去，街上每十位行人，都有一位是我熟悉的。百无聊赖地观赏了十几年的街头景象，我大体是在不为人所知的情况下，拼凑了一个我能信得过的人物班底。他们无名无姓，每日在我的剧本——热闹

---

① 波特兰，缅因州西南部港市。
② 梅·克雷格（1889—1975），美国最早的女性记者之一，女权主义者，出身于总部设在缅因州的甘尼特报系，曾参与报道诺曼底登陆、解放巴黎、柏林空运、朝鲜战争停战谈判等等。
③ 西牛津农业协会，弗莱堡市的主办者。
④ 费里斯转轮，一种游乐设施，在巨轮上悬挂座椅，垂直转动，十九世纪由美国工程师 W.G.费里斯发明，即现在所谓的"摩天轮"。

非常的活剧中跑龙套。我会怀念他们每个人，他们和他们的爱犬。而且，我想，我还会怀念屋后的花园——椋鸟粗厉的噪声，夏夜里喷泉的鸣溅，猫，蔓藤，天空，垂柳。春天和秋天的候鸟——小巧、胆怯的鸟儿，飞来喝上一口水，栖息两个星期。过去三十年来，我在纽约曾有八个蜗舍，八个栖身之地——四个在格林尼治村，一个在默里山，三个在龟湾。纽约人往往会搬来搬去，追求房间和景物的最佳布局，依财力、心意和需要的变化而改换住宅。在他告别的每一处地方，照我看来，都会丢下一些要紧的东西，随后又以不那么拘谨的身段开始了新的生活，恍如蜕壳的龙虾，一时间变得柔软，但也不免脆弱起来。

回　家

一九五五年十二月十日，艾伦湾①

感恩节头一天，我开了一整日车，黄昏时分，返回家中，在起居室点起了炉火。白桦段木熊熊燃烧。大约三分钟之后，烟囱也不示弱，自己就燃烧起来。对此事态发展，我是后知后觉者。我心满意足地坐在摇椅上，享受奔波一日后的懒怠，恍惚觉得听到了在烟囱中营巢的雨燕一声低沉、震颤的哀号，我们住在这所房子里，已经习惯了这种声音。随后我意识到，一年的这个季节，本不该有鸟儿在烟囱里栖居，抬头望望烟道，事情再清楚不过，这所房子住了二十二年之后，终于着火了。

烟囱着火，此事并没让我过分吃惊或沮丧，过去十年来，大大小小的麻烦不断纠缠我，各种打击没日没夜，随时都会降临到我头上，我已经学会了在随便什么时候应付随便什么事情。我例行公事，打电话给消防队，拨通了一个号码，那是我预先大字写在电话柜搁板边沿上的，这样，没有眼镜，我也能照读不误。（我们这儿是把电话放在柜里的，就像对待一只还没驯养好的小狗一样。无论如何，在缅因的这个乡间小社区，拨号系统很不得人心，在我看来，应当把整个新英格兰电话和电报公司塞到柜子里，是它强制我们拨号，断了我们与可爱的接线生的缘分，那些接线生，通常清楚每个人身在何处，遇到一切事情，比如烟囱着火，都知道该如何处理。）

　　我的拨叫立即有人接听，但我随即又挂上电话，因为我发现，火势盛极而衰，似乎渐渐熄灭了，于是我又拨打回去，取消这趟差事，但被告知，消防队总须来看看。在乡下，大事小事，都能找点乐子，火焰冷却，算不上个理由，能打消了消防队员的热情。不大一会儿，闹闹嚷嚷的消防车，闪了炫目的红灯，欢天喜地驶入我家的车道，起居室顿时挤满了我那些救火的朋友。队长是我的理发师，我自然高兴见到他。他还领来一位强壮的同伙，前不久刚爬上我的屋顶，安装新的木制滴水槽，准备好了排水和迎接烟囱的第一束火星，所以，我很高兴见到这位。还有第三位吞火魔术师，据我的推断，熟人碰面，人人都很欢喜，我们轮流很内行地拨弄了一通烟囱，随后，消防队离去了。我在美国的一号公路上曾无数次驱车一整天，最后返回家中，奇怪的是，这回却是最开心的一回了。

　　伯纳德·德沃托②去世前不久，在《哈泼斯杂志》的专

---

① 艾伦湾，缅因州汉考克县的一处海湾。
② 伯纳德·德沃托（1897—1955），历史学家、记者、自然保护主义者，曾任《星期六文学评论》主编和《哈泼斯杂志》的专栏主笔。

栏中，对缅因州沿海地区品头论足，使用了一些粗俗的字眼儿，惹得当地居民大为光火。德沃托先生提到"贫民窟"，还提到"霓虹灯"等等。他说，进入缅因州的公路，直至巴克斯港，沿途一片狼藉，一路走来，随处人满为患，挤满了路旁快餐店、流动餐车、纪念品摊位、恶俗的游乐场，还有简陋的饭铺。某日，我在用午餐时，想起了这番指责，试图就我熟悉的这条路线，勾勒出我自己的简陋印象，毕竟，我才刚刚走过一遭儿。我坐在餐桌前，正嚼一角甜馅饼，外面开始下雪了。最初，阴云之下，雪糁飘洒，几乎难以察觉，但很快雪势浓重，自东北方向长驱直入。我望见它卷上车道，洒向石墙，给花坛裹上银装，覆盖犁过的农田，又漂白了灰暗的冻塘，我知道，从基特利逶迤而来，人们的种种乖舛，都已给悄没声地涂抹干净，产业殿堂的线条渐趋柔和，一号公路戴上了美而不费的清冷光环，只可惜德沃托生前未能亲眼看到。

　　即使没有飞雪好心润饰，对我来说，通往缅因州的公路依然并不寒碜。如同每个地方的公路一样，它像一道拼盘：海湾石油公司和壳牌石油公司，海岬与鸥鸟，霓虹灯与日落，冷漠与温馨，汽车旅馆花里胡哨的门面旁边就是十九世纪初的房舍，呈纯粹的几何形状，有谷仓，装了护墙楔板。驱车直入缅因时，当然可以学会拼读"莫卡辛"①一词，除了驾车和躲避死亡之外，一路也确实没有什么事情好

---

　　① 莫卡辛 (moccasin)，北美印第安人穿的通常用鹿皮制的无后跟软皮鞋。

做。灌木和田畴四下延伸，悄悄潜入距霓虹灯和院落几英尺处，走南闯北的旅人，来到这片土地，一向都很奇怪，为何在花哨的路边摊位之后，就在白桦和云杉林丛中，优雅、体态匀称的驯鹿静静伫立；越过鸡毛小店，在遍布花岗石和杜松的牧场上，有得样儿的狐狸踯躅。这仍然是我们的得意之作，缅因人不必深入腹地，只须沿海岸兜风，就会意兴遄飞，瞥一眼高低错落的林地，嗅一嗅潮水准时退去后小湾的第一缕空气，那般况味，点点滴滴都已渗入他的知觉。

人的目的地（驾车人的脑子里始终有此念头。）很可能给公路涂上感情色彩，夸大或缩小了它的缺陷。我平稳行驶在柏油路上，此行是为了回家。德沃托也走的同一条路，为的是他严谨地形容的"职分所在"，他可能是说，他正要去某个地方作一次讲演，或领取个学位。驶往家中与驶往讲坛，感受截然不同，如果我们两人看到了不一样的东西，那并非因为我们的观察力有高下之分，不过是我们的情感指向不同罢了。有时我怀疑，每逢我掉头向东时，我的批评能力会迟钝，甚至消失不见，就像冬日里青蛙的心跳。

付过七十五美分的通行费，跨越皮斯卡特克河①，直下缅因，此间发生了什么事情？对此我很难描述。我没有如往日一样留意梨树上的鹧鸪，或三只法国鸡，但我有一种感觉，像是收下了来自至爱的一份礼物。因此，五个小时后，我扎下山坡，跨过纳拉米西克河，回望奥兰德小镇，教堂白

---

① 皮斯卡特克河，流经新英格兰地区，构成新罕布什尔州与缅因州的部分州界。

色的尖顶映衬在暗红色天空下，搅动了我的心，甚至夏特尔大教堂①，也从未如此过。纳拉米西克河曾经得到过对一条河最好的咏叹，那是一名小学生的一行诗，他写道，"它日夜流经奥兰德。"我每次跨过这道平缓的河流，都不免想起他对我们熟悉的那些小河的礼赞，夸它们守信与有恒。

熟悉自然重要，那是一种归属感。一切的邪恶，一切的卑微都因此而消褪。谷仓门洞前歇息的农夫，穿的靴子很顺眼。苹果树下的绵羊，面部表情很顺眼，树上挂了瘪缩的冻苹果，那颜色也很顺眼。宅子基脚，堆了云杉枝子，遮挡住冬日仅在这里才能体会到的彻骨寒风，下午四时许，暮色降临，自动点亮了一家家昏黄的灯火，驾车人心平气和，瞥见了屋内的太平景象，厨房里洋溢着安宁，真实而持久。（或者对归家的旅人来说是如此。）

在缅因，即使是新闻业，也有一种戏谑的风格，让我觉得亲切。我们周刊的评论，痛诋了德沃托的批评文字，结尾处开始胡言乱语。该评论员强烈要求德沃托旧地重游——回来再瞥一眼，见识一下真正的缅因。随后写道，"注：本文截稿后，德沃托已去世。"

本尼·德沃托这位维护一切正义事业的健将，想必很高兴能够回返世间，再瞥上一眼。

一九五五年的猎鹿季已经结束。上个星期的一天，镇上半数猎手聚在这里公路与海岸之间的南部沼泽地，最后过一

---

① 夏特尔大教堂，位于巴黎西南郊夏特尔镇，是一座早期哥特式教堂，始建于1145 年。

把瘾。那天下午，我驱车来到村子里，每处路口，都有一名长枪手，林间传来驱赶猎物者的吆喝声，其中有一个声音更响亮，更清晰——仿佛号角的声音，让人联想起猎狗的急不可耐。十一月期间，在这一片社区，野鹿走到哪里，都难免透过葡萄藤，显露它出没的身影。随着猎鹿季接近尾声，一种绝望的情绪在男人中间传染开来。那天下午，沼泽地里像是躲了一名逃犯。黄昏时，我听到两声枪响，后来得知，没有一枪击中目标，不免暗自庆幸。不过，在鹿与猎鹿人之间，这种厚此薄彼的心情很让我困惑，我的一些最好的朋友都是猎鹿人，我也从不巴望别人走背运。旁观每年人与鹿的竞技，我如同哈佛与耶鲁两校角逐时的看客，陷入两难境地，不知该追捧哪家。

村子里，只见三辆大型卡车，正忙了装载冷杉枝编的圣诞花环运往波士顿。它们朝了一个方向，排列成行，只待发令员一声枪响。车上的负荷高高耸起。花环不同于其他货物，装上这类芳香的东西，面团布丁一般，倾入城市里，供急切等待的城里人节日之用，即使是普普通通的卡车，也透着神气，庄严肃穆之状，不可言表。这是一个不可打破的链接。监工站在众人前，指导作业。他是来我家救火的消防队员之一。他的两颊冻得通红。我问他是否也跟车前往波士顿，他说不会，他去不了，因为他患了肺炎。

"真的患了肺炎？"我问道，寒风猛烈扯动我们的衬衫。

"是的，没错儿，"他欢快地回答。"看样子缠上我了。"

我转述这段对话，只为了让波士顿人知道，他们的圣诞节绿饰来之不易。花环不是自动从我们的林地中滚出，源源不断地涌向波士顿，在此过程中，还得有个患了肺炎的人费些手脚。我留意人群中有几位是数星期前小阳春的日子里帮我修补屋顶的人。在这一带，人们必须什么都会。他先是帮邻居的屋顶铺设松木板，转眼又去波士顿，用鲜活的树枝装点碧肯小丘①的门楣。

据我得知的最新数字，缅因州每年要运出大约上百万棵圣诞树。这是个很容易记住的数字，也不由人不信，只须驱车在乡下转转，看看沿路堆满的捆扎整齐的丛枝，等待装运，油绿的枝杈衬托下，底端小小的茬口黄灿灿的。冷杉的幼株是一种标准的经济作物，正如成年的蛤蜊一样。"路边出售的"圣诞树一美元到三点七五美元一捆（四棵或五棵）。男人常常不知怎么一来，就被抛到，或弹射到圣诞树行业中。某日，我漫步穿过公路，走入我家草田外的枫树林里，折转身来，发现了一个奇观：林地里的冷杉生机勃勃，挤挤挨挨的，像是剧场幕间休息时的大群观众。

不过，收获圣诞树对林地是很大的破坏。人们往往滥砍滥伐，哪里的林木长势良好，哪里就被一扫而空。虫害和枯萎病屡见不鲜。县农业顾问刚刚给我看过一份森林虫害报告。我们面临五花八门的灾害。冷杉蚜虫。白桦回枯。荷兰

① 碧肯小丘，波士顿最古老的住宅区，由红砖人行道、卵石街和十八或十九世纪的住宅组成。

榆树病。云杉蚜虫病。(云杉的"芽"按照缅因的说法叫果球,红松鼠喜欢端坐在岩石上,啃食它们的松子,波士顿和纽约人过圣诞节时,也爱把它们摆在壁炉上。夏季时,东北风起,蚜虫化为飞蛾,侵入缅因州。我不清楚在这场危机中,松鼠和林地主人,到底谁的损失更大。)

在这个季节,只有几则小小不言的新闻。邻近地区有加拿大松鸦出现,它们还上了报纸,标题是"怪鸟现身"。这让我颇有些得意,因为此前的十月份,我曾两次见到这种威士忌贩子①(切不可与街头小贩混为一谈)。蒙面枪手闯入县城的酒铺,掠走二千六百七十二美元四十五美分,事后得知,这笔钱乃是当天的收入,自然,它比以往任何一次事件都更清楚地表明了此地烈性酒的消费量。威士忌贩子飞来此地,似乎经过了深思熟虑,它们必是喜欢这里的喧嚣。屋前的浓荫下,苹果丢了一草坪,个个咬了一半。我细细琢磨,想弄清楚到底怎么回事。后来发现,这是乌鸦搞的名堂。乌鸦拣牲口棚旁老树上那些个头不大的黄苹果,栖上高高的枝头,啄食内里的果核。在这一点上,它们与旧金山人没有什么不同,旧金山人就好去马克顶楼酒吧②喝酒,他们因此才能确定自己在做什么。

在新英格兰地区,每个季节都有许多迹象,预示了接下来的季节,这是我最喜欢的一件事。冬季严酷、漫长,但春天就在不远处。昨日,我家的鹅身上掉下一根细小的白色翎

---

① 威士忌贩子,加拿大松鸦的别名。
② 马克顶楼酒吧,旧金山最有名的酒吧之一,位于马克·霍普金斯饭店顶层。

毛，落在厨房门廊的柴堆上，我踏了冷冷的暮色回家时瞥见了它。乍见之下，我的思绪便飘到五月，知道家燕会来拣个稀罕，叼去装饰燕巢的外缘。立时，十二月的天空似乎就有家燕拍翅，谷仓暖洋洋的。我注意到，燕子垒巢时，只用白色的羽毛，而且将许多羽毛露在外面，这让我相信，它们关心的，不是羽毛的绝缘能力，而是它的反射能力，如此一来，它们从室外的光亮中掠入昏暗的谷仓，就有个可以凭仗的标志。

附记（一九六二年四月）：顺公路回家的路程仍然以一种难以描述的方式温暖我，但公路年年都有变化。诱人的收费公路，以往顺势终止于波特兰，引导旅人接续上一号公路的种种惬意，现在则径直将他弹射到奥古斯塔，稍不留神，转眼已经到了班戈。纳拉米西克河仍然每日流过奥兰德，但我上次开车回家，已经不须"扎下山坡"，跨过这条河；我发现自己飞驰在公路经整修后的一段新的直道上，道路绕奥兰德朝北延伸，送我掠上新建的桥梁，跨过河流。陡峭的山冈和路上的急转弯都给人熨平了，行驶时间大约节省了三分钟。因此我提前三分钟到家，却不知用这多余的三分钟做点什么，也不知它们带给我的好处，是否不下于往日回望奥兰德——它的教堂尖顶，它的守信的河流，它的小巧的房舍，它的杂货店，还有新英格兰地区花开时节那里的芬芳。

两三年前，威士忌贩子又飞来这一带。我在牧场的雪松沼泽里碰上一只，我去那里，是为了寻找一个狐狸窝。那鸦没有因我的侵入而惊惶，却追随我前后，在密密的林丛里，静静地从一个树杈跳到另一个树杈上，似乎很想弄明白我所为何来。我发现给一只鸟跟踪是件怪异但也很有趣的事情，不过这到底有失体面。加拿大松鸦看去就好像是和衣而卧。

春天的报告

一九五七年五月十日，纽约

上个星期，我在波士顿买了一只幼犬，开一辆租来的福特车带它去缅因，那车恍如一条鲥鱼[①]。我家一直在谈论，这次要买只"善解人意"的狗，妻子和我仔细审视了有此品质的狗的清单，有一两次甚至还冒险与善解人意的狗混在一起。我的朋友有一窝拉布拉多犬[②]，当然还有其他机缘。但经过一段时间的犹豫和忙活，妻子一晚忽然宣布，"哦，我们就养一只獾狗[③]得了！"此前，她喝了一杯葡萄酒，由此可见，这回她吐露了真言。她的口吻，有夸张，又有爱怜。所以，我不再啰唆，设法弄到一只雄性的黑色狗崽。

为应付又一只獾狗可能带来的磨难，我们预作准备，在波士顿大饭店住了一晚，房间朝向公共花园，从窗子望出去，我们兴许是最后一次面对一个有序而安宁的世界。我说"最后一次"，是因为从打一开始，我就意识到，细数我们的领养史，这完全有可能是第一次，狗将活得比人长。以往从来都是相反。花园从未像现在这般美丽过。次日清晨，我们两人都起得很早，最后瞥一眼窗外清新而静谧的景象，随后就匆匆退房，赶往养狗场，领取我们的宠物。那是一只名叫"沃尔斯直道"的动物的第三代。结果表明，它是个不错的旅伴，一路上，除过我妻子在加地纳④跌出车外引起的纷乱，一切都很顺利。目前，我重新成为城市的寄居者，但是这里，在城市后院盎然的绿意中，我的眼前，只见乡下春天的姿容。不管世界或是我本人发生了何种变化，似乎没有什么事情可以扭曲春天的面貌。

胡瓜鱼在小溪中戏水。我们星期一的午餐有几条鱼，是儿子凌晨两点去溪边垂钓的收获。每逢这个季节，胡瓜鱼洄游的小溪便成了镇上的夜总会，潮汐晚来时，年轻人正好捕捉胡瓜鱼，他们喜欢凌晨时分的夜生活。

已经有几个星期不下雨了。花园干涸，通往海边的道路尘土飞扬。五月里通常水势高涨、几乎要溃决的水道，现在比不过夏天的一道细流。河里禁止钓鲑鱼，划船在池塘中垂钓倒仍然可以。风景明丽，但干燥的热风吹来不祥的气息。某日，我们看见山那边方向大火冒起的浓烟。

老鼠啃了风铃草的根颈，我的白脸小公牛脖子上长了肉赘（据说是一种病毒，近日来人们对每样事都是如此评

---

① 鲉鱼，一种生活在海岸边礁石中的鱼类，体长十厘米左右，面目凶恶，凸眼，大嘴，厚唇。

② 拉布拉多犬，一种猎犬，原生长在纽芬兰岛，后进入英国并以拉布拉多半岛的名字命名，被广泛用作警卫犬和导盲犬。

③ 獾狗，德国种小猎犬，体长腿短。

④ 加地纳，蒙大拿州一地，为黄石公园的北部入口。

说），矮生梨树的树皮有了毛病。我家小狗的皮安然无恙，它三点钟起身，去网球场。实际上，它的身体极其健康。一个星期前的今天，妻子和我从养狗场领它时，它的妈妈吻别了我们三位，主管这一设施的太太给了我一本详尽的喂养手册，载有一些叫作"颇维他"的矿物质补充剂，一些叫作"多维他"的维生素滴剂。但我知道，只要小狗走路不再磕绊，它就会转向日常的补给品——靴子中一片霉烂的牛粪，草坪上一个蔫了的番红花球茎，引火柴匣子里的一块杉木，谷仓后屠宰处一根沾血的羽毛。时间证实了我说的一切，小狗绕了农场寻找美味的补给品，没过多久，就清楚了石头下，废弃的木板下，每一种维生素都藏在何处。我甚至领它嗅过浣熊刺鼻的气味。

星期二，大白天里，那只怀孕的浣熊来到农场，重返它的树洞，发现有另一只浣熊盘踞在内，树丛里发生了惨烈的争斗。新的房客打赢了，或至少在我看来是如此，我们的老浣熊灰溜溜爬下树来，奔入林中疗伤，为它的分娩另作打算。我为它感到难过，无论是谁，看到他们给更年轻、更强健者驱逐，离开栖息地，都让我感到难过——对人，对动物，这都是个悲惨时刻。

大黄的梗茎呈红色，芦笋破土而出。豌豆和土豆已经收获完毕，但照目前的情形来看，往地里播种也没多大用处。麻鸦在池塘待了一天，绕池岸踟蹰，像个缩肩拱背的街头小贩。从佛蒙特州寄来一个邮包，里面装了鹅蛋，我的鹅去年秋天给狐狸叼走了。我拿上包裹走入谷仓，坐下来拆取鹅蛋。它们从盒子里取出时完好无损，每一个都用从《新英格兰家居》杂志撕下的纸页包裹好。它们散落在我周围的地上，看上去好像我一直在忙了抱窝。除了我之外，怕没人肯在这里孵小鹅，我又必须返回纽约，因此，我从新罕布什尔州一个人那里订购了三只美洲家鸭，希望能诱导哪只鸭子帮我孵出图卢兹小鹅来。（我生活的主题就是，面对复杂，保持欢喜。）养鸭场的场主回复我的订货时写道，美洲家鸭的交货可能会拖延几日，因为他"难以摆脱对森林大火的恐惧"。从信上看，我不知道他是害怕驾车去邮局，还是为把鸭子装进板条箱而忧心忡忡。

白天，金翅雀组成黄色编队飞掠而下，夜晚，青蛙乐此不疲地吵闹。我们打开了谷仓阁楼的窗子，燕子已经在筑巢，但春天里，燕泥往往很难寻觅。一天下午，我看见妻子跪在北边她栽种多年生植物的花坛边上，试图清理缠绕在珊瑚花上的白蓍草。"要是我还有力气，"她恨恨地说，"我会把这些烂草一根根都从花坛中除掉。"她是个舒适惯了的女人，一切又都是靠她自己艰苦奋斗得来，这突然出现的虚弱，乃至她无法从园艺中得到快乐，都让我心悸。她的困境和沮丧打动了我，我去谷仓取来修剪机，我们在薄暮中，度过了美好而安宁的一小时，剪除白蓍草，保全下珊瑚花。

从来很难说清，经历乡下一段短暂的欢阗后，重返城市，有哪些印象会保留下来。今天早上我发现，呈现在我脑海里的最生动的记忆，是小孙子和他给阳光晒黑的妹妹闲荡后回到厨房的门前，手中是牧场留给他们的纪念——她满面微笑，拿几枝紫罗兰，他表情严肃，郑重其事地攥紧一把蒲公英。孩子们把春天严实地留在他们棕色的小拳头里，而成年人对春天将信将疑，他们把它留在心里。

一头猪的死亡

一九四七年秋

九月中旬，我陪一头患病的猪待了几个日夜，对这段时光我觉得必须有个交代，尤其是因为那头猪最后还是死了，而我还活着，事情本有可能正好相反，那样的话，便没人再来做这番交代了。即使是现在，事件刚刚结束，我的时间观念已经模糊，说不清死亡究竟是发生在第三个还是第四个晚上。这种恍惚让我惊惧自己的衰老，倘若我的身体还好，我会知道我在它的身边坐了几个夜晚。

春季花开时节买一头小猪，喂养一夏一秋，严冬来临时宰杀它，我对此习以为常，也是恪守古制。大多数农场都在上演这出悲剧，决不改窜最初的脚本。宰杀既有预谋，自然属于一级谋杀罪，只不过它做得干净利索，又有熏腊肉和火腿拿来谢幕，很少有人管它合适与否。

时不时地，事情会出点岔子——某位演员忘了台词，整台戏都砸了，演不下去了。我的猪用餐时干脆没有露面。惊慌迅速蔓延。悲剧没有按它的经典套路发展。我发现自己突然成了这头猪的朋友和医生——一个拎了灌肠袋当道具的滑稽角色。第一天下午，我就有了预感，觉得这出戏怕是再难照常演出，如此一来，我对猪生出了无限同情。再往下就成了闹剧——手忙脚乱的治疗过程很对我的老獾狗弗雷德的胃口，他也加入值更，帮我叼灌肠袋，等一切都结束后，还引导了下葬。我们把尸骸滑入墓穴后，不禁悲从中来。我们缅怀的，不是火腿，是那头猪。无疑，它对我是很珍贵的，倒不是因为在一个饥饿的年代里，它意味着一道难得的美味，而是因为在一个苦难的世界上，它也跟着吃了苦头。不过，我的故事已经说颠倒了，还是从头说起吧。

我的猪舍位于宅子南面荒芜了的果园的底端，猪就养在一处废墟上，那里曾用作冰窖。圈栏阔大，由着那些猪随意走动，一棵苹果树探过篱垣上方，为它们遮阴。对一头猪来说，想必不能有更多的要求了，或至少，从未见哪头猪要求过。冰窖中的锯末，猪拱起来很舒服，还可以当作温暖的睡榻。不过，我那头猪生病时，锯末就有了嫌疑。一位邻居说，他认为清新的泥土对猪更好些——同样的道理也见于土豆栽培。他说，锯末可能有损健康，他一向讨厌锯末。

起初，我是在下午四点，注意到那头猪有点儿不对头。它没有在食槽前露面，享用晚餐，一头猪（或一个孩子）如果拒绝晚餐，任何一家人，或一冰窖的活物都会心生凉意。猪四肢摊开，躺倒在猪舍的锯末上，我检查了一番后，走去抄起手摇电话，摇了四下。是达默龙先生接听。"猪病了该怎么对付？"我问道。（乡间电话，从不需要通名报姓，那边的人从声音和问话的内容上，自然知道对方是谁。）

"这我可说不好，我从没碰上过病猪，"达默龙先生说，"但我很快能打听清楚。你先挂上，我打电话问亨利。"

五分钟后，达默龙先生回话了。"亨利说让它平躺，给它灌两盎司蓖麻油，或是菜油，如果还不顶事儿，再灌肥皂水。亨利说，他敢保证，那猪八成是撑着了，就算他说错了，这样做也没什么坏处。"

我谢过达默龙先生，没有径直奔回猪栏那边。我一屁股坐在椅子上，思索了一会儿眼下的麻烦，随后站起身，来到谷仓，随手忙些早先撂下的零碎活计。我下意识地将本该做的事情推后了一个时辰，因为只要去做，无疑就是承认我的养猪事业失败了；我不喜欢有什么麻烦，打扰了定时喂养，逐渐长膘，乃至日复一日的平稳交替。我不喜欢受打扰，不喜欢蓖麻油或菜油，不喜欢偏离正轨。我只想不断地喂猪，上顿接着下顿，从春到夏，由夏入秋。我甚至不知道家中有没有两盎司蓖麻油。

五点钟刚过，我忽然记起，当天晚上，我们应邀出外用餐，如果给猪灌肠，必须得抓紧时间。饭局似乎总是跟我发生冲突：我迁入了一个没有章法的社区，常常有一两个星期，没人约我吃饭，我也不请别人登门，但每当有个聚会，我又受到召唤时，必定凭空出点乱子，（通常是提前一两个小时。）以至一切人际交往都显得不合时宜。我开始相信女主人都有未卜先知的能力，她们像是故意在猪出了毛病或是别的什么出了毛病时安排酒宴。无论如何，五点已经过了，我知道我不能再回避那残忍的时刻。

儿子和我拿了一小瓶蓖麻油和一段晾衣绳来到猪舍，那猪已经来到棚外，萎靡不振地站在圈栏中。它懒懒地招呼了我们一下。我能看出，它感到很不舒服，彷徨不定。我拿晾衣绳来，本想或许得捆住它（猪的体重超过了一百磅），但始终也没用上。儿子弓身抓住它的两条前腿，迅速将它翻倒，它张嘴号叫，我连忙把蓖麻油灌到它嘴里——口腔是粉红的，满是皱褶，我从没有见过。我刚刚来得及瞥一眼瓶子上的标签，瓶颈已经进到它的嘴里。标签上写的是"纯而净"，猪的号叫声给蓖麻油呛住，固定在歇斯底里般的高音区上，好像正在遭受酷刑，但也没有持续多久，叫声戛然而止，放开它的前腿后，那猪站立起来。

它躺在地上时，嘴角被迫朝两边咧开，一副愁眉苦脸的神情。站起身后，它恢复了一头猪甚至在生病时也凝固不变的笑模样。它站稳身子，轻轻嚓了嚓蓖麻油的残留，有几滴蓖麻油从它唇上滴下来，它狡黠的双眼转向我，在纤细的睫毛遮挡下，充满了厌恶与怨恨。我用油渍渍的手指轻轻给它搔痒，它始终不声不响，似乎想重温健康时给人抚摸的惬意，却又念念不忘刚才的怨尤。我站在那里，注意到它的尾巴末梢有四五个疹块，棕红色，约莫家蝇般大小。我弄不清它们究竟是何物。它们不像有什么麻烦，也不像是表皮的青肿或擦伤。实际上，它们似乎是体内鼓出的小包。它们完全遮掩在硬撅撅的白色猪鬃下，我必须用手指分开猪鬃，才能看仔细。

　　几个小时之后，将近午夜时分，吃过一顿有人会账的美餐，我持手电筒返回猪舍。病畜已经入睡。我跪下来，抚摸它的耳朵，（就像孩子生病，你把手放在他的前额上一样。）耳朵似乎凉凉的，于是，我借手电筒的光亮，仔细扫视了一番猪棚和圈栏，察看有没有蓖麻油生效的迹象。我一无所获，于是回房入睡。

　　一段时间以来，气候始终很怪异——白天又闷又热，夜晚雾气沉沉，中午前后有几个小时雾气散开，随后又随夜幕潜入，它先是浮动在树梢上，蓦地就吹向原野，笼罩世界，吞噬了房舍、人和牲畜。人人都希望有个转机，但转机迟迟不来。第二天仍是闷热的一天。早饭前，我探视了那猪，试着诱惑它啜一口槽中的牛奶。它只管盯了我看，听凭我口中发出咂奶的声响，指望唤起它对旧日饕餮的美好记忆。这个把戏，对那些羞怯的小猪，刚断奶的幼崽很管用，往往就能鼓动它们进食，但对一头病中的大猪，却毫无意义，我的啧啧声，如果还有作用，怕是只不过让它更觉出自己的悲惨。它对食物不仅没有欲望，甚至产生了强烈的厌恶。我发现苹果树下一处地方，有它夜来呕吐的痕迹。

　　此时此刻，我虽然沮丧，但还不认为会失去这头猪。健康的猪精气神儿十足，人能从中感觉到自己的健旺，倒入食槽给它开心地吃干净，预示着自己今后的盛宴也有了着落，一旦这一切突然停滞，饲料放在那里变了味儿，原封不动地在太阳下馊掉，猪的失调就转换成了人的失调，生活似乎从此变得捉摸不定，紊乱无着，让人难以把握。

　　猪的情绪低落，我的情绪也随之低落，我那只可恶的老
獾狗却欢实起来。我频频踏上小径，穿过果园去猪舍，令他
很是兴奋，虽然他给关节炎折磨得不轻，走路也很困难，倘
若知道有人情愿给他端盘子送饭，想必乐得在病榻上缠绵。

　　他从不错过与我一道探视病猪的机会，而且自己也频繁
出诊。你时时都可以看到他在那里，白白的脸分开篱障一带
的草丛，跌跌撞撞，听诊器在身前摇晃——一个快乐的江湖
郎中，胡乱开处方，咧嘴奸笑。等到灌肠袋出现，还有一桶
温热的肥皂水，他的快乐就达到了顶点，他卖力地将肥大的
身躯从两根低矮的横档之间挣出来，承担起灌肠的全部责
任。有一次，我把袋子移下来，检查流量，它立刻凑到跟
前，饮下几口肥皂水，考察其效能。我注意到弗雷德会狂热
地吞下任何与麻烦有关的物质——他喜欢苦味。够不着灌肠
袋时，他便全神贯注于那头猪，上蹿下跳，一边帮忙，一边
添乱。奇怪的是，整个灌肠狂欢期间，猪始终静静地伫立，
治疗虽不见效，却没有我想象的那么困难。

　　不过，我发现，一旦给猪灌肠，就再无退路，没有可能
重新扮演生活中的某个常规角色。猪的命运与我的命运纠缠
在一起，就像胶皮管与脐带纠缠在一起。从这一刻开始直到
它死，我心中再也抛不开它，我魔怔了一般，只想如何来解
除它的痛苦。它的不幸很快成了世间一切苦难的象征。到了
黄昏，通便无效，我打电话给二十英里外的一位兽医，郑重

地请他排忧解难。他问了一堆问题，等我随口说起猪背上的疹块时，他的语调变了。

"你别紧张，"他说，"但身上有了疹块，就得考虑丹毒的可能。"

于是，我们一起来考虑丹毒，还有接线生不时插嘴，他不清楚电话是否已经接通。

"猪患了丹毒，会不会传染给人？"我问道。

"不错，是会传染的，"兽医答道。

"接通了吗？"接线生问。

"是的，接通了，"我说。接着我又转向兽医。"你最好来一趟，赶快检查一下这头猪。"

"我脱不开身，"兽医说。"如果你不介意，麦克法兰今晚可以赶到。无论如何，麦克对猪比我懂行。你不必过于担心那些斑点。假如是丹毒，还会有重度出血性梗塞。"

"出血性什么？"我问道。

"梗塞。"兽医答道。

"接通了吗？"接线生问。

"哦，"我说，"我不知道你们如何称呼这些疹块，不过它们有家蝇大小。事到如今，如果猪患了丹毒，我怕也是逃不脱了，因为我们最近接触很密切。"

"麦克法兰会过去的，"兽医说。

我挂上电话。喉咙发干，我来到橱柜前，拿出一瓶威士忌。重度出血性梗塞——这个术语开始让我惊心动魄。我曾经认为，一头猪在享受精心照料、等待宰杀的几个月里，不会出什么大差错，我对猪的强健和耐受力，充满了信心，尤其是那些属于我的猪，而且，它们又是我引以为自豪的事业的一部分。此番觉醒来势迅猛，想到发生在猪身上的事，同样也会发生在我那本来有条有理的小天地的其他地方，更令我难以释怀。我努力打消这种讨厌的想法，但它去而复来。我喝了一小杯威士忌酒，随后，尽管我想去圈栏那边，看看有没有新的动向，但我却踟蹰不前。我确信自己感染了丹毒。

天黑后很久，餐桌上的碗盏都撤下去后，一辆汽车驶来，麦克法兰走下车。他带了一位姑娘。沉沉夜色中，我勉强才分辨出她——她似乎还年轻，很标致。"这是欧文小姐，"他说道。"我们一直在海边野餐，所以来迟了。"

麦克法兰站在门前的车道上，脱下他的外衣，连同他的衬衫。我帮他找出工作服，拉上拉链时，手电光照见了他的粗壮的胳膊和有力的双手。车的后座上扔了一大堆乱七八糟的物品，他很快翻了个底儿朝天，拣出一条铁链，一只注射器，一瓶油，一根胶皮管，还有些我说不清的东西。欧文小姐说她要和我们一起去，看看那猪。我在头前带路，走下果园热烘烘的斜坡，我用手电筒为他们指示路径，我们三人翻过篱垣，进入猪舍，蹲在猪的身旁，麦克法兰用肛表为它量体温。我的手电筒偶然照见了姑娘手上熠熠闪光的订婚戒指。

"没有发烧，"麦克法兰说，凑了手电筒的光亮旋转温度计。"你不必发愁是丹毒了。"他的手慢慢拂过猪的肚皮，在某一部位，猪痛苦地尖叫起来。

"可怜的小猪猡！"欧文小姐叹道。

于是，两天来我的治疗方法重新来过，这回更专业些，由医生操作，欧文小姐和我视需要给他递送东西——攥住他捆扎猪的上颌的链子，攥住注射器，攥住瓶塞，还有胶皮管的一端，大家都在暗夜中安详地忙碌，突发事件激发了我们本能的协作精神，猪不吵不闹，房舍隐在朦胧中，警醒而又亲切。我睡下时，已经精疲力竭，但心境舒坦多了，因为我把一部分责任推给了一位领了执照的医生。虽然我有预感，那猪怕是活不成了。

它死于二十四小时之后，或是四十八小时之后——时间在此处变得模糊了，我可能把猪的死亡日期少说或多说了一天。最后一天，我不时给它拎一桶清水，它觉得自己有力气站立时，就会把头没入桶里，噗哧噗哧地打响鼻。它抿上几口，不会再多，不过，它似乎很高兴鼻子浸在水中，搅来搅去，用嘴吞上一口水，又喷出来。现在，大部分时间它都躺在棚舍里，半身蜷入锯末中。将近最后时刻，我照料它时，见它挣扎着想给自己安排个栖身处，却没了力气，它用鼻子拱锯末，甚至留不下一道印痕。

它死时是在户外。我睡下前去探视时，它就直挺挺躺在圈栏里，距离门口有几英尺。我跪下来，见它已经死去，我没有扰动它。它的面部表情很平淡，既不是那种安详，也不见什么痛苦，虽然我认为，它经历了巨大的痛苦。我回到房里，上床睡下，心中在哭泣——椎心泣血一般。第二天上午，我睡到将近八点才醒，我从打开的窗子望出去，有人在挖墓穴，就在一棵野生苹果树下的那块地方。我可以听见铁锹与碍事的小石块的碰撞声。决不要让人知道墓穴是挖给谁的，我对自己说，它是为你而设。我知道，弗雷德正在监工，所以，我慢慢地吃早餐。

这是星期六的上午。掘墓人劳作处的灌木丛幽暗而闷热，天低云重。这里，桤木和落叶松间，就在苹果树下，伦尼挖了一个很漂亮的墓坑，长五英尺，宽三英尺，深也是三英尺。他站在里面，抛出最后几锹土，弗雷德在边上逡巡，机械又显眼地兜圈子，他不停地在疏松的土堆上刨，泥土又流洒回墓中。有几个星期没有下雨了，泥土即使在三英尺下，也是干干的粉状。我站在那里注视时，见铁锹落处，墓底有长长的蚯蚓露出一截身子，竭力想钻入土中，缓慢地逃离，在地底更孤寂的深处，寻找更遥远的湿润。伦尼跨出墓坑，把铁锹靠在树上，顺手点上烟，一只小小的青苹果从他头顶的树枝上掉下，落到墓坑中。这最后一幕的每件事，似乎都给人写滥了——灰暗的天空，荒凉的林丛，迫近的阴雨，蚯蚓（传说中死者的搭档），苹果（猪惯常的甜点）。

即使如此，我想，动物的葬礼，因为直截了当，毕竟比人的葬礼更为得体：不须在气味混浊的殡仪馆停棺，没有花圈也没有花饰；我们拴上猪的后腿，把它迅速拖出圈栏，绳子套在肩上，身后留下撞折的草叶和压平的瓦砾堆，我们是一支秩序井然的送葬行列，弗雷德跟在队尾，充当聊胜于无的扈棺者，他步履蹒跚，脸上每一道皱褶，都显露了他反常的伤痛之情。墓坑边上，尸体解剖进行得熟练而又快当，导致它死亡的内脏先于它埋入土中，最后，它直直地躺在了它的死因之上。

我丢下第一锹土，随后，我们一言不发，埋头工作，直到料理好一切。我拾起绳子，牢牢系在弗雷德的脖颈上，（他一向热衷盗墓。）我们一行三个走在回去的路上，弗雷德断后，一步一趔趄，处于少有的僵硬状态。我注意到，虽然他比猪轻得多，但多了一口活气，拖起来反而更费力。

猪的死讯没几天就传得远近皆知，许多朋友和邻居都表示了慰问，他们都没有将此当成一桩小事。我很快得知，一头猪的早夭会郑重地载入社区的大事记，人们一样沉浸在死亡的悲伤中。我这个失败的养猪人，怀着忏悔和哀痛的心情写下这篇文字，说明我如何偏离了多少人养猪的正道。林中的墓穴没有标志，但弗雷德可以虔诚地引导凭吊者准确无误地来到墓前，我知道，在我们反省或绝望时，在我们为自己选定的不悬挂旗帜的悼念日，我和他必会时时造访，也许分头前往，也许结伴而行。

飓风之眼

一九五四年九月十五日，艾伦湾

近来我遭遇了两场飓风，对它们，除过我自己一些粗略的观察外（这观察似乎多少有些主观），其余的了解都是从广播中听来。我住在缅因州的海岸，佩诺比斯考特湾以东。一般说来，这一段海岸线不是飓风必经之路，即使是必经之路，我们似乎也没注意，但时代变了，我们必须顺应变化。我的宅子里有三台老式的小收音机，两台装电池，另一台是插电源的床头式收音机，有时我打开后，妻子会设法用它来接收纽约巨人队的比赛实况。我们没有电视，由于这个奇特的缺省，我们在别人眼里成了怪人，甚至不免有激进分子之嫌。

飓风，我们所有人都伤感地知道，现在各有各的名字——女孩子的名字。而且，好像是为了求得圆满，新生女婴也以飓风的名字来命名。上次暴风雨肆虐时，狂风过处，摧折树木，摇撼房屋，此刻，最让人沮丧的一则新闻花絮是，波士顿附近某地呱呱坠地的女婴，名字竟然叫埃德娜。

她可能是个招人爱怜的小乖乖，但我顿时心生反感，据我推断，收音机前成千上万的听众也会如此。飓风是广播电台最近的一大发现，随即就隆重派上了用场。对我来说，大自然始终让人着魔——也就是说，她一天二十四小时，一年五十二个星期，每时每刻都牵动人心——但在广播电台的人看来，大自然却是个心怀叵测的另类，只有在她狂暴的时候，才值得引起注意。对待大自然，广播电台或者不闻不问，或者就大肆鼓噪，正如这场名为埃德娜的飓风逼近时那样。自然，这背后的理念就是，广播电台应当服务公众，提醒人们注意风暴可能带来的灾祸；这一点广播电台确实做到了。但它还有另一个效果，打击发生前多少个小时，还在清风送爽时，它已经闹得人心惶惶。埃德娜飓风的受害者之一是民防系统的工作人员，狂风的威胁还未到来，他就提早死于心力衰竭。

我是在九月十日上午得知埃德娜飓风的消息的，此时距她的驾临大约还有三十六个小时，我的反应很正常。我只是四下张罗了一番，然后就坐下来等待。等待的时刻很难捱。张罗一番倒不难，不过是几个小时的消遣，也不受累。我先是来到岸边，把十二英尺长的划艇拖到高水位标记之上，系在树桩上。又关紧了停船的棚屋的门，堵严实。随后经由草场折回，把羊哄进谷仓，用挂钩拴牢北面的大门，用钉子别住挂钩，这样，狂风拍打大门时，铁钩就不致滑脱。我招呼鹅群入内，给它们喂了些苹果——这是卡罗尔飓风吹来的横财。本来不必把鹅关起来，卡罗尔飓风期间，它们四处游荡，陶醉在狂风暴雨中，飓风最猛烈时，它们还频频走访池塘，但关起来省心，况且广播电台坚持要大家都留在室内。我拿来几段二乘四英寸的木板和一些销钉，钉牢了露台西侧的松木护栏。为防备供电中断，我备下了餐饮用水，每个洗手间旁边还摆了一桶，供简单冲洗。妻子很快进入备灾状态，找出一盏煤油灯，翻来覆去擦洗了一通玻璃灯罩，最后才发现灯芯儿还没装。栽在花盆里的倒挂金钟移入屋内，还有门廊上的摇椅，免得这些物件儿随风飘荡，顺势撞向玻璃窗。那套槌球器具也搬了进来。（我对槌球飞入窗户的可能性深表怀疑，但这个画面实在生动，引人入胜，不能不认真考虑。）卡罗尔飓风袭来时，掀翻了鸡舍的顶棚，小母鸡从此对飓风耿耿于怀，所以我早早关起了它们。晚上睡下时，我相信一切都已料理停当。

次日清晨，平安无事，气压表显示的气压不见异常。电力照常供应，电话也能接通，微风徐徐吹来。天空灰暗，有几丝雨。差十分七点时，我见妻子蜷在床上，打开收音机，留心风灾的消息。在谷仓里，群鹅向我欢呼致意，但我不准它们放风，引起了一阵聒噪。早饭之后，全家人，除了獾狗之外，都坐在收音机前，不是围在一起，而是各人拿了各人的收音机，寻找自己的频道。不管走到哪里，楼上还是楼下，后屋还是前厅，都可以听到收音机在报道不祥的消息。据我的理解，风暴还远在一千英里之外，正在以中档车的速度向东北偏北的方向移动。新泽西州有人死亡。康涅狄格州的新伦敦市和缅因州的波特兰市宣布了紧急状态。在马萨诸塞州的墨尔罗斯，商用过滤器材公司工厂的第二班工人出了些岔子，但我到底没弄明白怎么回事。某位欧文·R.莱文祝我能听到"好消息"。罗得岛的普罗维登斯的温度是华氏六十八度。

我一个台接一个台调来调去，几个来回后，很快知道，还在埃德娜现形之前，主播早就瞄上她了，奔命一般忙。早间新闻时段，他们勉强才把埃德娜控制在紧急事件新闻报道要求的速度内。我听见一位我想是长岛的河源的主播在同外勤记者交谈，那个记者给人打发出去，驾车察看长岛东端的情形。

"你觉得路况如何？"有声音紧张地问。

"湿着呢，"记者回答，他似乎有些不高兴。

"你是说挡泥板上溅满了水花？"尴尬的主播又问。

"对啦，"记者答道。

人们常有感情上困惑的时刻，这会儿就是如此，听众不清楚广播电台的立场何在——欢迎飓风还是反对飓风。

几分钟之后，我听到又一段让人摸不着头脑的对话，是从另一个区段传来的，我想那里是玛莎葡萄园岛①。

"雨下得很大吗？"有声音焦急地问道。

"不错，是很大。"

"好极了！"问话的人欢呼道，想必是因为得到了正确答复。

---

① 玛莎葡萄园岛，属马萨诸塞州，距其海岸线七英里，为避暑胜地。

十一点零二十一秒，新英格兰一位名叫韦瑟比的先知，是 WBZ[①] 电台的气象预报员，他报告说，风暴正以每小时五十英里的速度向东北偏北移动，他说，在整个新英格兰地区，风势将减弱。紧接了这个预测，播放了一段振奋人心的乐曲，我信步走开，来到厨房，那里，我见弗里思太太正忙了搅拌松蛋糕。"听到埃德娜的消息了？"她不无调侃地问道，手中的搅拌器用力搅打着面糊。飓风来时，她一向听天由命。

　　我回到收音机前时，某人正在重复我听了不止一遍的忠告。在加油泵断电前给汽车加满汽油。准备一只不需要电力的老式钟表。将冰箱温度调低。我仔细掂量了所有这些忠告。汽车已经加了油。家中的钟表从未给一丝电流玷污过。我决定不去鼓捣电冰箱，因为控制钮可能埋在大约十七八份很难对付的残羹剩饭后面，饭菜都是留下来应付今天这样的暴雨天的。

　　我调到了洛克兰[②]台，在我的调谐指示器上，波长为一四五零。坎登镇的镇长正在讲话。他说已经为民众备下大量食品，可以到格兰其协会[③]会所或公理会圣堂去就餐，欢迎馈送自家的食品。一则简明新闻说，风暴中心将会转向罗得岛东部。班戈市的消息说，吉恩·奥特里[④]的演出将如期举

---

① WBZ 电台，美国第一家获得商用许可证的广播电台，于 1921 年开播，总部在波士顿。
② 洛克兰，缅因州中部海岸城市。
③ 格兰其协会，美国的农业保护协会，成立于 1867 年。
④ 吉恩·奥特里 (1907—1998)，美国著名乡村歌手。

行。波士顿消防局局长建议我保持镇静，听从指示，我不由得反思了我在冰箱一事上的偏执。在楠塔吉特岛，风速达到每小时七十七英里。

中午，我暂时告别收音机，眺望窗外的熟悉景象，它与电台中描述的景象截然不同，仿佛梦幻一般。我沉浸在飓风心态中，已有三十多个小时，我能感觉这种持续的情绪波动的明显后果。我步出屋外。微风从东南方向吹来。细雨蒙蒙。牧场的池塘平滑如镜，只有雨滴溅起点点水花。鹅不在塘中，池塘显得凄凉。天色灰暗。露台上，两丛玫瑰相对颔首致意。我拎了一个浆果篮，来到鸡场，拣了几只湿漉漉的鸡蛋。小母鸡站在那里，像是海滨流浪汉，毛羽凌乱。我回屋的路上，用眼测了测那株最高大的白壳杨如果倒下，会砸在屋顶的哪一点上。心中盘算，一旦飓风掉头向西，该如何从前面的居室撤离家人，但我怀疑，我怕没有可能动员妻子从不管哪间屋子里仓皇走避，她从不打算抛弃她钟爱的位置，尤其是那些摆设了她称心如意的传统物件儿的地方，对待任何位置上的改变，只要是出于我的判断，她常常采取置之不理的态度。此外，她可以举出一大堆证据，支持她的立场。

我踱入暴风中，获得片刻解脱，回屋之后，暴风再度扑面而来——各种先头消息，嘈杂错乱，几乎不知所云。埃德娜的风眼在海中，我也如堕大海。风眼在新泽西。不，它是在长岛。且慢，它不会侵袭长岛西部或马萨诸塞中部。它将在鹭湾与楠塔吉特岛之间一路挺进。（这得需要一本地图集了，我拿了出来。）整个新英格兰地区都避开了飓风的强势部分，但缅因州海岸，"沙洲港往下一线，"可能在今天下午遭受飓风的强烈冲击。我对这里给人称作"沙洲港往下一线"很有些忿忿不平。

不仅暴风的动向难以把握，而且，那些超负荷工作的倒霉蛋儿的声音也开始磕绊，他们已经有多少个小时给飓风以每小时七十英里的速度卷入话筒。一个家伙高叫，"在韦斯特利，一切都动摇了。"我想他该说的是"一切都钉牢了"，但谁又说得清呢。另外一位，已是精疲力竭，讲述了上一次飓风中，洪水如何在普罗维登斯"灿烂"，我就开始顺着灿烂的街道，想到洪水泛滥，房倒屋塌的城镇。风力逐渐加强。餐室里气压表的读数在下降。从洛克兰台，我听到"农业要闻"：八十五万包棉花运往奥古斯特；新品种的苜蓿将用来遏制线虫和细菌性枯萎病；新的番茄粉，兑上水，就是现成的番茄汁，不过还没有上市。低潮时间是下午四点二十三分。气压表读数现在是 29.88。明日的猎鸡取消了——我第一次听说猎鸡。洛克兰的所有商店三点钟打烊，一家商店正在销售新式织造、新式纽扣、新式口袋剪裁的服装。如果情况继续恶化，我想，我得到户外走走，虽然他们期期以为不可。我在这里受不了。下午一点五十五分，我得知西南二百英里之外的朴次茅斯医院的探视时间取消了，我在那里没有朋友，也不知是该高兴还是担忧。

现在是两点钟。气压表的读数是二十九点五零。仍在下降。方向东南偏东，仍在加强。这会儿，似乎正该来料理下午的杂事——趁着事态良好，把一件件事情做完。所以，我给了收音机一段喘息时间，来到谷仓，这里是我平静的乐园，甚至没有一只线虫打扰。

待我重新回来守望时，很震惊地发现，距离我们不远的洛克兰，已经暂时抛开埃德娜，开始转播美国棒球联盟①的棒球比赛。红袜队对印第安人队，外场手（我还没弄清是哪个外场手）传杀本垒。妻子瞧不上美国棒球联盟，抱了她那台收音机调来调去。我听到正在介绍一只八哥，但八哥反应迟钝。又有人讲授五行谐趣诗大赛的规则。我应该填写出下面四行诗句之后的最后一行：

> 琼儿姑娘忒俏皮，
> 有辆汽车更神气。
> 她的脑瓜怪伶俐，
> 看她打的啥主意，
> ………………

我很快凑出了最后一行：电话订购雪佛兰。我得把它写在明信片上，寄往四〇一信箱，但我不清楚是哪个城市，又拿不准是不是通用汽车公司赞助的节目——也可能是它的竞争对手的把戏。不过，此事实在透着荒唐，眼下所有的汽车都不准上路，即使是琼儿的汽车也罢。

---

① 美国棒球联盟（十四支球队）和国家棒球联盟（十六支球队）同属美国职业棒球大联盟。

二时三十分，据宣布，牛顿镇的校舍对想有"更大安全感和舒适感"的居民开放。一直状态不佳的泰德·威廉姆斯[1]击出一垒安打。WBZ 电台说，波士顿警局与楠塔吉特岛失去联系，南内蒂克电力中断，飓风将在五点钟横扫波特兰，韦尔斯海滩已经疏散一空，今晚在奥古斯塔[2]的共和党集会取消，埃德娜的风眼在楠塔吉特岛以北五英里，一个女婴降生，警方劝说凯瑟琳·康奈尔离开她在玛莎葡萄园岛的住宅，按照旧日的冻雨—冰雪—暴风暂缓投递的理论，波士顿各邮局召回了所有的邮递员。我到气压表前又走了一趟，例行检视读数：29.41，继续下降。

"瓢泼大雨，"波士顿市市长恳切地说，"下得很猛。"

"名为埃德娜飓风的空中气旋，"韦瑟比守在南海岸观察站说，"正经过查塔姆市政厅上空。"韦瑟比还透露消息说，缅因州海岸东端可能六小时之后有飓风规模的风暴扑来。

"韦瑟比的安打率[3]，"WBZ 通讯中心的一个声音赞道，"仍然是百分之百。"（此刻，我倒是宁肯留心泰德·威廉姆斯，虽然他还神不到这分儿上。）

---

① 泰德·威廉姆斯（1918—2002），美国波士顿红袜队外场手，曾六次获美国棒球联盟的打击冠军，两次获最有价值球员头衔，十九年棒球职业生涯成绩辉煌，退休前创下四百支安打的纪录。

② 奥古斯塔，缅因州首府。

③ 安打率，攻队员上场击球次数与安打的比率，如上场打了三次，有一次安打，安打率为 0.333，普通职业球员的安打率为 0.270 与 0.320 之间，泰德·威廉姆斯则为 0.340。文中所谓"百分之百"，本表述为 1.000，即每次上场击球，均打出安打，此处比喻气象预报员从不落空。

下午的其余时间，直到夜晚，像是一场怪梦，风暴越来越大，回应越来越小。风力不断加强，但是在我们这一带，飓风有个特点，它们来自大多数广播电台坐落的西南部，一旦大自然在窗前打个照面，扭头折向东北，电台就失去了对大自然的兴趣。韦瑟比说得不错。暴风六小时后袭扰了这里，风力达每小时九十英里，但等气压表降至最低点，风向转为西北，开始把一切都撕扯成碎片时，我们从电台中听到了口哨表演，还有人演奏钟琴。整整一个白天，气候平和，耳边危言四起，到了晚上，电力中断，电话失灵，海潮汹汹，大风肆虐，我们听到的却是琴声悠扬。共和党州长克罗斯，也住在西面，他宣布，暴风雨最严重的阶段已经过去，除了沿海少数陷入黑暗的地区外，现在平安无事。我注意到几天后他落选了，大概吃亏在他东边的沿海城镇，有大批共和党人倒戈，他讲话时，他们的树木正给连根拔起。

我的这个夜晚很古怪。埃德娜掠过缅因湾扑向我时，我越来越入神地望着树木和暴雨，尽管除了钟琴声，没有其他广播来支撑我。六点半钟，我从前厅疏散了妻子，没有劳动警力，在后面的居室，我为我们两人各自调了一杯酒。六点五十五分，她坐在椅子上，探身整理低矮书架上的图书，把书一册册抽出来，排在书架的前缘，像中士在对士兵训话。七点三十分，风势渐缓，埃德娜之眼可以从容些窥测我们，气压表稳定下来，十分钟之后，望望谷仓的风向标，风开始一阵阵向北刮。雨住了，我们把獴狗放出去，享受片刻的安谧。（与鹅不同，她对恶劣的气候不感兴趣，一整天都听命于收音机————一动不动地待在火炉前。)

七点四十五分，新罕布什尔州州长对所有人的合作表示感谢，罗甘国际机场宣布航班恢复正常。八点钟，气压表达到底端————28.65。马萨诸塞州州长露面感谢他的民众，有人宣布，多切斯特的大超市将于上午（星期日）开市。又有人保证，到十一点钟，对埃德娜飓风将作出综合报道。

于是，我决定出门散步。夜色温柔————月光穿透灰蒙蒙的云层，细雨飘潇，飓风还会重来。我的散步颇多蹊跷。我开始是朝海岸走，想去眺望那里的情形，来到溪流上的木桥前，发现桥已淹在水下。这让我疑惑，不知掩在路那边低矮树丛中为我家供水的清泉，是否也给扫荡一空。因此，我不再去往海岸，而是穿过公路，进入了林子。我穿了橡胶靴子，带了手电筒。通往泉水的道路覆盖了茂密的植被，很难寻觅。实际上，我不清楚我是否确实寻到了它。我在泥沼中艰难跋涉了十到十五分钟，大部分时间水深没膝。这里很有趣，但我只顾为找不见清泉而烦恼。无奈之下，我返回家中，踢掉靴子，跌坐回我的收音机天地。班戈市电台预测，半小时后，将有时速九十英里的飓风，我见在一张纸片上，妻子草草写下"班戈，九四三七，七一七三，和二三一三"，这是紧急呼救电话号码，好像我们仍与外部世界保持了通讯联系。（电话已经很长时间不通。）

八点四十四分，电力中断，屋内陷入黑暗，这倒更方便观察埃德娜了。暴风骤起，势不可当；大风（此时是西北风）鼓荡黑云，掠过死气沉沉的月亮。我们南面的树林俯首弯腰，仿佛在祈求救助。有几棵树被刮倒。房子随风起舞，在西风的呼啸中哀号。一时间，我们要么给动摇，跌跌撞撞；要么给钉牢，寸步难移。

在乡下，任何动荡总是分成两个阶段——电灯和电话正常的阶段，电灯和电话失灵的阶段。我们处在第二阶段。屋前，最大的那棵白壳杨的一枝大树杈喀嚓折断，横在车道上，车道关闭。北面的苹果树从正中间劈折。有将近半个小时，埃德娜紧紧拥抱了我们。

时间似乎并不长。与在收音机前无休无止的守候相比，简直微不足道。十点钟，风力减弱了。我们在楼梯前用手电筒指引獾狗上床，免得她磕绊。从北面卧室望出去，只见美丽的天空中，月光照亮一道彩虹。

晚间早些时候，泰勒·格兰特在收音机里生动总结了这一切。"气象局估计，东海岸有将近四千六百万人对飓风的动向表示了某种程度的关注。"格兰特先生说。"没有一场飓风，曾经吸引如此众多的观众。"作为这众多观众中的一员，次日清晨，我去泉边提水时，感受到一阵迟来的刺痛。林丛中，一棵巨大的落叶松倒在地上，粗重的树身横亘路面，树根裸露。

我再没有心情去听事后的综合报道。

浣熊之树

一九五六年六月十四日，艾伦湾

今天上午在东部，温度是华氏六十八度。相对湿度是百分之六十四。气压表的读数是三十点零二，仍在上升。卡罗尔·里德①不见踪影。轻柔的东风，吹皱了小湾的水面，一艘围网渔船泊在水面上，平底小渔船在它身后排成一串。苹果树开花了，比通常晚了两个星期，蜜蜂忙了做工——一共有六只。（如今，蜜蜂像马群一样，已经难得一见。）金翅雀憩在蒲公英上，鹅浮在池塘，墨蚊贴着有鳟鱼游动的小溪飘摇，西北航空公司的飞机按航线飞往洛克兰。我写下这些笔记时，浣熊正在树杈上哺育一只幼崽，树杈引向树洞，里面，有她的小儿女栖息。

医生指令我做头部牵引，每天两次，每次十分钟。（没人知道该拿我的脑袋怎么办，所以他们干脆扯上一扯，就像气急败坏的机械师掉头离去之前，还要朝他的麻烦砸上一锤。）我在谷仓里，装备了一个像模像样的牵引中心，用了一只帆布笼头，一截晾衣绳，两个电镀滑轮，一个十二磅重的铁锚，一只挤奶时坐的小凳，还有一只家燕。一切都安排妥当了，可以让家燕掺和进来，我知道它会高兴的，结果也确实如此。它的新娘子踞在卵上，我踞在挤奶凳上，它踞在几英尺外挂挽具的楔子上，十分钟牵引期，它不断冲我格格傻乐，一边向它的配偶全程报道人如何同自己较劲儿，我的模样恐怕很像是在上吊自杀。

　　我想自打浣熊盘踞了屋前大树，这该是第四个春天，但我也记不清楚了，一年接了一年，流水般过去。她好像成了我们家庭的一员。她把幼崽养在距地面三十五英尺的树洞里，如此一来，她的卧房就与我的卧房近在咫尺，只不过在高度上占些便宜。每晚居然伴一窝浣熊入眠，这令我感觉怪异（当然也很开心）。一年里的这个季节，母熊来来去去，已经成了我生活的一部分，如同我每天早上要刮胡子，晚上要喝上一杯。当然，她作为浣熊，惯于夜间出动；我则基本上是在白天出动，所以，我们就像考克斯与博克斯②二位，谁也不扰谁。我完全适应了她的作息——她八点十五分天色擦黑儿时离去，凌晨三点钟，一夜猎食后，将近破晓时，回到嗷嗷待哺的幼崽身边——甚至习惯了三点钟醒来，看她回家，欣赏天幕依稀映衬出她的剪影，她会在树洞周遭仔细嗅上一番，看她不在时有什么异常，是否有哪个幼崽没有听从

---

① 卡罗尔·里德（1906—1976），英国著名电影导演和制片人，一九六八年获第四十一届奥斯卡最佳导演奖。一九五六年曾因《空中飞人》一片获美国导演公会最佳导演奖提名。
② 考克斯与博克斯，英国剧作家莫顿的闹剧中的两个人物，他们共租一室，一人白天工作，一人晚上工作，互不相扰。

吩咐，走出了树洞。

我与浣熊的缘分，始于孩提时代，我津津有味地读了已故的威廉·J.朗格博士某书中的一章，名为"熊的小弟弟"，知道了迈利塞特印第安人①是如何称呼动物的。（朗格博士总是管熊叫"懵懂懂"，管山雀叫"小友露西西"。这类叫法让我大为兴奋，但如果我记得不错，同样迷恋大自然的西奥多·罗斯福对此却很不以为然。）浣熊的故事，我读了想必不下二十遍。那些日子里，逢到野生动物，我的想象力就很活跃，虽然我对它们一窍不通，但始终存一种敬畏感。今天，多少年平淡的日子过后，我发现自己的生活难以思议地丰富多彩，我住在柏油路旁的房子里，有热气取暖，电灯照明，浣熊在她的阁楼上打盹儿，树下，我的割草机闹闹哄哄地兜圈子。终于，我能为熊的小妹妹铺开了一爿绿毯。（我在旅途中，甚至碰上了朗格博士的女儿露易丝，但我们的周围没有浣熊，但她身上，不见一点迈利塞特印第安人的印记，我在场时，从没听她管大雕鸮叫"咕咕咕"，这让我不免难过。）

浣熊有她的两面性——在树上居住，又在大地上行走。雌浣熊在树上哺育子女时，本是一类。爬下树来，脚踏实地寻觅捕猎时，就成了另一类。在树上，她看上去安详优柔，下眼圈发黑，显得有些疲惫，引人同情。一旦踏上地面，事情就不同了，她似乎变得凶残、狡诈，恶的程度，较之大自

———————————

① 迈利塞特印第安人，北美印第安人的一个部落。

然（本身并无恶的属性）中的一切，都不遑多让。如果我是印第安人，由我来命名动物，我会管她叫"那个总是醉醺醺的家伙"。今天上午，树洞里的状况或许糟糕透了。幼崽已经长得挺大，阳光热辣辣的，树洞里毕竟不大宽敞——它本来不过是啄木鸟的巢穴，时光拓展了它。现在，她出现了，不遮不掩地卧在门道下面的横杈上，四肢中有前后三肢懒洋洋地搭在树杈上，悬了一肢，随时准备用来抓牢。一夜辛苦后，她的皮毛乱糟糟的，一副精疲力竭、痛苦不堪的样子，孤苦伶仃的。偶尔，我在夜晚游猎归来，我们会同时睡上一觉，恢复体力，她倒在她的床上，我倒在我的床上，我从彼此的靠近和我们共同的苦难中得到安慰。

我想我看浣熊从树上爬下已有不下百次，即使如此，只要有可能，我从不错过一次观赏表演的机会。这成了一种仪式，而且我熟知她的每一个动作，就像芭蕾舞迷熟知他喜爱的舞剧的每一个动作。其魅力的秘密，就在于她懂得如何利用渐趋微茫的光线。刚开始从树上爬下时，表演者的身影清晰，是白日的一部分，十或十五分钟之后，事情结束，浣熊从树上移开最后一只爪子，脚踏实地，迈出第一步，此刻，她几乎已经朦胧莫辨，成了暮色和夜的一部分。太阳的沉落与浣熊的沉落相互关联：住在此地，能够从同一扇窗子看到日落与"熊落"，真是幸运。

浣熊下来之前，先要从头到脚梳洗一番。她坐在高高的树杈上，不理会下面道路上来来往往的车辆，只顾把自己收拾干净。她的动作与猫无异。她从尾巴开始，直到它平顺妥帖，上面的六个圆环历历在目。她擦抹腿、足和掌，有时用前掌抓住后掌，拉它靠近。她像猫一样抹脸，洗净自己的乳头。整个过程需要五到十五分钟，全看她是否饥饿，全看落照的强度，树下世界的情形，乃至树洞里熊崽的情绪和年龄。如果熊崽幼小而乖顺，世界清爽而宁静，她会很快完成洗浴，开始她的落地之旅。如果熊崽烦躁不安，她可能会返回来，再喂一次食。熊崽长大了，急着出来透风（六月的这个时候，它们往往如此），她就会绕树彷徨。有小脑瓜探出洞口，她会用嘴巴叼住，塞回洞里去。最后，好像母亲没有雇到人照看小儿女，剧院的约会又不容更改，她终于离去，很内疚，犹犹豫豫。有时，下到中途，听见婴儿室传来骚动声，她又连忙攀爬回去，再照看一眼。

从树上爬下的浣熊，大半行程是头部朝下。距地面约六英尺时，才颠倒过来，尾巴摆来摆去。这样，她的尾巴最先完成了下降，终于，她来到地面上，一只后掌先触地。她的触地极其谨慎，仿佛哺乳动物初次与平坦的世界相接触。浣熊不像猴子或小男孩，双手一撒，纵身从树上跳下。她像是以慢动作蹭下来，踏上我的草坪——先是一只后掌，然后是另一只后掌，接着伫立片刻，两只前掌仍然扒在树上，树像是她的舞伴。最后，她四肢着地，慢慢爬开，修长的前掌在头前伸展到极限，恍如经验丰富的游泳者。

我常常奇怪，浣熊为何要中途颠倒身形，开始是头朝下，结果是尾朝下。我相信她爬下来时，自然而然地头在前面，但她不想用这个姿势落地，免得突然遭遇强敌，趁她处境尴尬时抓捕她。调整之后，假若有狗或人出现，她就可以迅速躲回树上，无须先忙了掉头。

我的浣熊喜食甜玉米，因此，她的经济状况很不牢靠。如果我愿意，我可以随时用一支点二二口径的枪射杀她。她在收获季节攫取我的玉米，每吃掉一穗，都会糟蹋掉另外五穗，品尝滋味好坏、成熟与否。但在乡下，人得事事权衡利弊，拿一种快乐和嗜好与另一种作比较。我发现我不能射杀这头浣熊，还得继续种玉米——有些归她，剩下的归我和我的家人——我用各种各样的遮挡围住了玉米田。这是个效果不错的安排。有一件事我很清楚：我喜欢玉米的味道，但我更喜欢浣熊守在身边，我不记得还有过什么时候，吃一穗玉米带来的满足感，胜过了向晚时分观看一头浣熊从树上爬下来。

今天，我一直在重读一份报告，报告其乐陶陶地预测了今后百年的趋势，是加利福尼亚理工大学一些目光深邃的教授撰写的，前不久发表在《时代周刊》上。看起来，人类正站在新的文明时代的门口。技术至尊，称王称霸。人需要的每样东西（该报告说）都唾手可得。只要有空气、海水、普通的岩石和阳光。地球上的人口将增加，成倍增加，但这不成其为问题——地壳的花岗岩中蕴含了足够的铀和钍，可为每个人提供取之不竭的电能。我们只管连续敲打石头，等着坐享其成好了。

这真是个美妙的景象：技术称王，珍妮·曼斯菲尔德①封后。（仍是同样的老套冲突。）预测到半截时，教授们大喘一口气，丢下一个脚注。他们说，他们的预测仅在世界避免灾难的情况下才能应验。无论如何，这个我刚刚说过已经站在它的门口的文明，给我带来一个颇为尖锐的问题：在岩石一事上，我该采取什么立场？我在浣熊问题上立场鲜明，现在必须对岩石有个立场。我生活的这片土地，岩石的供应和蕴藏量很大。牧场上遍地都是花岗岩，菜园里有些光华闪闪的石头，房屋的地基是花岗岩，门前台阶是花岗岩，草坪有花岗岩露出地表，夜鸥蹲踞在上面，拂晓时叫个不停，有几块田里随处有怪石嶙峋，步入林中，可以看见成吨成吨的石头垒成的古老石墙。据说，一吨花岗岩，大约含有四克铀和十二克钍。我下一步是该提炼这些物质，还是留下我的岩石不动？我想，假如要活得适意，跟上新时代，必须从我的岩石中提取铀和钍，将它们转化为电能，但我不敢肯定，我是否准备好投身这类疯狂的计划。我在此地，唯一一次大规模摆弄石头，只鼓捣出一片嘈杂，开创了一个难以忘怀的困惑时代，最终又回到起点上。（我摆弄石头，是因为我买了一头牛，在乡下，一件事必然招来另一件事。）这里能安置核反应堆的地方，只有育雏暖房，但暖房我得留给小鸡。如果为加热暖房的炉子，需要采用现代发电方式，释放牧场花岗岩蕴含的能源，那我宁肯考虑回归旧日孵小鸡的办法，使用

① 珍妮·曼斯菲尔德（1933—1967），美国二十世纪五十年代好莱坞电影明星。

两只抱窝鸡——如此一来,我站立的这个门口,怕只能走入漫长的过去,而不是悠远的未来。在牧场的林子里,有一块巨大的砾石,有时,我闷了病了忧郁了幻灭了或是心生畏惧了,就会前去坐坐,这块古老的砾石,加上香蕨木、杜松和宾州杨梅,对我有焕发活力的巨大作用。我不清楚这是否才算得上真正的能源,人的力量之源。我也不清楚,如果我把它们拽出牧场,榨取裂变物质后,岩石于我,是否还会有此奇效。

据说,原子能目前是人类更美好生活的最大指望,但我却不信,别说最大指望,连好的赌局怕也算不上。我不能肯定能源就是人类面临的基本问题,虽然舆论与我相左。倘若人能少花点时间,证明他比大自然高明,多花点时间去体味大自然的甜美,谦恭自抑,那么,我对人类的光明前途,倒会更乐观一些。我从县农业顾问那里收到的每份简报,都充斥着种种狂妄计划,只想对大自然巧取豪夺。上一期的《纽约农人》登载了一则短讯,说是家禽饲养者"自愿"放弃了给鸡喂食二苯基对苯二胺,因为它可能导致"人们"罹患疾病——这是我听到的动作最迟缓的自愿行动之一。昨天,有新闻报道说,原子辐射是积淀性的,不管剂量多么微细,都会对接受辐射者和他的后代造成伤害。因此,一辈子不断接受牙科 X 光照射以及人们熟知的原子轰击和辐射坠尘,结果或许并不是好牙和好药,却是没了牙,也没了药,而餐桌上的鸡肉则不过是胃痛的同义语。浣熊,尽管有她的种种局限,在我看来,似乎比人更好地适应了尘世的生活: 她从不吃镇静药，不作 X 光检查，看是否怀上了双胞胎，不给鸡饲料里添加二苯基对苯二胺，夜间外出，也不是为了从石头里找钍。她是去捕捉池塘里的青蛙。

天文物理学家弗里兹·兹维基博士考察了这个星球上的混乱局面，他的建议是，我们应当创造一百个新的星球。兹维基想要凿下海王星、土星和火星的一部分，将它们嫁接在别的小行星上，然后改变这些扩大了的星球的轨道，让它们基本上像我们的地球一样，绕太阳运行。这是个大胆的举措，很有气魄，但我宁愿等一等，直到脚下的这个星球的居民学会了在政治单元而不是秘密会社中生活，直到银行写字台上的钢笔不用拴在柜台上。这边厢，我们忙着准备应付一场所谓的"难以想象"的战争，用人人承认会带来遗传危害的伽马射线轰击我们的身体，相互窥探，在智力竞赛节目中，奖励知道怎样拼写"猫咪"一字的人十万美元，那边厢，兹维基想要创造一百个新世界。没准儿，他是听说人们在佛罗里达成功地教大象滑水后，才信心大增，跃跃欲试。不管是什么动物种群，只要能给大象装上滑水板，大概都会动手建造新世界。

说到科学与进步，远比我更有发言权的范纳瓦尔·布什博士一次曾说："人类确实有可能从原生流浆进化而来，我们可以认定此说合理，只要假设地球上理应出现复杂生命，但这却又是个武断的假设。"在我看来，许多再普通不过的假设，都有武断之嫌：新的好于旧的，没经历过的胜于经历过的，复杂的比简单的先进，快的比慢的迅速，大的比小的惊人，人类作为建筑师重新塑造的世界，要比他为了迁就自己的趣味和癫狂动手改变一切之前就已经存在的那个世界，来得更完美，更顺眼。

我自己私下里做了几次测试，测试结果与加州理工学院那批人有些不同。我们在缅因，厨房里有两只炉子——庞大的黑铁炉，烧木头，小巧的白色电炉，从班戈水电公司获取能量。我们两只炉子都用。一只代表过去，一只指示未来。如果只能在一只炉子上煮饭，为此必须放弃另一只炉子，二者如何取舍，在我家任何人的心目中都再清楚不过。留下的，自然是沃克和普拉特公司生产的霍姆·克劳福德8－20型大铁炉，连同需要不时续木头的木柴箱，需要频繁加水的水柜，贮灰盘满了得清理，烟囱锈了得更换，炉算子堵了得疏通，乃至所有其他的种种麻烦和缺陷。我们留下这只炉子，是因为它的热力，它的多种用途，它本身散发的温情。（你可以在炉边烘胶鞋，小狗在下面拱来拱去，驱逐寒气，秋天凄清的夜晚，冬日冰冷的早晨，它的噼啪声给人带来安慰。）电炉当然有其用途，是个不错的补充，但它冷漠，了无生气，像医生的诊疗台，如果它成了我们活动的中心，我无法想象我们的厨房会是一副什么样子。

美国人的厨房走得太远，它要想重新成为一个舒适的房间，回头路很漫长。去年秋天，美国工业设计师协会在华盛顿开会，闲扯了一阵厨房问题。我记得，一位发言者说，我们很快就会迎来"便捷快餐"的时代。他说，我们只须按一下按钮，豌豆就出现在纸碟里。不用多费手脚。

问题在于，人从豌豆碟子里想得到什么，豌豆又能给你些什么。我不是个美食家，但冬日的夜晚，我从阅读种子目录中汲取了某些营养，六月明媚的清晨，我喜欢给一排排豌豆幼苗拦上丝网，防止鸡来糟践，七月里，我在田里，帮助给豌豆脱壳，感觉会很好。如果你恰巧喜欢豌豆，这些都是豌豆的历史场景的一部分。今年春天，我们的豌豆直到五月九日才种下——比通常的种植期晚了大约三个星期。不晓得七月的哪一天，我才能按下按钮，看豌豆滚到纸碟上。

设计师会议上，另一位发言者说，"据我们所知，今天的厨房已是绝灭的渡渡鸟①。"（这位提出的一个办法是在未来的住宅里安排一处地方，叫作"垃圾房"，配置各种清洁设备，所有脏东西都倒在里面。但对大多数美国家庭而言，想有间垃圾房，只须养个小男孩就够了，在那些幸福年月，我们就是这样做的。）依我看，厨房犹如浣熊，只有你决意射杀它，它才像渡渡鸟一样绝灭。几年前，我买下这房子时，带了惊异和怀疑察看厨房，决定让它存活下去。这至今仍是我在此处为数不多的几个明智举措之一。我们的厨房如今融会了过去、现在和未来，丰富而迷人，虽然在设计和建造时，它基本上属于过去。它是个奇怪的、不合常理的房间，照现代的眼光来看，与渡渡鸟无异，但对我们很亲切。实际上，它似乎汇合了各式各样的生活——烹饪、饲养、园艺、腌渍、种植。它是仓库、温室、外科包扎所、狗窝、洗

---

① 渡渡鸟，原产毛里求斯，因翅膀退化，不会飞，行动迟缓，十六世纪初，欧洲殖民者登岛滥捕滥杀，到一六八一年，最后一只渡渡鸟从地球上消失。

浴间、起居室、书房、面包房、冷藏车间、工厂、酒吧、五花八门错落其间，或者就是个杂糅。厨房里，你可以找到滑膛枪和子弹，足以将这里轰塌，如果你嫌它过时；还可以找到糖蜜饼干，如果你只想坐下来，对周围的一切听之任之。从早到晚，厨房里飘出声响，大部分时候是熟悉的，悦耳的，有些声响很怪，需要去调查一番。一些日子里，人的心灵，急切寻觅温情，厨房就是充满温情的地方；它烘干你湿漉漉的袜子，让激动的情绪冷静下来。热浪袭来，炭火用不着了，打开所有的门，厨房里灌满穿堂风，通用电气公司的电炉暂时称王。

我们的厨房里有各式新玩意儿，比如电冰箱、梅西牌冰柜和小戴兹牌碎冰器，还有各式老古董，比如铁炉子、环状擦手巾、铁制洗涤槽、木制沥水板和固定洗衣盆。（你可以在我家的厨房里给狗洗澡，狗不找麻烦，就没有任何麻烦。）厨房里明显没有展销会上常见的任何器具，名字末尾都有"美国医学会认证"字样的那类东西。倒有一台打蛋器，一台电动搅拌器，一个用脚指头轻轻一点就能奇迹般开启的垃圾桶。还有一只电炉，配了随意拨动的温度控制盘。我不戴眼镜很难看清上面的读数，对我来说，生一炉炭火往往比寻找眼镜容易得多。在这件事情上，不管天气如何，烧柴的炉子上总是蒸汽腾腾，炉火一触即发，不须费力点燃。你只须添上一根柴，打开风门，把水壶向左边移上几英寸，对准炉火。

说到这只炉子，其实我心中也很明白。倘若我必须自己深入林中，砍伐，拖拽，锯木，劈柴，我本伺候不了这只炉子，因为我没有这份儿力气和技能。在某种程度上，它算得上我的最大奢侈品了。但我相信，我在它那里花费的精力，不会比许多人在各种花哨或复杂的装置上花费的精力更多。烧柴的炉子就像一艘小船，需要付些代价才能维持，但它实现了一个人的生活梦想。我的炉子甚至实现了家中每一位厨子的梦想，要知道，我家里足有半打厨子，这是个很有说服力的论据，也不枉我们的一番辛苦。

前不久，我读了吉姆·贝利一英里跑出三分五十八点六秒后发表的谈话。"跑起来时，我对速度没感觉，"他说。"我从不知道我跑得有多快。"在这个崇尚进步的奇特世纪，我们大多数人的情况都是如此。我们随波逐流，奔向与我们的真实愿望毫不相干的目标，我们几乎感觉不到自己在动——除了遇上某些非常时刻，比如爆炸一颗氢弹，发射上百颗行星，或者扔了旧炉子，换上新炉子，不烧木柴，改烧钍了。

我很清楚，我的炉子，在许多美国人家是不实用的，但无论如何，它是我信仰的一个象征。技术专家们盯着岩石芯满心欢喜，他们只看到岩石的一半，或者说人的梦想和他的需要的一半。或许，未来的成败，部分取决于我们有没有能力生产廉价的电力，但我认为，在更大程度上，它取决于我们有没有能力抵制那些枯燥的技术公式：没有历史过程的豌豆，没有浣熊的玉米田，没有智慧的知识，没有温暖火炉的厨房。岩石所以是岩石，有比铀更多的东西，岩石的表面铺就地衣，扎根于岩石的蕨类散发香味，站在石上，周遭的景色历历在目。

昨天晚上，为了哄陷入"垃圾房"问题的孙子开心，我们读了《彼得金一家人》①的第一章，我惊奇地发现，它真是关于我们时代的一个绝妙寓言。书中，彼得金太太给自己倒了一杯香气四溢的咖啡，刚准备享用，恍然察觉她加的是盐，而不是糖。事情非同小可。为此举行了家庭会议，还招来化学家过问。化学家把少许氯酸钾投入杯子，但咖啡的味道不见改善。随后，他又加了些酒石酸和石灰中提炼的过硫酸盐。无济于事。化学家接着挨个儿试了草酸、氰酸、醋酸、磷酸、氯酸、过氯酸、硫酸、硼酸、硅酸、硝酸、甲酸、亚硝酸，还有碳酸。彼得金太太逐一品尝，但杯子里仍然不是咖啡。再一轮实验用上了草药，一样徒劳，伊丽莎白·伊莱莎带了疑问请教费城来的女士，女士说，"你妈妈干吗不重倒一杯咖啡呢？"

这位女士的答案发人深省。世界的饮品如今当然味道发苦，我们日益依赖化学家和女巫医再现它的优良质地。但每次我思索加州理工学院的那些要素——阳光、海水、空气和岩石——我都会生出无聊的好奇，不是关于石中是否有钍，而是壶中是否还有另一杯咖啡。

　　附记（一九六二年三月）：六年过去了。很高兴告知各

---

① 《彼得金一家人》，美国作家卢克丽莎·皮博迪·黑尔（1820—1900）所著儿童故事。

位，浣熊之树屹立不倒，我的黑铁炉子也一样。我曾写道，浣熊头朝下爬下树，接近地面时颠倒过来，用一只后掌先触地，当时，我其实只观察了一只浣熊爬树的动作。我描述的那只浣熊已经离开我们，另一只母浣熊（可能更年轻些，也许是她的女儿）与她在高高树杈上的洞穴入口处经历一场恶斗，把她赶走了，她俩都是有孕在身且即将临产的母熊。年轻些的浣熊，现在陪伴我们的这只，也是头朝下爬下来，但接近地面时不会颠倒身形。她仍然是头朝下，用一只前掌着地，步入草坪。教训：人不能只观察了个体，就对浣熊作出整体结论。没准哪天，我们会碰上一只后空翻下地的浣熊。

浣熊的洞穴每年都有所扩大，这是由于磨损和撕扯，还由于年深日久，白壳杨日渐空心。浣熊的卧室，或育婴室，现在有了两个出口，大的出口开在树南面，小的开在北面略高处。小洞口有时会引起啄木鸟的兴趣——毛发啄木鸟和黑啄木鸟——它们伸头窥探，很快就激动了。如果浣熊与幼崽都在室中，来访的鸟儿意外地看到动物生活在树中，不免大为震惊。如果里面没有浣熊，我想大的裂口透进的光照会让鸟儿吃惊和失望，因为室内过于明亮，不适合啄木鸟栖身。

今年春天，浣熊幼崽差不多有三周大时，暴雨连续下了三天。情况恶劣，甚至浣熊的洞穴也进了水。母浣熊不得不决定疏散她的小儿女，她一只又一只，用嘴叼了它们降到地面，寄居在距公路几百码处，邻居房屋地下一处干燥些的地方。三天之后，大白天里，她又带它们全体返回，重新安置好——这是一次了不起的计划和疏散，道路艰险，需要避开狗、人和车辆。她有四只幼崽，这就意味着她要在途中往返总共十四趟。

　　至于我的厨房，实际上是两个厨房——前面的一个和后面的一个。前面的厨房，摆放了黑铁炉子的那个，经历了时光的磨砺，它一如既往，温暖，舒适，方便，没有一点改良。但后面的厨房，不出我所料，终于陷落在不幸的时代和现代化装置中。它现在像是一处商业电视剧的布景。我们挪走黑铁洗涤槽，换上了闪亮的不锈钢洗涤槽。我们重建了厨台，覆上福美家，或美家塔，或是别的什么牌子的胶合板贴面，我记不清了，都是以"啊"音收尾。我们扔掉旧的木制沥水板，它已经糟朽得如同海绵，换上了平展展的黄色胶垫。我们拆了固定洗衣盆，代之而来的是自动洗衣机，每五个星期坏一回，还有自动烘干机，每次使用时，都经由排风管把绒絮吹入柴棚。新的洗涤槽旁边，在厨台下，我们安装了自动洗碗机。这台机器运转良好，但每当接手新的业务，它都要丁当作响，制造气氛，劳作过程中，它不停地嘟嘟嚷嚷，哼哼唧唧，辛苦过后，留下热烘烘的洗涤剂味道，你去柴棚经过时，满屋子的气味刺激得鼻子发痒。它腐蚀了屋里瓷器的图案，在玻璃器皿上留下一圈一圈的水渍。在后面的厨房，强力洗涤剂代替了清淡的肥皂，震动代替了安宁，总而言之，全套卫生设施应有尽有，充满现代化和大力神洗涤剂的味道，再没有地方给狗洗澡。（我每年给我们现在养的獾狗洗浴一次，用的是室外一只老旧的煮衣锅，最后用浇花园的胶皮管为它清洗了事。它随后滚在地上甩干，洗了等于没洗。）

　　我更留恋改良之前的后厨房，但我知道它在劫难逃。我得承认，以往沥水板的隙缝里，积存了不少剖鱼后留下的残渣。细菌一定会喜欢。我知道我也喜欢。不久之前，我很高兴地偶然获悉，儿童生活在不大卫生的家中，要比生活在奉卫生为王的家中，对某些疾病（小儿麻痹、肝炎等等）有更强的抵抗力。我无从得知老旧的沥水板是否真的维护了我们的健康，但后面的厨房焕然一新后，我和妻子的身体状况都不如从前。千万别说，这只是一种巧合。

元月纪事

一九五八年一月三十日，艾伦湾

　　玛格丽特·米切尔①说过一句话，令我大为赞赏。有人问她近来"做什么"，她答道，"做什么？做《飘》的作者就是一份儿全职。"今天拂晓，我想起了这句悠然自得的话，当时，我躺在床上，脑子里忙了调度一天的活计、计划和安排，琢磨我何时才有机会"做"些事情——比如坐到打字机前。我对米切尔小姐油然而生亲切感，转念一想，冬季生活在新英格兰也算得一份儿全职，用不着"做"任何事情，不免有些飘飘然。抛开徒劳的谋生计较，听其自然，转而关注生活本身，这件事直截了当、丰富多彩、美妙而又刺激，教人如何能够抗拒。

　　就在这一刻，我作出了一个短暂的抗拒姿态；我决心拒狼于家门之外。但我真正想要拒斥的其实是狐狸——一个截然不同的命题。我身边放了一支填了弹药的猎枪，打字机占据窗前要津，可以看到狐狸通常出没的一片树林。一个星期以来，它已经三次光顾我的门前庭院。我三次错失了它。第一次，它是在雪暴中出现的，攫走了一只在户外踏雪的矮脚母鸡。我从楼上的窗户目睹了这次谋杀，束手无策，就像几年前我站在俯瞰晨边公园②的圣路加医院③的窗前，眼见盗匪殴打一位妇人。昨天，我朝狐狸放了一枪，（愤怒中）落了空，它龇牙笑笑遁入林中。

摊上个敌人是件最耗时间的事情。我的敌人是狐狸。它想摧毁我的社会——自由徜徉的鹅和无拘无束的矮脚鸡构建的社会。我的反应很自然，就是加强防御，改良武器，提高射击技术，花费越来越多的时间，准备与它一决高下。今天上午，狼和狐狸争相吸引我的注意；我是个顾此失彼的猎手。它们相互都可以趁我留心另一个时轻易逃脱。我忽然意识到，假使每个国家，少对"敌人"动些心思，世界该省出多少时间，用于清醒和有益的事业，一念至此，我不觉心灰意懒。去年，我射杀了一只狐狸——用零点二二口径的猎枪，远距离侥幸命中。当时，它正在池塘饮水。这是一次冷血谋杀。当时，它不过是想喝一口水，但对我来说，它已是恶贯满盈，所以我打死了它，它仰面朝天，慢慢倒在泥泞中。

我与狐狸之间的战争与所有战争一样，毫无理智可言。其中说不出什么道理。狐狸其实算不上这一带最凶残、最卑鄙的杀手——该我享有这份儿荣耀。我眼睛眨也不眨就把半

---

① 玛格丽特·米切尔 (1900—1949)，美国女作家，小说《飘》的作者。
② 晨边公园，位于纽约曼哈顿的曼哈顿大道与一一〇街和一二三街相交处。
③ 圣路加医院，美国圣公会教徒创办的私人医院，始建于一八五八年，最初位于纽约曼哈顿第五大道，后迁往阿姆斯特丹大道。

打小鸡送上断头台。六月里，谷仓后面只见头颅滚滚落地。眼下，狐狸患了硬跖病①，但这也不是个理由，非得置它于死地。我想，我家的獾狗在门前庭院嗅来嗅去，也会患上硬跖病，那么，小狗可就不仅脑瓜僵硬，而且脚爪也僵硬，且看我是否还有耐心。但如果你打算靠射杀患者来解决疾病问题，恐怕得在茉莉婶婶感冒时，先把她毙了。我有足够的信念，只是缺乏动手的勇气，但我发现，在乡下，很容易不知不觉就成了谋杀犯。从我坐的地方，可以望见海棠树上挂了一块板油。毛发啄木鸟正在上面啄得热闹。板油来自我们去年秋天屠宰的一头菜牛——是我下令行动的。想想看吧，杀了菜牛却肥了啄木鸟！（我们还有三百七十磅牛肉贮在冰箱里，但我并不认为事情因此而有所改变。狐狸与我，都在作恶，不过是手法不同罢了。）

一九五七年猎季，本州的猎手猎杀四万零一百四十二头鹿。这在历史记录上排行第三。缅因对它的猎鹿事业很有些敏感，只想每年都能打破纪录。一九五一年，猎手们剿灭四万一千七百三十头鹿，这项纪录保持至今。我不明白为什么图表中的曲线没有上扬人们会不开心，但他们确实如此。某些事情，我们即使期望减少，比如公路死亡率，似乎也不是始终很热心。每个节假日的前夕，全国安全理事会②都要发布公告，显示有多少多少驾车人"预计"将在周末死于非

---

① 硬跖病，即犬瘟热，为急性高度传染性疾病，症状包括体重减轻、脱水、肌肉抽搐、脚掌硬化等。
② 全国安全理事会，非营利组织，始建于1913年，为会员制，目的是预防和减轻因为可防范原因而造成的人身伤亡和经济损失。

命，弄得人人好像都有义务出门找死，免得估计数字落空。我从未猎过鹿，但有人给我扛来一只后腿，味道很好。战事正酣时，一头麋鹿闯入了镇子，给人射杀，割下它的头，听任麋肉腐烂。麋鹿事件搅得镇上沸沸扬扬；如今对猎麋，罚金很重，但白白浪费了鲜美的麋肉，人们的反应更强烈。

猎鹿季结束后不久，报纸上有一篇头条社论，抱怨外州领取的狩猎许可减少了，督促缅因行动起来，拨出更多款项用于开发，吸引猎手到本州来。它的理论是，一年射杀四千头鹿，第二年必须射杀五千头，否则，就是止步不前，但我想，总该有一个恰到好处的数字。我们的整个经济危险地维系在这样一种假设上，认为攀得越高，境况就越好，一九五八年，相对于一九五七年而言，除非生产更多东西，杀死更多头鹿，安装更多的洗碗机，有更多的外州人拥来本州，靠药丸快上加快地缓解更多的头痛，销售更多的汽车，不然，就遇上了麻烦，生活拮据甚至岌岌可危。倘若这种理论成立，我们必须至少射杀四千头鹿，而且明年很有希望再加一千头，否则，缅因州怕是处境不妙。但如此一来，野生状态将一去不返，失去了野生状态，缅因也就可怕地赤裸裸一无所有。

社论举出佛罗里达州为例，褒扬它头脑清醒，大把花钱促销。"佛罗里达什么广告都做，只封杀缅因，"社论说。我猜这是真的。另一件真事儿是佛罗里达"开发了"我惯常游泳的海滩，结果，我再不想去那里了。一些促销意识强烈的家伙，搬来推土机，推平沙丘，为的是改善泊车设施，腾出地方搭建热狗售卖亭。以前，你可以依在沙丘上，优哉游哉地瞭望大海，但现在，你只能平躺在沙滩上，瞅着五颜六色的糖纸在旋风中打旋儿。上次面对这种景象，我知道我对这一带海滩倒了胃口。（海浪失去了它的韵味，我们为什么还要沉溺于此？）所以，今年我留在缅因，抗击狼和狐狸。这里的阳光不如佛罗里达灿烂，开发的干劲儿也稍逊一筹，我不必透过铁丝垃圾筐的缝隙窥探大海。当然，佛罗里达没有我，照样过得滋润。但如果各州的开发方案都顺利推行，那么，走了一个州，只怕等于跑遍了四十八个州。

靠一台推土机或其他什么重型机械解决问题的冲动很强烈。去年秋天，我也不能免俗，雇了人用一台所谓的反铲挖土机疏浚草场上的池塘。我想做的，就是恢复许多年前我第一眼看到时池塘的面貌。到目前为止，我做到的，不过是把池塘搅了个底朝天。池塘边上，仿佛有无数的孩子拍了无数的泥饼。塘底本是黏土，给反向铲一搅和，池水一片混沌。有些日子里，光线合适时，看起来像是有人往塘里注入了牛奶。每天清早，我都从窗子望过去，看看经过一夜，池水是否清澈些了，但它始终呈乳状。池水上冻后，结了乳状的冰——在乳状冰面上照样可以溜冰，但这并没让我感觉轻松，因为三十五年来第一次，我找不见冰鞋了。所有事情都指向一个结论，去年夏天，小偷光顾我在纽约的公寓，没有翻到貂皮大衣一类的东西，恼羞成怒，拿走了我的冰鞋，以作补偿。

截至目前，仍是暖冬，极其潮湿。今天，雪飘落地面，但大部分时间里，都是下雨，刮风。人人都说，有生以来没见过这样的冬天，而无论碰上什么样的气候，听到的其实都是这类话。雨水几乎连绵不断，到处都积了水。谷仓里溢满燕麦糊糊，我的两只英国种海福特小母牛四下滑来滑去，活像一对水獭。鹅不必受累走到池塘，它们只须来到小径尽头，那里的水洼已经足够它们嬉闹，在这个季节里还包括了调情。

今年冬天，镇子里的活计不是很多。但上个月，圣诞树生意创下最高纪录。好些人——男人、女人和孩子都靠砍伐树枝（云杉和枞树）赚取他们的圣诞节花销，树枝装上卡车运往波士顿，用来做圣诞花环和其他装饰。据我所知，一个人的收入最多可达九千美元。

十二月里，扇贝采集作业很不景气——风太大。最近情况略有改善，有时，海面风平浪静，小船可以出海了。冬季捕鱼，即便是好天气，也很危险，我们镇上，刚刚有人在海上遇难。昨天晚上，拖网渔船锚在洛克兰，他不慎从滑溜溜的甲板上坠入大海，溺水身亡。他像许多渔民一样，一点不会游泳。

昨天我听说，实行多年的校园午餐计划突然取消了；其中的原因，众说不一，但似乎一是因为政府削减补贴，一是因为食品价格上涨。去年秋天，在邻近的镇子，因为汽车撞死了几头鹿，午餐计划仿佛注入了一针强心剂。敏感的校董会立刻在菜单上添加鹿肉，每星期两到三次，价格随行就市——每餐二十五美分。

直到昨天飘雪，树林始终是光秃秃的。我们用 A 型福特车两只废旧的轮子改装了一挂拖车，拉来一年要用的木柴。几年前，人们依赖雪橇从林地向外运输木头，但现在很少有人还这样做了。他们使用板车，类似于马车，或者使用拖拉机牵引的两轮拖车。我家的拖拉机颇有些年头了，褪成了一种很漂亮的颜色——百日菊粉，像是红衬衫漂洗多次后的颜色。我买下它时，它是那种消防车的红色，现在，它可以像小动物一样转瞬间溜进林子，消失不见。一个小时左右，它又出现了，拖了一车木头，码放在柴垛上。一个狂风呼啸的下午，阿瑟·科尔收工后来我家，四轮轿式马车后拖了电锯，天黑前将我们六个半考得①的木头几乎全部锯好。阿瑟七十六岁了，迷恋锯木头。他的十个手指头一个不缺。他正在完成他的第两万三千考得木头，干这行已有四十九年，多数是在零星时间，上工前或收工后。每一根木头经他的电锯，他都有记录，可以拿给你看，单位是考得或美元——一个从来闲不住的人的普通账簿。四十九年前，他刚开始锯木头时，每考得挣五十美分。现在则是两美元。"进进出出都是大钱，"我递给他十三美元，他说，"日子也没好到哪儿去。"他碰上过很多次意外，有几次不得不做缝合，第二天才能早早起来，锯更多的木头。一次，电锯弹起一根木头，打中了他的上牙托，牙托刺入上腭。干木头要比湿木头更凶险，有时，阿瑟必须戴上棒球捕手的面罩，应付电锯

---

① 考得，木材的层积单位，一考得约为三点六立方米。

投来的直球。他干活儿，不是每次都收钱——逢到老弱病残，他就带了电锯顺道拐进来，自顾自锯木头。

一年的这个季节，黑暗比寒冷更固执。白天梦一般短促。一位有钱人在离此处二十英里的地方造了一幢新宅，安装了电灯自动增压系统，下午，日光减弱，宅子里就处处亮起电灯，保持了甚至更为强烈的照明。我对此不屑一顾。我喜欢把手头的杂活忙完，体味屋里初起的幽暗，唯一的光线来自悬在朱顶红①球茎上方的一盏灯，那是妻子安排来敷衍植物的。我喜欢六点钟时摸索着下到谷仓的地窖，那儿有两头小母牛拴在饲槽前吃草，白白的大脑袋隐隐可辨，深色的牛身看不清楚——只有两个脑袋浮在空中，仿佛施洗者约翰②的脑袋一样耐看。在我看来，一幢房子的照明恒定不变，就像女人喜怒不形于色一样乏味。不过，我有理由相信，那哄人的照明系统说不定什么时候也会失灵，主人只好同我们一样，拿了手电筒蹀来蹀去，摸索黑暗中的宅子。

我们已有十五年没在这房子里过冬了。再度住进来，安心待到转年，像我们往常那样，这让我们兴奋莫名，感受到环境的变化。（任何人长到十五岁，都处在变化的环境中，不管是怎样的环境。）这回家中没有上学的孩子吵翻天。他

---

① 朱顶红，多年生球根花卉，原产南美洲，喜光照，不耐寒。
② 施洗者约翰，耶稣十二门徒之一，少女莎乐美受母亲唆使，向酒后要其跳舞的希律王索取施洗者约翰的头颅，事见《新约·马可福音》，文学和艺术家多有以此为题材者。法国象征主义画家古斯塔夫·莫罗（1826—1898）的油画《幻影》，即描绘了约翰的头颅被割下后浮在空中。

曾经住过的房间，摆放了一台电视机，我们呆坐在那里，听《四月之恋》①，学习如何梳理头发。不知不觉中添置了其他一些小玩意儿，多数放在后面的厨房里。

此后的日子——在头脑中浮现，像是展开了一幅画卷，描绘花园和谷仓中的种种惬意事情。不管朝哪里看，都会发现一些征兆在鼓吹未来：母牛松垂的肚皮孕育了小牛，公鸡尖叫的声音陪伴母鸡下蛋，地窖火炉前温暖的表土层，种子破土而出，甚至在最阴暗的日子里，种子目录也能为你带来良种番茄的闪烁的红晕。梦是斑斓的，却因其复杂，让人目迷五色。农事，即使是我家的农事，也是极其复杂的，而且一年甚于一年。我曾邮购五十只初生的银白杂交小鸡，几天后，收到雏鸡孵化场场主的一封长信。（邮购额是九点五美元——十九美分一只小鸡——想必是场主金额最小的一单生意，本来无须回信，只要寄张明信片确认即可。）信中说，我订购的小鸡三月三十一日星期一发运，大概第二天上午就能抵达。接下来写道：

　　你或许知道，我们的银白杂交鸡是罗得岛红母鸡与纯种银灰色斯库梅克白岩公鸡的顶交鸡。这一杂品种的回交是金色（或暗黄色）伴性鸡，与罗得岛红母鸡不无相似处。二者之中，暗黄色鸡下蛋较大。两个杂交品

———————————
① 《四月之恋》，美国著名歌手帕特·布恩（1934—　）于一九五七年首唱的流行歌曲。

种的小公鸡颜色相同（哥伦比亚色[①]）。我们利用罗得岛红母鸡的逆向杂交第四代，设法培育出银白罗得岛红母鸡。它看上去像银白鸡，但后代以其羽毛形状洵为纯种。我们还饲养加拿大哥伦比亚色岩鸡（黄肤色苏塞克斯分离系），它与罗得岛红母鸡交配，可生产纯种哥伦比亚杂交鸡。银色鸡与金色鸡的等位基因引起了遗传学家的极大关注，因为利用颜色和性别的连锁，就可以培育出众多复式杂交品种。例如，我们测试了三个三系杂交品种，用顶交品种培育出"合成"罗得岛红母鸡（与我们自己的种系无关），产下不同的银色小公鸡。我们随后将银色杂种母鸡（源于起初的两系杂交）与帕门特红公鸡顶交。所有的母鸡都为金色（或暗黄色），与其父本相似。我们期待巨大的杂交优势将表现出较高的存活率……

这封絮絮叨叨的信给我留下很深印象。从内容上看，如今，经营一家鸡场，只知道母鸡渴了拎一桶水是远远不够的。虽然这其中乱七八糟的逆向杂交把我绕糊涂了，但收到这信还是让我高兴。存活率也是我追求的：我最喜欢活生生的家禽。但我的方案是删繁就简，我对太空鸡没什么兴趣。某日，我在《新英格兰家居》杂志上读到一篇文章，说

---

① 哥伦比亚色，某些家禽变种，头、身和腿部为白色，尾、颈和翅膀的一部分为黑色或镶白边的黑色。

康奈尔大学二百六十八名农学毕业生，只有二十五名从事农艺。文章说，年轻人裹足不前，是因为收入太低。依我看，或许不是收入水平太低，而是复杂程度太高，教他们有些人担忧。

在某种意义上，我家谷仓里的鸡舍领先于最现代化的鸡蛋生产场，因为百分之九十八的鸡蛋的蛋壳都很清洁，没有一点污秽。今天，许多商业鸡蛋商都为蛋壳上的污秽发愁，他们索性安装了清洗机，冲洗每一枚鸡蛋。不久之前，我在一家大型鸡蛋处理厂的清洗车间，观看鸡蛋以百枚为单位流过组装线。铁丝蛋篓（鸡蛋不分脏净，混装在一起）随即进入耸在一边的清洗机，机器震动得快要散架。鸡蛋要在华氏一百二十度的去垢液中沐浴三分钟。等它们从热烘烘的大浴缸中出来后，蛋壳上裹了一层廉价塑料玩具才有的透明光泽。如果这是鸡蛋，我就是只兔子。

雪　冬

一九七一年三月二十七日，艾伦湾

有人某日告诉我，海鸥不吃胡瓜鱼，偶尔误食，也会呕吐出来。我觉得这很难相信，但我没机会拿胡瓜鱼和活的海鸥来做实验。我一向认为，海鸥什么都吃。如果赫伯特·塔普利健在，我会向他请教，肯定能得到明确的答案。但赫伯特死了，我问别人海鸥是否吃胡瓜鱼，人们常常闪烁其词。我曾养过一只雏鸥，它从不拒绝递给它的任何吃食。几年前，我一度在船上工作，每天把垃圾经斜槽倾入大海。大群海鸥上下翻飞，加入这个仪式，尖叫了表示感激。好像不记得有海鸥嫌弃槽中涌出的随便什么东西。当然，垃圾里从没有胡瓜鱼，我的问题仍然有待解决。胡瓜鱼有股甜甜的味道——咸涩的海水似乎没在它身上留下痕迹。如果海鸥果真不吃胡瓜鱼，或许原因就在于此。

今年东部的冬天不是个理想时节，可以埋头实验，看看海鸥吃不吃胡瓜鱼。人们只想着如何生存，看看能不能熬过严冬。地面还没上冻，雪早早就飘落了。一场暴风雪接着一场暴风雪，卸下冰霰，惊扰了农人的梦，寒气袭来，持久而坚劲。池塘结冰了，随后是咸水湾和港口，最后整个海湾都冰封雪盖。据我所知，尽管天气苦寒，地面没有冻结；大雪挡开严霜，几乎是上佳的绝缘材料。近日有人说，他在雪堆上揳进桩子，桩尖碰触地面后，仍然一气钻下去。此说是否属实，我无从考察——像是海鸥与胡瓜鱼的故事，姑妄言之。无论如何，那桩子得够长，毕竟距地面太远了。

一周接了一周，一月又是一月，雪越积越厚，奇迹产生了。那些熟悉的物体，比如我的猪舍和谷仓门前的井盖都消失不见，人们几乎忘记了它们的存在。我们的松木围栏（大约五英尺高），几个月前已经没了踪影，还有用来引导积雪走势的雪障。我的两只看家小狗，琼斯和苏西，喜欢海拔的这番变化，兴高采烈地在结了雪壳的围栏顶部巡逻，它们以前可从未上去过。它们有自己的哨所，那是扫雪机把雪扬到空中，落下来堆积而成，它们借此得以高瞻远瞩。谷仓旁场地的篱障，一度给浩浩荡荡的雪流埋没，鹅群心花怒放，立即踏了橙色的雪靴奔向自由。它们随后腾身飞起，带了雪靴和其他，心无挂碍地出访鲑鱼池塘，在冰面上嬉闹了一个上午。这个冬天，我们时不时地得铲出一条道路，方便它们从谷仓的鹅栏去往谷仓地窖它们中意的那块地方闲逛。想想人得为鹅开路！就为了让鹅闲逛！

十二月初以来，柴房的门再没打开，大雪封严了它。那间房子，过冬时一向堆满了御寒的云杉枝子，现在却空空荡荡。花床也来不及被覆。我们完全措手不及：雪下得太早，无休无止。(我想总共得下了有一百英寸吧。)还好,我们设法妥善掩埋了玫瑰枝条,现在,它们不仅看不见,甚至让人记不起了。掩埋处高高的标桩,只有一两英寸隐约可见。非得花点力气,才能想象出绽放的玫瑰。冬季的大部分时间,公路仿佛是一条巨大的雪橇滑道:扫雪机经过,在两侧筑起了高过车顶的雪墙,人们像是驾车穿行在巨大的白槽中,灾难则被隔绝在外。(去年夏天,我驾车冲出了公路,撞折了一根电线杆。事故早发生了六个月——应当等到一月份,此时,松软的雪垫护住了所有的电线杆。某日,我经过那根电线杆,它已经从打击中完全恢复过来,我还没有。)

缅因的城镇一向认真对待冬天。钱款、人、车、土和盐粒,样样齐备。胆量供应充足,公路从不关闭,不管发生了什么事情。关闭的只是各家的车道。扫雪机每次扫雪,都给车道入口送上一份雪的厚礼,实际上,扫雪工总是在我们酣然入睡后清理积雪,造就一条平坦宽阔的大道,却无人能够驾车长驱直入,除非你能奇迹般地移走门前车道上的积雪。隔了六英尺高的私家积雪,眺望清理后平展展的公共道路,那情景时时引人遐想。按照我的扫雪方案,每一台大扫雪机,都应配一台小扫雪机,就像大鱼旁边跟了小鱼。它们不妨在各家车道前稍作停留,待小扫雪机清理大扫雪机堆起的积雪。但我只是个幻想家。我自己有两台扫雪工具,一个是挂在小卡车上的 V 型吹雪机,一个是装在"幼兽"牌拖拉机上的吊铲。尽管有这些装备,今年冬天我们仍然不时陷入困境,不得不请求救援。情况糟透了,即使有清雪的能力,积雪也没处搁没处放。圣诞节的前一天，雪大风高，人们困在我的家中，不得不就地度过平安夜。几天后，我情急之下，租了一台装卸车，装上车道入口处的积雪，穿过大道，卸到了沼泽地里。

除了出行不便之外，我并不讨厌冬天。我喜欢下雪。我喜欢清晨六点下楼到昏暗、寒冷的厨房，点一炉火，听波士顿的气象预报。我在这一时刻的动作乃习惯使然——每天早上都是一样。我裹了睡衣蹑手蹑脚地下楼，胳膊下挟一条灯芯绒裤子，平端一只小碟（德米斯基制作），上面摆了昨晚用过的空玻璃杯。晚间看护先于我进入起居室，调高了温度调节器——太高了一些。我顺手把它调低。来到厨房后，左手伸出，啪地打着电炉最大的灶眼。随后将玻璃杯放到洗碗池里，摁亮备餐室的灯，拧开冷水龙头，给水壶灌上春天清冽的自来水，随后把它蹲在烧红的灶眼上。再以后才开始真正的热身：用拨火钳清理霍姆·克劳福德8－20型大铁炉的炉箅，卷起两张昨日的班戈《每日新闻》，连同几根雪松枝子一起塞入炉膛，上面放两块劈柴。（塞入《每日新闻》前，我会戴上老花镜，看看有谁死了，世界又发生了什么事情，人到暮年，我很少有时间读报纸——要操心的杂事太多。在此黎明时分，我从不错过报纸上的"阿比信箱"，读到有些人麻烦比我还大，不免生出一丝安慰，比如昨天，有人来向阿比请教，因为他的太太只肯在星期四的晚上与他同床，这本来问题不大，无奈他的保龄球俱乐部改在了那一晚活动，等他到家，太太早已酣然入梦。）我投下火柴，把风门拨到

"燃烧"处，打开炉子底部的通风口，几秒钟之后，听到了最初的让人放心的噼噼啪啪声。（形容炭火的专有词汇——总是"噼噼啪啪"的。）待第一缕晨光映入厨房，我摆好榨汁机，摆好咖啡壶和咖啡，摆好牛奶罐和黄油，如果是星期二或星期四或星期六，就郑重其事地填好预订牛奶的单子，塞入门口的牛奶箱，寒气趁机潜入，脚踝生出凉意。一天的良好开端。随后，我在睡裤外面套上裤子，蹬上去谷仓时穿的靴子，披上羊毛衫和绒衣，前往谷仓，群鹅吵吵闹闹地欢迎我，其中一只还模仿伯特·拉尔①发出颤抖的高音儿。

七点钟时开始换岗：夜班看护离开（只要她的汽车能发动），女帮佣出场。（只要她妹夫的卡车已经发动。）我从楼上窗前观察这一切。这比不上白金汉宫前的换岗那般堂皇，却有些东西颇让人感触，毕竟，王家的卫兵在冬季的零下天气，从不必担心内燃机忽好忽歹。

今年冬天的主要话题是天气、学校和石油阴霾。在学校问题上的争吵导致全镇人四分五裂，就像大洋将本土上相邻的城镇与鹿岛②隔开。情绪如此激烈，有些人见面话都不讲了——倒也是一种表达方式。四十年前，我刚到这里，我们有五座一间教室或两间教室的校舍，分别占据要津。学子们步行上学。我们还有高中，它与两家商店、浸礼会教堂、

---

① 伯特·拉尔（1895—1967），美国表演艺术家，曾获一九六四年托尼奖最佳男演员奖，其扮演的最著名角色是电影《绿野仙踪》中那只胆怯的狮子。
② 鹿岛，位于大西洋，属缅因州，有悬索桥与本土相通。

伯·伊甸小教堂和洛克邦德小教堂一道，构成了本镇的文化胜境。时代变了。整个新英格兰地区，雅致的红砖校舍风光不再，六月里，小小的高中，丁香和苹果树繁花绽放的运动场上，只有四五名学生毕业，它终于败落了。州教育委员会撤销了它对学生不足三百人的高中的赞助。在州政府日益强大的压力下，各镇组成了学校行政区，通称为"学区"。"学区"听上去像"削去"，可谓恰如其分。制订了计划，在鹿岛大桥附近的中心点修建一所区校，但投票后否决了。花钱太多，花架子也太多。制订了另一个计划，同样失败。在此期间，学生搭校车，四下里奔走，以免失学。镇子上不再有高中了，校舍留给初中使用。九年级、十年级、十一年级和十二年级的学生给汽车拉到鹿岛镇的高中就读。有些学生去往对面方向邻近的私立中学。把学生打发到一座岛上激怒了许多家长，有些人不赞成那里的建筑，而有些人坚决认为，离开本土投奔海岛，根本就是误入歧途——回到了蒙昧时代。其他家长激烈反对把他们的小儿女遭往私立中学所在的镇子，认定那里是罪恶的渊薮，距蛾摩拉①只有一步之遥。（那里历史上也曾出现激烈对立，创伤累累，至今难以复合。）关闭我们的高中，令镇上大多数居民心如刀割，那座建筑本是他们自身文化生活的象征，人们对它的依附真实、持久、不可磨灭。说来说去，学校乱成一团。

在石油问题上，人们的情绪也很强烈，不过，与学校引

---

① 蛾摩拉，位于死海边的古城，因居民罪恶深重遭神毁灭，事见《旧约·创世记》。

起的争执不同，人们不会因怀旧而心如刀割。石油是将来的痛。某个缅因洁净燃料公司想在西尔岛的皮诺博斯考特湾顶端建一座精炼厂，让驳船和二十万吨邮轮驶入这片烟笼雾锁、礁崖拱卫、惊涛拍岸的水面，而这里，本是缅因州乃至随便哪里最美丽的海域之一。这个计划令我们大为光火。战线划定，公众会议召开了。一方，或会议室的一侧，坐了缅因州经济开发局的官员、石油公司的管理人员、（说到美好生活和廉价燃油，满嘴天花乱坠。）西尔岛港务局的一些人，希望石油创造就业机会，推动镇上的经济。另一方，或会议室的另一侧，坐了奥西·比尔和他的缅因龙虾协会、奥杜邦学会①、山岳俱乐部②、各类环境保护团体、《缅因时报》、一些为击败石油计划匆忙成立的行动组织，还有数千名有产者（一般称为"富有者"），他们从骨子里觉得，不管从哪个角度上看，石油都是个坏消息。与二十万吨油轮相比，航空母舰就像是条小划子，万一油轮泄漏，那就意味着海洋生态和水鸟的终结。

西尔岛港务局主持了上个星期的公众会议，给石油公司一个辩白的机会。那显然是场闹剧。警察戒备森严，哥伦比亚广播公司架起了摄影机，只有精心挑选的居民团体才能进入会场。会议的安排，就是为了防止反对派发言时宣泄愤怒。议题充满火药味，但当场不会爆炸。两个星期后，预定

---

① 奥杜邦学会，美国鸟类保护组织，创立于一八八六年，以美国鸟类学作家、画家约翰·詹姆斯·奥杜邦（1785—1851）的名字命名。
② 山岳俱乐部，美国生态系统保护组织，创立于一八九二年，最初的目的是保护内华达山脉的野生生态。

举行听证会，会上，州环境改善委员会将聆询证词。我相信，这个机构目前操了生杀大权，如果它觉得或嗅出新兴产业是个污染源，完全可以出手制止。

几年前，污染袭扰了我们镇子，当时，一所奇迹般出现的神学院排泄污水，导致港口一片狼藉。神学院购置地产时，继承了旧日一根粗大的排水管，落潮时，管道露天躺在发出恶臭的洼地上，有三处破损，污水不断流出。镇上无能为力，本本上没有一条戒律，管得了这类恼人事情。环境改善委员会的人员应召从奥古斯塔赶来。拾蛤人、船民、镇上的卫生官员和有关居民提供了证言。拖了很长时间，但事情最终解决了，神学得到了一个早该有的化粪池。（结果，污水倒流回学校的游泳池，游泳池成了全县最大最壮观的化粪池——番茄意外受益。）无论如何，港口的水再度澄清，这是洁净与敬神密切关联的典型例子。拾蛤仍然遭到禁止。

今年的镇务会议开得很早——三月一日。我没能参加，但研读了镇务报告。一九七〇年，有一人出生，十二人死亡。从这里可以看出，人口爆炸虽然仍是个世界性问题，在我们这里却得到局部解决。全镇清雪和撒沙拨款七千美元，加上非专用盈余款三千美元，共有一万美元可用于清理积雪。此事没有争议。如果还有一件事能取得一致，那就是这件了：积雪必须清走。一百年前在新英格兰地区，对雪的处置，另是一个办法。雪花飘落时，人们纷纷转向各类雪具。道路不是清开，而是压实。马拉的巨大碾子把路面压得平整、光滑。随后，轻便雪橇出动了，铃儿响叮当。还有从林地向外运送木头的重型雪橇。这个季节里，车轮是用不着了。不过，旧日雪具带来的欢乐并没有消逝。雪地机动车是近来的时髦——雪具上的生活。它造成两个方面的污染：废气和噪声。

镇上投票后颁布条例，管制捕捞带壳的水生动物。现在，非居民一天最多只能掘蛤一配克①，供自己和家人食用，再多就是非法的。一年前，镇上投票后颁布条例，管制垃圾场的使用。在那次会议上，我提议颁布条例，禁止向池塘和海水中倾倒人类垃圾，但遭到否决。镇务委员调查后报告说，这样一个条例"非常复杂，很难实行，且有可能被宣布为违宪"。本镇能够管制拾蛤，却不能管制倾倒让蛤无法食用的垃圾，不免令人悲哀。但事情往往如此。许多年前，我给人认作和气、诚实，但不切实际，我一向很同意这个评价。现在，我不仅不切实际，而且不合宪法。

而我仍不知道海鸥吃不吃胡瓜鱼。

---

① 配克，英美的重量单位，相当于八夸脱或二加仑。

辩　驳

一九七一年十二月，艾伦湾

《时代周刊》上有一篇文章，题为"红皮蛋的意义"，偶然读到，是个意外的乐子。得知作者 J. B. 普里斯特利是英国人，就更有意思。此时，我正从谷仓返回，拿了当日收获的九枚红皮鸡蛋，一眼瞧见这篇文章，这未免太巧了。

各位不妨想想，英国人何故非得对美国作一番解说，才能心平气和？普里斯特利先生从喜欢白皮鸡蛋说起，找到了理解这个国家的关键——据他说，这一发现将把他引入"我们的生活赖以形成的广袤而隐秘的疆域"。这是个满不错的想法，但你很少见到美国人因为没能解说英国而坐立不安。

普里斯特利先生写道，"美国文明的弱点……在于它抽象得离谱。"在美国，他说，"红皮蛋受人轻视，廉价出售，有时或许就一丢了之。"啧，啧。在新英格兰，我生活的这块地方，也是美国的一部分，红皮蛋不仅不受轻视，而且是蛋中之王。波士顿的市场是红皮蛋的天下。我从晨报上注意到，在波士顿的物产报告中，一打大个的白皮蛋批发价为四十二美分，而一打大个的红皮蛋为四十五美分。轻视？廉价出售？红皮蛋比白皮蛋贵三美分。

"远离贫民区的美国人，"普里斯特利先生写道，"鄙视红皮蛋，却是因为它们更接近自然。白皮蛋就顺眼多了，尤其是给宝贝孩子们食用时，蛋壳的洁白标志着卫生和纯净。"我的天啊。虽然英国人有权沉思，而我也确实远离贫民区，但我想，白皮蛋之所以在美国受欢迎，总该有个更令人信服的理由。我要把这件事归功于一个忙忙碌碌的娇小雌性——白来亨鸡。她神经兮兮，轻浮毛躁，是两条腿的最大造蛋机器，而她下的恰好是白皮蛋。她从来不为下蛋一事过分劳神。来亨鸡如果是去火炉边，半路上也会耽搁一会儿，下一只蛋。美国的禽蛋商因此对她另眼看待，他们本来就打算花最少的饲料钱，生产尽可能多的鸡蛋。结果：除新英格兰以外，美国大部分地区都流行白皮蛋。

纽约或佛罗里达的家庭主妇携一打鸡蛋从市场归来，打开包装盒，必会看到十二枚纯净的白皮蛋。对她来说，鸡蛋不仅应当如此，简直本来就是如此。所谓鸡蛋，也即一种白色的物体。这位主妇倘若误入新英格兰，在店里撞上红皮蛋，那鸡蛋看上去自不免怪异，不成其为鸡蛋。它看去就像是一只鸟儿不知怎么一来产下的。对新英格兰人来说，情况恰恰相反。我们从小到大，满眼都是红皮蛋（罗得岛红母鸡或普利茅斯花斑岩鸡或新罕布什尔鸡的馈赠。）浓艳的色彩，假如访问纽约，打开一盒洁白的鸡蛋，我们也会惊呆。事情有点不对头。母鸡出毛病了。鸡蛋是白的，因此不成其为鸡蛋。

"英国人喜爱红皮蛋，"普里斯特利先生写道，"因为它是英国人经久不变的一个梦，他们向往总有一天迁居乡间。"这里，我终于明白了他在说些什么：红皮蛋，确实，由于它的天然颜色，很容易让人联想到乡间生活——这是一种更"自然"的鸡蛋，假使你想这么说，虽然世上并没有非自然的鸡蛋。（我的鹅下白皮蛋，上天为证，它们确实足够自然。）不过，就审美趣味而言，我很欣赏红皮蛋。我一生大部分时间，家中都养母鸡，孵小鸡，等鸡下蛋，供自己食用。我从康涅狄格州的孵化场购买小鸡，经过试验，发现最漂亮的红皮蛋是银十字鸡下的，这是罗得岛红母鸡与普利茅斯白岩鸡杂交的产物。她的蛋红得浓艳，美丽不可方物。每个秋天，牧场上出现小母鸡的第一只鸡蛋时，我会把它拿到起居室，摆放在黑色的鸭头烟缸里，直至万圣节。它象征了繁殖力，让人人羡慕。节日过后，我再把它拿到户外，用普里斯特利先生的名言来说，一丢了之。

我的一位邻居，住在道路往北两三英里处，计划在红皮蛋的基础上更上层楼。他梦想生产绿皮蛋。不仅如此，他还知道有只母鸡能下绿皮蛋。

鹅

一九七一年七月九日，艾伦湾

要想清楚叙说六月最后一个星期日上午，谷仓场院里发生的事情，我必须倒退回去一年多，好在如今，一年对我也算不上什么。除此之外，我会闲话少说，快些转入正题。

我曾养过两只老灰鹅，一公一母，在这里生活了许多年，它们是我的朋友。说"伙伴"或者更好些；鹅没有朋友，它们对一切人、一切事都恶声恶气。但如果习惯了它们的寡情与刻薄，相处倒也不难。一年前的早春时分，池塘的冰刚一解冻，我的鹅就开始下蛋。她一个星期下了三枚蛋，然后死去了。我是在谷仓场院通往草场的小路中途发现她的。她的身上没有死亡的征兆——她卧在那里，翅膀略张开，脖颈伸在草地上，直指坡下。鹅很少生病，我想这只鹅是大限已到，她死于衰老。我曾注意到，她从池塘返回谷仓的窝时，已是步履蹒跚。我从不知她的年纪，别的也说不出什么。我们在自己的私人墓地葬了她，我为失去了一个时间这样长——身子也长，嗓门又高的相识而难过。

她的遗产，当然，是三枚鹅蛋。我知道它们都是良种蛋，不想丢掉它们。至少，我似乎应将她留给我照料的鹅蛋孵化，也算对离去的伙伴尽点心意。我去鸡舍察看了有没有抱窝的母鸡，然而没有。随后的几天，我遍访邻居，寻找抱窝鸡，同样空手而归。多年前，如果需要母鸡抱窝，几乎每个谷仓或鸡舍都能贡献一只。但如今，母鸡的抱窝能力已经不受青睐，现代母鸡是下蛋机器，人工繁殖打消了她在春季里孵化鸡蛋的天性。此外，没有多少人养鸡了，他们想要一打鸡蛋，不是去谷仓，而是直奔第一国民市场。

　　日子一天天过去。那只公鹅，鳏夫，生活在孤寂中——没有谁来与他飞短流长，没有谁需要他保护。他似乎精神恍惚。三枚鹅蛋越来越不新鲜，我自己也陷入了恍惚——坐立不安，没着没落。我把鹅蛋放入地窖的拱道处，那里凉爽些，每次我下去取什么东西，它们仿佛都在无声地谴责我。我的麻烦在镇子里传开了，一天，有位朋友打电话来，说他可以借给我一台孵化器，是专门用来孵化水禽蛋的。我把那东西拉回家，擦洗干净，插上电源，然后坐下来读说明书。研究一过，得知用这台孵化器孵鹅蛋，我得闭门隐居三十天——放弃所有事情，与孵蛋的母鹅没什么两样。我虽然一门心思要催生这三枚鹅蛋，却也没准备好付出这个代价。

　　于是，我放弃了孵化的想法，决定购买三只现成的小鹅了事，一来纪念死去的母鹅，二来安慰寂寞的公鹅。我驱车上路，来到五英里外的欧文·克劳森家。我知道欧文有鹅，他家应有尽有，甚至有台大型锯木机。见他在谷仓门前为一

匹老马钉掌，我站在边上，看了一阵儿。母鸡和鹅在场院里
徜徉，一只雄火鸡围了我转，双翅下垂，趾高气扬。老马的
一只前蹄夹在欧文的双膝间，似乎很难用三条腿平衡自己，
倒也不声不响，很安静，几乎睡去了。我问欧文马的后蹄是
否也要钉掌，他说："不了，是个累活儿，再说它的后腿也派
不上多少用场了。"我就对他谈了小鹅的问题，他带我进入
谷仓，指给我看一只抱窝的母鹅。他说他觉得母鹅孵的蛋有
二十多枚，两个星期左右能孵出小鹅来，如果我有心，可以
买几只走。我说我想买三只。

　　此后我每隔几天就去拜访欧文——这是周遭最有意思的
一个去处。最后，我得到了回报：一天早上我驶入他家的车
道，见母鹅身边簇拥了一群绿毛鹅崽。她被拴了放风，像母
牛一样。欧文草草在她的一足上系根绳子，另一端系在地面
钉的橛子上。她是只漂亮的母鹅，没有我以往的那只高大，
但脖颈更修长。她看去是只杂交种，灰羽毛呈深浅两色，有
白色斑纹——是一种杂色鹅。小鹅的表情活泼、欢快、天真
无邪，就像所有的鹅崽一样。我们拣出了三只小鹅，放入匣
中。我付钱给欧文，随后带它们回家。

　　接下来的事情是如何将这些小生灵介绍给它们的养
父——那只老公鹅。我一路上都在动脑筋。我对家畜和家禽
勉强有些经验，知道它们是古怪精灵的一群，我完全说不准
那只悲伤不已、疑心重重的公鹅，将会怎样对待这三只陌生
的小鹅崽。（我曾亲眼看见一只公鹅，突如其来地叼起新生
的小鹅，甩到了谷仓的另一头。）我着实担心交到我手里的

这三条小生命，活不上一个时辰，就会成为那只悲痛欲狂的老糊涂的牺牲品。我决定慢慢来。我在谷仓为小鹅安放了一个活动鹅舍，与公鹅隔开，但可以让他瞧得见，小鹅也瞧得见他。这位老兄，听到稚嫩的叫声，立即奔来看个明白。他默不作声、专心致志地察看现场。我无法从他的眼神里判断那是怨恨还是怜爱——鹅的眼睛小而且圆，谜一般费解。观摩了一会儿双方的熟识过程，我离开谷仓，回屋去了。

半个小时之后，我听得谷仓场院里一阵骚动，公鹅在高声号噪。我连忙冲出去。小鹅不耐烦暗无天日的生活，逃出了谷仓中为它们匆忙搭建的樊笼，投向场院里它们的养父。我听到的叫声是公鹅在表达欢迎——老鹅因事态的转折兴奋莫名。他的伤悼期结束了，现在有了更有意义的事情去做，他心满意足地承担父亲的职责，重新对我恶声恶气，领了他的三个小儿女摇来摆去，遇到真实或假想的敌人便挺身迎击。我的担心消失了。身为家长的那份儿慈爱，促使他立即把眼光转向了池塘，我羡慕地望着他带上小鹅，走过曲曲弯弯、杂草丛生的漫长小路，向下穿越崎岖草场，草场的一边，是点缀了蓝浆果的小丘，另一边，布满了花岗岩飘砾。我见他在池岸边喝住小母牛，以策通行安全，真是妙不可言。夏天来到了，池塘生机勃发。我取出地窖中的三枚鹅蛋，丢入了镇上的垃圾箱中。

最初，我还分不出三只小鹅的性别。但两条腿的动物，再没有谁比幼鹅长得更快，初秋时节，已经明显可见，我领来的是一只公鹅，两只母鹅。分辨鹅的雌雄，须看它们的举止和姿态——如何表现自己，如何对待生活。公鹅的头昂得高高的，一副咄咄逼人的架势。母鹅优雅地弯曲了它们的脖颈，不那么凶蛮。我的两只小母鹅像她们的母亲一样，也是杂色的。小公鹅则颇有些不同。他通身洁白，只有翅膀除外，是一种浅浅的蓝灰色。他浮在池面上，恍如一只天鹅，白白细细的脖颈伸长，白色的尾巴翘起——活脱脱一个自命不凡、神气活现的公子哥儿。

冬天是等待的季节，对人，对鹅都是如此。去年冬天，等待的时间很长，草场深深地埋在积雪中，小路阻塞了，池塘无路可通，冰封雪盖。生活凝聚在谷仓和场院里。求偶时节来临时，条件恶劣，老公鹅为此很是烦恼。鹅喜欢有一处水面供它们交配，水面不必很大，只要是一处湿地，能让它们部分浸在里面。我的老公鹅，盘算了日期，欲火高涨，却又没法挨近池塘，看上去几欲发狂。有几次，他试图在场院里装十夸脱水的水桶中成其好事。他会将过继的一只小母鹅驱赶到水桶前，叼住她的后颈，把她的头按入水中，以求一逞。事情从没有成功过，那更像一出翻来滚去的滑稽戏，而不是一次交媾。水桶前的例行公事，让人觉得公鹅好像参考了哪本现代性事手册，在操练各种姿势。不过，我注意到两件事情：老家伙只对两只小母鹅中的一只感兴趣，冷淡了另一只，而且，他从不让他的养子招惹任何一个小妞儿——他对此毫不通融，整个春季，英俊的小公鹅都处在流放状态。

终于，池塘解冻了，鹅群欢快地踏了融雪，前往池塘，万物化育的时刻来临了。从我的房前，可以望见池塘，但距离并不短。我并不是个窥视狂，没有花费时间去观摩鹅或其他动物的性奇观。但我还是尽量了解此地所有活物儿的动态，看来，小公鹅仍然受制于养父，不能享有池塘中的特权，而老公鹅继续只瞄着小母鹅中的一只。为了叙述方便，我且将她称为莉兹。

两只母鹅很快就开始下蛋。莉兹的窝建在谷仓地窖，她的妹妹阿帕赛，把窝建在谷仓底层的牛棚处。这会儿是四月底或五月初。天气奇冷——春天姗姗来迟。

阿帕赛下了三枚蛋，随后寂无声息。我把它们用铅笔做了标记，暂时放在她为自己搭建的窝中。我脑子里也记下，它们是未受精的卵。莉兹与她妹妹不同，她只管下蛋，成了个下蛋的小傻瓜。她每天清早与养父在池塘厮混，随后就是下蛋，下啊，下啊，下个不停，像只商用母鸡。我尽职尽责地顺序标记这些鹅蛋——一、二、三……等它们累计到十五枚时，我知道她一次能孵化的就是这些了。此后，每当增添一枚新蛋，我就取走最早的一枚。我还从阿帕赛的窝中拿走她的三枚鹅蛋，出门丢掉，开始换上从谷仓地窖偷来的鹅蛋——本来属于莉兹的财产。这样，我想方设法为每只小母鹅都积累了一窝受精卵，所有这些都是狂热的莉兹下的。

五月的最后一个星期，阿帕赛抱窝了，开始孵卵，她虽然只下了三枚蛋，靠了姐姐和我的周济，窝中却有十枚。莉兹总计下蛋二十五枚，十枚遭窃，自己也没有一点要孵卵的意思。她的事业是下蛋。她下啊，下啊，另一位则孵啊，孵啊。老公鹅，惊异于自己的成就，对两边的窝都显示了极大兴趣。年轻的公鹅，虽然也很激动，但保持了顺从。我继续从莉兹的窝中以新换旧，把蛋保持在十五枚，其余的扔掉。到六月下旬，莉兹总共产下四十一枚蛋，其中十枚归阿帕赛所有，此时，她终于抱窝了。

我在台历上记下了阿帕赛孵卵的日期。小鹅应当破壳而出的前夜，我在入睡前例行巡视时，顺便看了看她。她照例伸长脖子，发出尖利的嘘声。我用手电筒照过去，从她的翅膀下，挣扎着探出两个绿色的小脑瓜。小鹅孵出来了——比预定时间提前了几小时。我一阵狂喜。外面，就在场院里，两只公鹅正在站岗放哨。他们很清楚发生了什么事情，公鹅对家庭事务很牵挂，鹅蛋奇迹般地变成小鹅，令他们深受触动。我把他们关在门外，回去睡觉了。

第二天，星期日早上，我很早起身，直奔谷仓，察看昨夜的结果。阿帕赛悄没声儿地卧在窝里，五只小鹅在窝的斜坡上磕磕绊绊地学步。我看到，其中一只脱离了集体，因为寻不到来路，哀叫着求助。任何忧心忡忡的父亲，听了这凄怆的叫声，都不会无动于衷。忽然，我听到公鹅守候的场院里一阵扰攘——是闹哄哄的打斗声。我跑出门去。外面战事正酣——不是随便比划，而是一场恶斗。小公鹅追在老公鹅的身后，洁白的头探向老公鹅羽毛下最吃痛的地方，逐了他绕场奔突，不住地惩罚他——把他甩出去，用双翅无情地扑打他。这是个可怕的场面，两只巨大的雄禽缠斗在一起，决意分个高下，不是为了取悦雌性，而是为了争取归属未定的父亲的特权。小的整整一个春天，都在池塘边忍气吞声，现在，他终于忍无可忍，挺身反抗老的，报仇雪耻。他们一圈又一圈，跃上岩石，越过草丛，蹿腾跳跃，不止不休，老公鹅显然溃败了，痛楚不堪。这是六月里一个美丽的早晨，晴空飘了云絮，微风拂面，果园里绿草离离——这样的早晨，不知为了什么，总会向我预示夏日的忧伤。头上，三只燕子在低空盘旋，正追逐一根洁白的羽毛，那是筑巢时节的稀罕物儿。它们就像三架微型战斗机，对地面的战斗给予空中支援。有一刻，我想翻过围栏，前去拉架，但我还是留下来观望。老公鹅挣扎了奔向小路，瘫在路上。小的就此罢手，掉转身来，得意地叫着，踱向谷仓的门口，里面，有他刚刚争来的家：这实在是个奇怪的家庭——妹妹不是鹅崽的生母，鹅崽甚至也不是他的骨血。

等我确信战斗结束了，我翻过围栏，关上了谷仓场院的门，隔开胜败双方。老公鹅站起身来。他站的地方，几乎就是一年多前他的前妻神秘死去的地方。我望着他缓缓走开，穿行于丛生的大蓟和雏菊间。他的头部刚能浮现在茂草之上，但谁都能看出，他的精神垮了。他来到草场的围栏前，踌躇着，随即费力地矮下身来，从最低一根栏木下钻出去，进入草场，迎着灿烂的阳光，卧在刈割后的草皮上。他的悲哀和失败深深打动了我。动物王国的事情就是如此，他已经到了我这把年纪，当他屈尊爬过围栏时，我能从心底感受到他低首下心的痛苦。两个小时后，他仍然卧在那里，阳光此时已是热辣辣的。我在佛罗里达城里没有树木的大街上，也经常看到类似景象——精疲力竭的老男人，倚了长椅，坐在强烈的日光下，一动不动。

　　邻近正午，他沿着小路，慢慢走到场院门前，在那里站了一下午，他的头和橙色的喙看去像是巨蟒的头。母鹅和鹅崽出现在场院中。老公鹅透过门上板条的空隙，窥望那番其乐融融的场景：小鹅不停地啜水，在浅浅的盆子里爬进爬出，乍试水深，身旁，是英挺的年轻公鹅在守卫，是俏丽的母鹅在呵护。

　　晚饭后，我前往牛棚，从窝里取出剩下的那五只未孵化的鹅蛋，想见其中没能孕育成形的小生命——它们很不幸，缺了些什么，无力破壳而出，走入六月清晨的丽日蓝天下。我把鹅蛋装到筐里，连同其他垃圾一道丢了出去。我不知道还有什么能比夏日的一天更忧伤了。

大　地

东部通讯

一九七五年二月八日，艾伦湾

一九三八年春的一个下午，预见到生活将发生变化，我乘地铁下行至科特兰街，来到彼得·亨德森的种子店，走时，带走了各式各样的花卉和蔬菜种。总共付了十九美元。彼得·亨德森已死去多年，时代变了——只有温暖、宽容的大地，伴随了日落日升，恒定如常。如今，地球上百弊丛生，人人都沮丧，焦虑，甚至绝望，能够为我驱散阴霾的，只有种子目录上那些绚烂、迷人的图片，还有四月清晨，孵化场箱子里一天大小的鸡雏发出的欢快的啾啾声。我们一九七五年的订购单是三个星期前寄出的。种子价格从十九美元涨到六十七美元。今年春天，鸡雏三十三美分一只，比一九七四年高五美分。即便如此，附近也没有比这更划算的买卖了：种子、破壳的鸡蛋、它们带给这一年的允诺。一九三八年至今，我们年年春天都会胡思乱想，运筹帷幄。我们上了瘾，无意戒除。

我的通讯拖期了，这封信早该发出。我的书桌乱成一团糟，不仅如此，整个东部也是一团糟，就像美国的其他地区，乃至世界所有地区。紧张情绪开始显露在人们脸上。事变和凶兆层出不穷，在我们头脑里排布罗列，夹缠不清。石油。失业。核能计划。云杉卷叶蛾。超音速飞行。土地利用和区划。小医院的困境。污染。超级市场。风力涡轮。陶瓷中的铅中毒。帕萨马科迪部落①。食品券。汽油价格。商店里的炸面圈价格。联邦政府的权力。州政府的阴影。燃油附加费。入室窃盗。滥用毒品。集权。黑斑鳕绝迹。苏联拖网渔船。阿拉伯酋长。所有这些都搅在一起，让人头晕目眩。去年十一月，选民们糊里糊涂，忘记了选举共和党人或民主党人当州长，倒推出了一位无党无派的保险商詹姆斯·朗利，据说他每晚只睡四小时，天一亮就跑步，早上七点钟把人召集到办公室，凭借缜密的商业头脑，着手安排本州事务。某日，我在街头碰上了我的药剂师——他是州议会的新人。我问他在奥古斯塔那边感觉如何，他答道，"挺好的。"随后的闲谈中，他说起"可行的替代办法"云云，我很惊异他如此迅速地掌握了官话。朗利喜欢用"投入"一词，就职时，接受了一万五千美元的投入作为薪酬。此后他又宣称他乐于取消它。这都让人迷惑，有时还怪吓人的。

但在这一带，很多方面基本上变化不大。二月里，白昼长了，日光更强烈，人们在晚上耕地。亨利·艾伦不时驾上"幼兽"牌拖拉机，挂了一台小拖车，没入林中，也因此，

---

① 帕萨马科迪部落，印第安人部落，为新英格兰地区土著，现主要居住在缅因州。一九七五年赢得对内政部的诉讼，获八千一百五十万美元赔偿。

我们的柴堆码到九考得——今年主要是桦木。我的一只母鸡准备下蛋时，会啄起垒窝的草棍啦，树梗啦，甩到背上，自从鸡蛋发明以来，母鸡都是这么做的。温度降至零下的清晨，海湾飘起雾气，遮蔽了赫里曼岬。如果白日里是安稳的，海上风平浪静，采贝的小渔船就驶向渔场，开始扫荡。与一年前比，扇贝的价格下降了。我们的扇贝直接购自劳伦斯·科尔，刚从渔船上卸下。我们装满一加仑的桶，吃上一顿，其余的冷冻起来。我本不该吃扇贝，但我喜欢胆固醇的滋味，不能割爱。劳伦斯告诉我，这是他采扇贝的第四十六个年头。

　　今年冬天，镇上有一场婚礼。沃尔特·克罗克特，我们的大木匠，家具打造者，九十三岁上结婚了。他是在疗养院邂逅新娘，一位年轻女子，两人当时都命在旦夕：这就是爱情的力量，他们奔走他乡，幸福地定居在佩诺布斯科特[①]，帮人照管家务。照我看来，这回，他们让芭芭拉·沃尔特[②]难堪了，我听她在电视上说，我们所谓的婚姻行将过时，到二○○○年势必消失不见。我不大相信她的话。电视上的许多话都靠不住，但《泰山》时段除外，只要有可能，我从不错过收看。在丛林世界里，面对昏天黑地的战争，破碎的原子，威胁臭氧层的喷发胶，均势理论，在处理无数当务之急

---

① 佩诺布斯科特，在缅因州，一八一六年设县，原为汉考克县北部。亨利·梭罗在《缅因丛林》中，曾描述这一带的地理和定居者的生活。
② 芭芭拉·沃尔特，美国广播公司电视网著名主持人，近年退休。

时的缺乏理智和章法（基辛格①除外），人只有设法自立了，泰山围块腰布，狂野地呼啸着，抓住那些苔藓密布的悬空绳索荡来荡去，似乎在荒天野地里过得逍遥自在。他的话如今听来是很纯粹的，他与动物的关系始终亲密无间。镇上有一个五岁的小姑娘，还不能认得钟表上的时间，但凭直觉就知道《泰山》何时播放。她会跑到奶奶跟前，吵着打开电视机，此时，她就可以享用温特劳布店的精美熟食。

我的上期东部通讯发出后，发生了各种稀奇古怪的事情。蓝山镇原本是个安谧的小村落，在它附近，三年之前开来重型机械，将镇子搅得一团糟，这是为了清理地面，给医院增建钢筋混凝土的配楼，顺便在港口顶端，修造镇子的污水处理厂。噪声震耳欲聋。一个月又一个月，塔吊横掠天空，十轮卡车漆了"让我们移动地球"的口号，轰然驶过街头，从一处装上砖石瓦砾，倾倒到另一处。医院面临生死关头：除非住院病人从原来的木制结构中迁入能防火的病区，否则，医疗费减免将被取消，这将意味着某种灾难。工程造价超过二百万美元，对弹丸小镇来说，高得实在难以承受。人们烘馅饼，织毛衣，办拍卖会，在镇公所举办各种演出，掏挖瘪缩的钱包。这是一段艰难的日子，不过现在都过去了：配楼住了病人。地面满铺地毯，外面的停车场可以摆下上百辆车，每张病床前都有电话，安装了空调，护士值班室

---

① 亨利·基辛格（1923— ），时任美国国家安全事务顾问，国务卿，以"穿梭外交"闻名，亦是"均势理论"倡导者之一。

不时发出嘟嘟的信号声。病人要想观赏风景，窗外有港口，还有污水处理设施。

与此同时，往北在罗齐尔角的哈伯塞德那边，就在鹅湾美丽的涧流小瀑布上方，一家名叫卡拉汉的矿业公司闹腾得正欢。他们在瀑布前方筑坝，阻断了潮水，然后掘了一个坑，深不见底，你甚至可以一直望下去，看见中国。开掘大大改变了鹅湾的景观，社区却没有得到太多好处。矿业公司很快采净了这里的铜和镍，扬长而去，矿业公司通常都是这样做的。但这里再不是原来的样子：想必有卡拉汉公司的哪一位，站在大坝的进水闸门上，最后久久凝视着矿坑流入的咸水，心想，多好的一处养鱼场！于是，公司立即行动，不再打矿石的主意，转而蓄养鲑鱼了。这项事业前景看好。一个年轻人，叫鲍勃·曼特，一九七三年买下了卡拉汉公司的全部股份，从华盛顿州采购了八十万尾银鲑鱼卵，在淡水柜里孵化了鱼卵，又将一指长的鱼仔投入用大张尼龙网围起的塘中，饲以小虾。去年秋天，曼特开始他的第一网收获——十万尾银鲑鱼。他把鲑鱼收拾干净，在伙伴帮助下，一美元二十五美分左右一尾卖给本州餐馆和市场，最远卖到了波士顿。人们会以为，在矿坑中养大的鲑鱼，汞含量可能比得上一只小温度计了。但缅因大学和缅因州资源部研究鹅湾鲑鱼后，证明了它的清白——"各种金属含量可以忽略不计。"最近，我在朋友家用餐，吃了两尾鲑鱼，味道鲜美，像美洲红点鲑。我是汞的信徒，正遵从中国医生的吩咐，靠鱼和米饭治疗关节炎，这位医生姓董，写了一本有关关节炎的食疗书。许多鱼都含汞，据我推测，是汞，而不是鱼，治疗了关节炎。在这个变化莫测的时代，人好歹得有几条坚定信念，也好依靠。纽约的一个侍应生告诉我，吃鱼皮才能保持健康，没准儿他是对的。（吃葡萄是为了防癌。）

这里往北的盐塘，是蓝山湾与本杰明河之间的一片小巧的内海，正在进行另一场水产养殖实验。我们的邻居马克·李奇蒙用浅盘浸入塘中，忙着养殖欧洲牡蛎。写这篇通讯时，他已经养了大约五十万只牡蛎。这些受到娇惯的软体动物，不像通常的牡蛎一样，憩在海床底，而是生活在固定了的浅盘上，那些浅盘是木制的，用铁丝捆扎，约摸有咖啡桌大小。冬天，水塘上冻时，浅盘就沉在水面下。牡蛎长到能食用时，卖给餐馆和那些美食家。因此，临水人家可以买上几盘，系在岸边或是自家的浮码头上，什么时候饿了，不妨溜达到海滩，端来餐桌上的头道菜，只要他知道如何撬开牡蛎的壳。李奇蒙的事业，与曼特相仿佛，都有矿业的威胁悬在头顶。盐塘美丽平静，位于蓝山的凯尔亚美利加矿业公司下方几英里处，矿业公司每日向近旁的小溪排出几千加仑废水，顺势流入水塘，然后泄入海湾，威胁贝类海产的生存。麻烦无处不在。但牡蛎现在还没碰上麻烦，或许永远不会。

一些年来，这一带最大的建筑是一座四层楼的鸡舍，顺公路往前，距我住的地方有四英里左右。这是我们的帝国大厦，老远就能看到，驶入港湾的船只都以它为地标。晚上楼里有灯给鸡照明，饲料靠传送带输送。但时世艰难，禽蛋业不景气，鸡舍也失去了辉煌。一度，它成了一片遗迹。突然在某一天，那里出现了生命迹象。汽车停了一辆又一辆。我从杂货店里得知，是诺埃尔·保罗·斯图基①，彼得—保罗—玛丽音乐组合②的"保罗"买下了这座建筑。地方新闻中的花絮。斯图基不在乎母鸡离去后这里久久不散的味道，立即投入工作，将楼上整整一层改装成录音棚。他与妻子和三个小女儿住在附近的宅子里，按小时出租录音棚，计划到三月份灌制好他的一张唱片，指望最终在这里建立动画片工场，招徕青年艺术家入伙。所谓稀奇古怪的事情，这是其中的一桩。

我们地区近来盗贼蜂起。（我还记得那些夜不闭户的日子。）男孩子破门进入杂货店，洗劫香烟和啤酒。惯盗潜入人们的夏日别墅，掠走希区考克式座椅③。最别致的一起盗窃发生在公路往北不远处的阿卡迪，那是多年前埃塞尔伯特·内文④的遗孀，用《玫瑰园》和《一朵玫瑰》两支曲子的稿酬营造的庄园，属意大利风格。去年十一月，这伙盗窃嫌疑人，窃喜有二十英尺高的雪松树障作掩护，将 U 型绞盘车退抵门前，拽出价值四万多美元的羽管键琴，绝尘而去。我忍不住会想象他们把车停在某个荒凉的野餐区，小憩片

---

① 诺埃尔·保罗·斯图基（1937— ），美国著名歌手。
② 彼得—保罗—玛丽音乐组合，美国二十世纪六十年代最有影响的民谣三重唱组合。
③ 希区考克式座椅，美国制椅商兰伯特·希区考克（1795—1853）所制木椅，无雕饰，革面，简洁，结实，受收藏家喜爱。
④ 埃塞尔伯特·内文（1862—1901），美国钢琴家，作曲家。

刻，喝咖啡的同时，调调音阶，然后弹弄一支《筷子曲》①。他们也不耽搁，迅速将键琴装上另一辆租来的卡车，直奔加利福尼亚，几天之后，抵达旧金山，不失为一段浪漫之旅——绞盘车上的羽管键琴，从阿卡迪庄园到金门湾。最后，多亏警惕的探长、键琴制造商、作曲家的孙子和史密森学会通力合作，键琴失而复得，经确认无误。

　　不久之前，超音速协和飞机光临本州，从晴空中呼啸而下，降落在班戈国际机场。它随即又飞往西海岸，后来又再度返回，这回是在班戈过夜，等待去英国取回一个部件。即使我们目前的麻烦已经够多，即使没有人知道我们该转向何处，去往何方，人们仍然坚守一个观念——我们必须昼夜兼程，到达那块地方。我的长孙一月份头一次出国。他飞往瑞士看朋友，到达以后，打电话回来。问到此行观感，他回答说，"转不开身儿"，他"不喜欢瑞士电影"。在速度时代，旅游也变了味儿。假若协和飞机主宰天空，用不了多久，我们将眨眼之间，就从一个洲蹦到另一个洲，从一个时区进入另一个时区，甚至没有时间不喜欢那里的电影。我们都成了基辛格，从一朵花掠向另一朵花，来去匆匆，顾不上体会当下的滋味。

　　能源，当然是热门话题，也是一颗最难啃的胡桃。福特总统的石油进口税和紧缩方案立即引起缅因州众议院一片大哗。某议员提出观点激进的反提案——开放猎鹿。我们缅因

---

　　① 筷子曲，一种用食指在琴键上快速弹出的曲调，强调机械的旋律与和谐。

人，只要觉得有什么事情威胁了我们的生活方式，即使威胁来自遥远的华盛顿，都必然想到搁架上的枪械，还有野味的腥膻。

我们的摩托雪橇手以他们习见的执着和激情，迎接能源危机：他们在班戈组织了一次为期两天的赛事——保罗·布尼安摩托雪橇大赛，一圈又一圈地奔驰跳踉，把远远近近的众多看客吸引到巴斯公园来。班戈的《每日新闻》报道了断腿和扭伤脊背的数字，对这场赛事消耗了多少加仑汽油略过不谈。一年前，汽油已经出现枯竭征兆，人们还是在蓝山大集举办了一场摩托雪橇竞技表演。赛道上没有雪，就租翻斗卡车，一路从沃特思沃斯拉来积雪，铺成雪道。尽管如此，很少听见有人抱怨摩托雪橇手。在缅因州，谁失去了雪橇手的选票，他的政治生命即告终结。

有关人等解决能源危机的日常工作本身，消耗了不少燃料：会议厅里，计划者埋头计划，辩论者辩论不休，灯光亮到后半夜。几天前，我开车去南布鲁克维尔，参加公共图书馆主办的晚间核问题论坛。一个来回，要跑二十五英里，得耗用一加仑半汽油。大厅需要照明。缅因中部电力公司派了代表，他烧掉的汽油比我多得多，他要走很远的路来凑热闹。活在这个时代，人们适应了挥霍能源，不会轻易改变习惯，即使能源短缺。会议结束后，走在回家的路上，我注意到路边的房舍，大多数灯火通明——人们看电视看到很晚，地下室的燃油器咔咔作响，水泵依照锅炉的吩咐投入运转，暖气吞噬电力，保持恒温。一百年前，同一幢房屋里的住户早已经上床睡去了。他们没有电力，也没有电力短缺——只有一个漫漫长夜。我们还不知道，我们能不能整日有能源，整夜有强尼·卡森①。一切都不清楚。

缅因中部电力公司对核电站感觉良好，并不担心核辐射或核意外，建议在佩诺布斯科特湾的西尔斯岛修建核电站。（它还争取到罗齐尔角的四百公顷土地，以备不时之需。）一个自称"缅因安全电力"的团体持相反的立场，对修建核电站感到不安，因为科学家仍在争论，也没有人知道该如何安全处置核废料。一位饲养山羊的布鲁克维尔人来参加会议，问道既然核电站万无一失，为什么他还收到了电力公司雇用的一家调查所的来函，询问他的山羊的大致方位。兰达拉先生，那位缅因中部电力公司的代表回答说，这只是例行调查。"我们必须知道山羊的位置，"他说，"如果出了岔子，也好采取妥善措施。"他承认，碘能污染羊奶。但他对前景很乐观。他说，只需给牲畜喂养特定的饲料，大约四十天后，辐射就消失了。

写这篇通讯时，没人知道东港发生了什么事情，即便确实有事情发生。东港是山脚下一个小镇子，靠加拿大边界，是帕萨玛瓜迪湾的大潮冲蚀而成。石油商对东港念念不忘，因为它有一个深水港。电力公司发现东港让他们睡不安生，因为此处蕴含了无穷的水力发电资源，超过了缅因的任何城镇，或许全世界也没有哪个城镇能比得上。东港，这太令人

---

① 强尼·卡森（1925—2005），美国国家广播公司著名主持人，主持"今夜脱口秀"节目近三十年。

动心了。过去两年来，一家叫作皮茨顿的石油公司一直想染指此处——他们提议出资三亿五千万美元，修建一座炼油厂，还将他们的请求呈交缅因州环境保护委员会。听证会几天前刚结束，委员会随时可能作出决定。对石油商来说，帕萨玛瓜迪不仅仅是个印第安人的字眼儿，它还是个淫秽的字眼儿：它意味着永远勃发，或只要翻卷的大潮去而复返就无止无休的能力。在皮茨顿公司的听证会上，州能源署署长罗伯特·蒙克斯反对颁发许可证。海岸资源行动委员会的律师小霍勒斯·希尔德雷思也表示反对。其他许多人同样如此。蒙克斯称，皮茨顿公司目前的计划将"从此打消"利用帕萨玛瓜迪大潮发电的可能性。当然，还有始终存在的石油泄漏的危险。

我从未感受过东港周围水域的大潮和湍流，不曾搭小船向东走那么远。但我研究过那些传奇海域的海图，我的看法是，只有哈罗德·劳埃德①才能引导超级油轮，绕过东瓜迪岬，从芬迪湾急转弯，进入黑德港航道，还得是个风平浪静的日子。劳埃德能做到，但如果普通的利比里亚方便旗船船长也来冒险，想想都让我不寒而栗，鸡皮疙瘩得有海胆大小。舰长吹吹牛还可以，特别是天降大雾时，这里半数时间都有雾。缅因大学教授布鲁克斯·汉密尔顿，二战期间曾驾驶过坦克登陆舰，根据他的计算，在一段平流期，落潮之前，时间刚够一艘船从东瓜迪岬驶入东港的锚地。

---

① 哈罗德·劳埃德（1893—1971），美国著名电影演员，善于在恐怖幽默片中扮演鲁莽大胆的年轻人。

朗利州长希望利用潮汐发电；马斯基[①]、哈撒韦[②]、福特总统莫不如此。但从童子军时代开始，瓜迪始终名声不佳。加拿大正在制订潮汐发电计划。即使皮茨顿公司的申请得到批准，很可能在哪儿也修不成炼油厂，因为加拿大控制了一段海域，是油轮的必经之路。能源、能源、能源！

　　政府本身就强迫居民耗费燃料。元月里，我差不多端坐了一个晚上，为一九七四年来来去去我家的那些帮佣填写纳税证明，我不擅长填写报表一类东西：长长的社会保险号，费解的小方格，麻里麻烦的复写用纸。地下室里，灯光炽热，炉火熊熊燃烧，免得我给冻死。第二天上午，我收到国税局的来函，拉家常一般，和蔼地通知我，我们一九七二年和一九七三年的收入到审计期了，请我准备好如下文件，等待税务官登门。接下来就是一大叠文件。为了对付所有这些刁钻古怪的东西，电灯得点个通宵，甚至贪得无厌的电力公司，也不会有什么不满意了。

　　我的可靠信息，一般来自我家厨房里的集会，我因此相信，让缅因小镇上居民大为不安的，并非汽油，或生活费用，或失业。我想，他们不安，是因为发现再没有哪个小镇是自治的——问题来自州和联邦政府。我们为本镇的学校、图书馆、医院、冬季道路接受了拨款。如今，我们面临必不

---

①　埃德蒙·S.马斯基（1914—1996），曾任缅因州州长，后为美国参议院议员。
②　威廉·D.哈撒韦（1924—2013），代表缅因州历任美国众议院议员和参议院议员。

可免的后果：轮到恩主叫牌了。蓝山医院价值两百万美元的配楼刚刚启用，镇上的居民一觉儿醒来，便在波特兰《星期日电讯》上读到一篇特写，是根据对州综合保健规划署署长马克·诺尔斯的访谈撰写的，文中说，"三十五张病床以下的"小医院可能很快被人遗忘。人们辛辛苦苦筹了一大笔钱，只为造福地方，听说他们的一番努力落空了，如何能无动于衷。人们精神亢奋，像吸了鸦片。美国佬不需要奥古斯塔或华盛顿教训他们在哪里建医院，办学校，或者应当摆放多少病床，多少课桌。他们习惯自行决定此类问题。他们认为这是自己的权利。（他们也收下了拨款，习惯一旦形成，很难打破。）诺尔斯万万不该在致缅因医院协会主席的信中使用"范畴"一词。我们大多数人熟悉"范围"的说法，想想我们粗糙的神经，"范畴"是有点儿过分了。即使没有个范畴框住你，得知你的医院大小不对，已经够憋屈的。

有这么多麻烦困扰我们的生活，乌云一般笼罩了我们的未来，这一切始于我自家这片小小的领地，乃至私家的能源库（柴垛、黑铁炉子、种子的胚芽、鸡蛋中的幼雏），向外扩展至我们不幸的土地，遭受劫掠的星球，真是很难说今后会发生什么事情。我知道有一件事确实发生了：溪边的柳树悄悄披上鹅黄，与雪障消褪的淡红一道，为广袤的灰白世界添了一抹颜色。我还知道，距现在不会太遥远的一个夜晚，在池塘，在水渠，或在哪个低洼处，一只青蛙醒来，放声讴歌，其他青蛙也纷纷加入，噪成一片。听到蛙噪，我的感觉会好得多。

床上伙伴

一九五六年二月六日,龟湾

我躺在城东第二大道与第三大道之间我的病榻上,从床头瞭望外面的椋鸟。床上,有三位民主党人陪伴我:哈里·杜鲁门①(在一份过期的《纽约时报》里),阿德莱·史蒂文森②(在《哈泼斯杂志》里)和迪安·艾奇逊③(在一本名叫《对本党的感想》的书里)。我让民主党人在床前陪我,是因为缺了一只獾狗,虽然实际上,每逢这种场合,弗雷德的幽灵总会浮现,他死去多年了,却始终追随着我。生前,弗雷德一向好与病人做伴,径直爬到床上,缠绵起来,很像那些别有用心的老医生,又往往只能添乱。整整一个阴暗的上午,我都得老大不情愿地在揉皱的毛毯上哄他,感觉他沉甸甸的体重,听他的无稽之谈。生前,他是个不讨人喜欢的床上伙伴,死后,情况也没有很大改观——我仍然感到挤压,奇怪我为什么要容忍他与生俱来的粗鲁和矫情。

他在床上时,我惟一还算中意的是他的气味,出于某些原因,那不会刺激我的鼻子,却让我产生联想,有点儿像春天里牛棚或草场上的骨粉突然飘来的气息，让人感受到大地和人生的充盈。弗雷德的气味没有离他而去，现在就在我身边浮动，仿佛我刚刚打开一瓶廉价香水的瓶塞。他的香气也没有离开他的颈圈。不久前，我在一个储藏柜里翻腾，偶然撞上了这个硕大的、镶满饰钉的皮圈。我小心翼翼地拿起来凑到鼻子前，生怕他最后一次猎豪猪留下的刺扎到我。颈圈的气味非常浓烈——消散了最多不过百分之十。

弗雷德是当作獴狗卖给我的，不过，我购之心切，即便店主说他是一条爱尔兰狼犬，我也会买下这只幼崽。成交时，他刚有几个星期大，正是麻烦多多的时候。很快，他的麻烦结束，我的麻烦开始了。十三年后，他一死了之，按理说，我的麻烦也该到头了。但我不敢说果真如此。如今，他死后七年，我仍然觉得必须为他写点什么。有时，我下意识地怀疑，我是借着他来报复自己，补偿我为他搭上的时间和钱财。

他的皮毛呈红色，身架低而修长，像獴狗，一眼望去，当然给人獴狗的印象。但一旦用卷尺仔细量一量，再把他轰上磅秤，獴狗理论就破产了。他的随身证书是仓促之间，在宠物店的后间私下制作的，根本不足为凭。不过，我也没有理由去打扰爱犬俱乐部；如果真是一场欺诈，这欺诈到一九

---

① 哈里·杜鲁门（1884—1971），美国第三十三任总统（1945—1952）。

② 阿德莱·史蒂文森（1900—1965），美国政治家，曾任伊利诺伊州州长，两次竞选总统未果。

③ 迪安·艾奇逊（1893—1971），美国政治家，曾任美国国务卿（1949—1953）。

四八年，随着他的死去，也烟消云散了。他的一生，有那么多时间是在从事可疑活动，他的系谱也该是伪造的（如我所相信）才般配。

这里，我懒在病榻上，望着悬铃木曼妙的树枝在我们城市后院的天空中摇曳。这个季节，只能见到椋鸟和家雀，但很快，其他鸟儿都会露面，（顺便说一句，《时代周刊》为什么不辟一个"鸟类信息"专栏，类似于他们的"买方信息"？）弗雷德喜欢眺望窗外，观赏飞鸟，晚年尤其如此，当时，他因为动脉硬化，行动迟缓，必须以静代动。我想起在缅因时，他在我们床上的情景，那是一张有四根帷柱的大床，对他来说，就显得太高，非得有谁帮忙，他才能爬上来。白天，只要床上有人，不管我们中的一个是病了，还是在打盹，弗雷德都会出现在门前，也不敲门，径直进来。他的阔大的灰脸总带一丝见怪不怪的讪笑（撞见有人白天躺在床上），还有那种装出来的矜持。不管谁在床上，都会翻身下来，抓住他粗壮的脖颈上松弛的肉褶，费力拖他上床。他讨厌这番举动，床上的人也一样。个个死沉死沉的，谁都不舒服。但给人拎起，毕竟能登高望远，弗雷德也就容忍了，实际上，他还能容忍更难挨的事情——例如一嘴的豪猪刺，只要最后能获得某种奖赏。

一旦到了床上，他就会摆出观鸟的姿势，惬意地倚在枕头上，尽可能靠近窗子，他的浅棕色大眼睛闪射出期待的光，饱含了对科学知识的渴望。他对自己的工作，似乎从不厌倦。他凝神观察，一副司法部特工人员的样子。瞄见一只飞过的扑动䴕或椋鸟，他就会转过身来，立即报告。

"一只鹰刚刚飞过去，"他一定是说。"还带了个小孩儿。"

这不能说全是在信口开河。弗雷德在许多方面都像个孩子，常常夸大其词，满足自己的想象和他对冒险的热衷。他是犬类中的塞西尔·B.德米尔①。他是个狂热分子，在床上与我相伴的一位民主党人转述的话，刚刚勾起了我对他的记忆——是艾奇逊引用布兰代斯。"自由面临的最大威胁，"布兰代斯先生说，"来自一些人不知不觉中的侵蚀，他们狂热、用心良好，可惜缺乏理智。"在弗雷德眼中，每只飞鸟、松鼠、家蝇、老鼠、臭鼬、豪猪，都构成安全隐患，威胁到他的共和国。他对每一种活物，乃至若干死物，包括我儿子的足球，都有一套黑材料。

虽然鸟儿让他着迷，但他凝视窗外的浓阴时，真正希望的是能有红松鼠现身。看到红松鼠，弗雷德会从枕头上挺直，全身绷紧，片刻之后，开始颤抖。粗大前肢的关节，因为衰老已不再稳固，处于痉挛状态，他卧在那里，不错眼珠地盯了松鼠，前肢交错垮下，随后又支撑起来。

我发现很难传达这位出身低微的老警戒会②会员的特征，他是我的伙伴，虽然故去，却时时让人怀念。在我心中，他与众多的狗到底有哪些不同，竟至一再浮现，实际

① 塞西尔·B.德米尔（1881—1959），美国电影导演，以大制作著称，代表作有《埃及艳后》、《十字军东征》、《十诫》等。
② 警戒会，美国人因不满警察治安不力而自发维持治安的组织。

上，似乎根本就没有死掉？妻子始终认为，弗雷德对我极其忠诚，在某种意义上，确实如此，但他的忠诚是一种机会主义。他知道，在这个农场中，我负责巡视全局，雄赳赳地从一个事发地点奔向另一个事发地点。这类工作让他着魔。他不习惯像牧羊犬一样，一步不落地跟在我后面，给我道义支持，有时还挺身而出。他自行办理平息乱子的业务，通常先于我到达现场，结果，乱子还在，我倒只能朝天上放空枪。他与大多数的狗确实有所不同，不同之处在于，他不断打击、而不是鼓励主人的自尊。自从他告别了幼年时代，一生就再也没把我或者任何人放在眼里。唯一还能显示出一点眷恋的时刻，是我坐在车子的驾驶座上，他把沉甸甸的脑袋搁在我的右膝上。这一点，我很快察觉到，不是出于眷恋，而是因为晕车。接下来他就开始淌口水，这给我带来极大的不便，他的脑袋的重量迫使我踩油门时往往用力过猛。

弗雷德一生致力于挫伤我的尊严，而且成绩斐然。然而，他对我家的归属感，尽管少些眷恋色彩，倒也很强烈，很鲜明。说到底，这是因为他从我们众人、我们的活动中发现了一个错综而又无序的社会，激发了他的想象力，满足了他对喧嚣的需要和对真理的向往。当他慑服了六七只豪猪后，我们意识到，他与豪猪的私家恩怨令我们付出了高昂的代价，所以，我们把他拴起来，免得他撕咬身边的每一棵树，每一只车轮，每一个邮筒或每一段原木，要么就悄悄潜入树林里。我觉得他永远都是将超长的皮绊扯到了尽头。弗雷德强烈憎恶这类羁绊，但他自有层出不穷的小把戏来打发时光。他从不肯卧下来，安稳一会儿。他在皮绊的长度范围内，继续探索、解剖、采集、查验、挖掘、实验、攫取、品尝、咀嚼、反刍。他没有时间沉思默想，但他始终保持了一丝信念，相信每一块普通的石头之下，每一段可疑的漂木背后，都藏了惊天动地的事机，乃至拯救国家的机缘。

不过，还是回头说说我床上的其他伙伴吧，这些敏锐的民主党人。他们都是些体面的大人物，无一例外，每天都忙于撰述、演讲、探求真理。在床罩上摆设秉承同一种政治信仰的人物，并非我的本意，他们聚在我面前，只不过因为他们有本事付印发表。所有这三位都说了些我感兴趣的事情，所以我在床上给他们腾了块地方。

杜鲁门先生在最近一期《时代周刊》上话旧，谈到一九四八年倒向"特殊利益集团"的新闻业，百分之九十对他成为总统候选人都抱有敌意，歪曲事实，导致他在那一个时期民望低落，企图阻止他向选民传达信息。这番武断、不合情理的说辞，引起了我的好奇，因为它真假参半，所有真假参半的东西都让我兴奋。床上一件真假参半的东西，就像粉碎机一样，能搅得人坐卧不安。我本人是个新闻业的二线从业人员，而且服务于特殊利益集团，感觉杜鲁门先生沮丧的表述中，有些纯属牢骚。一九四八年，杜鲁门先生精气神十足地展开他的铁路沿线小城镇之旅，短暂停留后又呼啸而去，努力程度，五倍于他的竞争对手。"共和党操控的报刊和广播"几乎报道了他说的每一句话，当然他们的社论和评论中也不乏嘲弄。千百万牵肠挂肚的美国人听了或读了他的言说，然后与社论相对照，然后默默走向投票站，把他送回总统任上。然后他们听了卡滕伯恩①的广播。然后他们听了杜鲁门嘲骂卡滕伯恩。一九四八年的反对声音，既不是坏事情，也没有造成毁灭性影响。它是健康的，（在我们的社会中）也是必要的。没有报刊、广播和电视，杜鲁门先生根本不可能与那么多的民众沟通。一些新闻难免有歪曲之处，但歪曲本是党派新闻固有的东西，政治集会同样如此。我还从没见过一则不偏不倚的文字，不管是政治性的还是非政治性的。作者倒向哪边，文字就偏向哪边。没有人生来公允，虽然有许多人生来正直。美国新闻自由的美好，就在于偏向、扭曲和歪曲来自许多方向，读者必须筛选、核查、比照，才能得出真相。这一点他做到了。只有新闻的扭曲来自同一个出处，例如政府控制下的新闻制度，读者才会蒙了头。

民主党人不断叫屈，指责新闻业大都支持共和党，情况也确实如此。但他们该做的事不做，如何拨乱反正：他们不肯投身出版业。民主党人说，他们没有这笔费用，但依我看，他们缺的是某种气质，或者是某种勇力。

阿德莱·史蒂文森对批评的看法，几乎与哈里·杜鲁门正相反。史蒂文森在《哈泼斯杂志》上写道："……我非常清楚，在许多人看来，'批评'一词如今成了一个丑陋的字眼儿。它差不多等同于'离经叛道'。说到批评，人们会联

---

① 汉斯·冯·卡滕伯恩 (1878—1965)，美国著名新闻广播主持人，一九四八年美国总统大选揭晓前夜，在广播中宣布共和党人托马斯·E.杜威获胜，随后早早入睡，次日清晨始得知杜鲁门当选总统。

想起种种场面，仿佛奸诈的激进分子，正在兴风作浪，摧毁美国人生活方式的根基。批评意味着不服从，不服从意味着不忠诚，不忠诚意味着叛逆，等不到我们弄清楚怎么回事，这一来已经把批评与颠覆活动混为一谈，将政治批评视为反美活动，而不是民主制度的最根本保障。"

我留意这番话，是因为我有同感，每个人都受他同意的看法吸引，尤其是当他缠绵病榻时。

艾奇逊先生的书派性十足，但也不乏克制，其中以相当篇幅描述了一九四七年在民主党治下开始，从此改变了我们生活的忠诚与安全审查制度。我对这个题目感兴趣，是因为我同作者一样，相信安全机器扩张之日，就是安全失落之时。安全机器需要秘密警察。起初，这一机制是用来保护我们，防止政府的要害部门用人不当。随后，它迅速扩展，遍布非要害部门，最终侵入工商业界。就是在秘密警察的卷宗里，不服从悄然变成了不忠诚。秘密警察制度最初动摇，随后窒息，最终僵化了自由社会。我想近来伊斯特兰小组委员会对新闻界的忠诚调查就是个令人不安的事件。它似乎认定国会有权在报社办公室闲逛，教训管理部门哪些雇员很好，哪些不行。这类程序对立法者是一个极大的诱惑。假如它成了公认的惯例，势必导致肆意滥用。在极端条件下，它将摧毁新闻自由。

忠诚问题也与弗雷德有关，他从没像今天上午这样压在我心头。弗雷德极其忠于自己，每个强悍的个人主义者都是如此。他像哈里·杜鲁门一样，拥有坚定的信念。他绝对相信真理掌握在他手里。由于他忠于自己，我也就忍受了他的怪癖。实际上，他确实为我们家庭的整体健康与安全作出了贡献。他离去后，一切都不同以往。他基本上一贯唱反调。然而，他在分裂我们的同时，又将我们团结起来。他一边阻挠，一边推动了我们；一边批评，一边传播了信息。他的五花八门的异端邪说，听来刺耳，却坚定了我们的信仰。他又是个普普通通的讨厌鬼，这一点我不能忘了。

近来，"信仰"问题又出现在报刊上。艾森豪威尔总统（我现在要挪动挪动，欢迎一位共和党人来到我床上，与其他客人共聚。）公开宣扬祈祷，称大多数美国人都受宗教信仰的激励。（倒也没说错。）《先驱论坛报》的特写冠以大字标题——"总统称祈祷是民主制度的组成部分"。此类官方宣告显然在暗示，宗教信仰乃是民主生活的条件，甚至是其先决条件。这就完全不对了。总统想在什么时候，什么地方祈祷，尽可以随便，（多数总统都很虔诚，花很长时间祈祷，一些总统甚至到了痛不欲生的地步。）但我认为总统不该鼓吹祈祷。这是另外一回事。民主社会，如果我理解得不错，是一个非信徒也能不受打扰的，自由自在的社会。如果美国只有五六位非信徒，他们的福祉将是对我们民主的考验，他们的安宁将成为民主的见证。本届政府不断示意，宗教信仰是美国生活方式的先决条件，这让我心神不宁，我敢说，其他很多本分公民也会有同感。艾森豪威尔总统说，他收到了大量信件，赞同他一九五三年的就职祈祷。但他或许没意识到，那些为此事而惶恐不安的人，其实不大可能动笔，以免显得不虔诚，无信仰，不忠诚，甚至落下反美的罪名。我清楚地记得祈祷的情形。我并不反对祈祷，但我从来不能在电声伴奏下祈祷，今后大概也不能。然而，我仍然能感觉总统是真诚的，事事出乎天性，任何人，只要自然而然，我都不会挑剔。我相信我们的政治领袖应当有信仰，不妨通过他们的行动，有时也通过祈祷显示这个信仰，但我对他们鼓吹信仰持怀疑态度，即使理由只有一个：鼓吹信仰会让一些人不自在。民主制度关注的，是不教任何一个正直的人感觉不自在，我并不在乎他是谁，有多么古怪。

　　我希望信仰永远不会成为一种强制。一七八七年，我们的一位立国者说："即使愚夫愚妇，也应有其代表在座。"这话有些奇怪，但却神圣，它历久弥新。昨天还有人在电视上提到。对政治纯正标准的任何一点暗示，都让我怀疑，我知道这将为当权者随意制定人类行为标准大开方便之门。

　　弗雷德是一个非信徒。他不崇拜肉身的上帝，也不崇拜至高无上的造物主。他当然也不崇拜我。假如他突然对我顶礼膜拜，我想，我必定感觉怪怪的，就像不知哪天，某位部长突然在加利福尼亚一次民主党的集会上宣读祷文："我们确信阿德莱·史蒂文森乃汝等甄选之美国总统。阿门。"那么，上帝也会感觉怪怪的。

　　我尊重弗雷德的这个怪癖，尊重这种对宗教情感方面为狗制订的世俗规范的不顺从。我们家过去是，现在仍是民主社会的缩影，在这里，他不受打扰地生活，良心上很坦然。

我希望我们国家永远不会让非信徒感觉拘谨，因为一个不留神，祈祷就会变成对合格公民的一项基本要求。我的妻子，注重精神生活，却从不去虔诚礼忏，读罢《先驱论坛报》上艾森豪威尔先生的祈祷号召，说了一番我永难忘记的话。"也许没什么，"她说。"但生平第一次，我开始觉得在自己的土地上像是个外人。"

民主本身，是一种宗教信仰。对一些人来说，它几乎就是他们唯一的宗教规范。因此，当我看到空中掠过正统观念的第一丝阴影，感受到它的第一缕冷森森的迷雾从海上潜入，我不禁浑身颤抖，仿佛刚刚看见一只鹰飞过，还抓了一个孩子。

无论如何，躺在床上，身边有这些友善的民主党人和共和党人，他们每个都很热忱，还有这一堆报刊简报，还有弗雷德，可以眺望冬日天空中的椋鸟，可以悬想又一次大选年的结局，连同那些狂热，那些扭曲，那些过激的行动，那些利益集团，毕竟是很愉快的。弗雷德死了，告别了一种过激的生活，我不介意也能这样。我喜欢阅读不断充实的民主之书中的所有这些文字——大部分都很冷静，颇有见地：艾奇逊谈安全，杜鲁门谈新闻，艾森豪威尔谈信仰，史蒂文森谈批评，全都在洋洋洒洒写个不停，全都在忙着改进、挽救、妥善维持这座最初奇迹般建造起来的结构。这是真切的。床上的喧嚣清晰可闻。史蒂文森先生说："……从没有哪个文明如此执着于这样一种信念，即善与理性的终极秩序是可以认知和实现的。"这让我迫不及待地想爬起身来，迎接新的一天，就像弗雷德起身迎接他的每一天，而且他坚信，只要保持警觉，勤奋工作，所有的豪猪、所有的猫、所有的臭鼬、所有的松鼠、所有的家蝇、所有的足球、所有邪恶的飞鸟都能缉拿归案，有理性者，也就是他自己，将享有安全与欢乐。他对美好世界的疯狂想象不管多么荒唐，他谋杀看来不顺眼的每一个造物，只为建立正义秩序的计划不管多么有悖常理，我得承认：他确实在为此奋斗。

附记（一九六二年六月）：这篇关于祈祷和弗雷德的文章发表后，引来大堆邮件——至少对我来说是一大堆。（我管六封信叫"一大堆"。）几封信来自在鼓吹祈祷问题上与我有同感的人，但他们宁肯一言不发。还有几封信来自其他读者，他们抱怨我对弗雷德的刻画（半是警戒会会员，半是持不同政见者。）自相矛盾，起码有些混乱。我想这类抱怨是有道理的：发表后的东西从不像我想得那么透彻，不过我的文字也从来不曾透彻过。

在一九六〇年的总统选举中，信仰与祈祷退居末座，首要问题在于天主教徒能不能入主白宫，或者是可忍，孰不可忍。于是，选民又来忙活，他们研究《赛马报》、《华尔街日报》、《基督教科学箴言报》；他们分辨共和党人控制的新闻界吹来的风向；他们倾听电视上的八卦；他们奔走教堂，寻求指点；最后，他们断定，天主教徒可以当总统[1]。这是一

① 即天主教徒 J. F. 肯尼迪当选美国第三十五任总统（1961—1963）。

个令人难忘的时刻，一次胜负只在毫厘之间的较量，也是一次大体上有益健康的操练。

麦卡锡时代不久前刚过去，随后是生育社会时代（在美国，时代与时代之间，间隔越来越短——有些时代，似乎只延续了几天），我们发现身边又有一群人，提议制订一个标准，确保政治纯正，又有一批警戒会会员，忙着编制名单，决定谁是反共斗士，谁又低人一等。一九六二年的今天，保守主义是显赫的、时兴的正确事物，"自由主义者"则是一个语带轻蔑的字眼儿。每天早上，摆上我早餐桌的报纸上，自由主义者往往被称作"所谓的"自由主义者，意味着他们这批人，很可能全然不配"自由主义者"的名号，是些形迹可疑的人。幸运的是，伯奇协会①的会员没有麦卡锡参议员那么大本事，能煽动头条新闻，后者身为参议院某个委员会的主席，在新闻界的帮助下，设法将报章的头版变成了绞刑架，每天绞死新人，有时，在我看来，新闻界竟是毫无必要地给予合作，贡献版面，庆祝这个残酷的仪式。

最高法院裁定纽约公立学校祈祷案后，祈祷再次成为新闻的热门话题。从反应的激烈程度来看，人们会以为最高法院正在扼杀美国的宗教生活，整个国家都堕落了。但我认为，最高法院再度清楚听到了令我们的《宪法》变得崇高的一个简单主题的召唤：任何人都不应因拒绝与世推移而感觉不自在或不安全。纽约州，出于世界上最良好的愿望，开

---

① 即约翰·伯奇协会，美国一极右政治组织，创立于一九五八年。

创了公立学校一个高尚的正统信仰时期，不时可见有儿童背负异类的污名，伫立在寒风中。我们的《宪法》关注的，正是这样的儿童——他的安宁，他的健康，他的安全，他的良知。这是一部多么宽容的古老文书，经过一次又一次解释，光芒闪射，竟是如此辉煌！

去年秋季的一天，我漫步穿过果园，进入林中，来弗雷德墓前凭吊。林木光裸裸的，野生的苹果树早就缠满葡萄藤，苹果从藤上垂下，没有一点羞涩。已经废弃的垃圾场，在草木繁茂的日子里隐没不见，现在袒露在眼前，堆满锈蚀的锅、锡罐和各类杂物。欧石楠的刺少了锐利，空气清新，小小的丘壑，以往很不起眼，现在换了一副面貌。倾圮中的弗雷德的墓碑，经加固后直立起来，我不知弗雷德是否终于获得平静。我突然感到一阵不安，有时，面对死亡，心中就会产生这样的悸动，我的不安下行至膀胱。我没有摆放花圈，只在桄木下小解一过儿，随后离去了。

这座墓地是我唯一还算定期探访的墓地——实际上，我只探访这座墓地。我有些亲戚，就长眠在本县各处的墓园中，我倒没有去那里祭扫的冲动，我自己也不免奇怪，何以要来私人垃圾场边这块芜杂的林地，只为这里埋了一条老狗。除了出门方便外（我不需要做任何准备），信步走来，也就到了——我来这里，不过是看看有没有什么事情。（弗雷德生前，每天都来这里巡查。）来至此处，我并无悲哀，也不悼念死者。我的那种莫名的忧伤，与墓地或墓地的占有者无关。这处墓地很简陋，时不时掠起一只山鹬，在这里，我倒常常感觉很好。但一切事物的终结，仍然都让我忧伤，这很可能是一种纯粹的自私，或是睹物伤怀——心中所伤，不是狗的死亡，而是我自己的死亡，虽然它还没有发生，但面对这样一个美好的环境，每一念及，常不免怅然若失。

煤烟沉降量和放射性坠尘

一九五六年十月十八日,龟湾

这是公寓中一个阴暗的清晨,但整段街区都热热闹闹
的,东面两三个门开外,黄色的搬家货车正卸下玛丽·马丁
的家当,她搬入了(我应当说事情看上去是如此)这里的一
所房子。每逢这种时刻,人们的生活就暴露在光天化日下,
他们的家产袒露在街道上,听任白日的光亮扫视家居生活留
下的一处处创痕和印记。这是一种不公平的袒露,茶几上一
无所有,落地灯的电线卷成卷儿,味美思酒的酒瓶从装了个
人文件的纸板箱里伸出长长的瓶颈,每只废纸篓都塞了零星
杂物。货车在街区引起骚动。街对面二百三十号门的窗前有
人探头。便道上的行人停下来,顺着敞开的门,肆无忌惮地
窥探新居。我占了这台戏的包厢,像窥视者汤姆[①],裹着睡
袍倚在那里,向下瞭望,我必须强忍感冒,感冒让科学家也
无可奈何,尽管他们分裂了原子,用锶 90 污染了地球表
土,突破了音障,修造了林肯隧道[②]。

要有多少东西才能堆起一个"家"啊!炉台上的托架、

小搓板、炉具、大得足以煮上一头猪的铜锅，金属文件柜，板材文件柜，留声机、隐在桶里的玻璃器皿和瓷器、地毯吸尘器。（我很好奇马丁小姐是否知道她家的吸尘器式样老旧，却是现代的绿色外壳。）瞧瞧这把小巧的钢锯，很可能是哈利迪先生的心爱物。写字台抬下车，搬运工为减轻负担，卸下了抽屉，我正好可以随意审视玛丽·马丁小姐乱糟糟地装了怎样一堆文具，像我的妻子一样，都是在朝六晚七文具店买的。接着是床，露天摆在四十八街上。接着是床垫。我忽然觉出自己的不得体，移开了目光。

两株葳蕤的室内植物，高六英尺，装在巨大的花盆里，难住了搬运工。听那动静，花盆里必是注了小半盆水，需要倒到排水沟里。无论如何，有生命的东西总是比死物件更难挪动，我想，任何搬运工一定宁肯背了沉重的写字台爬三段楼梯，也不愿抱着一株橡皮树跳华尔兹。他根本无法双臂拢了高耸的室内植物，还能保持绅士风度。

街的背面，景象更宜人。一只黄猫，受笼中红腹雀的诱惑，攀上紫藤，想要进入我的卧室。空中灰蒙蒙的，《时代周刊》记者称为"花房效应"的烟雾，裹了尘灰和水汽，压向地面。我不知道长岛的工厂如今在制造什么新的小玩意儿，要排放这种污浊蒸汽——也许是缓解鼻腔堵塞的喷敷器吧。无论是什么，我都愿意拿来换一口新鲜空气。每一缕微

---

① 窥视者汤姆，英国传说中人物，因偷看贵妇人裸体骑马过市，导致双目失明。
② 林肯隧道，穿越哈得孙河底，连接曼哈顿与新泽西州的地下隧道。

风吹来，玛丽·马丁家花房后面的柳树，都坠下两三片俏皮的黄叶，飘飘摇摇，像一条条金鱼，游向手持扫帚等在那里的杂役保罗。沿墙爬满了常春藤，绿丛中，三只歌鸫踏了枯叶寻寻觅觅，一边留神猫的突袭。我读不清楚"三只歌鸫"的发音，但我能从窗前看清楚它们，这是多少个秋天，我头一次看到三只歌鸫聚在一起。十月的奇迹。我以为它们是独居的，但能见度太低，我也不敢保证。

曼哈顿的这个地段堪称是市内煤烟沉降量最高者，美国的放射性坠尘量在世界上也无人能比，煤烟沉降和放射性坠尘，再加上烟雾，我觉得，我的确很有资格谈谈普遍存在的污染问题。当然，这些天来，报章杂志，追随总统竞选人周游全国，从一个受污染地区走向另一个污染地区，就这个主题，讨论得正欢。

我没有第三大道周围煤烟沉降量的最新数字，但上星期六的《纽约时报》发表了威拉德·F.利比博士的一些有关数字，他说，从各国的测试得出，大气中漂浮的放射物质的蓄积量大约为二百四十亿吨。这是星期六的情况。星期日的《纽约时报》引用劳伦斯·H.斯奈德博士的话说，"在评估（核武器试验的）潜在危害时，人们常常加上这样一类限定性条件，'假如核武器试验按目前的速率继续下去……'，等他们的说法印成文字，此类条件早已过时。"我忽然想到，报纸上出现的二百四十亿吨这个数字，或许已经过时了。例如，它可能不包括英国一两个星期前在澳大利亚爆炸的核弹释放的放射性物质。也可能包括了，但也可能没包括。斯奈德博士的意思很清楚；如他所说，热核军备竞赛是自动加速的。核爆引来核爆。原子弹引来氢弹。你能造出什么，我就能造出更大的。

"不幸的是，"哈里曼州长某天晚上说，"我们仍然是在狭隘的、常规的意义上思考问题，毫无道理地自鸣得意。"

当然，在狭隘的、常规的意义上思考问题的习惯，不仅仅限于美国人。你不妨把传单或笋瓜丢到任何地方任何人的脑袋上，砸中的几乎必然是一个作狭隘的常规运转的大脑。人的头脑有些东西，强制它只去关注周遭的事务。一百万人中，也只有一个人能够高瞻远瞩。人们从竞选讲演中得出的印象是，太阳绕地球运转，地球绕美国运转，美国绕讲演者当下碰巧驻足的那个城市运转。这就是我一位朋友通常所说的非哥白尼体系。大选期间，总统竞选人想方设法造成一种印象，似乎他们的思想很开放，抛弃了常规思维。我很喜欢听他们处于四年一度剧痛复发时的讲话。但我没听出哪位竞选人有什么非常规思维——虽然一些话说得还算入情入理。在巡回竞选期间，竞选人如果标新立异，很容易演成政治自杀。

我想，人类逐步地、悄悄地污染地球，他向空中发散粉尘，他往骨头里添加锶，他向一度清澈的河流里排放工业毒素，他将化学物质掺和在东风吹来的雾气中，造成了一幅极其诡异的画面，相形之下，人们所说的一切，都显得苍白、虚弱无力。地球公司中有我一股，我对它的管理状况很是担忧。利比博士说，受放射性坠尘污染的表土中积聚的锶，有百分之七十进入人的身体，但新的证据表明，结果"大大低于这个数字"。或许，我们都应为此欢欣鼓舞，但我却高兴不起来。污染表土的锶，无正确浓度可言。有三个主权核爆试验者已在各顾各地进行试验，另有五十个潜在的核爆试验者准备带上他们的小玩意儿进入同温层，此时此刻，在锶 90 的问题上诉诸"宽容"，才是毫无道理地自鸣得意。我属于一个狭隘的非常规学派，相信在厨房里喷洒杀鼠药，只要避不开孩子或小狗，那么，再小的量也不是正确的量。我相信，向世界上的清澈河流排放化学废料，谈不到正确的数值，我还相信，如果有办法控制工厂烟囱的烟雾，那么，听任这些致死的烟雾四下飘散，与雾气混合，一旦条件具备，突然将某个地区变成另一个唐诺拉小镇①，就是非法行为。

"我看到工厂的浓烟喷发——直抵高空，"昨天晚上，艾森豪威尔总统对西雅图的民众讲演时，颇为自豪地如是说。是啊，就在此刻，我可以看到工厂的浓烟喷发，直接飘入这间房子；烟气像一蓬针，刺入我的喉咙，钻入我的鼻子，呛得我喘不过气，两眼烧灼。屋里一股屠宰场的味道。早间新闻对此作了简略报道。

关于放射性物质，一个简单、无可辩驳的事实在于，科学家对"安全"数值其说不一。所有辐射都是有害的，所有辐射都缩短寿命，没人说得清他因 X 光照射和放射疗法接受

---

① 唐诺拉小镇，位于美国宾夕法尼亚州，一九四八年，因钢铁厂和化工厂大量排放污染物，造成连续四天烟雾聚积不散，导致二十人死亡，近半数居民得病。

了多少辐射，所有这些辐射不仅影响接受治疗者，还殃及后人。艾森豪威尔总统和史蒂文森州长都谈到氢弹试验和热核情景，他们的看法并不统一。依我看，两人都没有说清楚有关地球生命的种种不断变化的事实。两人都在强调国家安全，仿佛这个问题仍然与普遍的福祉互不相干；实际上，有时此类一些政治讲演，听上去好像美国，或任何国家，单凭品德的力量，或军备的力量，就能高踞于我们星球的法则之上，好像我们大于我们的环境，好像国家的激情能超越自然界的限制。

"保持强大，我们将保持自由，"艾森豪威尔总统在匹兹堡说。史蒂文森州长在芝加哥呼应道："……只有强大，才能自由。"

对这种实力即自由的说法，不妨再作思量。一九三六年时，这话很管用，但那时没人想到。今天，我们用氢弹遏制战争，自由了，军事上也果然强大，但对这种说法，需要作点尴尬的订正。今天，应当说，"保持强大，我们将保持自由，只要我们不须被迫动用实力。"二者其实并非一回事。一九三六年对的，今天即使不是全错，最多也只能说是部分正确，或对错参半。依仗核盔甲的国家，就像骑士通身披挂沉重甲胄，以致行动不灵，他无法走路，无法骑行，无法思索，无法喘息。氢弹对战争，是一种极其有效的威慑力量，但它作为战争武器，却百无一用，因为用过之后，世界将无法居住。

原子能释放后，有很短一段时间，强大的国家即是安全的国家。今天，没有哪个国家，无论它掌握了怎样的热核力，可在充分独立的意义上称之为强大。大国是虚弱的，因为它们的实力中看不中用——使用时过于恐怖，爆炸后过于歹毒。小国是虚弱的，因为它们一向虚弱，现在又必须与大国一道呼吸污浊空气。如史蒂文森先生所说，我们达成了均衡，不是实力的均衡，而是恐怖的均衡。如果说氢弹还有些用处，它倒更偏向小国，它们多少有了点冲撞其他国家的自由，它们发现，如今，一个国家尽可以口无遮拦，不必担心挑起战争，战争的后果太可怕了。

于是，原子能成了一种正常的怪诞。它定义国家安全，很可能让我们避免了第三次世界大战，实力的含义因之出现转折，它还夹带某种致癌同位素进入我们的骨髓。此外，它改变了以身殉道的观念。人类一向不惮为他们的信仰流血牺牲。昨天，这一点简单明了，我们甘愿抛洒热血，是因为在付出代价后，我们毕竟有所得。而如今标出的代价，却并非一腔热血就能了结。今天，我们的领导人和其他国家的领导人其实是在说，"我们将以热血捍卫信仰，不仅如此，上帝作证，只要有此必要，我们还将献出基因。"此话何其痛快而决绝，人们不由得要佩服它所体现的大无畏精神。我佩服这种精神，但它的逻辑却让我犹疑。我怀疑有哪种高尚的原则，或者，在这个问题上，即使卑鄙的原则也罢，可以靠基因的分崩离析来维持。

我在总统竞选人的演讲中注意到的，是某种暗示，似乎热核军备竞赛将促使人们更加接近，而不是相互疏远。我很怀疑，由于放射性坠尘，我们倒能出乎意料地迅速实现世界大同。我们可能随坠尘一道化为齑粉。坐在蘑菇云托起的魔毯上，我们手足无措——我们飞得太快，太远。安妮·林德伯格[①]的《从北美到东方》一书中，有一段描述了航空旅行时，头脑与肉体之间，记忆中形象的缓缓展开与现代飞行的稍纵即逝之间奇特的断裂。林德伯格夫人取道诺斯黑文岛——她童年时代的避暑别墅，开始她飞往东方的行程。"前往缅因的旅途，"她写道，"通常漫长，迂缓，夜晚有充裕的时间，可以倒头睡觉，清晨搭摆渡跨越巴斯河，下午走过一个又一个沿海城镇，有充裕的时间，让内心的变化与外在的变化合拍……但乘坐'天狼星'疾飞诺斯黑文岛，我的头脑大大滞后于我的身体，掠过洛克兰港上空时，往日熟悉的地标竟然失去了真实感。"

我们就像飞机中这位女子，到站了，熟悉的景象却失去了真实感。我们墨守旧日的常规、旧日的定义、旧日国家安逸和自足的美妙感觉。安全理事会举行庄严会议，讨论苏伊士运河问题，十一个主权伙伴围绕一条主权水道闲扯，与此同时，英国威胁将不惜一战，保卫它的"生命线"，即使现代战争意味着世界范围的放射性污染，世界范围的死亡线，条条水道的终结。倘若安理会的衮衮诸公忽然改变话题，就香龟乃至池塘和水面的其他古老生物展开争论，我会觉得更有助益，更多些安全。目前，是它们的生死悬于一线，它们

---

① 安妮·林德伯格（1906—2001），美国著名飞行家查尔斯·林德伯格之妻，作家。

将促使苏伊士运河最终向世界各国船舶开放，皆大欢喜。

竞选公职的人小心避开了卢斯夫人通常称作的"全球主义昏话"，担心失去了美国军团[①]的全部选票，只能与诺曼·卡曾斯[②]搭伴。然而，有迹象表明，超国家的理想仍然活跃在一些人的头脑深处。透过颠三倒四的辞藻，"共同事业"的概念像只胆怯的小鸟一样探头探脑。杜勒斯先生前句话使用了"相互依存"一词，马上又谈"独立"，这更合常规，更安全。我们援助南斯拉夫，是为了确保她的"独立"，而礼下于人，本身就证明了援助者和受援者都不再享有绝对的独立，二者陷入了道义上相互依存的关系。铁托先生说，他支持"新的形态和新的法律"。我实在弄不清楚他此话的含义，我怀疑他自己是否清楚。如果他所谓的"法律"，是指制约国际社会行为的可强制实施的规则，显然并不存在旧的法律。不过，我支持新的形态。史蒂文森州长在他的一次谈话中说："各国久已习惯在黑暗中生活，它们发现很难适应生活在光明中。"什么光明？政治的光明。倘若是这样，何不明白道出。艾森豪威尔总统某日以这样一个短语来结束他的讲演，"法治世界中的正义和平。"而讲演中的每一句话都是在谈论无政府世界中的正义和平。

裁军之谜，和平之谜，在我看来，似乎都取决于对这些相互抵牾、相互矛盾的语句的解释——取决于说这话的人是

---

① 美国军团，美国全国性退伍军人组织。

② 诺曼·卡曾斯（1915—1990），美国作家，编辑，曾任联邦主义者世界协会会长，推动强化联合国运动。

否当真。我们是独立的还是相互依存的？我们不能二者兼备。我们是否确实在寻求法治社会中的正义和平，像艾森豪威尔总统暗示的那样？果真如此，我们何时，又是如何开的头？我们支持"新的形态"，或旧的形态也还管用？一九四五年，经历了历史上最惨烈的浴血厮杀后，各国立即回归旧的形态。联合国以其体制，再次确认了导致第二次世界大战的一切因素，在铲除独裁者的这场战争结束时，联合国欢迎斯大林和庇隆跻身正式成员，这出压轴戏尽管前后不一，但铁幕迅速落下，一切都得到肯定。《联合国宪章》的起草者聚集旧金山，用一句意味深长的话为他们温情的、不充分的设计辩护，"外交是有无限可能的艺术"。与此同时，一些物理学家在一处壁球场聚会，说道，"去它的无限可能吧。留神这个！"

这个世界组织在一间会议室里辩论裁军，又在另一间会议室里调兵遣将，致使国家军备不可或缺。这不是正义和法律，不是光明。这也不是新的形态。联合国宗旨翻新，形式照旧。一九四五年在旧金山，战胜国没能制订一部宪章，宣布原则高于主权，共同事业高于个别事业。一九四五年的世界仍然是百分之百的地方主义。一九五六年的世界几乎还是百分之百的地方主义。但终于，我们面临一个没有国家色彩的共同问题——地球遭受普遍污染的问题。

实际上，我们面临一种局势，在此局势下，所有武器中的最致命者：氢弹，还有它的小兄弟，原子弹，成为各国人民达成协商一致的潜在动力。核弹受到普遍痛恨，也引起普遍的恐惧。我们无法靠集体安全来逃避，我们必须采取联合行动来对付它。它已经给了我们几年的战争宽限期，现在，它向我们提示了数千年的沉沦。国家主权之盾突然开始挑战国家主权，这真是滑天下之大稽。而且，主要是由于人力无法控制的事件，我们能够嗅到共同体发酵的微弱气息——每个人都能从中得到乐趣。

总统频频谈到"原子能的和平利用"，他对此念念不忘。我认为，原子能先于所有其他用途的和平利用应当是：停止污染土地和海洋、雨水和天空乃至人的骨头。这是最基本的。它比"亲善"号轮船重要，它比廉价电力重要。如果儿女患上无可救药的癌症，廉价电力又有何用？

氢废料处理方案团结起各国人民，阻止乱丢废料，寻求拯救。放射性坠尘没有国家之分，不受国界阻碍；它毫无偏见地降落在土耳其，也降落在得克萨斯州。苏联牛奶不难发现锶 90 同位素，英国牛奶同样如此。这个简单的事实改变了政治图谱，要求政治领导人站到物理学家一边，疾呼，"去它的无限可能吧。留神这个！"

对我来说，生活在光明中意味着在一个各顾各的世界上努力寻求共同事业的胚芽，即使是触犯了地方主义和国家认同的禁忌，即使是面对必然伴随政治发展而来的种种危险。实际上，各国已经建立了小规模的联合。欧洲煤钢共同体显然是一个成功。联合国通常在政治辩论中陷入瘫痪，但设法将世界的儿童问题和卫生问题提升为共同责任。重要的是鼓励和加速这一神奇进程、这一有利局面——鼓励它，把它写到文件上，不要等儿童失去了健康的骨骼，不要等我们再没有回旋余地。这不是国家的终结，这是国家的发轫之初。

保罗-亨利·史派克①在对埃及政府的一次讲演中说，"我们不再处于国家的绝对主权时代。"我们不再处于这一时代，我们必须清楚我们不再处于这一时代。我确实希望我们能及时明白这一点。借用林德伯格夫人美妙的说法，一度，"夜晚有充裕的时间。"但现在几乎已经刻不容缓。

好了，这本来是一篇通讯，结果成了一通演说。但我并不在意。如果总统竞选人登场，伸张香龟的权利，我想民众难免会犹疑，只怕他失去了理智。但我将投他一票，理论是他虽然失去理智，却仍然保持清醒。在这样一个时代，人应当运用他的想象力来左右他的理性，所有人都应更大胆地思想，承认地球是绕太阳运行，而不是绕苏伊士运河运行，在此状态下，任何个人，任何群体，都不能等闲拥有权利，可以在天空中播撒痛苦的种子，在此状态下，主权国家将终于成为主权个人的真正朋友和监护者。

附记（一九六二年五月）：地球上的醒龊事态不见改善，而是每况愈下。我们的土地、我们的河流、我们的海洋、我们的天空日益背负起工业废料、农药和军事垃圾的沉重负担。痛苦的种子随风飘荡——是春天和暖的熏风。污染有增无减，程度更甚，花样翻新，借口多多：苏联去年秋天

---

① 保罗-亨利·史派克（1899—1972），比利时政治家，曾任比利时外交部长，内阁首相，大力鼓吹国际合作，推动西欧的政治和经济统一。

的核爆有双重目的——一是试验，一是恫吓。这是核尘外交初试身手；苏联违反暂停核试验协议是一桩严重罪行，形同一级谋杀。肯尼迪总统宣布他将以同样方式作出回应，除非到四月底能达成核禁试协定。协定没有达成，我们的试验如期进行。又一个国家，法国，加入了核试验阵营。红色中国如果破解了此中奥妙，我们很可能将目睹迄今为止最壮观的烟火，中国人本来就喜欢各式各样的烟花爆竹。

我反问自己，如果我处在总统的位置，我将如何去做，结果只能承认，我不得不采取同样方针——下令进行核试验。暂停核试验的破灭，眼下意味着我们对良好核行为的期望的破灭。在黑暗和龌龊的世界上，甚至必须以极端手段来维护自由事业，毕竟还有一段宽限期，卷入军备竞赛很糟糕，唯一更糟糕的事情是，卷入军备竞赛但败下阵来。我相信总统关于恢复大气层核试验的决定是正确的，我想，躺在大街上抗议的民众，其实也拿不出切实可行的替代办法。但对所有国家来说，或迟或早，宽限期总要到头。我们面对一个巨大的难题，所有人莫不如此——一种对生命不友善的力量将决定我们的命运，我们正在进行一场战争，却押上了后代人，而不是当代青年人的性命。总统勉为其难地指出，放射性坠尘的危害不像以往那样严重，我们的核试验只将本底辐射提高了不过百分之一。但这就像是说，进到老虎笼子里没什么危险，因为老虎正在打盹儿。放射性坠尘虽说轻微，我照样心神不定，正如老虎昏昏欲睡，我也不会掉以轻心。除非势头得到扭转，否则，百分比会上升，危害将越来大。对手试验，我们就试验，我们试验，他们又试验。这种丑陋的行为模式，不知到哪里才是尽头？我想不存在军事解决，不存在经济解决，只有借助政治解决，对这个领域，我们应给予极大关注，并显示出极大的想象力。

这些核春天弥漫了伤感的气氛，大地的童贞正在遭到强暴。在这个甜美的早晨，我写作时，抬头可以望见窗外花园的景色，地面刚刚耙过，准备好播种。在这个充满希望的季节，园中丰饶的地块通常是赏心悦目的。对我来说，这一番胡思乱想却大煞风景。明天有雨，雨水落在园中，将带来远方核爆积蓄的尘灰。无论其数量是大是小，无论农夫能测算出来，还是只能估计，有一件事是肯定的：雨水的性质变了，见它浸透干渴的大地，人们不再欢欣，花园的全部意义和价值都有了疑问。

统 一

一九六〇年六月四日，美利坚大道

一八九九年，我出生的那年，海牙召开了一次和平会议。我记不得它的结果了，但从那以来，世界发生了两次难忘的大战，现在，我六十岁，在我一生中，和平谈判——有些涉及裁军问题——周而复始，时断时续。我写这篇文章时，五个东方国家，五个西方国家正在研究裁军，希望达成和平。最后听到的消息是，它们陷入了僵局，这是从事军备谈判的国家的正常状态。苏联建议，它们不妨"从头再来"。

西方有一种天分，所做的大约总是东方希望他们做的。我们前往巴黎，目瞪口呆地坐着，听任赫鲁晓夫吵吵闹闹。我们前往日内瓦，认真聆听苏联把自己描述成全面裁军与和平的缔造者。我们匆匆赶往联合国安全理事会会议厅，一本正经地为自己辩护，洗刷"侵略"的罪名。我们与英国一道，欢庆玛格丽特公主的婚礼，第二天又与英国分手，重演我们对最后一刻外交一致的信任。我们使用"和平"一词，就像东方希望看到的——在总统正式讲话的最后一段，前面还加上"公正"和"持久"两个修饰词，好像和平是某种魔戒，一旦发现了，一切问题从此都不在话下。经历过近来巴黎的事件，连同那晚的挫伤，很难说西方还应继续陶醉在政治勃貔的消遣中。

苏联的军备，固然很可怕，但对我来说，更可怕的是他们对政治信仰，包括对政治统一的明确目标的献身精神。苏联公开宣称它要在全世界实现共产主义，而且正在大踏步前进。它的朋友，并非个个都摆出一副亲密无间的面孔，比如毛的中国、铁托的南斯拉夫、哥穆尔卡的波兰，但至少，统一是共产主义教义中的一个绝对观念。我们西方人是否只能旁观我们的对手大步前进。我希望不是这样。只有自由的人早上起来，感觉到他们也在前进，西方社会面临的危险才会消退。但除非我们有一个目的地，否则，前进只是徒劳，而西方的目的地却不明不白。或许我应当说，它只是对我模糊不清。从我们的政治家的讲话中，我也分判不清楚。

《生活》杂志，我看到，在关于"国家意图"的系列短文中，提出了自由世界的命运问题。这个系列的标题很醒目。美国的意图，西方每个人的意图，都体现在国家框架中。我们援助朋友，是"对外"援助。受援国崛起，是实现"独立"，因此在不断壮大的命运寻求者的名单上，又增加了一个主权政治单位。我们超出国界在一些重要地点建立军事基地，我们称之为"海外"基地，倒也没错儿。U-2飞机事件表明，美国飞行员是在土耳其的某个美国隐身处起飞，前往挪威的某个美国隐身处。这次著名的飞行显示了我们和我们的西方盟国被迫面对的奇特状态——世界越来越小，以致其他人的飞机场关系到我们自身的安全，我们的飞机场对他们也一样，而世界却不见进步，无法促使自由的人能聚在同一个政治共同体中，共享一个屋顶。近来，西方唯一的屋顶是广袤的天空，连同天上的飞机，飞机的飞越领空，以及不断打破的屏障。我们的科学家早就打破了所有已知的屏障，而我们其他人只管不辞辛苦地维持这些屏障。我们的追求，我们的祈祷，我们的头脑，我们的宪法，无一不是在为此努力。我们的宅子，已经拆掉了一面墙，我们却一直装出风雨不侵的样子。

大多数人认为和平是一种天下无事，或天下无大事的状态。然而，和平要想降临在我们中间，赠与我们安宁和幸福，就必须有点好事才行。何谓之好事？我想它应当是共同体的发展，共同体缓慢但稳步地在被治理者的同意下，加冕成为政府。单靠缓解主权国家之间的紧张关系，不能实现和平的生活，紧张关系无处不在。零打碎敲地缓和紧张关系，或许能给我们喘息之机，但我认为，一时的缓和或外交成功，很难为和平奠定全面基础。人们可以在今天晚上消除最后一处紧张关系，明天早上醒来，但见战衅丛生，四下充满熟悉的危机苗头。

近来，人们普遍认为，和平的关键在于裁军。随便推出任何国家一个或大或小的政治家，他几乎必然都会告诉你，削减军备是走向和平的必由之路。遗憾的是，裁军与和平没有多大关系。有时，我倒希望它们之间有点关系，否则，裁军何以名头响亮，吸引了这么多的关注。无论何时，只要军备成为一个议题，国家的首要考虑永远是保持强大，裁军不过是国家加强自己，削弱他人的手段而已。在这个赤裸裸的地球上，将裁军作为人道主义理想来推行的国家，不是伤心自己吃亏，就是蒙骗他人上当。

　　赫鲁晓夫主席最近发问，"有没有什么……办法，既能消除战争威胁，又不损害国家利益？"随后自问自答："办法就是各国的全面和彻底裁军。"那么，人们即使相信赫鲁晓夫先生确实不乐意看到国家利益受损，仍然会怀疑有哪个国家，一旦销毁武器，就能消除战争威胁。我看怪罪军备引起战争，就像怪罪高烧诱发疾病。赫鲁晓夫叫喊全面裁军，就像他叫喊其他事情，只有一个理由，就是推进国际共产主义事业。全面裁军不会让任何人免于战争威胁，它只能让人们面对战争，一时间只剩下赤手空拳。裁军空谈转移人们对事情本质的注意，事情的本质不在于控制武器，或武器本身，而在于创造必要机制，解决导致动用武器的那些问题。

　　我想，裁军就像一个海市蜃楼。我的意思，不是说它若隐若现，或虚无缥缈，我是说它本来就不存在。军舰，飞机，可以报废，军用物资可以销毁，士兵可以遣散，但只要维持军备的最初理由还存在，世界就无裁军可言。军备不过是处于蛰伏状态，为新的和更高程度的军备作准备。我们所有人的目光都聚焦于似乎隐约可见的远景——一个缓和、规整、安全、友好的世界。裁军看来很不错，因为它给人的感觉很不错，不幸的是，销毁了枪炮弹药，不等于消除了混乱，裁军不是块可供停靠的乐土，它是政治现象导致的幻景，正如海市蜃楼是大气现象导致的幻景，一块并不存在的大陆。

武器令人操心，耗费钱财，人人都因此紧张。但武器不是，而且从来不曾是问题的根源。当今时代唯一必然产生危害的武器，是处于试验阶段的核武器，这是个新的和单独的问题，必须另行处理。我认为这个问题可以而且必将得到处理，理由在于，虽然它关系到均势，因此能够用来推进国家利益，但它给所有国家，东方国家和西方国家，核国家和非核国家带来了同样的威胁——地球终将沉积过多的污染残留，再不能维持生命。所有国家都知道这一点，虽然有些国家不愿意承认。无论如何，禁止核试验，尽管对签署条约的国家来说充满危险，至少还有某种成功机会，只要签署国不放弃军备。签署退出爆炸核装置协议的国家，因其自我利益，必须遵守协议。核试验的垃圾，掉落在敌国的领土上，也掉落在自家的土地上，它像朝露一般覆盖大地。虽然国家可以找出各种动听的理由，背弃协议，利己的动机始终存在，对违反协议形成威慑。这就是我们为什么可以正面谈论停止核试验：在此情况下，国家的自我利益恰恰与整体利益重合，问题只在于人类如何在脆弱的地球上生存下去。通常，在谈判过程中，情况并非如此。裁军协议也是一样，刚刚签署完毕，就有上千个理由冒出来，引诱人们去违反它。

我们维持军备，这样，一旦有哪个国家不遵守诺言，我们可以有所凭仗，靠它来要求尊重，坚持立场，自行其是。现代武器，因其毁灭性以及其反噬发射武器者的能力，变得越来越难把握。人人之所以期待裁军，裁军的呼声日渐高涨，原因就在于此。但我们如何裁军？签署一份协定。协定又是什么？是人人都认为它很不可靠以致我们必须维持军备免得在有人违反它时身受其害的一种文件。换句话说，我们很严肃地建议签署一份协议，同意放弃在协议本身靠不住时我们非常需要的那些东西。对我来说，这真是件咄咄怪事。

裁军计划起草时，各国清楚表明，它们一如既往，既不相信他人，也不相信条约。它们坚持要有"控制"——它们称为"充分的"控制——还要有"核查"。艾森豪威尔总统建议确立"开放天空"制度。每个人都同意条约必须是"可以执行的"，有人说应当由一个不设否决权、但附属于联合国的国际裁军组织加以执行。至于控制，倘若事关主权国家的内政，又有什么办法控制。联合国的设计者明智地在这一难题面前让步，他们设置了否决权，规定会员国的内部事务与任何他人无关。（匈牙利的暴动显示了国际生活的现状多么令人悲哀。）有可能借助公共舆论，或通过施加某种压力，影响一个主权国家，但没有可能控制它，除非动用武力。军备是国家的贴身内衣，想必不愿公之于众，在这个问题上，武器和对抗性武器的发展如此迅速，我们此刻甚至不知道下一刻希望控制些什么。国家生活是一种遮遮掩掩的生活。它一向都是遮遮掩掩的，我想它也必须如此。要想生活得光明正大，先得有一个光明正大的生活框架——与国际社会现有的任何东西都截然不同的政治框架。以控制与核查为支撑的裁军安排不是这样一个框架，它只能导致更多、更深入的遮掩。

我们能核查苏联吗？它能核查我们吗？在这个弱肉强食的世界中，核查不过是为窥视者汤姆的国际军团发放许可证。我不相信它是行之有效的。它很可能孕育出一个反汤姆军团，一群窥视窥视者的家伙。在"开放天空"制度中，核查者持有操作者的许可证，它本身将处在所有国家都觉得必须时刻维持的开放间谍制度的监督下。开放天空制度，想法固然新颖，却已经落后于事态发展：领空已经不再是最高一层，太空还在它之上，在那里，东方和西方使用俯瞰下界的照相机相互拍照。

至于"执行"，军备协定就其性质而言，本来就是难以执行的。它的执行，须有一个君临当事各方的更强大的机构。当今世界现实的一个主要特点是，不存在这样一个机构。国际裁军组织，即使依据条约创立，代表东西双方，赋予警察权力，也成不了这样的机构。这倒不是说，各国都将条约义务视为儿戏，不过，如果它开始威胁国家安全，违背了国家意志，对它就不能太认真了。在裁军"机构"的例子中，任何求助于它的企图都将随时引发动乱或战争。国家军备相对于联合军备，将迅速取得优势，因为国家军队服从国家意志，这是个变动不居的，活泼泼的力量，而国际军队则服务于签约国和现状，也即条约签署之日的天下大势。苏联希望这支警察力量隶属安全理事会，受制于否决权——简言之，警察是否挥动警棍，全看某个缔约国的心血来潮。

许多国务活动家认为，武器本身是邪恶的，应当销毁，就像碾死一条毒蛇。他们认为，武器的大量储存造成紧张局势，只因其存在，即威胁和平。这确实正确。不过，我怀疑，武器的存在造成紧张局势，而没有武器，或武器太少是否同样也造成紧张局势。艾森豪威尔总统说过，当今时代，战争只会导致"一片空虚"。我想，当今时代，裁军的结果一样如此。军备竞赛是件可怕的事情，但八十个主权国家突然没了武器，实在是太恐怖了。人们甚至可以假设，苏联之所以提出极其合情合理的裁军建议——四年实现全面裁军，全因为它很恐怖。独裁者对真空情有独钟，他喜欢惊吓民众。当前的裁军，只会加剧，而不会消除战争危险。今天的武器毁灭性极大，不宜投入使用，所以它们安安稳稳地戳在那里；这就是我们面临的奇特局面，有武器比没有武器更安全。如果现代武器使战争成为不可能，我们何妨保留它们，直至找到政治解决办法，再不需要战争。

命中注定，我只能空想裁军，这不是个令人愉快的差事。今后几年武器的动向，可能拯救我们所有人，也可能毁灭我们所有人。在此形势下，人们很难放心大胆地发表任何议论，担心这会对事态发展产生某种微妙的不利影响。

赫鲁晓夫在致达格·哈马舍尔德①的信中说，"全面和彻底裁军不会让任何一方占便宜。"这是一派胡言。享有种种

---

① 达格·哈马舍尔德（1905—1961），瑞典政治家，联合国第二任秘书长（1953—1961），一九六一年死于空难。

优势的一方准备从裁军中捞取好处，一刻也不想失去武器的一方准备从裁军中捞取好处，以谎言作为国家政策手段的一方准备从裁军中捞取好处。如果裁军没有便宜好占，赫鲁晓夫先生根本就犯不上耗神费力。他看中裁军，是因为它的宣传价值，这让他有机会把我们从先进的军事基地上赶走——这是苏联缔结裁军协定的先决条件。

或许，当今时代，和平的最宝贵线索应当从苏联自身的恐惧中去发掘，他们的恐惧有很多。他们的最大恐惧，显然是西方民主国家将团结一致，积极行动。苏联随时准备分化我们，我们每天都能从报纸上看到他们搬弄是非。赫鲁晓夫先生三月份访问巴黎，主要是为了挑动法国反对西德。他在高峰会议上的歇斯底里和他对艾森豪威尔总统的诋毁，是为了煽动仇恨，威胁碰巧卷入间谍卫星事件的国家。如果西方内部陷入纷争对苏联非常重要，那么，同样重要的就是，自由国家应当不仅作为有共同利益的老朋友，还要作为不断发展的政治康采恩，肩并肩站在一起。在这个问题上，仍然有待进行圆满的公开讨论，因为人们很少严肃谈论这一问题*。西方国家满足于一些已知的技巧——外交、联盟、集体安全、讨价还价、最后关头的相互声援。几个月前，美国和英国在核试验安排上需要作出一项决定，麦克米伦不得不在最后时刻飞到这里来，仓促磋商。这种临阵磨枪的做法本

---

* 一九六二年，这篇文章写成后两年，纳尔逊·洛克菲勒终于在其哈佛讲座上严肃讨论统一问题。他提出联邦制是解决人类紧迫问题的正确理论设想。这是第一步，也是最艰巨的一步。一个设想除非在理论上得到政治生活中高层人士的欢迎，否则，人们就无法真正推进以统一求自由这一政治目标。——原注

无必要。令人震惊的是，这两大英语国家，都有核武器，都有结成世界屏障的愿望，各自的生存都取决于对方，谁也不能肯定它是否能生存下去，却时至今日，还没有建立贯彻其人民意志的政治机制，不得不眉来眼去，以在一些重大问题上商讨出个决定。在这个命运攸关的十年，英国和美国让我想起了劳瑞·李的书中那只神奇的双头羊："它可以唱出和谐的混声，又没完没了地自己同自己斗嘴。"

是啊，政治家都是些忙人。大致说来，我们付钱给他们，不是为了让他们从纯粹的理念或理性出发，陶醉于塑造理想世界；他们必须尽力引领我们走向胜利。公职人员责任繁重，又看不上必然令选民厌烦的理论概念。但我认为，政治家如果谈论法治，就应当说明白他的想法：谁是这项法律的创立者？谁是执行者？他们从谁那里得到授权？地理条件如何？它存在于怎样的框架中？问题很简单，我们西方人尚未尝试某种政治发明，我们没有去创建一种政治框架，导致友好国家四分五裂的离心力仍在起作用，我们处在混乱状态中，"法治"是讲话结束时冒出的一个含糊字眼儿，而不是一些人眼中闪烁的光芒。

或许，现在不是探讨西方统一基础的适当时机。许多人会说，虽然在梦想家看来，自由民主制资本主义国家的联邦国前景美妙，这方面的实际工作却过于麻烦，值此多事之秋，只会搅得我们动荡不定。我们太想建立更高层次的秩序，没准反倒失去我们现在享有的一点秩序，给我们的敌人玩弄于股掌之中。其他人会说，自由国家的政治统一如果成为复杂的现实，只能加剧东方的挑战和愤怒。还有人会说，大多数人反感统一，它让事情变得无趣。

这些说法都很有道理，说明了强化西方社会秩序的不可取。然而，作为一个美国公民，我却欢迎与英国，与斯堪的纳维亚国家，与西欧国家，实际上，与任何在被治理者同意下进行治理的国家实现政治统一的欢腾场面。这样我将觉得，虽然眼下多了些危险，但我的立足点更高，可以展望无限风光。

让我们来追求英国式的自由，也就是桑塔亚纳[①]描述的"自由人的渐进合作，民主中的自由"。联邦大厦中的英国式自由——需要靠魔咒来召唤的幽灵！"它不会受制于美国人的鲁莽和冲动，"桑塔亚纳写道，"或湮没在众多异族相互对立的本能反应中，它将在极为充分的融和中和全新的状态下获得通过。"当然，自由国家的联邦，即使国家单元不受触动，人民获得新的和更大主权，仍然还是个遥远的未来，这一点人人都知道，但我们一旦认定了这一形式，毫无顾忌地拥抱它，我们就有了明确的前进方向，政治目的地的显现，给了我们欢乐和纪律。自由从来都不是没有限度和节制的，它只能随着人的想象力而扩展。

在关于裁军的旷日持久的辩论中，曾有一段话，很值得人们记取，这段话来自去年十月号《时代周刊》的一篇文章中，作者是萨尔瓦多·马达里亚加[②]，许多年来，他一直站

[①] 桑塔亚纳 (1863—1952)，西班牙出生的美国哲学家和诗人。

[②] 萨尔瓦多·马达里亚加 (1886—1978)，西班牙作家和历史学家。

在国家联盟的有利角度上，关注裁军进程。马达里亚加先生的文章的结语，应当对每一个自由国家有所教益和启迪。

"今天的问题，"他写道，"在于共产主义只懂统一，不懂自由，自由世界只懂自由，不懂统一。双方之中，谁最先将自由与统一结合起来，或将赢得最终胜利。"

我从未见过有谁把这个问题讲得如此透彻，也从未读到过一段更能令我信服的预见。艾森豪威尔总统不断谈论"正义的和平"，但没有勾勒出一个蓝图。外交、条约、国家理想、热的和平谈判、冷的和平谈判、亲善巡访、谍报、外援、外贸、对外关系——我们能够相信的砖石瓦块，似乎尽数在此。从这里，很难期待建立起正义，时不时地，好处总会有一点，是运气使然，并非管理有方。我们的国家战略大体是这样的：决不气馁，时刻警惕，但乐于谈判，善待朋友，广结人缘，保持强大，走向外空，拖延时日，正义，连同法治，最终必将实现。

正义是和平的先声，我很怀疑能从帽子里变出正义——有些人就是这样认定的。正义的家园，奠基于政府框架中自由与统一的结合。任何地点，社会的任何层面，只要有正义，人类的问题就能自动得到解决，因为解决的方法令人高兴。统一不是海市蜃楼，它是遥远的彼岸。我相信，至少，我们应当向这个美好的彼岸进发，虽然我们大多数人终此一生都不会抵达。

城　市

未来的世界

一九三九年五月

我确实没准备去看上个星期的世界博览会①，当然，它也没想着迎接我。我们二者之间，很有点夹缠不清。

实际上，博览会开幕前夕，我的筛窦炎发作了，这就意味着，我去看博览会时，得在《先驱论坛报》里卷上一盒舒洁纸巾。当你不能用鼻子呼吸的时候，未来却似乎莫名其妙地与以往没什么两样。博览会呢，也有它的麻烦。它找不到它的领扣。我们各自的难过却让我们亲近了许多，我发现，世界博览会与我实际上都需要同一个东西——一个清朗、温暖的日子。

通往未来之路要经过皇后区的很多烟囱管帽。这是一段我很熟悉的漫长路程，经茅斯菲德洗发店和莫比尔加油站，穿越布利斯街，那里商店林立，卖基克斯凉鞋，卖阿斯汀-奥索尔漱口水，卖豪华汽车座罩。再掠过特克斯防水膜店，蓝樫鸟鸡眼膏店，掠过马斯特罗芥子膏店和一个人口稠密的镇子，镇子上，从来都引人遐想的后院里，果树缀满粉色的小花，再走过泽默店、阿尔卡-塞尔策药剂店、露丝宝宝糖果店，接着是奥登特牙膏店和富达国民银行，又经过桁架、环形路，还有树下晾晒的衣服，大模大样地迎风招摇，树枝爆出嫩绿的叶芽，点缀皇后区无边的春色。忽然间，你就看到了关于未来，关于人类梦想的第一个暗示——白色的球和三角碑②——还有坡道，各展馆飞扬的彩旗，连同对灿烂未来的美好希望。要不是那家"舒洁"纸巾展台，我简直以为走近了卡米洛城堡③的竞技场，男人们都在跃跃欲试地等待出场，为荣誉而战，大墙以外，鲜艳的旗帜下，站满骑士和夫人。但朝旋转栅门的另一侧仔细望过去，却发现那不过是亨氏公司与比奇-纳特公司④在竞技——还是那套古老的程式，但场子更大些，可以容纳更多的看客，周遭的设施也完善多了。

博览会现场给横横直直的街道分成蜂巢状，街道宽阔、热闹，郁金香在狂风中摇摆，远处传来隐约的唱诗声。沿途有许多长椅，供人歇脚或闲坐，虽然科学不足以抵御寒冷——这让我心烦，脚步也慢下来，但球与三角碑却召唤我向前。而接下来的事情，似乎也没让我感到过分吃惊，须知，经过多少个月的企盼，经过多少艰辛与苦痛，我才手里

---

① 一九三九年四月三十日至十月三十一日，美国在纽约举办世界博览会，主题是"未来的世界"。
② 即纽约世界博览会的标志性建筑——球形展馆和尖碑，分别高二百英尺和七百英尺，有螺旋坡道相连。
③ 卡米洛城堡，传说中英国亚瑟王的宫廷所在地。
④ 亨氏公司（成立于一八六九年）和比奇-纳特公司（成立于一八九一年）都是美国老牌婴儿公司。

拿了纸巾，最终抵达未来的门槛，我才踏上白色阴茎的基座，最终来到售票亭前，与带有小圆洞的玻璃窗后细栅遮挡的女孩画面相对，准备好最终去见谁也不曾见过的事物——未来，就在这当口儿，眼前的窗子却迎面关上，一个当下的声音漠然地说："请稍等几分钟。"然而，我似乎并没有感到过分吃惊。

与未来打交道就是如此。虽然格罗弗·惠伦①魔术师般点化了它，但还是需要少安毋躁。

排在我身后的太太也不吃惊，但像是有些疑虑。

"有什么不对头吗？"她急切地问道。

"没事儿，夫人，"警卫说。"球体遇上点小麻烦。"

这位太太还不满足。"那边是不是出什么岔子了？"她问道，抬头望过去，几百年来浮在法拉盛草场②上空的灰色雾气中，圆球静止般地缓缓转动。

"哪能呢，夫人，"他答道。"这是世界上最长的自动扶梯，走起来很慢。"

我计算了等待的时间。二十分钟。对一个等待了一生的人来说，还不算坏。

进入圆球，渐渐升高后，事情很大程度上取决于你碰巧何时抵达自动扶梯顶部，摇摇晃晃地侧向进入两个移动环型看台中的一个，随看台在"人之城"上方无休无止地旋转。如果你在日暮时分到达，事先也不知道自己是给自动扶梯引

---

① 格罗弗·惠伦（1886—1962），时任纽约世博会公司总裁。
② 法拉盛草场，纽约地名。

领向上，送到侧面的旋转平台，这番经历必然刻骨铭心。我很幸运。但"人之城"初现在我急切的目光之前时，昏暗得像是走廊里的隔断，有那么几秒钟，我甚至没察觉我是在移动——除了腾空的感觉。要不是听到卡滕伯恩先生的声音，我的孤寂感本会没来由地益发强烈。

"向晚时分，"他以科学打造的暗哑而庄重的嗓音说，"人人赶回家中，这里有孩子、安逸、邻居、娱乐——城市规划缜密，美好生活一应俱全。"

那里，脚下紫色光芒中颤动的，是一片高楼，我的两眼逐渐适应了这里的光线，依稀辨认出它们的轮廓，"人们携手同心，建设美妙的新世界，（老天，多么夸张的声音！）他们将头脑、肌肉、信仰与勇气结为一体，推进崇高事业，为统一与和平而奋斗。"

我不知道我在里面用了多长时间。或许十分钟吧。不过我从大圆球中走出来，开始沿螺旋坡道下行时，天下雨了。

有些人的鼻子，状态比我稳定，他们对博览会应该更有见识。而我把这一切都看作一个梦，梦很贵重，应当用薰衣草收藏起来。这地方规模巨大，头几天，其实是个不利条件，飘忽、寒冷、喧嚣，还有那种刻板的崇高氛围，朦胧浮泛，许多商业展览争相浸润于其中，所有这些，凑在一起，带来了十一月中旬海滨胜地黏糊糊的感觉。但同样是这般巨大，待温暖、清朗的日子来临，忽然成了博览会最宝贵的资产。昔日的废墟，抖落层层残颓，成就了上帝赐予的大地上前所未有的景观，夏日凉爽的夜晚，春天艳阳下的清晨，这里必是个妙不可言的去处。毕竟，没人能够穿了厚厚的大衣拥抱"文化"。

建筑相当有趣，处处都以大取胜，令访客由不得一阵悸动，仿佛置身于某个别出心裁的所在，充满渴望，有时甚至让人狂喜。博览会一反常规，由着自己向嘉年华会、马戏场、游乐园靠拢。诸般建筑（有二百座之多），各有特点，带点炫耀，时不时地还能发现某种美感。它们在强光照耀下，效果最佳。就像迈阿密海滩的别墅，其在阳光下，恍如白皙的皮肤佩着藤阴结成的项圈，美得不可思议，而在阴天里，每一处丑陋装饰上的灰泥斑点都清晰可辨，又显得那么平庸、压抑。二十世纪的这个大集市的设计者颇具头脑，始终不忘让人舒坦。经验教会了他们许多。现代观光方式是这样的：坐在椅子上（附带有耳机）或站在平台上（可转动，有玻璃屏障），或坐，或站，都有人神秘而恭敬地把你想看的景致搬到眼前。"未来"的展厅，没有挤挤撞撞的场面。没人闲逛，通常也没人吸烟。即使在娱乐区活色生香的表演中，水手也要端坐在玻璃后面，欣赏人体美。这个未来的世界，实在很严肃，没点人情味。在通用汽车公司的未来大全景展区坐行一遭，感觉大致和游览圣约翰大教堂①差不多。价值五百万美元的微观乡间美景在你面前徐徐展开，活动画面，设计师是诺曼·贝尔·格迪斯②。解说者的声音极其诚

---

① 圣约翰大教堂，位于纽约曼哈顿阿姆斯特丹大道与一一二街交界处，始建于一八九二年，至今尚未完工，据称建成后将为世界最大的哥特式教堂。
② 诺曼·贝尔·格迪斯（1893—1958），美国著名工业设计师，在此次博览会上为美国通用汽车公司设计了"未来世界"展台。

恳，充满了对高速出行这一终极目标的虔诚信仰。公路呈带状，纵横于一九六〇年焕发了青春的富饶的美国大地上——展望来日，左转环道畅通无阻，交叉路口从此消失，城镇向你致意，但不会挡你的路，真是机械运动的黄金时代。夜色降临在通用汽车公司的展区，你朝后仰在靠垫椅上，（你在活动，世界是静止的。）耳边有柔和的电子声，（从椅子深处发出。）向你描述一个更美好的生活——完全建立在汽车轮子上的生活——此时，强烈的迷药已经渗入血液。我不想醒转来。我喜欢紫色光照下的一九六〇年，以每小时一百英里的速度，绕行匪夷所思的环道，驶向完美未来的打了保票的城市。直到我经过一处苹果园，瞥见花季的果树，每一株都有玻璃遮盖，才恍然意识，如同所有梦幻一样，即使是通用汽车公司的梦幻，也会留下些关于未来的问题，难以索解。未来的苹果树，笼在不可接近的遮盖下，繁花绽放，这让人停下来反思。小男孩儿还怎样爬树呢？小鸟又在哪里筑巢？

我在博览会上记下了几则笔记，从中可以理出一些线索，说明未来的日用和特征。

未来，人和物品不是自上而下照明，却是自下而上。树木从下边照明。甚至旋转挤奶器上的母牛也是如此——埋设的泛光灯照亮它膨胀的乳房。

未来，一个声音就能代表所有人。但它有点儿心虚，不停测试自己的发声，它说："嗨，一，二，三，四。嗨！一，二，三，四。"

地毯不会消失，但未来，婴儿的摇篮是用铁丝罩住，防止绑架者。

未来，事事没有商量。你要么接受，要么拉倒。水手还存在，（两相对照，你的孤独感会少些。）也有音乐。

未来的客厅里，有下列摆设：宽幅地毯、人造康乃馨、电视播放机，连续播放别的什么地方什么人或什么事的影像、玻璃鸟、铬钢灯，陶制斑马，几个贴面书柜，装了看不见的书、另一个书柜，绵延不断地吐出新闻小报的字带，还有新月状的丝绒小双人椅。

未来，大部分声音都不是声音本身，而是声音的记录，或是电子化的声音。比如母牛，"哞哞"的叫声不是来自母牛，而是来自你头顶的一个小孔。

未来，总需要点破费。我在曼哈顿与出租车司机核实了这一点。他对博览会赞不绝口，又说不曾看过，实际上，可能根本不会去看。"我到那边转了，算计下来，我和我老婆要想从头到尾，瞅舒坦了，不是我抠门儿，五美元的大票子啊，闹着玩儿的。干我们这行儿，负担不起。"

未来没有气味。一九三九年的博览会，除了其他，还消除了人的体臭。这场梦幻，就更是没了人情味。乡村展区还好些，你可以倚在牛栏的横栅上，嗅牛的味道。面对给玻璃遮挡的女孩，不是只有水手无奈，甚至"斯威夫特超值熏肉"这样一个有益身心的展区，推出二十个情意绵绵的女郎，也密封在玻璃罩里，令消费者可望而不可即。

在"人之城"，卡滕伯恩的声音说："他们走来，一路上欢歌笑语，"但事实是，博览会现场，很难听见欢歌笑语。电波传送的欢笑很多，自发的欢笑很少。我注意到，未来的歌曲大都由昨天的歌手演唱。实际上，惠伦先生倘若为了改进展出，想听听我的建议，（不过我有理由相信，他无此兴致。）我会请他掐掉几根电线，雇两三个乐队，弄些有趣的花样出来。未来的世界，欢乐不是它的主调。最终，我是在寒夜将尽时，远离娱乐区的地方发现了欢乐。帐篷里有几个黑人，他们欢笑，叫闹，陪伴一个美丽的棕色皮肤的肚皮舞娘。

让我吃惊的是，另一个充满欢乐的地点是美国电话电报公司的展区。这家老牌电话公司挖空心思，推出了博览会上最精彩的节目。任何人，只要抽中幸运号码，就能获准打一个长途电话，随便打到美国哪个地方，观众也有特权，可以戴耳机旁听，肆无忌惮地开怀大笑。要想充分理解此事的神奇，你得明白，成千上万的人从来没有打过或收到过长途电话，于是，埃迪·潘查，得克萨斯州埃尔帕索一家餐馆的伙计，听电话里传来玄妙的声音，"纽约长途……请讲"，不由得目瞪口呆，手足无措。一个名叫戴维·瓦格斯塔夫的小男孩中奖了，获准与他在马萨诸塞州斯普林菲尔德市的父亲通话，讲述他在博览会上玩儿得多开心，我有幸戴上耳机旁听。玻璃电话亭前挤满人，吵吵嚷嚷，戴维头上端正地戴一顶崭新的小布帽，径直走向电话亭，用微细、羞怯的声音请接线生接通电话。但他的父亲不在，戴维冷不丁必须向一位亨利先生说他的故事，这位先生恰巧来接听电话，听到小戴维·瓦格斯塔夫从纽约传来的声音，必是以为戴维的妈妈在布鲁克林-曼哈顿捷运公司给车撞了，戴维担负起了男人的职责。

"你说，戴维，"他显得紧张。

"告诉我父亲，"戴维开口说话了，慢声细语的，字斟句酌，决心承受这次幸福经历，毕竟，这是他在世界迄今最大的博览会上赢得的幸运。

"我们坐火车了，还有……还有……旅行很愉快，在纽黑文，他们卸下一节车厢，又挂上一节，逗极了，动静可大呢——哐当！"

随后的三分钟里，戴维又对未来世界和光明城堡赞叹了一番，小男孩随口说来，零零碎碎，不成片断，许多人一旁观望，头脑开始麻木，与此同时，圆球也开始缓缓漂浮。亨利先生，隐形的、惊诧不置的亨利先生始终礼貌而宽容地保持着沉默。我不知他在想什么，但我宁愿拿螺旋坡道来交换一份他向戴维的父亲复述男孩口信的抄本。

我自己对博览会的记忆，像戴维一样，也渐趋含混。如此高深的文化，如此众多的美与进步，人只能记取一星半点。我记得夜色中的树木，裹了细麻布瑟瑟发抖，枝杈向光的一面现出怪异的阴影。我记得喷泉在光影下鸣溅，我记得端坐的女孩，那么纯净，那么具体，指尖一动，就合成了一篇演说——但话却不是她要说的，他们不想听她藏在心里的话。我记得微缩的斯图尔桥之狮[1]，喷着浓烟，飞驰在贯穿

---

[1] 斯图尔桥之狮，一八二九年，美国铁路上行驶的第一台机车。

全美的铁路上。但我对博览会的印象，大都消退了，留住的，只有戴维·瓦格斯塔夫的声音，还有他头一次出远门的满心欢喜；数百万美元花费在一个想法上：我们的火车和汽车应当跑得更快，更平稳，但孩子可不管平稳不平稳，他只记得动静好大——咣当。

于是，（就像那声音说的）人还在继续梦想。梦仍然是个矛盾，是个谜——生物学家透过显微镜窥视细菌，水手举了双筒望远镜窥视脱衣舞女郎，都有锐利的目光，都有热切的希望。在外面的杂耍区，正对亚马孙河展区，女人裸了一只乳房，召唤来往船队，掩起另一只乳房，敷衍惠伦先生，有一个机械人——大个子男性，扎白领结，穿燕尾服，阔大的双手，戴橡皮手套。每次演出开始时，在招徕观众的家伙的鼓噪声中，有两三个姑娘走出来，坐在机械人的大腿上。那场面很是淫亵——特大号男人，用他的橡皮大手，摸索小姑娘的乳房，姑娘用她们的小手（相形之下，那么小，那么真实。）推拒，制止他的机械情感的不可思议的冲击。这就是以哑剧风格呈现的世界博览会，乃至一切博览会；这就是成就了博览会的奇异的杂拌儿梦幻：英雄好汉，冷漠，完美，硕大无朋，按照自己的想法，用他的手（橡皮的，且无菌。）演示一个实实在在的渴望——温暖的、有生命的乳房。

这就是纽约

有谁指望孤独或者私密，纽约将赐予他这类古怪的奖赏。正因其大度，城市的高墙里面，才容纳了众多这一类人；纽约的居民都是些外来客，离乡背井，进入城市，寻求庇护，寻求施展，或寻求一些可大可小的目标。纽约的一个神秘特点就是有本事派发这类暧昧的礼品。它可以摧毁一个人，也可以成全他，很大程度上就看运气。除非愿意碰碰运气，否则，不来纽约最好。

纽约是艺术、商业、体育、宗教、娱乐和金融荟萃之地，在这么一个浓缩的竞技场上，挤满了角斗士、布道者、企业家、演员、证券商和买卖人。它的西服翻领上浸润的味道，年深日久，洗也洗不掉，结果，不论你身在纽约何处，都免不了与伟大时代、辉煌事功、奇人、奇事、奇闻发生感应。此刻，我坐在中城①闷热的旅馆房间里——房间紧靠高楼天井的半截腰处，忍受华氏九十度的高温。房间里没有一丝风，然而，我仍不由地感受到周遭有什么东西扑面而来。隔二十二个街区，是鲁道夫·瓦伦蒂诺②的遗体安葬处；隔八个街区，内森·黑尔③给人处决；隔五个街区，欧内斯特·海明威在出版商的办公室直捣马克斯·伊斯曼④的鼻梁；隔四英里，沃尔特·惠特曼⑤坐在桌前，埋头为《布鲁克林鹰报》写评论；隔三十四个街区的一条街上，薇拉·凯瑟⑥住过，她来纽约，写一些关于内布拉斯加州的书；隔一个街区，马塞林⑦曾经在竞技场剧院的舞台上插科打诨；三十六个街区外一处地方，历史学家乔·古尔德⑧当了众人的面，将一台收音机踢得粉碎；隔三十个街区，哈里·索枪杀了斯坦福·怀特⑨隔五个街区，我曾经在大都会歌剧院为人

① 纽约市区（主要是曼哈顿岛）有"上城"、"中城"、"下城"之说，曼哈顿岛南端到十四街左右为下城，包括华尔街金融区、唐人街、世贸中心原址、市政厅、格林尼治村等处；十四街到五十九街为中城，包括第五大道最热闹的一段商业区、四十二街红灯区（现已扫荡）、中央火车站、洛克菲勒中心、联合国等处；再往北就是上城，有中央公园、多处高等住宅区、林肯中心、大都会博物馆，延伸至一百街的哥伦比亚大学等处。
② 鲁道夫·瓦伦蒂诺（1895—1926），美国默片时代的影星，以拉丁情人的形象风靡一时，三十一岁死于腹膜炎。
③ 内森·黑尔（1755—1776），原为教师，美国独立战争时期的民族英雄。加入大陆军，与英军作战，志愿深入敌后，搜集情报，被俘后以间谍罪被英国处绞刑。
④ 马克斯·伊斯曼（1883—1969），美国诗人和评论家，《群众杂志》主编，曾撰文批评海明威的作品。
⑤ 沃尔特·惠特曼（1819—1892），美国诗人，代表作为《草叶集》。曾于一八四六至一八四八年在民主党人主办的《布鲁克林鹰报》做编辑。
⑥ 薇拉·凯瑟（1873—1947），美国女小说家，作品《我们中的一个》获一九二二年普利策奖。
⑦ 马塞林（1873—1927），纽约著名马戏团小丑，后潦倒，开枪自杀。
⑧ 乔·古尔德（1889—1957），美国作家，历史学家，毕业于哈佛大学，放荡不羁，为纽约格林尼治村名人，善讲故事。
⑨ 哈里·索（1871—1947），匹兹堡煤炭和铁路大王威廉·索之子，花花公子；斯坦福·怀特（1853—1906），美国著名建筑师。威廉·索之妻伊芙琳·内斯比特婚前曾为斯坦福·怀特占有，婚后，威廉·索发誓报复。一九〇六年六月二十五日，将怀特枪杀于纽约麦迪逊广场花园的屋顶剧场。

引座；仅隔一百零二个街区，老克拉伦斯·戴①在主显教堂洗去了他的罪恶，（这份单子，我可以没完没了地续下去。）如此说来，我现在栖身的这个房间，很可能住过不知多少不朽的名流，他们中的一些，也是暑天坐在这里，热得喘不上气，孤独而又闭塞，感受着外界有什么东西扑面而来。

几分钟前，我下楼用午餐时，瞥见弗雷德·斯通②坐在我旁边。（靠墙隔了大约十八英寸）十八英寸是纽约为其居民定下的一个分寸，彼此之间，有联系，又保持距离。我与弗雷德·斯通的联系，只在本世纪初，我看过他演的《绿野仙踪》。但我们的侍应生见到仙境来客，一样也很激动，斯通先生离开餐厅后，侍应生告诉我，他（侍应生）刚来美国时，年纪轻轻，一句英文不懂，头一次约女孩儿看戏，就是《绿野仙踪》。侍应生回忆，演得真是好极了，有稻草人，有铁皮人。精彩！（我俩之间，也是十八英寸。）"斯通先生胃口真好，"他深沉地说，很满意似乎参与了历史，与仙境扯上些关系。

纽约给人参与的快感，又搭赠了私密，与大多数拥挤的社区相比，它成功地将人们隔绝开来，（只要你有此愿望，而几乎每个人都愿意并需要这种隔绝。）免得他们因为随时可能发生的轰动、暴烈或妙不可言的事件受到打扰。就我在

---

① 老克拉伦斯·戴，美国作家克拉伦斯·戴（1874—1935）的父亲，后者曾写过《上帝和我父亲》、《父亲与我》等幽默传记小品。

② 弗雷德·斯通（1873—1959），美国著名演员，曾在歌舞剧和电影《绿野仙踪》中扮演稻草人。

这空气污浊的天井旁小坐的这会儿工夫，城里出了不少热闹。一名男子因妒生狂，枪杀了他的妻子。没人大惊小怪，除了他那个街区，报纸也三言两语带过。我亦不去理会。我来纽约后，世界上规模最大的航空展也搬来纽约。我没去看，这里的八百万居民，大多数也没去看，虽然据说现场人满为患。我甚至不曾听见飞机的噪声，只有几架西去的商业航班，惯常从大楼天井上空飞过。北大西洋上的远洋巨轮来而复去。我从不注意它们，其他纽约人也是如此。我听说，这里是世界上最大的海港，滨水区方圆六百五十英里，这里停泊的船只来自世界各地。但我来后，只留意过一艘小小的单桅帆船，是我前日晚上走过布鲁克林大桥，碰巧见它趁落潮前抢风驶出东河。不过，有一日午夜，我听见玛丽女王号邮轮①鸣笛，那声音传述了一整部别离、思念和伤逝的历史。国际狮子会②的名流忙于集会。狮子无影无踪。我的朋友见到一位，对我讲了他的事情。（他跛腿，穿西班牙式短上衣。）在棒球场和赛马场，体育大赛激战正酣，我不看棒球，也不看赛马。州长进城了，我听到警笛呼啸，但也不过如此而已——仍是十八英寸的距离。一块檐板落下，砸死了人。我与这场悲剧毫无干系，而举足轻重的又是这毫厘之差。

我说这些，只为表明，纽约的结构奇特，几乎包容了一

---

① 玛丽女王号邮轮，英国大西洋航线的豪华邮轮，一九三四年九月二十六日由玛丽女王主持下水，为当时世界顶级邮轮。
② 一个国际性工商人士的组织，一九一七年创办于美国。狮子会（Lions）系该组织原文 Liberty, Intelligence, Our Nations Safety 的首字母缩写。

切，（从东区上千英尺长的邮轮，到西区两万人众的集会。）断不会转嫁到居民头上，如此一来，所有事情的发生，一定程度上都无可无不可，纽约人乐得自行选择他们的热闹，保全了自己的灵魂。在或大或小的多数都市里，个人往往完全没有选择。他就好比给抛进了狮子会。狮子会压倒一切，躲也躲不开。檐板坠落，就像砸在每一位公民的头顶，城里的每个人都在劫难逃。有时我想，唯一还能惊动纽约人的事情，怕是每年一度的圣帕特里克日[①]游行了，它的渗透力极强——爱尔兰人是一个想不理会都不行的民族，五十万人居住在这里，家里就有自己的警察[②]。

人在纽约，却与世隔绝，这个特点，很可能削弱了他们作为个人的存在。或许，融入某个社群才更健康些，在社群中，檐板落下，人人感受冲击，州长过路，你至少能瞧见他的帽子。

在这一点上，我不想替纽约辩护。许多人定居这里，可能只是为了逃避而不是面对现实。但无论如何，这都是一个稀罕的馈赠，我想它对纽约人的创造力产生了积极影响——所谓创造，一定程度上，不过是懂得如何放弃大大小小的诱惑。

虽然纽约经常给人孤苦伶仃、遭世人遗弃的感觉，但它从来都不沉闷或呆滞，你始终觉得，只要愿意搬出十个街

---

① 圣帕特克日，原为爱尔兰宗教节日，一七六六年参加美国独立战争的爱尔兰人首次在纽约游行庆祝，后成为传统，每年三月十七日举行。
② 纽约的警察，多为爱尔兰裔，世代为业。

区，或者少赚五块美元，就能重新焕发活力。许多人，其实精神上不能自主，他们从这座城市的千变万化和种种刺激中汲取营养，守住了自己的精气神儿。在乡下，也有些机会让人突然焕发活力——比如，天气的变化，或邮件带来什么消息。而在纽约，机会是无穷无尽的。我想，许多人来这里，许是因为精力过剩（他们为此离开了家乡的小镇），但也有些人，倒是因为意气消沉，他们发现纽约是个避风港，也没准儿等闲就帮你换了一种活法。

大体说来，有三个纽约。一个属于土生土长的男男女女，他们眼中，纽约从来如此，它的规模，它的喧嚣都是天生的，避也避不开。一个属于通勤者，他们像成群涌入的蝗虫，白天吞噬它，晚上又吐出来。一个属于生在他乡，到此来寻求什么的人。在这三个动荡的城市中，最伟大者是最后一个——纽约成为终极的目的地，成为一个目标。正是这第三个城市，造就了纽约的敏感，它的诗意，它对艺术的执着，连同它无可比拟的种种辉煌。通勤者使它如潮涨潮落般生生不息，本地人给它稳定和连续性，移居者才点燃了它的激情。意大利来的农夫，在穷街陋巷开一间小杂货店，密西西比河岸小镇来的姑娘，只为逃避邻人的流言蜚语，中西部玉米地带①来的小伙子，提箱里塞一部手稿，心里充满忧伤，无论是谁，都没有区别：每个人都像初恋一样，心情激荡地拥抱纽约，每个人都以探险者的好奇目光打量纽约，每

---

① 玉米地带，美国中西部盛产玉米的地区。

个人发出的光和热都胜过爱迪生联合公司。

通勤者是最怪诞的一群了。他居住的郊区没有活力可言，不过是白日终了时供他歇息的地方。一些人住在玛玛隆耐克或小耐克或逊耐克又在曼哈顿上班，除了极少数例外，他们对这座城市的了解，仅限于火车或汽车班次，或者午间的快餐路线。他终日伏案工作，从不曾漫步夕阳下，惊喜地撞见中央公园的贝尔威德城堡，池塘水面，石堡耸立，男孩子在岸边钓鱼，女孩子随意平躺在突起的岩石上。他决不会在纽约闲逛，突然发现点什么，毕竟，他得忙着赶火车。他将钓丝瞄准曼哈顿的钱夹子，起获点小钱儿，顾不上倾听纽约的呼吸，也不曾清晨随它醒来，夜里又伴它入梦。每个工作日的早晨，都有大约四十万男女，从地铁和隧道拥出，奔入曼哈顿岛。他们中间，很少有人去纽约公共图书馆，度过让人昏昏欲睡的下午，阅览室窗外，栎树飒飒有声，室内更显得寂静，传送图书的升降机（像架老水车）不断把书吐在托盘里。通勤者守在威切斯特，守在泽西家中的炉前，从没有见过包厘街的火炉，那里，冬夜气温降至零下时，大油桶燃起熊熊火焰。他们可能供职于下城的金融区，从没有见过洛克菲勒中心葳蕤的花圃——水仙花、麝香兰、白桦，还有清晨迎着和畅春风飘飞的彩旗。也或许，他们在中城的写字楼工作，一年到头忙得团团转，却从不曾凭临海堤，远眺总督岛。通勤者生前，跑了不知多少里程，但他从来不曾漫游过。他们的进出路线，要比土拨鼠群落更迂曲，困在东河隧道的泥浆里时，听天由命地打桥牌。仅长岛铁路公司，去年就搭乘了四千万通勤者，不过许多人，都是踏了自己的足迹，哪儿来哪儿去。

纽约有它独特的地形，到头来，城里的居民，有时倒比通勤者走得还远。欧文·柏林①沿小街从下东城的樱桃街去上城的公寓，三四英里的路程，却好像绕世界转了三匝。

诗歌压缩在很小的空间，加上韵律，必然意味深长。纽约就像一首诗：它将所有生活、所有民族和种族都压缩在一个小岛上，加上了韵律和内燃机的节奏。曼哈顿岛无疑是地球上最壮观的人类聚居地，数百万常住居民能够感觉这首诗的魔力，但谁又能说得清它的全部含义。高入云端，美轮美奂的写字楼下，是破烂不堪的贫民窟。河滨教堂毕恭毕敬地举行圣餐礼，隔几个街区，哈莱姆区②的伏都教③就在施展魔法。商界大亨乘豪华轿车沿东河快行道直驶华尔街，路经几百码外吉卜赛酋长的栖身处，但此大亨与彼酋长从不照面，况且，酋长们还没起身，他们的生活比大亨悠闲，醉酒的时候更多。

纽约与巴黎不同，与伦敦也不同。它不是斯波坎市④乘六十倍，也不是底特律市乘四倍。它让所有城市望尘莫及。它甚至想法儿在大萧条最低迷的时刻，凌空达到了最高点。帝国大厦拔地而起，高达一千二百五十英尺，而此时，草木

---

① 欧文·柏林 (1888—1989)，美国百老汇知名作曲家。
② 哈莱姆，纽约的黑人聚居区。
③ 伏都教，西非原始宗教，现仍流行于海地和加勒比诸岛黑人中。
④ 斯波坎市，美国华盛顿州第二大城市。

长出地面六英寸也是疯狂。（大厦顶部有一座飞艇系留塔，但从没有飞艇造访过；不景气的时候，需要雇人冲洗厕所；它还在大雾中给一架飞机撞过，无数次遭受雷击，时常有人想不开，从楼顶纵身跃下，以致行人经过第五大道和三十四街交界处时，都会下意识地加快脚步。）

曼哈顿东西南北，再无可以扩张处，只有向高空发展。这一点，便是它气势恢宏的主要原因了。它对美国的意义，如同乡下教堂的白色塔尖——那是理念与信仰的实在象征，飞升的白翎呼唤，道路就在上面。夏季的游客，乘车晃晃荡荡驶过地狱之门大桥①，在皇后区的鸽舍和后院上空滑行，从卧铺车厢的窗子眺望西南，第一抹晨曦投射在中城钢铁铸造的尖顶上，他能清晰无误地看见城市腾身而起：高墙与塔楼升高，烟雾升高，温度暂时还没有升高，千百万醒来的人们，希望和激情也在升高——如一柄犀利的长矛直逼苍穹。

纽约竟能运转，简直是个奇迹。事情让人完全难以置信。居民每日刷牙，得从卡兹基尔山区和威切斯特县山中汲来几百万加仑清水。曼哈顿的小伙子给他在布鲁克林的女孩儿写信，爱的信息是通过充气管道吹给她的——"噗"的一声，就这样子。电话线、电力线、蒸汽管、煤气管、污水管的地下系统，已经是个足够的理由，让人把曼哈顿岛丢给上帝和象鼻虫了。每次切开人行道，手术的噪声都吵得人毛骨悚然。按理说，纽约早就该毁于恐慌、大火、骚乱，或者循

---

① 地狱之门大桥，纽约跨越东河的铁路大桥，一九一六年通车，当时为世界最长的钢拱大桥。

环系统某些攸关重大的供应管线的失灵，或者哪种莫名其妙的短路。城市早就该在某个意想不到的瓶颈处，发生难以收拾的交通混乱。食品供应线若是中断，只须几天，城市就将饿毙。贫民窟流行或船只上的老鼠传播的瘟疫会扫荡它。海浪会从四面八方席卷它。每隔几天，从泽西吹来的烟雾，就像恐怖的裹尸布，大白天遮挡了所有的光线，大楼的办公室仿佛悬在半空，人们摸索，沮丧，只觉得世界末日来临，如此这般，在那些密密麻麻的巢室里工作的人，怎能不精神失常。

集体歇斯底里是一股可怕的力量，然而，纽约人似乎每次都能与它擦肩而过：他们坐在半途停顿的地铁车厢里，没有幽闭恐惧感，他们靠几句俏皮话，摆脱惶恐局面，他们咬定牙关，耐心承受混乱和拥堵，凡事总能对付过去。所有设施都不完善——医院、学校和运动场人满为患，高速路乱乱哄哄，年久失修的公路和桥梁动辄寸步难行，空气窒息，光线不足，供暖要么过头，要么差得远。可尽管麻烦不断，效率低下，纽约却以大剂量的维他命补偿了它的居民，这就是对一种独特的、国际化的、强大的、无与伦比的事物的从属感。

外来人小住纽约，可能而且往往陷入一连串的尴尬、不便和失望：听不明白饭馆里侍应生的话；分不清哪儿是诓人的酒馆儿，哪儿是规矩的酒吧；进地铁搭错了车；为个小小不言的问题招公共汽车司机顶撞；街上的噪声吵得人一夜无眠。游客奔来纽约，尤其是在夏季——他们一窝蜂地拥向自由女神像，（城里的许多居民从不涉足。）围攻自动售货餐厅，访问广播电台播音室，参拜圣帕特里克大教堂，在商店橱窗前流连。他们大都度过了一段美好时光，但有时在纽约，也会碰上失意者——一对青年男女，显然是游客，可能刚刚结婚，他们的灿烂梦想破灭了。这地方让他们吃不消，他们没精打采地坐在一家小馆子里，闷头吃饭，一声儿不吭。

说起纽约，人们听到的一句话经常是："棒极了，可我讨厌住在那儿。"我感觉，住在乡下和小镇上的人，习惯了方便，习惯了邻里间隔着篱笆和睦相处，想不到纽约生活也有街坊四邻的模式。城市实际上是成千上万个紧凑的居民单位的集合。当然，有大的区和单位：切尔西和默里小丘和格拉默西（居住单位），哈莱姆（种族单位），格林尼治村（热衷艺术和其他事情的单位），还有无线电城（商业开发单位），彼得·库珀村（住宅单位），医疗中心（保健单位）和许多其他部分，各有各的特点。但纽约的事情就妙在，每个大的地理单位都由无数小区组成。每个小区都自给自足。通常，它长不过三两个街区，宽不过几个街区。每个小区都是城中的城中之城。因此，不管你生活在纽约何处，一两个街区内都能找见杂货店、理发店、报摊、擦鞋摊、卖冰卖炭的地下店铺（路过时，可以把你要买的东西写在门外的便笺上）、干洗店、洗衣店、熟食店（啤酒和三明治随时外卖）、花店、殡仪馆、电影院、收音机修理店、文具店、服装店、裁缝铺、药店、泊车场、茶馆、酒吧、五金店、修鞋店。在纽约的大多数小区，每隔一两条街，都有一处小小的商业街。人们清早出门工作，走不上两百码远，就能完成五六件事情：买份报纸；把鞋送到店里钉鞋掌；买盒香烟；订一瓶威士忌盼咐下班时送来；留个字条给煤炭铺的隐身人；通知干洗店有条裤子等着穿。八小时后的回家途中，买一束绒柳、一个马自达灯泡，喝上杯酒，擦擦皮鞋——都在街角下车处与家门之间。这些地面儿事事完备，人们油然而生归属感，许多纽约人一生都守在其中，还大不过一个村子。多走出两个街区，他就仿佛到了异乡，浑身不自在，非得回来。

小店的店主对小区的界限尤其敏感。我的一位女性朋友最近搬家，住进另一处公寓，在三个街区之外。搬家后第二天，她出现在多年来一直光顾的杂货店，店主见到她，激动得几乎落下眼泪。"你这一走，"他说，"我以为再也见不着你了。"对他来说，三个街区，或者大约七百五十英尺，就是离开了。

我写这篇文章时，就住在纽约的某个小区，过客而已，或是漂泊者，从乡下来此盘桓几日。夏季是个好时光，可以重新打量纽约，领受私密这一馈赠，进入孤独的最高境界。夏天，城里只剩些死硬分子和响当当的角色。（旅游者除外。）临时性的、来去不定的住户没了踪影，唯有货真价实的老纽约。这里的气氛不觉轻松下来，人们只管围块腰布躺倒，一边呼哧呼哧喘气，一边缅怀往事。

我在回想年轻人与大人物同居一城，是怎样一种感觉。我初来纽约时，心中的偶像是十几位专栏作家、评论家和诗人，大名时常出现在报刊上。我始终颇有点兴奋，像是发低烧，因为同一座岛上，还住了唐·马奎斯、海伍德·布龙、克里斯托弗·莫利、富兰克林·P.亚当斯、罗伯特·C.本奇利、弗兰克·沙利文、多萝西·帕克、亚历山大·伍尔科特、林·拉德纳，还有斯蒂芬·文森特·本涅特。我在商会街与百老汇夹角处徘徊，心想："那座大楼的什么地方，蟑螂阿奇①夜里就在打字机键上蹦跳。"那段时期，纽约没给我好日子，但它毕竟让我活下来。我时常快步走过西十三街第六大道与第七大道之间富兰克林·P.亚当斯的住宅，房子似乎在我脚下颤动，一如火车驶离中央车站时，花园大道也会颤动。这种兴奋（与大人物近在咫尺）是绵延不断的。纽约从来不缺慕名投奔的后生晚辈——青年演员、抱负不凡的年轻诗人、芭蕾舞女演员、画家、记者、歌手，每人都揣了自己的兴奋剂，每人都有自己的一群偶像。

纽约不仅给人持续的兴奋，还是个从不谢幕的大舞台。我四下闲逛，重新审视这座舞台，希望能把它写在纸面上。现在是星期六，黄昏时分。我转入西四十八街。从架子鼓和萨克斯管练功房敞开的窗子里，传来音乐教师倦怠的指导声，器乐的嘈杂打破了夏日的沉静。考特剧院拥出日场观众。突然间，整条街响彻一名街头歌手震耳的歌声。他越走越近，寻找知音，是个欢快的黑人，一副唱大歌剧②的派

---

① 蟑螂阿奇，美国报纸专栏作家、诗人和剧作家唐·马奎斯笔下角色，晚上在马奎斯的打字机上蹦跳着打字。

② 大歌剧，盛行于十九世纪的法国，规模宏大，布景豪华，音乐华丽，多采用历史题材，意大利作曲家罗西尼，德国作曲家罗梅耶贝尔、法国作曲家奥柏、柏辽兹、威尔第都曾有作品。

头，头颅扬起，恣肆的歌声回荡在高楼壁立的窄街上。长长的手杖，是他唯一的道具，穿着小心而又随意——休闲裤，皱条纹外套，口袋里露出一本书。

献艺时间，拿捏得恰到好处，考特剧院上演《可敬的妓女》①，观众刚刚接受了种族关系教育，急着想要改善黑人的境况。硬币（多是两角五分的）哗啦啦洒向街头，几分钟的游吟，一名黑人的境况有大约八美元的改善。如果每次献艺都能如此，他就完全可以在这里过活了。人们说，纽约是个机会多多的城市。甚至几分钟后迟来的骑警，也信马由缰，在路边踅来踅去，寻找散落的镍币，像鸟儿寻找抛洒的谷子。

现在是七点钟，我再度光顾了东五十三街一家旧日的无照酒吧，准备坐下来吃顿饭。人很少，夏夜电扇的嗡嗡声，偶尔给摇制鸡尾酒的声音打断。小酒吧里黑黢黢的（店主并不认为贩酒法变了，电费就有理由增加）。多么幽暗，多么诱人，渲染意大利湖畔风光的壁画多么绮丽——可能是店主的哪个侄子画的。店主亲手配酒。电扇吟咏祈求风凉的祷文。从另一个隔间传来广播电台主持人的声音，青菜沙拉散发蒜茸的味道。我身后（又是十八英寸），一位年轻文人正试图说服身边的姑娘搬到他那里，做他的恋人。姑娘戒心重重，但他的话入情入理，也并未自视过高。他认为，他们相互之间，应当提供知识与性。从吧台上方的镜子里，我可以

---

① 《可敬的妓女》，法国作家萨特一九四六年所写话剧，以美国南方为背景，揭露种族主义罪恶。

看见他们饮了第二轮酒。随后他和她分头去洗手间，两人回来后，争论也无声息了。电扇又嗡嗡地响起来，我又感觉到热浪和轻松的气氛，勾起对许多有趣的非法小馆的记忆，在那里，我曾伴随爱的主题、通风机的声响和杜松子酒消愁止痛的短暂幻觉，多少次津津有味地享用一顿便餐。

另一个溽热的夏夜，我在中央公园林荫道停下脚步，听古德曼管乐队①的音乐会。人们坐在乐台前呈扇形排开的长椅上，听得很入神，赞叹不已。林间晚风吹拂，树叶有了活力，哗啦啦地响，像在诉说什么；灯光从下方照亮绿绿的枝条，化作一种新的表达。头顶有飞机悠悠飞过，航灯一闪一闪的。就在我前排的椅子上，少年人坐在那里，搂着他的姑娘，他们相亲相爱，沉浸在音乐中。短号号手走到台前，表演独奏，始于"用你的明眸为我祝酒……"，号声在辽远、温暖的夜空飘荡，那么纯净，那么迷人。随后，从北河那边，传来别一种喇叭的应答——是玛丽女王号邮轮在宣布她的去意。她的独奏与短号不是一个调子，低了半个音阶。乐台上的号手决不示弱。号声吵成一片，没人介意爱的承诺中暗示了远行。"我将远走，"玛丽号在抽泣。"我的眼波会随你驻留，"号手叹息。沿柏油马路，散步的人来来往往，他们举止小心，免得扰了这里的音乐气氛。棒冰销得很快。篱障外温暖的草地上，人们在荫翳里缠绵，女孩子走近林荫道，裙子给风吹涨，裸露的肩头映在灯光下。"用你的明眸

<hr>

① 埃得温·弗兰克·古德曼（1878—1956），美国著名管乐曲作曲家，尤以进行曲见长，十九世纪末成立古德曼管乐队，多次在纽约夏季音乐会上演出。

为我祝酒。"迷人的时光，一切又都是免费的。

　　夏季的周末，城里空空荡荡。一个星期六下午，我去了办公室。听不见电话铃响，没有东西填饱来文筐儿，没有纸张的窸窣声，这是座死寂的建筑，一段可怕的休止。整个城市成了空落落的蜂巢——囚犯逃狱后丢下的监牢。夜间，楼里什么地方偶尔响起铃声，有人要用电梯——听起来像是火警铃声。夏季星期六的办公室，恍如孤绝的深渊。我凭窗俯瞰对面一排一排办公室，回想冬日暮色中景象，一切都在全速运动，蜂巢的每个格子都亮着灯，眼前仿佛一幕哑剧，可以看见木偶般的人物翻弄文件，（但听不到纸张的窸窣声。）看见他们接听电话（但听不到电话铃声），铺天盖地的纸片悄没声地川流不息：纽约这个文电之都，与加尔各答联系，与雷克雅未克①联系，总有事情得折腾。

　　在拉斐特咖啡馆，来的尽是熟客，坐下聊天。这里忙乱而又沉静。我啜着咖啡，透过西窗，望见制造商信托公司和九马路北侧的红砖墙面，光线越来越弱，红色慢慢转成紫色。砖楼在向晚时分，自能改换颜色，就像玫瑰凋谢时，会泛出蓝色。这家咖啡馆是一方安歇之地。侍者从不见老，也不更换。决不追逐时尚。圣母守在旅游招贴上。咖啡浓烈，充满菊苣味，很香。

　　夜晚走在包厘街上，头顶是高架铁道，你能感到的，只有冷冰冰的罪恶。有人向你讨一个硬币，你丢下钱，不想碰

────────────

　　① 冰岛首都。

那手，手太脏了；你尽力避开他的目光，目光中流露谴责。与其说这是对个人的威胁，毋宁说它是一种整体性的威胁——无可奈何的人类苦难和贫穷，以及病入膏肓的酒精中毒咄咄逼人。夏日晚上，醉汉露宿街头。人行道是免费的床榻，没有虱子。行人走过，或跨过，或绕开这些静物，像走在尸横遍野的战场上。门廊下，银行台阶上，游民靠倒头一觉儿来醒酒。他们浇愁后丢下的空瓶子立在头前，像是伫立的哨兵，臂弯里搂定装了各种家当的纸袋子。旅游车上贫嘴的导游告诉乘客，这是"堕落者一条街"，但包厘街并不认为它已经堕落了，它用自己的办法对付自己的问题——酒坊，小客栈，漠不关心，街的尽头处，是贝尔维医疗中心。

向东一两个街区，气象截然不同。陋巷里免不了贫穷和破旧的房屋，伴随这些，却是精细和安详的家庭生活。我沿着莱文顿街东行。但见一派欢快、污秽、熙熙攘攘。小店漫上了人行道，只剩下半边给人走路。灯泡没有罩子，明晃晃地照了西瓜和女内衣。楼上的人家逃离闷热的屋子，在人行道上乘凉。他们坐在橙色板条箱上，抽烟，悠然自得。这是广阔的下东城的露天晚会——毕竟，与你在乡间见到的绿草坪间鲜亮的帆布椅上坐着的一些人相比，他们这炎炎夏日里的一群要顺眼得多。热腾腾的肉体，挤烂的水果味，苍蝇喂吮阴沟的垃圾，炒菜做饭，这里的一切都透着家常。

在刘易斯街的街角，铁丝栅栏后的操场上，正举行露天舞会——街道的某种活动，许是为了遏制少年犯罪。女人推了婴儿车在跳舞的人群中穿行，像是展示舞蹈的最终结果。

头顶，滑轮线上挂满了短裤和乳罩，有如装点舞厅的彩旗。音乐停止了，漂亮的意大利姑娘从手袋里取出发刷，在街灯下梳理黑油油的头发，直到头发闪光。巡逻车上的警察快快地观望。

爱迪生联合公司说，纽约的五个行政区有八百万人口，它当然有能力掌握这一点。如同每个人口稠密的社区一样，这里汇聚了各个种族、各个宗教、各个国家的人。人口数字不断变化——几乎刚刚分类罗列好，情况就变了。可以保险地说，纽约的八百万人中，有大约二百万犹太人——将近四分之一。这二百万犹太人，当然，来自许多国家：俄国人、德国人、波兰人、罗马尼亚人、奥地利人，长长的一串。大纽约城市联盟估计，纽约的黑人约为七十万。其中，有五十万左右住在哈莱姆，从一百一十街向北延伸的一个区。过去几年来，黑人人口迅速增长。今日纽约的黑人比一九四〇年多了一半。有大约二十三万波多黎各人生活在纽约。五十万爱尔兰人，五十万德国人。还有九十万俄国人，十五万英国人，四十万波兰人，大量芬兰人、捷克人、瑞典人、丹麦人、挪威人、拉脱维亚人、比利时人、威尔士人、希腊人，乃至荷兰人，他们很早就来到这里。很难说这里到底有多少中国人。官方宣布是一万二千人，但还有众多中国人非法居留纽约，他们不喜欢人口调查员。

这数百万异乡人代表了不同种族、信仰和民族，纽约因他们之间的碰撞与融和，成为世界大同的常年展台。纽约公民的宽容，不仅是天性，而且是必须。这座城市必须保持宽容，否则就会在仇恨、怨愤和偏执的辐射云中爆炸。人们稍微偏离平和与豁达的心路，城市的火气就会蹿得比风筝还高。纽约郁积了各类种族问题，但引人瞩目的不是这些问题，而是大家相安无事。哈莱姆本身就是一座城，象征了种族隔离，但纽约的黑人生活，很少有黑人差别待遇的明显迹象。黑人可与白人一道搭乘地铁和公共汽车，但他们在饭店和餐馆，还感受不到这般平等。就职业而言，黑人在舞台表演、音乐、艺术和文学上很成功，但在许多就业领域，情况还很糟。黑人差别待遇信条主要体现在住房规章和惯例上。私人房东在法律上可以而且也确实排斥黑人。不过，根据最近的一项市政法规，公共财政出钱或享有税务豁免的公寓建筑，在接纳住户时，不得计较他们的种族、肤色或宗教信仰。

对纽约人来说，这座城市是恒定的，又是不断变化的。在许多方面，它看上去与二十五年前不同，给人的感受也不同。高架铁路拆除了，除过第三大道，一点也没留。老住户走上第六大道，路过杰弗逊市场监狱，会怀念那铁路，它的轰鸣声，它的斑驳的阴凉，它的小型高架车站和那一阵阵颤动。百老汇的面貌也变了。以前，它在喧嚣繁华的表面下，有一副依稀可辨的骨架，如今的招牌巨大无比，建筑、商店和饭店大都给霓虹灯、文字招牌和蛋奶冰淇淋广告遮挡得没了踪影。百老汇就像一客蛋奶冰淇淋，表面光鲜，内里空乏。格林尼治村日趋幽暗：公寓楼挤进来，围住了广场，酒吧镶上镜子，镀铬。但村里毕竟还有徘徊不去的诗意、墨西哥玻璃器皿、敲制铜器、蜡染布、威士忌酒瓶改制的灯盏、涉世不深的处女作——这就是老格林尼治村，有小街，有简陋租房，一室而已，适应了一些人变幻无常的需要，他们都有一颗年轻又欢快的心。

中央火车站成了夜总会，挂满超大幅的广告招贴，一心走旅游揽客的路线。其实，我曾一度住在中央火车站的终点站，（事事方便，我又没有其他地方好去。）宽旷的大厅对我来说，又是纽约一处予人灵感的室内景象，直到拉斯泰克斯松紧带公司和可口可乐跻身进来。

环顾全城，深宅大院正走向衰败。施瓦布在河滨大道上凭眺哈得孙河的宅子消失了。古尔德在第五大道上的宅子成了古董店。摩根家族位于麦迪逊大街的宅子改为教会的办公室。范尼斯托克大宅现在出让给兰登屋。今日的富人不住大宅子，改住公寓大厦的顶楼，在楼顶平台种树，高出街面几百英尺。

报纸也比过去少了，这要拜已故的弗兰克·孟斯①之赐。人们怀念《环球时报》、《邮报》、《先驱报》，对许多纽约人来说，自从《世界报》败下阵去，生活再不是原来的样子。

警察现在开警车巡逻，车上装备无线电，不再晃悠着警棍绕街区打转。地铁车票需十美分，座位往往是深绿色，而

---

① 弗兰克·孟斯（1854—1925），美国出版发行人，拥有众多报纸杂志，以赢利为出版物最终目的。

不是浅黄色。人们上酒吧是为盯了电视看，难得有谁再去沉思默想。这都让人感慨。甚至游行庆典也有些变化。上回在曼哈顿的凯旋游行，满城回荡重型坦克不祥的骇人轰鸣声。

贫民窟逐渐让位于恢宏的住房建设——规模巨大，目的崇高，房租低廉。城里散布了几十处这类新的开发地段，每处都是一座城（其中一处在布朗克斯，可容纳一万二千户人家），闲置的天空面积得到开发，引导人们腾空而起，远离了地面，他们的卫生条件规范化了，从此也有个地方坐下，不必坐在橙色板条箱上。联邦的钱、州政府的钱、市政府的钱、私人的钱，都流入这些项目。银行和保险公司也在背后参与其中。建筑师让大楼在地基上略微偏转一点，好改善采光。一些公寓的房租，低到只有八美元一间。还需要而且最终也会建起成千上万的新单位，但纽约永远跟不上自己的脚步，永远无法平衡。经济景气时，人口激增，新住宅从岩石上纷纷钻出。一旦赶上萧条，人口星散，高楼大厦门前冷落，房产主衰败，终至死灭。

我来纽约的这些年，纽约的节奏变了，性情也变了。紧张气氛加剧，更多暴戾。你可以在许多地方，从许多人脸上看到这一点。现代生活产生的挫折感，到这里就会翻番，放大——穿越城区的公共汽车跑上一趟，沿途的挫折和麻烦，足以让司机精神错乱：交通灯的转换总是快了半拍，乘客捶打关闭的车门，卡车挡住唯一的通路，硬币失手掉到地上，不该发问的时候偏偏有人啰唆。气氛更紧张，速度更快。出租车跑得比十年前快了——他们十年前跑得就不慢。从前出租车司机乐呵呵的，如今他们时不时地很疯狂，像是有今天没明天。在进入城里的西区高速路，驾车人懵懵懂懂地随大流而行——那种无可逃遁的运动很是刺激，后面有人催，两侧给人夹裹，你的车像一片木屑在磨坊的水流中载浮载沉。

纽约从未像现在这样糟心、拥挤、紧张。钱多得是，纽约的反应也不慢。餐馆很难挤进去，经理们为了史瓦夫餐馆的一顿午餐，乖乖候在门口，如同失业者排起长龙，只为领一碗热汤。（繁荣期人们排队等一口吃的，萧条期也一样。）曼哈顿的午餐时间提前了半小时，始于十二点或十二点半，指望能先于众人抢得一席之地。人人下班时间都比以往饿了一点。公寓张起"恕无空房"的告示。第五大道的公共汽车上，只有站立的分儿，而从前每个买票的乘客都有座位。旧日的双层汽车消失了——人们搭车再不是为了兜风。

某些日子的某些时刻，几乎叫不上一辆出租车，争抢得厉害。你抓住车门把手，拉开车门，发现还有一位从另一侧长驱直入。看门人靠吹哨子调度出租车发了财，一些看门人其实无门可看——不过是在大街上溜达，见机行事，给出租车乘客拉拉车门。与以往稍许悠闲的日子相比，纽约变得不舒适，也不方便了，但纽约人原本就不在意舒适和方便——果真在意，他们会搬到其他地方。

纽约最微妙的变化，人人嘴上不讲，但人人心里明白。这座城市，在它漫长的历史上，第一次有了毁灭的可能。只需一小队形同人字雁群的飞机，立即就能终结曼哈顿岛的狂想，让它的塔楼燃起大火，摧毁桥梁，将地下通道变成毒气室，将几百万人化为灰烬。死灭的暗示是当下纽约生活的一部分：头顶喷气式飞机呼啸而过，报刊上的头条新闻时时传递噩耗。

城市的所有居民都须面对湮灭无存这一顽固的事实，而这一事实在纽约表现得更为集中，因为纽约本身就是集中的，还因为，所有目标中，纽约在某种程度上显然最受瞩目。在可能发动袭击的狂人的头脑中，纽约无疑有着持久的、不可抵挡的诱惑力。

自由女神像一向是纽约的标志，并将纽约推向世界。今天，自由与死亡各行其道。沿东河，在推平的龟湾屠宰场上，好像是为了与鬼魅般逼近的飞机竞赛，人们破土动工，创建联合国的永久总部——所有建筑项目中最伟大者。纽约从容接纳了又一座城中之城，这次是供各国政府栖身，清理叫作战争的废墟。纽约不是政府所在地，它不是国家首都，也不是州的首府。但它正在成为世界的首都。建筑师设想的这座大厦，是个直立的火柴盒状。车辆在第一大道下面的新辟隧道中奔流。四十七街将拓宽，（如果我猜得不错，卡车将在夜晚悄悄开进来，栽种高大的树木，树木的根须与城市的管线纠结在一起。）城市将再一次几乎不动声色地吸纳又一批来访者。它已经表明自己有能力收藏联合国——过去两年来，大批代表活跃在纽约，居民们却很难瞥见他们的燕尾服或黑色礼帽。

这场竞赛，这场制造毁灭的飞机与艰难降生的人类议会之间的竞赛，在我们所有人心中留下印记。纽约再清楚不过地显示了普遍的困境与全面的解决方法，掩在钢与石之后的这座迷宫，既是一个绝好的目标，也是非暴力和世界大同的完美象征，这一目标高耸入云，飞机只能拦腰撞向它，它是所有民族，所有国家的家园，一切事情的发源地，在这里进行的审议，将拦截飞机，抢先阻止它们的毁灭行动。

　　龟湾的这座新的人类之城，向西一两个街区，有一株大柳树，枝条密匝匝遮盖了庭院。这是一株伤痕累累的老树，经磨历劫，攀爬过度，靠铁丝捆扎才不致摧折，但知道的人都对它很有感情。在一定意义上，它象征了这座城市：在艰难中存活，在困境中生长，在混凝土中蓄养元气，兀然挺立，迎向日光。如今我每次见到它，感觉飞机冷森森的阴影，都会想："必须拯救它，拯救这一棵树。"如果它不复存在，一切都将陨灭——这座城市，这个怪异而又神奇的典范，如果抬头望去，消失不见，人将心如死灰。

佛罗里达

佛罗里达珊瑚岛

一九四一年二月

我在佛罗里达一处珊瑚岛的海滩别墅写下这些文字。外面，风雨敲打着汽车。西来的暴风雨掀动翻滚的大浪扑向海岸，惊涛阵阵，持续的轰鸣声代替了往日间歇的拍打声。商会出于好心，对此喧嚣视而不见，埋头起草下星期在展馆的时装展公告。报纸上说，明天天气好些。

别墅的墙壁是用企口板横向拼成，漆成绿色。地上铺草席。草席下有一层细沙，是进门时趟入，又渗到草席下。我本想揭开草席，把沙子撮成一堆儿，倒出门外，终于还是作罢了。显然，珊瑚岛上一向是这般情形，我没有理由横加干涉。屋子角落的一处小小的木制基座上，摆一台煤气取暖器，靠屋子附设的储罐供应煤气。这台设备可将空气中的氧转化为热，迅速提高室内温度。点不点取暖器，全看你是想在通风良好的屋子里冻僵，还是想在温暖中窒息。操作几回，就能找到巧妙的平衡——留下足够的氧气维持生命，又能产生足够的热，免得冻死。

西面的墙上，挂了一张印第安壁毯，壁毯的一侧，别了一枚圆徽章，上面的文字说明了它的来历：卓普俱乐部青少年培训课程。北面的墙上是有凹斑的柏木壁柜。最上一层，摆放了三只大松果，两只涂成翠绿色，另一只涂成砖红色。还有一个罗马双轮战车形状的镀金烛台。下面一层搁板上有一些贝壳，有人下了很大力气，让它们看上去像是飞鸟。最底下一层，站着一只小不点儿玩具牧羊犬，用野兔皮制成，舌头用红法兰绒。

我坐的地方再往前，是厨房，有煤气炉，还有一台年头很老的小电冰箱。冰格留下深深的刮痕，想必是人们为了撬它下来，使用了起子、刀子、改锥，连带上气急败坏。冰箱突然启动时，声震屋瓦，各处的灯光瞬间都黯淡下来，随即重放光明。冰箱里放牛奶、黄油和鸡蛋，供明天早餐之用。明天早上，还有牛奶送来，我再留给次日早餐，如此一来，我每天喝的都是头一天的牛奶，从来享用不到完全新鲜的牛奶。假如我索性扔掉整整一瓶牛奶，本可以避免这种局面，但当今世界上，没人能如此大胆。扔牛奶是一宗罪，我们都很清楚。

厨房和卫生间水龙头流出的水含硫，不适合饮用。它在下水道周围留下深棕色的污渍。蘸水往脸上抹剃须膏时，感觉就像用细砂纸打磨下颌。水质太硬，含硫量又高，一般的肥皂都不管用，刷洗早餐的碗盏时，非得用德夫特牌强力洗涤剂。

房舍的门廊处，有两个细颈玻璃瓶，分别立在各自的架子上，里面装了泉水，供饮用、煮咖啡、刷牙。水瓶和架子的押金是两美元，每瓶水五十美分。两家相互竞争的公司为社区送水。我不巧与这两家都有点瓜葛。每两三天，这家或那家公司的人就会光顾，盘桓一会儿，嘀嘀咕咕地抱怨门前对手公司的水瓶。我曾试图退掉一家公司，保留另一家，而这得有点说一不二的本事，我偏偏没有。让我惊讶的是，一个人喝光十加仑水，需要多长时间。我本以为，用现在的一半时间就尽够了。

今天上午，我从报纸上读到，一位老黑人，一百零一岁了，自夸他一生喝下过多少威士忌。他说，他曾在酿酒厂工作，每天，他们给他一加仑威士忌带回家，上班的这几天一切都很妥帖，但到了周末，他说，他就得自己买上一加仑酒，帮他飘悠到星期一。

厨房的碗柜里，有一袋橙子，早上用来榨橙汁。每只橙子上都贴了"添加色素"的标签。给橙子染色，使之呈橙色，是人类迄今为止最无耻的举动。这简直可以说得上骇人听闻，这番举动，显然是在暗示大自然不知道它该做些什么。我觉得，染成橙色的橙子，同涂成绿色的松果一样让人反感。我认为这是我见到的最丑陋的事情，似乎很难相信，这块地方，或许吧，在果树林子十英里范围之内，我买不到没有给人染色的橙子。但我不知道有多少人会这样想，欺诈已经成了一种国家美德，在许多圈子里为人津津乐道。过去的二十四小时里，我从晨报中得知，已有一百三十六车橙子装车启运。如今，可能有数百万儿童不清楚天然橙子为何物——只知道人工染色的橙子。倘若他们看见一只天然橙子，只怕会觉得怪异。

镇子里有两家电影院，靠一座桥与珊瑚岛联通。其中一家影院，允许有色人种坐在楼厅。另一家影院，根本不允许有色人种进入。某日，我看过一个宣扬爱国主义的新闻片，最后是美国国旗在微风中飘动的画面，还有一行字：不可分割的国家，人人享有自由与正义。观众掌声四起，但我判定，在这个禁止黑人进入的影院里，不能为（人人享有的）自由与正义鼓掌。我想，在这个世界上，有太多的人心目中人人享有的自由与正义，不过是为他本人和他的朋友所设。我坐在那里，悬想如果跳起身来，大喝一声："你们这帮人如此喜欢自由和正义，为什么不许黑人进入影院？"那会有什么后果。我敢保证，每个人都会大惊失色，这是我很想做的事情，但始终没去做。假使真的做了，我想影院经理会抓住我的胳膊，轰我出去，理由是影片播映时分，宣讲自由妨碍了安宁。人在南方，必须得照南方人的规矩办事，但我虽然愿意管我太太叫"小鬼头"，却不愿意管黑人叫"黑鬼"。

北方人很可能认为南方人在种族问题上偏执，南方人却认为北方人脱离实际，说出话来往往靠不住。黑人差别待遇的理念让北方人不满意，但在黑人人口与白人不相上下或多于白人的城镇里，却被视为合情合理。对一个问题，答案是切合实际的，还是理想主义的，要看人们回答时，说的是一年，十年，抑或是一百年。换言之，完全可以想象，即使目前的限制不会很快取消，一百年后，黑人也必将享有更多的自由。但这并不足以让今天的黑人观赏海蒂·拉玛尔[①]。

想到南方在颜色问题上，态度如此前后不一，我不禁哑然失笑：有色的黑人不得进入影院，"添加色素"的橙子则大受欢迎。本州这一地区的某些城市举行游乐会，缅怀以往，鼓吹未来，我在自己的脑海中，设计了一辆彩车，希望将它驶入游行队伍中。车上一位曼妙的黑人女子，与其他入浴的美人同行，身上印了那神气的字眼儿：添加色素。

隔壁的房子里，住了位太太，是个狂热的孤立主义者，她不断跑出跑进，手里拿了小册子、书籍和作了记号的报纸，试图说服我相信，美国应当只管自己的事情。她除过思想，还带来了沙子，我得跟在她身后，每天打扫两三次。

今年，佛罗里达抱怨生意不像平常那样好做了。他们告诉你，工业的迅猛发展导致了这种不正常的状况。北方的工业巨子忙得没时间晒太阳，甚至顾不上坐在亚热带的别墅里看看雨景。迈阿密额外拨出数以千计的美元做广告，指望引诱行政官员撇开国防计划，享受一番黄金时刻。

虽然我不是考古学家，但我喜欢佛罗里达，喜欢它那些未曾完工的城镇的遗迹，一如喜欢它海滩上明媚的小屋。我喜欢顶了正午灼热的阳光，漫步在死寂的人行道上，人行道通往生机盎然的丛林，甘蓝棕榈在半途而废的街道上投下刺状阴影，藤蔓错杂，纠缠路边古旧的砌石，像在狂热地拥

---

① 海蒂·拉玛尔（1913—2000），奥地利人，原名海德维希·爱娃·玛利亚·基斯勒，十九岁出演《销魂》一片，名声大噪。后前往美国，与米高梅影业公司签约，更名为海蒂·拉玛尔。

抱，反舌鸟沉浸在旧日不动产鼎盛时期的辉煌中，鸣啭不停。复归自然的林荫道最动人心魄，它散发一股奇特的气息，预示着什么，等待未来的世纪，那时，鸟儿，还有蜘蛛和疾行的小蜥蜴，都会恢复记忆，而如今，它们正在一度寄托了人们梦幻的平坦、坚硬的大地上烘烤自己。沿着这些笔直的步道，生长中的森林渐渐杂乱，不再对称——和悦而又随意的大自然将成排树木的线条变得柔和起来，路面上初生的表土滋养生命，路面的裂隙给草茎盘踞，引种的藤本植物荒芜了，明艳的花朵恣意开放，头顶，红头美洲鹫平展双翅，在清朗的天空中飘摇，等待木槿、丝兰、千手兰和棕榈丛中哺乳动物的死亡时刻。我记得那些热闹的日子和彩虹尽头的迷离梦想，钉了挂图的办公室，挂图上的标示，乐队演奏悠扬的乐曲，抚慰漂泊者面对郊区住房的神话时不免恍惚的灵魂，彩虹起点的免费汽车服务，树荫下小桌上供应的午餐，吹人欲醉的熏风，合同上签字的虚线，签名，预感带来的惶恐，以及佛罗里达苍天上飞翔的美洲鹫。

我喜欢这些尚未发展起来的城镇，它们始于贪婪，经过一番仓促规划，到底没能兴建起来，给人去糟蹋，这些还残留希望的城镇，没有给染上霓虹灯和种种污秽。我也喜欢建筑群落之外的海滩，那里还是野性的，天然的，鹬鸟来此落脚，一阵浪涛涌来，连忙退避，像小孩子一样，有时，臀部一翘一翘的乡下妇人在这里拾贝，还有时，老兵会来掘斧蛤，给他留在露营拖车营地的饥饿的老伴享用。

大海的涛声最能消泯时间的概念。你闭上眼睛，倾听海的声音，多少个世纪一涌而过，大地又绿了——一个方生的青翠时代，海与陆地刚刚接触，彼此相识，不过几十亿年的时间，软体动物刚开始进入浅滩蠕动；现在，人这种懦弱的家伙，躲在遮阳伞下，身上涂了防晒油，戴上他的偏光墨镜遮挡光线，在温暖的沙滩上铺好浴巾，舒适地摊开长长的棕色躯体，侧耳倾听。

　　大海能回答所有问题，总是用同一种方式；你若读报纸，报上满是无休无止的讨论、争吵和骚动，还有分歧、重大决定和协议、计划、方案、恫吓和反恫吓，于是，你闭上眼睛，大海送上又一波浪潮，自从有了世界，大海就一浪追着一浪，绵绵不绝，它抚平了一切，又打碎了一切，去而复返，飞溅的浪花中，你能听到它说："就这么快吗？"

时光之环

一九五六年三月二十二日，招潮①滩

 狮子愤怒地爬过通道，回到笼中，我们一小拨人转身离开，进入附近打开的一道门，在朦胧的光线中站了一会儿，观看马戏团一匹棕色高头大马绕环状马戏场腾踏。驯兽师是位女性，约摸四十岁年纪，这二者，马和女人，似乎陷入了下午那种漫无目的，又无可逃避的忙碌。天气很热，我们这些看热闹的人很高兴暂时逃开热辣辣的阳光。女人靠手中长长的缰绳，或皮索，操控她的马沉闷地逆时针奔跑，构成了他们那个圆周的半径，女人就是个旋转的圆心；她自己也移动脚步，划一个小小的圆圈，迁就奔马，给它最大的活动范围。她穿一身短裙装，戴锥形草帽。她的双腿光裸，踏一双高统靴子，深深陷入马戏团的树皮屑地面中，踝关节不停颤抖。马的高大和温驯，训练的单调重复，下午的炎热，所有这些，都产生了催眠的魔力，令人昏昏欲睡；我们作为旁观者，颇有些倦怠——但我们既不期待有点什么噱头，也觉得没理由作此要求。说起来，我们为进入场地，付了一个美元，不过，几分钟之前，驯兽师的皮鞭缠在一头狮子的脚趾上，我们已经大开眼界。一美元还能要求多少呢？

我听见身后有人低声说，"请让一让。"见到人时，她一条腿刚迈进来——是位十六七岁的姑娘，正礼貌地穿过挡在入口处的人群。等她出现在我们面前，我见她赤着双脚，邋遢的小脚丫在坑坑洼洼的地面上趔趄。从许多方面看，她与你在萨拉索塔县约翰·林林[②]先生北方马戏团冬季营地可能碰上的二三十个小丫头没什么两样，身材匀称，皮肤给阳光晒成深棕色，邋遢，热切，几乎是赤身裸体。但她的严肃和大方，又显得独特，给我们偶然撞入的这座沉闷的八边形建筑平添一丝韵味。她挤过人群，随即对那女人说了几句话，我想，那女人应是她母亲，然后，她迈入圆环等待，直到绕场的奔马停在她面前。她爱怜地拍打了几下马的粗大脖颈，纵身跃上马背。马立即开始小步慢跑，女人鞭策它，口中喧呼："嗬！嗬！"

我在这里再现这一舒缓的场景，不过是为一个最古老的群落充当书记员，这个群落中人，曾经在某个时候，甚至不作一点抗拒，等闲就迷上了一位马戏团的骑手。身为作家，或书记员，我始终觉得有义务记录下所有世俗的或非世俗的奇闻逸事，仿佛有一点遗漏，也难免给人追究责任。但转达这类事情，不是件容易的事情。据我所知，没有什么，比马

---

① 招潮，一种甲壳纲沙蟹科的小蟹，穴居海滩。

② 约翰·林林（1866—1936），美国马戏大王，与其他四兄弟共同建立世界著名马戏团，一九二五年曾排名为世界富豪之一，在萨拉索塔县建立博物馆，收藏艺术品，使之成为佛罗里达州文化重镇。

戏团更像一个世界的缩影，在某种程度上，它使所有演艺团体都相形见绌。它在混乱中见出秩序，粗鄙中见出勇气和胆魄，乍看之下的浅陋中见出最终的辉煌。人们听惯了它的跑街先生摇唇鼓舌，但那背后，它的大多数人都很谦恭。对我来说，马戏团的断片比它的整体更出色。它在某些时刻，仿佛是通过凸透镜，从众多表演者中聚焦到一点，展示了某一个表演者的活动或命运，这才是它最震撼人心的时刻。一个环永远大于三个环。一个骑手，一个演员，永远大于六个骑手或演员。总而言之，你必须在不知不觉中感受马戏团的整体氛围，分享它的绚烂的梦幻。

女孩儿这十分钟的驱驰——就我而言，我并没有期待这些，她也并不知道我在场，而她，甚至也不是有意为之——但这十分钟，却进入了任何地方任何舞台上的演艺者都在追求的境界，无论他们是在莎士比亚的洪流中颠沛，还是在奔马的跳踉中坚持。我似乎觉得，她其实是利用这洒满阳光的十分钟，乞得一次骑乘，像所有严肃艺术家一样，抓紧片刻空闲，磨砺自己，保持良好状态。她短暂的表演只包括几个基本姿势和技巧，兴许她只会这些，兴许她此时的预热本是兴之所至，场上没有准备，不适合正式训练。她揪住马鬃跃下荡上几个回合。在马背作了几次膝跪——或不管该叫什么吧——倏地跪倒，又迅速弹跳起来。大部分时间，她都是站在马背上，双手轻巧地垂在身边，头颅扬起，麦秸色的马尾辫轻轻甩打在肩头，棕褐色的皮肤隐隐充血。她两次单腿站立——一个芭蕾舞动作，双臂张开。有一刻，她的泳装颈部系带崩开了，她以女人的经典姿态略加收束，这中间绕场跑了两周。她站在跑动的马背上做这件事，颇有些滑稽的味道，与马戏团的气氛完全合拍——欢快，又很迷人。她将系带挽成圆球，塞入胸前，那马浑然不觉，只管在她身下尽职尽责地小跑，一颠一颠的。泳装倒也不会自行脱落，服帖整饬，无须系带的牵制。

场景的美出自它的平常，它的自然——奔马、环状马戏场、女孩儿，乃至她夹紧光背坐骑的赤裸的双脚，那坐骑骄傲又有些可笑。迷人处不在于发生了什么，或表演了什么，却是来自似乎一圈又一圈绕女孩儿旋转、与她相依相伴的什么东西，一道环状的不绝如缕的光束——一道理想之环、欢乐之环、青春之环。（还有在困难中达成平衡后的阵阵欢喜。）一两个星期后，一切都会改变，一切（或几乎是一切）都会消失：女孩儿浓妆华彩，骏马银镫金鞍，场子油漆一新，树皮屑清扫干净，方便那马奔腾跳跃，女孩儿要穿上软鞋，双脚干干净净。一切，现在的一切都将消失。

我与他人一道观望，下颌低垂，眼睛闪亮，一边痛苦地意识到时光的因素。这老旧的庞大建筑中的一切，似乎都呈现圆环形状，与奔马的线路契合。骑手凝视前方，她的目光似乎也是环形的，好像是在环境的压力下弯曲；接着，时光本身也开始循环运动，终结处便是起始，二者再无区别，一件事融入下一件事，时光如斯，一圈又一圈地流逝，没个了结。女孩儿已不再幼稚，知道陶醉于自己灵动的身体，欢欢喜喜地做些技巧，大部分人都做不了，但她又很幼稚，还不知道时间根本不是一种圆周运动。我想："她决不会再像此刻这样美丽了。"——如此一个念头让我深感惆怅——我的思想（这般活跃让我难以招架）一下子投射到二十五年后，彼时，她站在马戏场中央，赤脚，戴一顶锥形帽，踏一双高统靴子，中年妇女的形象，操纵长长的皮索，陷入了将来某个下午周而复始的劳碌。"她正当让人艳羡的美妙年华（我想），以为她可以绕行一周，成就一个完整的圆，最后恰恰回到开始时的年龄。"她的动作，她的表情，一切的一切都告诉你，对她说来，时光之环结构完美，从不变化，可以预测，无始无终，就像她此刻正在环绕的马戏场一样，马在她的身下颠狂。不知不觉中，我又进入了出神的状态，时间再度循环——时间，在我们这里停顿了，免得打扰了表演者的平衡。

她随随便便就结束了马术表演，像她开始时那样。中年妇女立在马前，女孩儿滑下马背。她朝我们走来，准备离去时，响起了一阵低声的喝彩，她且惊且喜，咧嘴笑了，随后，突然恢复庄重，走出门消失了。

一些事情，本来难以形诸笔墨，我偏要描述，未免不自量力，而我果然失败了，我知道我会的。但我履行了对社会的义务，此外，身为作家，就像杂技演员，时不时必须勉为其难地尝试些新花样。无论如何，马戏团还没进城，早早儿就推出了它最出色的节目，这就值得报道一番。在谢幕演出的强烈光线下，演员只须反射他的灯光，而在阴暗、肮脏、破旧的训练场上，在活动兽槛中，无论怎样的光亮、怎样的激动、怎样的美，都必须来自本源——来自内心火焰般的职业渴望和欣喜，来自青春的活力和庄严。这就像是发光的行星与燃烧的天体二者之间的不同。

南方是个咝咝声不断的地方。满心欢喜的访客，随处都会碰上"S"这个字母：海涛和沙滩，鸣响的贝壳，烈日和青天，早晚时分的灼热，午睡，鸟儿和虫子的躁动①。相对于它柔和的音乐，南方却是残酷、强硬、尖锐的。斑纹小蜥蜴，伏在丝兰锐利的草绿叶片上，小脸儿上和警觉的目光中，满是死亡和残酷的表情。随便哪里，蚁狮就潜在不起眼的沙坑底部，等待蚂蚁跌入陷阱。（这个地区有三种狮子：马戏团的狮子、蚁狮和坦帕②狮子会的会员，这些会员们某日集会，咆哮着要求实行种族隔离，只有蒙蒂·格威特这头"狮子"除外，结果他的照片上了报纸。）

白天在绝望的基调中开场：悲怆的鸽子，独自立在电话线上，悲悼夜的消逝，哀叹徐徐展开的光天化日下潜藏的种种不测。但很快，嘲鸫醒来，开始了它的晨练，用它的勇气压倒了鸽子，先是俏皮的模仿，又试着自度新声。红雀加入进来。绝望转为欢快。南方的黎明通常是惨淡的，与北方的破晓不同。它是渐进主义的胜利，夜悄没声儿地，缓缓地变成了白昼，一点也不张扬。很是隐晦，闲静。第一缕光线

---

① 此处的海涛、沙滩、贝壳、烈日等等，在英文中匀以"s"开头，发"咝"音。

② 坦帕，佛罗里达西部港市。

透入百叶窗，我躺在床上，似睡似醒，与鸽子一道叹息，"A"声连连，就是"艾索普兄弟"①的那个"艾"音。一切都没希望，一切都很可悲。此时，一尾鲱鲤跃出卧室窗外的长沼，又敏捷地落入水中。我曾问过一些人，鲱鲤为什么不断地跳跃，得到各式各样的答复。有人说，它是为了甩脱身上骚扰它的寄生虫。有人说，它喜欢跳跃就跳跃——就像马背上的女孩儿，喜欢骑马就骑马（虽然她，如同所有艺术家，可能也是在甩脱束缚了创造精神的什么纠缠，为此，她得站在马背上，跑上五十圈）。

每年的此时，在佛罗里达，日出东方，非要等上两三个小时，才算是白天了。起初，太阳好像没有威仪。太阳与蜥蜴都是一个路数，它们等待时机，直到早晨过了好一会儿，才会突如其来，显露真实面目。冷血的蜥蜴骑在温暖的叶片上，伺机而动，冷森森的太阳也缩在积云里，静候关键的一刻。

许多日子里，空中潮气迷漫，时时事事都逃不开。火柴划不着。毛巾挂起来晾干，只会一会儿比一会儿更湿。报纸在讲黑人融合问题，溻在手上，软沓沓地沾了咖啡和煎蛋。信封自行黏合。邮票腻在一起，像草间无耻的蚱蜢。但大多数日子，有柔和的海浪拍打温煦的沙滩，这里的美丽、神奇和舒适，允称典范。傍晚，大群的鸟儿在日影流连的海面上翻飞，陆鸟归巢了，海鸥、鹈鹕、燕鸥、蓝鹭还要飞上半小时。它们秉承古老的习性，在航道上盘旋，捕鱼，享受一日

---

① 哥哥约瑟夫与弟弟斯图尔特均是纽约《先驱论坛报》著名政治记者。

最后的时光，就像孩子们，晚饭后还在户外戏耍。

我的身份是来自北方的海滩流浪汉，对我来说，种族问题当下一不相干，二不紧迫。在佛罗里达，我是两家的客人——阳光之家和佛罗里达州之家。作为客人，我得安守本分，不可批评主人的习惯。然而，身处时代最大一场社会危机的中心，又很少看到有什么迹象，这让我有一种怪异的感觉。黑人不来公共海滩游泳，因为他们在这里不受欢迎；他们也不来马戏团消磨时间，因为他们有别的事情要做。棒球场出现了一些黑人，在左外场露天观众席，占了专门辟出但同样大小的一块地方，观看来访的勇士队黑人球员与白人球员共用球垒，而不是为他们专门辟出几个（同样的）球垒。我与"有色人"只有过两次小小接触。一个黑人妇女名叫维奥拉，往年曾是我小姨子的朋友，某日登门，送来她答应为我们烫洗的一大包衣物，还有一捧旱金莲，像是干净衣物的自然搭配。鲜花怡人，令我很受触动。我们询问维奥拉女儿的情况，她说女儿在肯塔基州立大学念书，学唱歌。

另一次接触是与我们的厨娘，她来自芬兰，我向她解释美国南部汽车旅行的种种奥妙。我告诉她车站在哪儿，给她装备了客车时刻表，随后，出于义务，讲到如何入乡随俗。"上车后，"我说，"我想你最好坐在前排座位上——后排座位是给有色人种坐的。"她立时面带厌恶，像我们碗碟用得太多时一样，答道，"噢，我懂——这不是很愚蠢吗！"

她的评论，好像一路自芬兰传来，砰地一下在这块沙洲着陆，给我留下很深印象。最高法院一字不提愚蠢，但我想这个结论可能有意想不到的作用。如果真的有区别，那么，人们宁愿给人看作不公正，也不愿给人看作愚蠢。南部议员最近发表宣言，支持"隔离但平等"的信条，我注意到他们的论据之一是，此一信条自来建立在"常识"基础上。一代人的常识对下一代人则不成其为常识。或许第一艘奴隶船，甲板上躺满拴了锁链的黑人，在船主和他们背后的种植园主眼里，确实很平常。但这类船只今天已经不在常识的范围之内。从长远来看，唯一的常识，是认识到变化的必然——我们下意识地逃避变化，不喜时光流逝，最好事事一成不变。

最高法院的裁决犹如南部的阳光，起初懒洋洋的，耐心等待时机。它在佛罗里达成为法律，如今已有两年，一年挨过一年，仿佛清晨时一刻挨过一刻，此后，太阳才会焕发光芒。我想这一裁决是不容置疑的，如阳光般温暖，最终也会如阳光一般，照彻大地。

但在佛罗里达，人由不得会逃避流逝的时光。安逸地躺在海边，满心欢喜地享受阳光的馈赠，南方的馈赠。这确实是一种诱惑。日子是一个环——早上，下午，再到夜晚。几天之后，我显然像马背上的女孩儿，陶醉在同样的幻觉里——周遭有清风、红日、海浪和细沙，置身于此，我能够一直绕时光之环驰骋，一点都不见老。

附记（一九六二年四月）：我最初见到招潮滩，这里还是一片荒地，遍地小螃蟹，它的名字也由此而来，涉禽出没，偶尔可见垂钓手。今天，房舍在滩前排列成行，一部分红树堤岸已经用水泥墙围起。绿绿的草坪从露台延伸到水边，喷水器在阳光下造出彩虹。尽管人在入侵，大自然还是设法保持了本色，不断宣示它的威严：海湾上的满潮和劲风，有时夹带惊涛骇浪，漫过沙滩，在草坪上留下一片狼藉，摁响了家家户户的门铃。鸟类和螃蟹已经适应了种种变化，每天都有鹭鸟飞来，绕红树的根须觅食，我发现我可以来到小蓝鹭身前八英尺处，只须涉入水中，慢慢游向它。显然，它认定，只要此人浸在水中，就可保没有欺诈，没准儿像鱼一样，味道也不差。

林林马戏团离开了萨拉索塔，到其他地方过冬。若干马戏班子在镇里还有自己的基地，每年春天，高级马术培训班的学生都有一场演出，释放情绪，完成体能要求，为萨拉索塔大造声势。在杂货店，可以买到明信片，上面印了约翰·林林的睡床。时光在任何人面前都不会静止，只对死者除外，甚至死者，想必也能听见小跑车的加速声，知道世道变了。

无所不知的《纽约时报》始终关注动物王国，我从报上得知，最能敏锐感受时间流动的物种之一是招潮蟹。白天，它身上的斑点会放大，与穴居处的泥滩成了一个颜色，保护自己免遭外敌戕害，晚上，斑点缩小，它在月光下几乎隐形。这些变化与潮汐同步，所以每天都在不同时刻发生。科学家用蟹来做实验，研究这一现象，发现它们即使脱离了自然环境，被禁闭起来，身体的变化节奏仍然不受干扰，它们在实验室监牢里标记时光的流逝，无时不在顺应潮流。

我们心中珍爱什么？

一九六六年一月,路易斯长沼

直到两三年前，我熟悉的圣诞节始终发生在枞树与松树之乡。妻子同样如此，她是新英格兰人，圣诞节一向是在寒冷中度过，波士顿式的。但时移事易，身体渐渐走下坡路，显然，圣诞节也发生在棕榈树和葡萄酒之乡——我们上个月就挪到了这里。一九六五年，我们是在租住的房子里过圣诞节，房子位于佛罗里达一道运河的岸边，当地人管这运河叫长沼。

我知道面对仪式的变化，身体与心理，都需要作些调整，但我想必没有做好准备，此前也疏于盘算。两人都清楚，我们并没有打算在外面过圣诞节，我忙着查看公路图，安排保温瓶的摆放，顾不上耶稣诞生的事情。我们长途驱车抵达佛罗里达，一路奔波很累人，但大体上是愉快的，只想随遇而安。

我们入住的房子事先没勘查过，这当然有趣，充满了意外，像在游乐园中骑马，景致多多。我们的乐园是用煤渣砌块搭建，涂成了醒目的粉红色。这里最高的一棵树是电线杆，上面长满了变压器；它耸立在运河边几英尺处，给车道投下一片喜人的阴凉。我们很快发现，房子本身，到处是节省人工的现代装备，几乎没有任何别的摆设。我们看到有自动洗衣机、烘干机、自动洗碗机，一台逆循环空调器，刚刚烧坏了压缩机，胡乱丢在门外木栅栏后面，一台葡萄柚外皮的研磨机，只要你先将柚皮切成薄片，还有大个电冰箱、电子壁式烤箱、电炉、电子取暖炉等等。所有这些当然都不错，可惜没有冰桶、水罐，水磨石地板上没有地毯，淡色墙面上没有画，也没有书架、书籍和垃圾桶。四下到处是浴室，只是我看不出什么迹象，显示有人曾在屋里，除了洗浴，摆弄电气设备的旋钮，还做过别的事情。

我们安顿下来，开始为这里添置东西，多数时候是去城里一家大百货商店。商家送货，成了习惯，不是送给我们，而是送给我们旁边的一家人，那家主人出门在外。我们打电话查问，守候在门前，耗去日间许多时光。

圣诞节前几天，我忽然注意到，妻子像中了啼哭的魔咒，每次时间都不长。我见她对着尽管不够舒适，毕竟也还雅致的环境暗自落泪。"越南的情况让人难受，"她说。但我不相信是越南。我对她，十二月份的她有足够了解，知道有比东南亚一带更深刻的原因。

我忙得很，无暇哭泣。每天都有工人上门，修理崩溃的供暖系统。那人来自一个叫作"冷暖如意"的公司，英俊，硬朗，沉默寡言。只见他跪在那里，像是耶稣诞生塑像中的人物，盯着烧坏的压缩机移走后留下的乱糟糟的管道和电线。他似乎也很忧郁，倒还不至于伤心落泪。他自顾自尽力而为，一个小时又一个小时，忙着整治几乎难以挽回的局面。我觉得只要我守在他左右，没准儿能跟上逆循环系统的动向，学个一招半式，今后派上用场。在建筑的西侧，我发现一堆油性原木，起居室略有凉意，我就拿来烧火。原木烧过后不留灰烬，好像是在烧纯净煤油。天气始终很好，我们其实并不觉冷。日落景象很壮观。但夕阳总是落入航道对岸的木麻黄和棕榈树背后，而我知道，妻子和我下意识想见从缅因我家望去，它那熟悉的轮廓没入路对面的白桦、黑云杉、枞树和落叶松林中。像佛罗里达所有事情一样，鸟儿似乎也不对头。我一向赞赏泣鸽，但这里，再怎样侧耳倾听，它的哀鸣也像是与圣诞节无关。我喜欢看兀鹫在空中盘旋，但它不是一种欢快的鸟类，比如山雀，它守候的是死亡。邮件夹带了家乡学校圣诞日的节庆安排，报告我们最小的孙子参加了叫作"告别昨年的玩具"的化装游行，我们的孙女还要朗诵"我们的心中珍爱什么？"

运河上来往船只很少。偶尔，有一品脱的威士忌酒瓶随落潮缓缓漂去。一艘叫作"毛地黄"的小汽艇即兴出游，两个小男孩儿搭自制的平底舟荡桨而过。有时，天将擦黑儿，绿色的小鹭鸶现身，在遮蔽了水面的红树林中衔鱼。眼前一派田园风光。圣诞节将临，气氛却轻软得不相宜。在环绕城市的大型商业中心的停车场，圣诞老人巍然耸立。正午的骄阳下，温度达到华氏七十几度，圣人裹了貂皮饰边的红袍子，身上必定大汗淋漓。商场前的拱廊上，老年人川流不息，面容忧伤，关节僵直，忙着临时想起来的种种差事。

我也带了自己的差事出门。我去苗圃买了一株圣诞红，指望能给我们的屋子增添一点亮色。在北部，这类差事让人得意，而在佛罗里达，事情似乎就有点滑稽。我驱车离开苗圃，载了我的彩头，途中，见一家的前院里，大片的圣诞红开得正热烈。相形之下，我的购置不免黯然失色。佛罗里达到处可见红艳的植物——朱樱花、红芙蓉、九重葛、美人蕉，竞相绽放，男人捧一株点缀了几抹红色的植物回家，着实可笑。

我们商量了圣诞树的事情，认定此时此刻，传统的圣诞树显得愚蠢。说来，我们得买一棵热带的树种，摆在时髦的起居室的角落里，紧挨我们观赏热带落日的玻璃墙，整个冬天都郁郁葱葱的。苗圃里有些东西果然很好——一捆三株状如棕榈的植物，称作马尾铁树（苗圃的那人管它叫"竹蕉"，我更喜欢）。花盆也很漂亮，铁树看像像是沙漠绿洲的微缩景观。圣诞树送上门后，跟来一条小蜥蜴，很快就把起居室看成了自家。它喜欢南墙上的窗帘，时时伸出它的邪恶的小脑袋，与我们分享什锦水果。我给它起名叫"百扑"。人人都夸奖我们的圣诞树。哭泣的魔咒解除了，但显然，还有些事情让人忧心，不是越南，不是逆循环空调系统，是我们生活中弥漫的某些虚幻。

十二月二十二日，北方寄来一个大包裹，我见上面有儿媳熟悉的笔迹。我把包裹拿到起居室，扔在沙发上，用折刀割开它的喉咙，等妻子去解剖。（圣诞节期间，她事事有条不紊，记录下所有礼品和馈赠者。）很快，我听得一声尖叫。"快来看啊！"我发现她站在壁炉边，鼻子埋入胶枞树枝中，她是将枞枝挂在了壁炉上方，随手还挂了配有皮革系带的雪橇铃铛。枞枝无疑是从儿子在缅因的宅子屋后折下，千里迢迢寄来南方。它看去顺眼，带来我们熟悉的味道。"瞧瞧！"妻子说，好像她刚刚产下一个婴儿。

包裹里还吐出一面红色小鼓，两支小巧的鼓槌，是小孙子用亮红色包装纸做的。包裹里有他们在学校的照片，我们急忙欣赏。幼孙的嘴怪模怪样地努着，小大人般地跟摄影师过不去，看去就像吉米·霍法①。"真了不起！"妻子说。

我们把小鼓摆在马尾铁树底下。（我们心中珍爱什么？）我不甘示弱，也用鲜亮的红纸扎了个小小的丰饶角饰，挂到铁树尖削的叶片上。我还做了只银闪闪的五角星，从钓具箱中拣出一根线拴上，用胶带将线头粘在树顶的天花板上。五角星垂下来，缓缓转动，光影不时闪亮——神圣的活动雕塑。于是，铁树与《圣经》的气韵相接，看去恰到好处。终于，我们开始过节了。我的目光掠过航道，凝视蓝天下木麻黄轻柔的影像。在这个美好的时刻，它们似乎也耸直了身形。就像云杉！就像白桦！就像枞树！你看，你看，今夜处处圣诞！

① 吉米·霍法（1913—1975），美国劳工领袖，一九五七至一九七一年任国际卡车司机兄弟会主席，系当时最引人争论的劳工组织者之一。

回　忆

一个美国男孩的下午

我十几岁时，住在弗农山①，与 J. 帕内尔·托马斯住同一个街区，他长大后，成了国会非美活动委员会②主席。我住萨米特街与东悉尼街的夹角，萨米特大街一〇一号，帕内尔住大街同一侧往北四五个门，迪芬多夫一家曾在那里住过。

帕内尔并非我的童年伙伴，他比我大几岁，但通常，他往来汽车站经过我家时，我会同他打招呼。他是个英俊的青年人，说话不多，有些腼腆。我们碰面时，我说："嗨，帕内尔！"他会笑笑回答："嗨，埃尔温！"继续前行。我记得有一次，我穿旱冰鞋从院子里冲出，在他面前一个急转，有点炫耀的意思，他说："嗬！挺神气，是吗？"我记住了他说的话。大男孩的夸奖让我得意，我沿着石板人行道疾行而去，一路闪避我熟知的裂隙。

那些日子里，帕内尔在我眼中非同寻常，不是因为他长得顺眼，待人友善，而是因为他有个妹妹。她名叫艾琳，与我年龄相仿，是个文静、清秀的女孩儿。她从不来我家院子玩儿，我也从不去她家，想想两家住得这么近，可见我们都不善于交际。不过，她是我生命中某一时刻特别感兴趣的一个女孩儿。所谓特别感兴趣，其实女孩儿倒没感觉——不过是说她时时都在我的窥视下。就我而言，这就意味着每次我路过她家时，都会感到局促，惊慌，魂不守舍，只觉得进入了魔界。

说到女孩子，我与同龄的大部分男孩都不太一样。我为女孩子倾倒，但她们让我害怕。我觉得自己身上不具备她们喜欢的异性伙伴的天赋或才能——跳舞，打球，在众人面前逞能，抽烟，闲扯。我做不来任何这类事情，也很少试试去做。实际上，我只守定了自己有把握的本事：我倒骑在自行车车把上蹬车，写诗，在钢琴上弹奏《阿伊达》片断。冬天，我们在林间小谷地的冰塘上打冰球，我管守门。这些雕虫小技，女孩子一个也看不上。我在弗农山高中四年，从不参加学校的舞会，我也从不带女孩子去杂货店买苏打水，从不带她们出入威切斯特游乐场或普罗克特游乐场。我有心尝试，却又胆怯。不过，我最终打定主意做的事情，也是这篇回忆的缘起，相形之下，其实脸皮更厚，风头也更健。少年人的鲁莽与笨拙，如今回想起来，还每每令我惊诧。我甚至弄不清楚，这是否也属于非美活动。

我的扭捏和畏葸，让我姐姐大为不安，在我所述的这段日子里，她开始煞费苦心地鼓动我。她认为我在待人接物方

---

① 弗农山，纽约州威切斯特县的一个市镇。
② 一九三八至一九六九年美国国会众议院设立的反共、反民主机构，负责调查法西斯主义、共产主义及其他组织"违反美国利益"的"非美国的"活动。

面过于老套了，而她的社交生活逍遥自在，我成了一个累赘。她不断把我扔到女孩儿堆里，但我总是闻风而逃。逮着机会，她就打开留声机，一把抓住我，于是我们就在客厅里踱步般地摇来撞去，她抓牢我，仿佛是在贴身肉搏，最后，我得费更大力气才能推开她。我瘦骨嶙峋，但肌肉很结实，女人非得格外强健，才能长时间拥着我跳舞，不会乱了步调。

一天，出于种种我已经忘记的因素，姐姐设法拉上我去纽约参加她和其他一些人的约会。那时，对我来说，纽约是个我很少涉足的富贵繁华地。父亲带我去过两次竞技场剧院，我还去瞧过哈得孙-富尔顿街的游行，看过几场日间电影，但纽约，除了它的热闹，我就别无所知了。姐姐听说广场饭店有茶点舞会。她和她的女友，还有其他人，还有我径直奔那里，碰碰运气。这场远征在我眼中是她的神来之笔。我是这伙人中年纪最小的，大概，我是给他们拉来保持男女平衡的。或者，兴许是没有家人陪同，母亲禁止姐姐出门。到底是为了凑数，还是为了应付虚文，我记不清了，反正我去了。

那儿的场面确实让我大开眼界。无论我于跳舞怎样外行，但此情此景，由不得你不兴奋。桌子靠近舞池，人们可以坐下来，其实是身在舞池中。你可以叫上一客肉桂烤面包片，坐在椅子上，安稳地观看女孩子和男人拥在一起，翩跹起舞，音乐悠扬，为你嚼面包片伴奏，舞者颠过你身边时，几乎能把桌上的东西都扫落。我深受震撼。跳舞也罢，不跳也罢，这就是高雅生活了，我知道我眼前的景象，与弗农山的一切相距何止十万八千里。我从没有见过这种场面，那天下午，必是有些什么开始在我心中发酵。

现在看来，事情似乎匪夷所思，但当时我确实生出个念头，打算邀请帕内尔的妹妹艾琳陪我来广场饭店的茶点舞会。我的计划逐渐形成，简直是一次从未有过的游戏人间的冒险举动，只想把即使老于世故的女孩子也惊呆。我不会跳舞是个很大的难题，但还没有大到能阻止我。如今回首往事，我已经不再相信自己的记忆，有时我甚至怀疑，这整个过程，是否一场梦幻，随时间推移慢慢当成了真事儿。一个还有点理智的男孩儿，要想结识他"特别感兴趣"的女孩子，本该以更简单的方式入手——请喝苏打水或请看电影，都在合理的限度内。我不来这套。显然，我已经沉醉在邀请艾琳去广场饭店的念头中，想都不想什么破杂货店。我弄清了广场饭店的位置，光是知道如何抵达那里，已经让我信心满满。我还研究了一番肉桂烤面包片，这样，服务生来到跟前时，我也知道怎样打发。如此这般，我全指望这堂皇的环境，奇特的约请，帮我支撑门面，度过那一天了。

我花了三天，才鼓起勇气打电话。与此同时，我不厌其烦地安排好每一个细节。备下足够支应的钱。查看了火车时刻。翻拣衣服，凑齐了我认为还算体面的整套行头。于是，这日晚上六点钟，母亲和父亲都下楼去吃晚餐，我在楼上徘徊一阵，进入了我的卧房外的大储藏室，电话就挂在那里墙上。我站立了几分钟，哆哆嗦嗦，手握倒挂的电话听筒。

（在我家，电话听筒一向倒挂，大头朝上。）

我重温一遍事先准备的第一句和第二句话。我准备说："你好，我找艾琳。"然后，她来接电话时，我再说："你好，艾琳，我是埃尔温·怀特。"接下来，我想我就不妨即兴发挥了。

最终，我拿起了听筒，拨打电话号码。不出我所料，是艾琳的母亲接电话。

"我可以同艾琳讲话吗？"我用低沉、颤抖的声音问道。

"请稍等，"艾琳的母亲说。片刻思索后，她又问道："请问你是哪位？"

"我叫埃尔温，"我说。

她离去了，等了好大一会儿，艾琳的声音响起，"你好，埃尔温。"这就让我的第二句话没了着落，不过，我还是照说不误。

"你好，艾琳，我是埃尔温·怀特，"我说。

不待听到响应，我就把我的提议端给了她。她似乎有些茫然，要我等一会儿。我想她是去妈妈那里讨主意去了。最后，她回答说可以，她愿意和我一道参加饭店广场的茶点舞会，我说很好，星期四还是哪天来着，我忘记了，我下午三点一刻给她打电话。

时至今日，我仍不知道，当然，那会儿我也不知道，艾琳当日经受了怎样的身心折磨，但这件事仿佛是一场并非刻意为之的非美活动，我负完全责任。一切都按计划进行：庄重地迈向火车站；一本正经搭车，我们羞涩地只敢盯着对面的椅座；从中央火车站穿过四十二街向第五大道艰难行进，行人裹挟着我们，不时从我们之间穿过；乘汽车到五十九街；最后是广场饭店、肉桂烤面包片、舞曲和兴奋。从头至尾惊心动魄，我必是受到极大震撼，竟然失忆了，因为我只能模模糊糊地记得我领艾琳进入舞池，笨手笨脚地跳了两三支曲子，徒劳地想改变姐弟二人激烈挣扎、拉拉扯扯的姿势，变得优雅些，体面些。当时的情景一定很糟糕。六点钟，我们浮出来，我想都没想还有其他余兴节目，比如请她在城里用餐，只管闷头带领艾琳一路回到弗农山，七点过几分，把饥肠辘辘的她原样奉还。即使我想请她吃饭，恐怕也会有麻烦，一下午的亢奋，我始终汗出如浆，任何餐馆都有理由拒绝我入内，因为我浑身都湿透了。

　　这些年来，我常常为我在广场饭店的那个下午感到内疚，许多年前，在帕内尔调查作家时，我眼前有时会连续闪过认罪的镜头，我想象我站在非美活动委员会会议室的证人席上，接受讯问。情景如下：

帕内尔：你为电影写过脚本吗？

我：没有，先生。

帕内尔：你是否过去曾为或现在仍为电影脚本作家公会会员？

我：不，先生。

帕内尔：你是否过去曾为或现在仍为共产党党员？

我：不，先生。

于是，在这段连续闪现的认罪镜头中，帕内尔层层递进，终于来到这个关键问题上，算计好了要把我打翻在地。

帕内尔：你是否还记得有一天下午，约在本世纪第二个十年的中期，你带我妹妹去广场饭店的茶点舞会，借口你会跳舞，而这个口实显然是误导，撒谎？

我忐忑不安地回答："记得，先生。"我听到委员会会议室一片交头接耳声，看见记者们伏在采访簿上，奋笔疾书。朦胧中，我仿佛再次与艾琳一道坐在舞池边上，惶恐，昏晕，又充满幸福感——耳边，是令人激动的鼓点声，我的喉咙发干，有肉桂的甜涩滋味。

确实，我弄不清楚罪责所在。我想许多女孩子都会说，此类事情，比如我带艾琳的那次远行，自然属于非美活动之列。但一定有成千上万的男人们，渐入老境后，回首前尘，都会怀念他们情窦初开的时期，他们记得生命中这段宝贵而短暂的时光，曾经有过类似一些懵懂的旅程，此后，爱情的篇章，由于翻来翻去，难免破损不堪，再来絮叨，言谈之中，最初那种鲁莽的青春气息已经失落了。

别了，我的至爱！

（一位老者告别凤好，约在一九三六年）①

翻阅新的《西尔斯·罗巴克商品目录》，可知现在仍有一九〇九年福特T型车的车轴出售，但我不会受骗。岁月殂谢，辉煌消歇，结局就在眼前。商品目录中只有一页登载T型车的零配件，而每个人都记得，鼎盛时期，福特车的零碎儿部分超过了男装部分，几乎与家具部分相当。最后一辆T型车是一九二七年生产的，随后，T型车退出了学者们所谓的美国场景——但这失之估计不足，因为对千百万伴随它成长的人来说，福特老爷车一度本身就代表了美国场景。

这是上帝打造的奇迹。事情显然可一而不可再。它的机械性能非同寻常，以往从未在世界上出现过。行业的兴衰起落，都与它息息相关。作为机动车辆，它埋头苦干，毫不起眼，这些品质似乎常常就感染了驾车人。在我们这一代人眼中，它与青春同在，连同那些激烈的，一去不复返的骚动；眼见它行将消逝，我唯有一声叹息，倒也不是悲泣，我随手写下一些条目，当然不会像《西尔斯·罗巴克商品目录》那样繁琐。

T型车的结构与所有其他车都不同，它的传动装置采用了所谓的行星齿轮传动系统——这一半是形而上学，一半纯属凭空想象。工程师们是在周转的意义上接受"行星齿轮传动系统"的，但我很清楚，它还意味着"漂泊"，"流转不定"。由于行星齿轮传动系统这种奇特的性质，T型车的发动机与车轮之间，始终隐约存在某种关系，甚至车处于空挡状态时，也会跃跃欲试地震颤，试图向前挪动。传动带一刻不停地暗地里怂恿汽车。在这方面，它就像一匹马，嚼子不断在舌头上滚动，乡下人看得出，这是将使唤役畜的技术用到了这里。

它最出色的性能是它的加速度。在全盛期，它启动得比道路上的任何车辆都快。原因很简单，要想让车跑起来，只须用右手中指钩住转向柱上的柄，使劲拉下，左脚用力蹬住低速挡踏板。都是些简单、积极的动作，汽车随即轰鸣一声，直冲出去。忙活几秒钟后，脚趾离开踏板，略微放松油门，只有两个前进挡的T型车一通颠动，直接切入高速，开始履行它的光荣使命。启动之迅猛，当时没有哪种车比得上。人的腿不能（现在也不能）猛然松开离合器踏板，送T型车上路。松开离合器是个消极、迟疑的动作，仰仗灵敏的

---

① 本文是受《基督教科学箴言报》的理查德·L.斯特劳特一篇文稿的启发，最初以李·斯特劳特·怀特的笔名发表在《纽约客》上。承蒙合作者斯特劳特先生的允许，我将本文收入这个集子。一九三六年，G.P.帕特南之子公司曾将本文刊行为一本小书，书名是《告别T型车》。——作者注

神经系统控制；踏下福特车的离合器踏板则是个简单、乡土气的动作——粗鲁豪放，自然得就像一脚踢开一扇破旧的门。

T型车的司机非常风光。车子直到车顶，有七英尺高。驾车人坐在油箱上面，用自己的身体护卫油箱。需要汽油时，他得下车，连带拿掉前排座位上的一切。移开座位，拧下金属盖的螺丝，探入一根木棒检查油箱中汽油的多寡。小汽车邋遢的后备厢里，经常有两根这样的木棒。加油在当时更像是社交聚会，因为司机得应对自如，不管他愿意与否。司机迎面，是挡风玻璃，高高戳在那里，直挺挺的一点儿都不含糊。没人谈论空气阻力，四个汽缸推动汽车穿越大气，根本无视物理定律。

T型车还有这么个问题：购买者从不认为他买的是件完整的成品。购买福特车，事情不过刚刚开始——一个生动的、精气神儿十足的构架，可以拧上几乎数不清的各种装饰性或功能性配件。从代理商那里出来，紧握两腿之间的新的方向盘，你已经在操心如何去表现创造力。福特车如同生来赤裸裸的婴儿，一个兴旺的行业就是在不断为其补充营养，治疗种种匪夷所思的疾病的过程中诞生的。那是个花里胡哨的年月。我重新翻阅几本《西尔斯·罗巴克商品目录》，一切又都历历在目。

首先，你买一个鲁迪安全反光罩，装在车尾，这样，后面有别人的车绚烂，你也跟着发光。然后，投资三十九美分，购买"动翼"散热片，这是一种流行的点缀，为汽车装上帕加索斯①，让车主飘飘然有如神祇。花上九美分，买一个风扇皮带导向，免得皮带从滑轮上脱出。

你买一桶散热器胶，防止泄漏。就像每个药柜里都有阿司匹林一样，这是人人设备上必备的东西。买防止震颤的特种润滑油，卡式仪表板灯，一套补胎工具，一只工具箱，拧在车门踏脚板处，遮阳板，避免转向柱僵直的斜撑，一套应急容器——装汽油，装煤油，装水，这是三个薄薄的圆罐，郑重其事地长途旅行时，放置在踏脚板上的匣子里，红的是汽油，灰的是水，绿的是煤油。至此，事情刚刚开头。行驶一年后，要采取步骤，检查有没有崩解迹象（T型车赘物多多，像长出的瘤子，幸好都是良性的。）一组减噪震器（要九十八美分）倒是对症的灵丹妙药。你把它们固定在油杆和点火杆，制动拉杆，还有转向操纵杆接头上。机罩消音垫片，或黑胶垫，装在震颤的机罩上。缓冲器和减震器可保"完全松弛"。有些人购买橡胶踏板垫，覆在标准金属踏板上。（我记得，我不喜欢这个。）生性多疑或好斗的人买后视镜，不过大多数T型车车主不在乎后面有什么，毕竟很快就能从前面看个仔细。他们驾车，处于美滋滋的僵直状态，无暇他顾。福特车车主中，颇有些急脾气，于是改用脚动加速器（可以买一个，拧在地板上），但这些人有点疯狂，须知T型车照本来设计，已有三块踏板，正常行驶中，动作已经够多，双脚忙于应付，想要加速，只能使用手动油门。

① 帕加索斯，希腊神话中从割下头颅的女妖梅杜莎的血中跳出的飞马，生有双翼。

花样翻新，层出不穷。车主不仅购置种种现成的小玩意儿，还自己发明，满足特殊需要。我的车就是从车行直接开往铁匠铺，请铁匠帮忙在左边脚踏板处装上两个大铁架子，摆放军用行李箱。

购买轿车的人改装起来别有风格：他们购买球形门把手，防泼洒的豪华雕花玻璃花瓶。感觉细腻的人在车上配了所谓的唐娜·李自动喷洒器——一种多孔的香水瓶，据西尔斯商场广告，可使车中充满"醉人的清爽薰衣草味"。敞篷车和轿车的价差，当时不像现在这般悬殊：十一美元九十五美分而已，西尔斯·罗巴克公司将你的敞篷车改装成轿车，开走时焕然一新。老式福特车的一个好处是没有保险杠，年头久了，叶子板软化，瘪缩，开车人可以在狭窄的地方挤入挤出。

轮胎是三十乘三点五英寸规格，价钱约十二美元，很容易就戳洞。人人都备有吉飞牌补胎工具，连同一把肉豆蔻锉刀，用来打磨内胎，然后再涂抹上补胎的胶水。人人都会补胎，以防意外，意外也时时发生。

我与T型车结缘的年代，电开关还不是流行配件。这东西很贵，人们也信不过。车上装备了结实的摇把，你学的第一件事就是如何避免劳而无功。这里有诀窍（通常可以请教别的福特车主，有时少不了惊心动魄的实践），掌握不了，倒不如去操练收放凉篷。诀窍是先熄火，再走到这家伙头前，扯出阻风门（穿过散热器的一小段电线），漫不经心地将摇把向上提溜两三下。随后吹着口哨，像是别有所思，溜达回驾驶室，点火，回到摇把前，这次，紧握摇把向下，猛力摇转多次。只要遵循这套程序，发动机几乎总会响应。先是零星几声爆炸，接着仿佛枪炮轰鸣，你奔回驾驶室，把油门关小。如果紧急制动没有拉到底，一旦枪炮声响起，汽车往往照直朝你驶来，得靠全身重量顶住。我至今仍能感到我的老福特蜷在我怀里一拱一拱的，好像探看我兜里的苹果。

严寒天气，摆弄摇把难乎其难，除非是个大块头。燃油凝住了，必须用千斤顶顶起后轮，出于某种捉摸不定的理由，摇把作业才变得容易些。

福特车的学问和传奇举不胜举。车主人事事都有自己的高论；他们像老妇人聊起风湿病一样，围绕共同话题，各抒己见，人人聪明得没边儿。到底如何，很少有人知道，知道了也不管用，还不如那些迷信。丢一粒樟脑球在油锅里是个应急办法，对人，对车似乎都有提神的作用。到底如何，也无从说起。福特车的驾车人盲目驾驶。他们不管发动机冷热，车速快慢，油料多寡，油压高低（老福特车靠听着悦耳的"喷溅系统"自行润滑）。车速里程表得花钱，是个摆设，挡风玻璃的雨刮也是一样。老式车的仪表盘干脆简洁得只有一把点火钥匙；后来的车型，越来越细腻，标榜车上的电流表，随着汽车的跃动，一跳一跳的，让人心悸。仪表盘下，是一盒线圈，配上振荡器，自己可以调整，或你认为自己可以调整。驾车人不管学到什么，都与说明书无关，而是来自突如其来的技术发展。我记得发火定时器就是个关键的部件，有很多学说。所有地方都检查过后，你"瞄一眼"定时器。这是个怪怪的小仪器。结构简单，奥妙无穷。它包括一个滚轴，靠弹簧控制，盒子里有四个触点，许多人认为，滚轴就在这四个点之间滚动。我曾经多次从病恹恹的福特车上拆下定时器。也不知道目的何在——在上帝面前显摆罢了。几乎有多少定时器，就有多少流派。有些人，碰上出了毛病，咬牙用扳手在定时器上轻敲一记。也有人把定时器打开，连连吹气。也有一派，认定这东西吃油，经常施以洗礼。还有一派，坚信它应当干燥得像块骨头，不断拆下来揩抹。我记得曾有一次往里面吐唾沫，不是因为生气，试验而已。你瞧，T型车的车主开始进入形而上的王国。他相信车子可以感受魔法。

福特车解剖学始终没能成为一门严谨的科学，理由之一在于，一旦"搞定"，车主自己也没法问心无愧地宣称，他发明的疗法果然奏效。太多的例子证明，福特车可以自行痊愈——将息几天，自然恢复健康。农民很快发现，他们可以照搬使役牲口那一套："喘口气儿，它又欢实了。"

福特车主始终担心主轴承。轴承在车子前端，常常烧坏，因为汽车爬坡时，供不上油。（至少我总听人这样说。）润滑不足，轴承恍如干裂的滩涂；你得像老鹰一样盯住它。它像虚弱的心脏——你能听见它开始怦怦跳，此刻，你须停下车，让它喘口气。不管怎样设法保证正常供油，最终，主轴承还得停转。"主轴承烧坏了，我得换根新的，"说者明智，听者就会唠唠叨叨地告诉你，如何保养主轴承，让它长命百岁。

成千上万驾驶福特车的人，像业余巫医一样，沉溺于自己发明的拙劣疗法，在他们中间，幸好星散着一些天赐的机械师，可能与汽车对话。这些行家里手，常常在你意想不到时出现。一次，在华盛顿的哥伦比亚河岸，我驱策福特车攀爬陡峭的斜坡驶入轮渡甲板，听到 T 型车的万向节甩脱了。噼啪一阵响，汽车下滑，陷入泥泞中。对我来说，事情再糟不过。但轮渡的船长，望望打蔫儿的汽车，开口说话。

"怎么回事？"他问道。

"我想是万向节的毛病，"我没精打采地回答。船长俯身在舷栏上凝视。于是我见他透出与众不同的急切目光。

"是这样，"他懒懒说道，试图掩饰他的急切，"我们把这兔崽子拖上船，来回摆渡时，我帮你修。"

我们就这样做了。整整一天，我往返于帕斯科与肯尼威克之间，在船长（他曾经在福特车修理厂待过）指导下为我的汽车断骨复位，心中赞叹不已。

T 型车刚刚风行时，是个狂热的时代。拥有一辆汽车是件大事，道路宽敞，坑洼不平。福特车显然是在疯狂状态下设计出来的：人们难以想象，任何车辆，前行与倒退之间，竟然没有一点可察觉的机械间歇。小伙子们常常驾车从公路上切入平坦的牧场，驰骋跳跶，好像是在撩拨漂亮姑娘。大多数人使用倒车踏板，像踩踏刹车一样频繁——这就分散了轮箍的磨损，让磨损分布得很均匀。这是一手绝活儿，均匀磨损所有轮箍，最终到处震颤，非得以旧换新不可。

　　白日明晃晃的，夜晚黯淡，陌生。我至今仍会激动地怀想入夜时的辉煌，你驶近路标，加大油门，让灯光再亮些，照见途经的地点。从那以后，我再不曾漂泊过。我想，是时候了，该道一声再见。别了，我的至爱！

非凡岁月

一九六一年三月十三日，海边

俄国人跨白令海峡建一道大坝的荒唐提议，勾起了我对那片水域，还有我自己的青春狂想和愚妄的美好回忆。许多年前，我穿越海峡，进入北极，寻找一条希望渺茫的路线，通往我并不想去的地方。我还要寻找海象。而一座大坝，我想，肯定是很碍事的。

去往遥远的北方，论岁数，我过于年轻了，但每个人在他人生的发轫之初，总有一段时光，没有什么可留恋，只有抑制不住的梦想，没有什么可凭仗，只有他的好身体，没有地方可去，只想到处流浪。我生命中的这段时光延续了八年，其中有一年夏天，我是在阿拉斯加和附近度过的。那是一九二三年夏天。当时，我有一本日记，记下了脑子里想到的大事情。我称之为"日志"，所谓"日志"，我自认为有更多文学味和男子气。女孩子才写日记。几年前，阿拉斯加建州，我开始埋头于一九二三年的日志，希望能从褪色的纸页中发现点什么，对这个新建的州有所说明。所以，这番记述姗姗迟来,晚了大约三十七年。我不敢保证读者能从中拼凑出阿拉斯加的画面,但他们对写日志的年轻人,或许能留下点印象,还能窥见一九二〇年代,那几乎众所周知的疯狂十年。

我的阿拉斯加之旅,纯属意外,在那个纷乱年代里,我其实事事如此。我住西雅图,无业,六月中旬,我在一家报社的工作突然告吹,虽然没理由去往阿拉斯加,但也没理由不去。从我失去工作,到我动身北上,前后四个星期,这段时间的记载,显示了一个抱负远大的青年人上不着天、下不着地的生活。那时,我是个地地道道的文学青年,事事较真儿的诗人。天空的一点奇观,我都要礼赞,任何卑鄙或不公正,都不能逃脱我狂乱挥动的利刃,刀锋所及,倒也伤不了谁的皮肉。我自命正义化身,抽空也想想女孩子。我经常想的是一家叫尚特可勒的餐馆的女招待。我订了两份纽约的日报——《世界报》和《晚邮报》。晚上,我独自一人,在连接联盟湖和华盛顿湖的运河里游泳。我很少凌晨两三点前睡觉,理论是,对年轻人来说,倘若有大事变,必定发生于深夜。白天,我在多诺霍太太寄宿公寓的单间里踱来踱去,阅读"地滚球场"①和"舰桥"②,琢磨我下一步该做什么,信手写点东西。

一九二三年六月十五日的一则日记,始于:"人必须守

---

① "地滚球场",美国作家、编辑克里斯托弗·莫利 (1890—1957) 为纽约《晚邮报》等所写专栏。
② "舰桥",美国专栏作家富兰克林·皮尔斯·亚当斯 (1881—1960) 为纽约《世界报》等所写专栏。

定些东西。否则，他不过是棵四下攀附，寻找藤架的豌豆秧。"显然，我正在四下攀附，守定了"美"，这却是个摇来摆去的藤架。此时我的文风，是《圣经》、卡尔·桑德伯格①、H.L.门肯②、杰弗里·法诺尔③、克里斯托弗·莫利④、塞缪尔·佩皮⑤和模仿塞缪尔·佩皮的富兰克林·皮尔斯·亚当斯⑥的杂糅。我随处使用惊叹号，又在一句话的开头使用"阁下"加逗号。

　　六月十九日，我记下了如何遭《时报》解雇，城市版编辑说，"这并不表示我们怀疑你的能力。"当然，我不相信这番说辞，现在还是不信。作为新闻记者，我实在无用，无怪乎又一处藤架塌倒，砸在我身上。我口袋里揣了遣散费支票，走出《时报》办公大楼时，沿派因大街"闲荡"。我仍然记得内心的那种解脱感——我又可以在生活的大海上漂流，这比在办公室枯坐，更让我感到自在。六月二十五日，我从"地滚球场"上剪下莫利的一组十四行诗，贴在日志上。第二首十四行诗劈头写道，"那就请相信诗人"。好像我还得等人告诉似的。

　　六月二日，日志中录下了一首诗，是我写的，又匿名寄给马克·A.马修斯牧师，他是第一长老会教堂的本堂牧师，

① 卡尔·桑德伯格（1878—1967），美国诗人、历史学家、小说家。
② H.L.门肯（1880—1956），美国报人、社会评论家。
③ 杰弗里·法诺尔（1878—1952），美国浪漫冒险小说作家。
④ 克里斯托弗·莫利，见前页"地滚球场"注。
⑤ 塞缪尔·佩皮（1633—1703），英国海军创始人，曾任英国海军大臣、国会议员，以所写日记著称于世。
⑥ 富兰克林·皮尔斯·亚当斯，见前页"舰桥"注。

曾有一次布道，让我很不满意。星期一的晨报上登了那篇布道文的摘要。马修斯博士申饬了那些不到教堂做礼拜的人，我也是其中之一。接下来的星期日，我一反常规，前往教堂，参加第一长老会的晨祷礼拜，对这位仁兄作例行考查。"他的说教盛气凌人，"我在日志中写道，"令空气为之窒息。"或许真正令我窒息的是，牧师在布道时，一句不提收到了我那封刻薄的信。

有一个星期，我为赫斯特①的《邮讯报》工作，顶替一位休假的记者。七月十八日（凌晨一点三十分）的一则始于，"人们很少意识到轻蔑是件多么可怕的事，直到他开始蔑视自己。"这倒不一定是出于自卑，不过是生活让我感到困惑。我不知道何去何从。七月二十日，星期五（凌晨三点），没头没脑地写道，"星期一乘巴福德轮赴斯卡圭②。"没有其他解释或补充，单单记述了与住在联盟湖的一个女孩子度过一晚。（她给我吃面包和苹果冻。）

不过，我在日志中贴了一则《邮讯报》的剪报，说明了我的阿拉斯加之行的缘起。剪报的标题是：

旧金山商会
启程考察阿拉斯加

接下来的正文：

---

① 赫斯特，即美国报业巨头威廉·伦道夫·赫斯特（1863—1951）。
② 斯卡圭，阿拉斯加东南部港口。

旧金山商会代表团今日搭乘巴福德轮驶离旧金山，经西雅图前往阿拉斯加和西伯利亚，考察阿拉斯加的资源和商贸状况，全程八千三百英里。代表团中另有其他城市的公民，包括波士顿的十位富商，此行由施瓦巴赫-弗莱文具公司副总裁 B.S.哈伯德领队。

显然有一些事情吸引我注意到这则消息。首先，巴福德轮将停靠西雅图。这段时期，我常去码头盘桓，对大小船只，一律很感兴趣。其次，我这个年龄，本不该守在家门口，阿拉斯加就在遥遥相对的方向。第三，有商会参与进来，彼此都不陌生。我身为记者，常常在慈善组织和民间团体聚会时与他们共进午餐。西雅图本就是麋友会、鹰友会、鹿友会、狮子会、基瓦尼斯俱乐部、扶轮社和青年企业家联合会成员活跃的地方。我曾经无数次与商会中人一道吃茶点，礼貌地陪他们逗乐，耐心听他们大谈行业增长。我受门肯和刘易斯影响，高傲地鄙薄商业和商人。当时，我很需要出入于俗人之中，高高在上，自命不凡，虽然我暗地里忌妒他们的谋生能力。

或许关于巴福德轮的那条新闻，起决定性作用的是它停靠的港口，那些名字，在青年人耳中，像音乐一般动听：凯奇坎、塔库冰川、朱诺、斯卡圭、锡特卡、苏厄德、科迪亚克、科尔多瓦、灯塔礁、荷兰港、博戈斯洛夫岛、普里比洛夫群岛、卓别林角、阿纳迪尔。"从诺姆开始，他们（航海者）将穿越浮冰，进至西伯利亚的东角，然后返回诺姆。回程途中，他们将停靠圣米切尔、阿库坦和西雅图。整个行程需要四十天。"

四十天！对我来说，四十天不过是岁月漫长午后的片刻小憩，既然没的可以攀附，我不妨攀附在轮船上。与十位波士顿的资本家浪迹普里比洛夫群岛——太刺激了！需要的就是在船上谋个差事，我打定主意去争取。巴福德轮准时抵达，泊在七号码头。每天，我都溜到船上，在走廊里晃来晃去，拦住高级船员，答应随便做什么都行。三天过去，无人理会，打探一番后，得知花四十美金，我就可以作为头等舱乘客，直抵斯卡圭，那是内湾航道①的顶端。我随即改变策略，我不缺四十美金，决定单凭金钱的力量，向北极进发。只要在船上站住脚，就能凭借有利地形，继续求职。二管事给了我一点希望。"船上什么事情都可能发生，"他说。此言果然不虚。

如此动身前往阿拉斯加，孑然一身，没有工作保证，很可能搁浅在斯卡圭，实在有些疯狂，但我确信吉人自有天相。不断碰运气，才有运气可言，否则，只好认倒霉，这是我当时的某种人生哲学。此外，一九二〇年代，到处是这样那样的喧嚣景象，支持人们的疯魔举动。二十年代，"疯魔"甚至是个好字眼儿。

读者或许以为，此后几天，我得忙了料理杂务，准备出海远航，开阔眼界，那日志中接下来的数则，必有零零散散

---

① 内湾航道，位于阿拉斯加东南沿海内侧海岸线的航道。

的具体记述。完全不是如此。从星期五上午我宣布将很快动身，到几天后巴福德轮起航，我的日志中没有一点有用的说明，没有准备工作的线索，没有关于衣物、钱、朋友、家人的叙述，什么也没说。有几段警句；一首煞有介事的长诗，写给联盟湖的那位姑娘（诗的开头是"那些数不清的，黯淡的，无边无际的日子"）；莫利的"地滚球场"专栏的一段剪报，论述写作（"儿童写得生动，训练有素、经过长期刻苦磨炼的写作者有时也能显示灵性。二者之间的阶段最糟糕……"）；星期日上午写的一首自由体小诗，抒发我在夏季安息日的百无聊赖中，如何在公寓房里瞎折腾——在这几页让人难耐的文字中，我发现的就是这些。莫利先生说得对，二者之间的阶段最糟糕。作为日记写手，我堪称悬念大师，梗概在此，读者只能自己去寻思一切有关情节。一般说来，我下笔大而化之，不作具体交待，当时也不明白最要紧的是事实。我现在知道《时报》为什么轰我出来。一个下笔空洞无物的青年人想必让城市版编辑很头疼。

记忆帮我唤起几个细节。我记得所谓杂务，主要是把我的双门福特车处理给信贷公司。其他杂务都可以随手拎走——一台日冕牌打字机，一本《法国抒情诗》，还有我的行头，卷巴卷巴装入了软沓沓的手提箱。我的足本《韦伯斯特大词典》肯定没带上，可能是交给朋友保存了。最幸运的是，我在手提箱里装了一件破旧的法兰绒衬衫和一条脏乎乎的劳动布裤子。没有这些，后来我会很麻烦。

巴福德轮几乎等到星期二晚十点才起航，晚点三十四小时。班轮起锚时，我站在右舷护栏前，凝望城市的璀璨灯火——好喜佳百货商店①的招牌，史密斯大厦的塔楼——汽笛突然轰鸣，宣布我的冒险终于开始，令我心旌摇荡。随后，我似乎是坐下来，自以为简明地记述了动身时的情景。我罗列了搬上船的一些物资：牛肉、火腿、干果、运往冷湾的机器、橘子、肉排，还有一台理发椅。我注意到这最后一样运上跳板时，立在护栏前的旅客一阵喝彩。（他们已经迫不及待地想找些乐子了。）

第二天，七月二十五日，傍晚日落时分，我们擦过一艘灰色巨轮，它就泊在渔村附近的小湾里。船上是从阿拉斯加返回的哈定总统。管乐队吹奏得正欢，总统来到舷边，挥舞夫人递过来的手帕。此番邂逅引起了我们船上乘客和船员的骚动，谁能想象会在这样一个地点，在去往神秘北方的途中，见到美国总统，这让人颇为宽慰。大约一个星期后，电报传来他的死讯。

巴福德轮载一船商人，前往蛮荒北极，这场远游，既平常，也奇特。它是一家新的航运公司——阿拉斯加—西伯利亚航运公司的首航，我想该公司必是缺少客源，遂说服商会组织一次商贸考察，还请他们带上夫人。巴福德轮本身，倒没什么奇特之处，不过是一艘挺不错的小汽轮。它在大战期间，曾是运兵船，后来才改运旅客和货物。它吃水很深，上层建筑负担不大，主甲板宽大，空旷。用大写字母漆的"旧

---

① 好喜佳百货公司，法国一家商场，十九世纪六十年代前后成为世界上第一家具有现代规模的百货公司。

金山商会"字样，在舷侧占了半个船身。这一巨大的标志让它看去像是导航的灯船——只见名号，看不见船。在许多偏远港口，唯一的贸易对象是爱斯基摩人，他们成群拥上船来，兜售象牙裁纸刀，如此一来，这个标志倒显得怪诞，有点一厢情愿的味道。

我当时懵懂，现在才知道，巴福德轮是按照分期清偿计划从政府手中购置的。船东从没打算还清这笔钱，到一九二五年，旧金山《纪事报》已把它称为"倒运的巴福德轮"。任何事和它沾上边儿，都不免遭殃。船东不仅从没有完成清偿，也从没有完成改装。我记得二层柜有一个统舱，显然可以追溯到运兵船年月，里面很宽敞，小便池和马桶，立正站了一溜儿，无遮无拦，蔚为壮观——一处供人方便的开放式殿堂，但除了我，很少有人光顾，我则是碰巧一度与它为邻。一个落寞但给人深刻印象的所在。我猜船东拥有这艘船后，必定瞅了一眼这里琳琅四壁的卫生设备，决定保持原状。动动手脚，恐怕得花不少钱。

我们的长官路易斯·L.莱恩船长，是一个擅长交际的英俊男子，他身形强健，大得太太们青睐，指挥如意，又很让我们放心。他以前在北极待过，热爱北极，走到哪里都名声在外，很有人缘儿。想必他十分得意目前这种老江湖的身份：荒天野地里，领了一群旱鸭子和公子哥儿周游，只有他熟谙当地情形，尽可显露他的特殊才能。没有哪道小湾，能挡住莱恩船长挤进他的巴福德轮。不过，没等我们的旅程结束，我已觉出船长是在极其困难的条件下驶船的。内湾航道的惊涛骇浪和变幻莫测的潮汐，白令海峡弥天的冷雾，孤寂而过于明亮的北极漂动的大块浮冰，所有这些，都够人受的，但最难耐的，却是那种凄清、苍白、逐渐包裹起乘客的穷极无聊，我相信，有些人甚至不惜付个公道价钱，让船掉头开回金门。在旅程的中段，莱恩船长就像是一次进展不怎么顺利的社交聚会上的男主人。

所有的游船都有沉闷的时候，通常，乘客可以在甲板上晒太阳，在游泳池中划水，每一两天上岸一趟，太太们疯狂采购，男人可以伸伸懒腰。二十年代初，巴福德轮沿阿拉斯加漫长的海岸线航行，却没有多少这类余兴。对一些人来说，巴福德轮成了一所高级的流动监狱——食物精致，风光壮美，但是无路可逃。一百七十几位乘客整整六个星期困在船上，眼前的景致看得烂熟，不免无精打采。雾中的景观令许多人意绪消沉，很长时间，从主舱门口几乎看不到船头甲板，汽笛没日没夜响个不停。

这次拓展贸易的奇特旅行，不管是谁筹划，确实考虑了娱乐需要，尽力加以满足。音乐、跳舞、游艺和酒，样样不缺。音乐归"布朗六兄弟"照应，这是支萨克斯管小乐队，曾经与弗雷德·斯通同台演出。我有一张六兄弟的清晰照片，是在阿库坦的鲸油提炼站拍的，他们站在一头死鲸前，准备吹奏萨克斯。探险活动由 H. A. 斯诺负责，这位专门捕获大家伙的狩猎人，带了猎象枪、摄影机，还有他儿子西尼。船上装满了黑市供应的私酒。船东之一，J. C. 奥登也搭船同行，为远航平添一重郑重其事的味道。但虽然偶有消遭，毕竟少了些日常的刺激和乐趣。即使停靠普里比洛夫，观看群栖的海豹这种热闹，也让许多贸易考察者兴味索然，那地方气味很冲，海豹看上去与在动物园和马戏团没什么两样。一些乘客大把掏钱，还费了不少心思，只为来普里比洛夫群岛一游，如今身临其境，宁肯呆在船上打桥牌。我倒从没有烦闷的时刻。我周旋在三个社会阶层之间，逐步的下降在我看来反而是上升：先是散步甲板，然后是主甲板，然后是下层。我很忙，但也不曾忙到没工夫记日志，我很年轻，那时候，阿拉斯加还没给飞机搬到家门口，它仍然遥不可及，充满了神秘，面对阿拉斯加的广袤和壮丽，我只顾了惊叹，满心都是欢喜。

在西雅图时，我购票搭船来见轮船管事时，他指定我与另一个人同居一间小舱。结果发现，此人和我一样古怪——也非商会成员。他是拉普兰人①，个子矮小粗壮，留长长的八字胡。他穿粗布衣服，没有白衬衫，几乎不讲英语。"我去诺米，"起初，他能讲给我的，只有这一句话。他名叫艾萨克·纳卡罗，靠屠宰驯鹿为生，出门去做工。一天又一天，我们两人相安无事，话也说得不多，直到我的生活突然改变，开始了我的下降。在内湾航道，巴福德轮不断绕开陆岬，闪避岩石和暗礁，一路走来，艾萨克从不参与船上的社交活动，我则不然。我结识新人，在布朗兄弟甜美的爵士乐伴奏下跳舞，小心料理我的干净衬衣，尽可能多穿上几海

---

① 拉普兰，北欧一地区，包括挪威、瑞典、芬兰等国的北部和前苏联的科拉半岛。

里，在贸易关系问题上展示我的亲善（而非知识）。私下里，我还有另一种生活。我抓住一切机会，与服务生、轮机手和高级船员套近乎，寻求工作。我与这些人的交往显然令他们十分困惑，在海上，头等舱的乘客找活儿干实在不很正常。岂止是不正常，想必我很烦人。

凯奇坎是我们的第一个停靠港口，乘客最初的幻灭也肇始于此。船上大多数人的头脑里，填塞了罗伯特·W.瑟维斯[①]和杰克·伦敦笔下的阿拉斯加的形象——深雪覆盖的原野、冰块砌成的拱形小屋、北极熊、野蛮人、妓女、酒馆、暴烈的雪橇狗、严寒，还有遍地黄金。我们绕过弯流看到的凯奇坎，粉碎了这幅精彩画面；村庄是个温暖、蚊蝇成阵的地方，鱼腥味很重。眼前没有一处小冰屋，码头上迎接我们的，是稀稀拉拉的一群圣地兄弟会会员，都戴了帽子。然而，好也罢，歹也罢，这就是我们心中的边疆了，离岸还远，声音都无从送达，乘客就开始吵吵嚷嚷地向岸上的人群发问。搭船的一位兄弟会会员急切地想知道今晚是否有什么仪式。远处的迎接者窝起手挡在耳边。"我是问今晚有没有仪式？"这位高声呐喊。声音消散在空中。我们的领队哈巴德先生也开始叫嚷。他想知道凯奇坎商会的代表是否在场。

阳光和煦，我坐在系缆桩上，心平气和地看热闹，我，门肯和刘易斯大学的毕业生，研究过北上的巴比特人——他们来到异乡，不是寻求新奇，只顾重温熟悉的景象。我仍然

---

① 罗伯特·W.瑟维斯（1874—1958），加拿大诗人和小说家，生于英国。

记得哈巴德先生当时的急切——这位身着西服套装的拓荒者，终于瞥见他的边疆，激动莫名。人们用绞船索拽船时，哈巴德先生瞧见水手长在舷栏上摆动，抓住一根缆索，滑落到码头上。哈巴德先生急着会晤商会中人，也跨过舷栏，抓住了缆索。但码头还在下方很远，船与码头之间，横亘着肮脏的水流。哈巴德先生两次屈腿，跃跃欲试，两次心虚胆怯。他的面目狰狞，很快聚集起一群看客，就像在围观崖礁上的自杀者。一阵阵紧张时刻，哈巴德先生从天而降，荡入阿拉斯加的可能迷住了众人，可惜他到底没敢尝试。谨慎战胜了热情，我们初次遭遇边疆，就以旧金山精神的挫败告终。

后来，我经跳板来至岸上，"在街上闲荡"（日志中，我总是要么在"闲荡"要么在"游逛"），买了一本左纳·盖尔①的《缥缈的香气》。镇子里鱼腥味扑鼻，让我觉得这书买得有点滑稽。在那些美好的岁月中，我就是怀着这种浅薄的喜悦一天天打发日子的。

当天晚上，圣地兄弟会举办仪式，商会接见宾客，船上的太太们购买了大量玉米皮编筐，巴福德轮轮机舱的某加油工设法混上岸，与一名混血女孩儿建立了贸易关系。"很大，就像这样，"他事后告诉我。（我已经开始与烧火工和水手联络感情，希望得到他们的接纳。）人人如愿以偿，以自己的方式休整一番之后，巴福德轮解缆启航，继续穿越亚历

---

① 左纳·盖尔（1874—1938），美国小说家。

山大群岛曲曲弯弯的海峡北上。当时，我是个阅历很浅，焦虑不安的年轻人，但当我检点在凯奇坎的记录，辨认那些晦涩难懂的句子，就发现并非我一个人焦虑不安，所有人都试图用这样那样的方式安慰自己——有些人求助神秘的仪式和罩袍，有些人求助商贸理念，有些人求助昂贵的玉米皮编筐，有些人求助廉价的印第安女孩儿。周遭的环境令我癫狂——我鄙视所有人，妒忌所有人，骄傲，大胆，又怕得要死。

二月二十九日，星期日早晨，我们望见了塔库冰川这处预定的景点。船身横向面对它时，莱恩船长停下船，人人都跑到甲板上来。"新郎，"我在日志中记道，"慌忙穿上呢大衣，戴上黄手套。新娘也穿上她的呢大衣。每个人身上都多了点不同寻常的东西。沃尔特·布朗特这位清真寺的大佬，戴上了他的圆顶无檐小帽，谁能保证他不会给收进以冰川为背景的照片里。"

救生艇垂下水面，桨手载了西尼·斯诺荡开，为的是拍几张冰川前的巴福德轮。但莱恩船长意犹未尽，他希望归他照管的众人能目睹冰川其实是一道冰的河流，倾泻入海。塔库，一道道冰川，闷头不语，蔫蔫地等待倾泻入海的那一刻，它需要刺激。于是，召来斯诺先生助兴。他带了猎象枪走上驾驶台，对准塔库开火，救生艇上的悉尼，端了摄影机一通拍摄。然而，什么动静都没有。约摸有一小时，乘客满怀期待地伏在舷栏边，听驾驶台上胡乱放枪。随后，他们厌倦了面前死样活气的冰川，大部分人抽身离开，回到餐厅。

正午前几分钟，不知是因为呼啸的枪声，还是因为时候到了，一块冰跌入海中，溅起很大的声响。离开甲板的乘客冲出来观看，当然，已经太迟了。

我凭栏远眺塔库冰川，巴福德轮的库房管事来到我身边，这是位一本正经、整日若有所思的人。他凝望巨大的冰墙，一时间默默无语。"你觉得如何？"枪声间断时，我问道。他认真对待我的问题，半天没有搭腔。最后丢下一句"我无所谓"，转身回到船尾，继续忙活自己的事。船向前行，渐次深入蛮荒，触目只见大海、天空、浓雾、坚冰，还有海鸥的白翅，库房管事谨慎的答话越来越清楚地表露了许多游客的心思，他们全都无所谓。

在朱诺，我旁观布朗兄弟小乐队的一人雨中垂钓，写下一首无韵诗，"葡萄柚和橘子，飘在朱诺码头前的绿色水面上——葡萄柚和橘子，船上垃圾的一部分。"那些日子，我满脑子都是桑德伯格的自由体诗歌。我在日志中写道，阿拉斯加的城镇，"就像山脚下的私语声。"

斯卡圭是最细碎的一声私语了，我的船票也到此为止。七月的最后一天，巴福德轮停靠在这里的码头上。我在船上谋职的努力落空了。我把打字机塞回盒子里，整理好行装，到甲板上坐下来，心中充满忧伤，甚至恐惧，只想尽可能挨到最后一刻，再踏上跳板，步入斯卡圭荒僻的街道——我是个迟来了二十五年的寻矿者，对黄金却又不感兴趣。

我坐在甲板上（日志中说，我是在那里"随手翻阅"什么），梳理我的麻烦，叹息自己怎么落入这种万般无奈的田地，忽然听得有人传唤我去驾驶台。照我日志上记载，是一位林德曼小姐走到我面前，传达口信。"船长要你立即去见他。"她说。奇怪的是，我并没有将此时的传唤与求职联系起来。我不知道出了什么事，只觉得像是小学生给拎往办公室面见校长。口信似乎预示不祥，但再怎么样，也比不得不踏上跳板，沦入悄声私语的斯卡圭要好。我立即前往驾驶台。

莱恩船长盯我看了一刻，随后说："我们可以安排你去餐厅作夜班侍应——以工抵乘。这样可好？"

"是的，先生，"我回答道。我不知道何为夜班侍应，何为以工抵乘，但我不想刨根问底，即使莱恩船长答应在船尾用条长索拖上我走，我也必须抓住机会。我谢过船长，向二管事报到，当晚就出现在餐厅，身着白色短罩衣，像全世界惯用右手的侍者一样，左臂搭一条台巾。斯卡圭危机给我甩在身后，巴福德轮以十一节的平稳速度奔西驶向阿留申群岛，很快，斯卡圭也给我甩在身后。

我记不得林德曼小姐的模样了——日志上的一个名字，如此而已——但曾经有不多几位女性，鬼使神差般出现在我的生命中，她在其中，占据重要位置。我始终不明白究竟发生了什么事情，甚至也没有试试去弄明白。可以肯定的是：甲板上有一个谋职者游走的消息传到船长的耳朵里，就像船上有一条无毒蛇游走的消息也会上达船长一样，他老大不情愿地将就打发了这件事情，一如他在操持这趟疯狂旅行途中，打发其他许多琐碎但又烦人的杂务一般。

（从我开始书写这篇记述，我一直在查考一九二三年的旧金山《纪事报》，找寻关于巴福德轮及其公司的消息。这家班轮公司的股东之一是约翰·林德曼先生，载客名单上有几个女孩儿，也姓林德曼，大概是他的女儿。所以我猜，我是蒙股东女儿的搭救，才免于流落斯卡圭。林德曼与他的合伙人奥葛登是分期付款买下的这条船，将本求利的前景很渺茫，就此而言，船上的管理者允准添一张吃饭的嘴，不免失于冲动。但我对林德曼小姐，始终感恩戴德。）

在船上工作的日子，要比乘船旅行有意思得多。一旦受雇，阿拉斯加、大海，连同轮船本身，都显得真切起来；此前，所有这些对我来说，都有些影影绰绰的。乘客永远不会真正了解一艘船，面前遮掩的东西太多，对他们的要求又很少。他们或许会喜欢这艘船，但既然不参与轮船的运行，就很难融入其中。我当上餐厅侍应，自然是个参与者——最初有点反胃的参与者。我从晚上八时，工作到清晨六时。我得摆台，为三十个人准备夜餐，跑堂（有时在颠簸的大海上端了满当当的托盘），清理餐桌，刷碟子洗碗，擦拭玻璃杯，清扫通往交际厅的扶梯，擦亮铜管乐器。工作繁重，枯燥，直到我的胃适应了这份油腻、不敢稍有闪失的工作。大约凌晨三点，我走上前甲板吸烟，北方晨光熹微，伙计在驾驶台踱步，客舱传出乘客粗重的鼾声，轮船在我脚下颠荡颤动，此时此刻，她就是我的船了，完全属于我，航向正确，充满活力，一往无前，让人激动不已。巴福德轮不再是带我从一个港口盲目地赶往另一个港口，现在，她带我告别全部的昨日，走向所有的明天。仿佛是我驱动了航船，我几乎就是双手把握舵轮的舵工。

我从乘客摇身变为侍者，令同船乘客吃了一惊，晚餐时，场面不免有些尴尬。头等舱有几个人知道我的名字，其他大都与我面熟，自然，看到我守候在侧，颇觉得不自在。小费也是个问题。西雅图到斯卡圭途中曾与我相拥起舞的姑娘，是否应在斯卡圭到科尔多瓦途中，为我端上的冷盘撂下一枚硬币打赏。这个问题很微妙。一位老妇人，见我一身餐厅侍应打扮，惊呼道："天哪！你何时做了女招待？"地位的变化让我觉得极其滑稽，我出以冷面，又在日志中渲染一番，大大夸张了它的喜剧性。最初我有些窘迫，很快就振作精神，得意地将白罩衣当成招摇的翎毛。我的口气中重新流露出俯瞰众生的优越感，不仅是因为，在这个唯利是图的人堆儿中，我私下有自己的文学追求，还因为面对这些花天酒地，游手好闲之徒，我现在是个自食其力的忙人。我从早到晚感到饥饿，但凡有机会，就埋头吃喝，逢到有人睡前来用夜宵，我倒摆出一副大爷的架子，鄙薄他们的好胃口。对我来说，最难的差事是记住点菜，我站在那儿，认真听周遭儿四个人告诉我他们要什么，等我到配餐室，却忘得一干二净。按规矩，身为乘务部的一员，我可以到甲板上过过风儿，但不允许坐下来。我不再与乘客掺和，转而与杂役舱的司膳和厨子打成一片，他们住在船尾中甲板，紧挨舵机，那里嘈杂、龌龊，一向是个招惹是非，孳生腐败的地方。我加入了船员舱一伙儿，但没有入住那里，实际上，他们在头等舱一间密闭的小室中为我指定了一个铺位，同室还有个年轻人，叫J.威尔伯·沃尔夫。威尔伯是另一个夜班餐厅侍应，同我一样，也苦于受过大学教育，涉世不深。精明的二管事，决定不把威尔伯和我打发到我们本该去的杂役舱。或许他是怕我们给人带坏，但我想，他其实是不想让两个一清二白的雏儿，搅了那个乌烟瘴气的世界。这会叫他心里不安。

在科尔多瓦，我们从无线电中收到了哈定去世的消息，我在日志中抄下船上公告栏的通告：

> 旧金山讯：沃伦·G.哈定总统今晚七时三十分在此去世。他是突然病逝的。哈定夫人直到最后一刻陪伴在他身边。洗衣事请询二管事。

"如此这般，"我怅然写道："清楚说明无论发生什么事情，世界照常前进。"明白意识到即使沃伦·加梅利尔·哈定总统死了，人们也还要洗他们的脏衣服，我不免大为震惊。

无论如何，巴福德轮是在照常前进。当它掠过复活湾的宽阔水道驶向苏厄德时，布朗兄弟乐队聚在交际厅，排练乐曲，应付临时筹备的追思仪式。听到铜管乐器加弱音器后发出的悲切声响，与海鸥的哀鸣混杂在一起，我不禁为失去我们的总统而悲伤——我感到空落落的。如今，哈定先生已引不起人们的巨大哀恸，但那晚在苏厄德，我们巴福德轮上的一干人，确实向他表示了沉痛悼念，六支萨克斯管一反常日的欢乐，奏响庄严肃穆的哀乐。

在一九二三年的那片北方水域，莱恩船长操纵轮船，一如早年的飞行员，只能凭着感觉。接近科迪亚克时，我们陷入大雾之中。整个下午，轮船盲目地穿行在阴冷、潮湿的雾气中。我们必须停靠科迪亚克，因为有一名乘客要下船，对初生的阿拉斯加—西伯利亚航运公司来说，即使有一名乘客下船，也是个非同小可的时刻，这为旅行增添了荣耀和信誉。这回，要下船的是一只艾尔谷大猎犬，但丝毫没有削弱此事的意义。能见度几乎降至为零，船长开始有些拿不准他的方位，他的犹疑奇妙地传递给乘客。我听得有几位太太紧张地询问一名高级船员，是否应当抛锚，等待大雾散去。（果真如此，或许会成为记录在案的最长一次海上停泊。）过了一会儿，一只渔船在我们船头出现，船工一边喊叫，一边比划，说清了我们的方位，我们随即改变航向，继续行进。莱恩船长在海图桌前忙碌一天，当晚上了岸。他很晚还没回到船上。凌晨三点，有人召唤我去他的舱室，清理酒杯和酒瓶。一小时后，我的日志上有如下记载：

星期一晨，四击钟①。科迪亚克

铜器擦净。餐具安置好。威尔伯坐在通道对面，倚着另一张桌子打盹儿。在配餐室，咖啡壶咝咝作响，蒸

───────────────

① 四击钟，轮船上的值班报时，此处为凌晨四时。

汽凝成水珠，从天花板上滴落。据我们所知，船长还没回来。至少，他没有露面喝他的咖啡：我们已经为他安排好地方，摆上冷切肉、面包和其他小吃。

这则记载披露了一位作家的辛苦。第六句最初读作，"至少，他尚且没有露面喝他的咖啡"，我稍事编辑，划去了"尚且"二字，这在修辞上很值得玩味，表明更深时分，我还在这个苦行当中辛勤劳作。正在打盹儿的威尔伯也写日记，但我当时并不知道。两个夜班侍应，同为日记写手——在陌生、凄清的海面漂荡的一艘陌生、怪异的船舶上。他的一部分日记，如今在我手中。他的寡妻最近寄交给我——一个小笔记本，里面充满了对卑贱生活的厌恶。"去他的'以工抵乘'——不能搭乘头等舱，就该待在家里。"威尔伯只想重返社会，找回体面，那种急切，就像我自己，只想在船上继续下降，沦入更底层，沉溺于弃儿与贱役的况味中。

日志的下一则是一首诗，题为《悲悼》，这样开头：

千万首歌，在我心中激荡，回旋：
歌的赞美，歌的惊叹。但是
我不能催生哪怕一首。

古怪的表达。其实我像仓鼠一样，几乎不断在催生。那些诗歌平淡无奇，但少不了都降生了。

游客对阿拉斯加准州显然频频失望。我们接下来的停靠地——荷兰港同样不能令他们开心。几间废弃的房屋，一家印第安人，一头母猪和三只猪崽儿——教旧金山来的夫人们如何能屈尊俯就，当个景致看。我自管上岸，沿一条泥泞的小路，攀上个小山包，坐在草丛里，凭眺对面的乌纳拉斯卡。这个村庄，远远看去，仿佛一幅画图——一排白色建筑，夹一处小小的希腊东正教堂，顶上有两座绿色的洋葱状尖塔。小镇背后，没有林木的青翠山冈，在碧波涌动的大海中拔起，云烟缭绕，一派空濛。山冈看去是那样的高峻和雄伟——梦幻中的背景。我直想到乌纳拉斯卡一游，无奈身不由己，我得在船上听差。

我坐在那里凝望时，两位巴福德轮上的太太走过，停在我面前。

"那边有什么值得看看吗？"其中的一位问道，以为我到过那里。"从这里看去，好像挺沉闷的。如果教堂有些特别的，我就接着走，不然，没什么看头，我可不想再走了。你呢，凯蒂？"

凯蒂摇摇头。两位似乎极其惆怅，没着没落的。

我告诉她们，我没去过乌纳拉斯卡，想必那里只是个平常。听了我的话，她们兴味索然地转身回船。

后来，我设法去了那村子，一个男孩子驾小舟渡我过去。在一定意义上，村子可谓沉闷，但沿着蜿蜒起伏的青翠山冈的山脚，漫步乌纳拉斯卡，独自一人，触景生情，只觉得平生从未像现在这般充满生命力。我差不多来到这块大陆上力所能及的最西端，远远离开了家乡，赞美之歌油然而生，心中欢喜不尽。更妙的是，回到船上，我才得知，我可以倒头睡觉，不必通宵当班，我的工作突然改变了。在余下的航程中，我成为烧火工的服务生。

那日破晓，我的上司二管事来到配餐室，我正忙着刷盘洗碗。"你可以歇了，"他说。"明天，我派你作烧火工的服务生——照料烧火工用饭，他们一伙有八个人，你不必穿白制服了。我们给你在合同中写上五十美元一个月。"

虽然二管事没有提，但我听说底舱发生斗殴，还动了刀子，我有理由相信，我的新差事与此有关。我想我是去代替那位给人捅了刀子的家伙。事情果然如此。无论如何，我听从吩咐；我回到舱房，从提包里翻出我的法兰绒衬衫和脏裤子，然后上床睡觉，忍不住琢磨为什么服侍八个人可以挣五十美元，而服侍三十多人，却一文不得，只换得搭船的便宜。我知道这里面有点古怪，也不多想，只管睡了。

清晨六点钟，我报到上班。对我，这才是航程的真正开端，我终于来到底层，船舶的律动清晰可闻，它的体臭经久不散。

我为什么渴望进入底层？说不清楚。我只记得我做了，而在攀爬社会阶梯的过程中，这种下降似乎很困难，但又很有必要。阿拉斯加之旅，完全是下意识地逃避世界的一种尝试，推脱我必须面对的随便什么；我在船上走得越深，藏得就越严。此外，我想考验自己——纵身跳入火焰中，只要它近在眼前，看我能不能经受锻炼。

烧火工的餐室确实是一个理想的坩埚。年轻人想要高温蒸，烈火烤，经磨历劫，没有比这儿更好的地方。房间狭小，臭气烘烘，吃水线几英尺之上，有一孔舷窗。如今，当我闭上眼睛，回想阿拉斯加，画面总是框在圆框里，因为我们未来这第四十九个州的大部分光景，我都是透过烧火工餐室的舷窗看到的，画面还带有一股特殊的味道——混杂了卷心菜、下脚料、蒸汽、垃圾、燃油、机油、废气和疲人的种种滋味。除了在船上，哪里也闻不到。

餐室的一头，有一张热饭桌，蒸汽从桌下通过，时常有一点泄漏，发出咝咝声，烘得屋里很热。中央摆一张大餐桌，两侧各一条长凳。舷窗对面，是洗涤槽，垃圾筒，还有我们的圣物——咖啡壶。咖啡壶挂在船的蒸汽管上。它有进水阀和出水阀，还有一只玻璃刻度表，可以看到咖啡随船舶的摇荡缓缓起伏。我很快就学会了扫一眼刻度表，就能说出船身的横斜角度。腥腌是灶间的基调，气味恒定，一闻便知，不会出错。这腥腌是无意之间积聚起来的：锡罐里存下残羹，腐肉的碎片腻在头顶的管道缝里，葡萄干面包片干硬了，随手乱丢，奶酪藏在咖啡壶后面——到处是零七碎八的破烂和旧物。前头的那个餐室服务生，像陆地和海上的芸芸众生一样，随手存储东西，以备不时之需。不难看出，烧火工为什么忍无可忍，一片刀光血影中推翻了他的统治。不过我想，杂乱无章还不是事情的全部。

那日清晨六点，我饥肠辘辘地站在那里，接受二管事的指示，只觉得困乏、恶心、恐惧。指示很简单，二管事似乎是想趁我还明白，没有表示不乐意时，赶紧一走了之。他告诉我，我须从大厨房端下烧火工的伙食，伺候用餐，然后收拾干净，整理舱房的铺位，把垃圾倒入船侧的溜槽，保证随时有新煮的热咖啡，打扫盥洗室，听从烧火工的吩咐。"你照顾他们——让做什么就做什么，"他说。"我还是你的上司，碰上麻烦，招架不住，就告诉我。但你得让他们满意喽。"随后，他把我草草介绍给我的同行，一位波多黎各青年，名叫路易斯，是水手餐室的服务生，要他给我些指点。二管事说罢离去。我再不记得他还到我安身的小世界露过面。

路易斯是个神经质的年轻人，身上裹一件脏兮兮的长套衫，搭拉到膝盖上。他有两只眼睛，不过只用一只应付差事，另外一只直愣愣地凝望别一个——我猜或许是更美好的——世界。

"你以前做什么？"他问。

"夜班侍应，"我答道。

"哦哦！那么，你一定知道怎么偷了。很好。"他似乎大大松了一口气。他解释说，只有靠顺手牵羊，才能搞到好吃好喝，满足我要伺候的那帮人的口腹之欲。

路易斯的指点让我晕头转向——就像听一个伶俐的孩子教导如何开飞机。"来吧，老弟！"说罢开始忙活起来，嘴里哼唱着西班牙文的《磐石》。路易斯轻佻、活泼，满脑子幻想和误解，又多与餐室的职分无关。他以为海豹会飞，他还以为哈定新婚燕尔，而不是落了葬。他觉得蒸汽阀颇为神秘，为此兴奋不已，不停手地摆弄。他一边蹦来蹦去——只有我跟在屁股后头——一边告诫我沦入了何等卑微的境况。他说，这帮黑衣人是船上最低贱的一群，我得伺候他们，更是等而下之。他说，烧火工傲慢、暴躁，因此上喜怒无常，麻烦多多。他拿餐室和水手舱里流行的语言吓唬我。"哎，老弟，"他叹道："他们满嘴胡嘞。狗娘样儿的，说出话来多难听，这帮杂种。"

我倒并不在乎听人说粗话，我有别的事要操心。我知道我现在是羊入狼窝，心里担忧的是，那些烧火工，我的主子，可别认出我的面孔，想起我曾属于头等舱，还发现了我的过去，那对烧火工餐室来说太过精致了。我深受文明的侵蚀与教育的玷污。更糟的是，我是作为头等舱乘客搭船的，由于二管事行事古怪，我在头等舱还保有一个铺位。我知道今后要想生存，必须隐瞒这些害人的事实。我觉得自己就像个曾经造孽的罪人，只有守规矩才能求得宽恕。要想摆脱往日的不光彩，看样子只有下手偷窃。我决心乍着胆子，稳稳当当，偷出彩儿来。我必须做事勤快，服务周到，管好自己的嘴巴。我的凭仗是蓄了两天的胡子，还有留下辛苦印记的一身褴褛衣衫。

头一顿早餐很重要，是在迷蒙的水蒸气中开场的。路易斯随手扳动了咖啡壶的阀门，咖啡壶喷发蒸腾，舱里成了土耳其浴室。混沌中我几乎看不清那一张张沾了机油和尘灰的黑黢黢的脸。谢天谢地，他们也看不清我的脸。他们怒冲冲地抱怨蒸汽浴，等到发现来了新的服务生，禁不住兴头高涨，纷纷发问，要我述说自己的过去。我于是胡诌一通，拉扯些地名和悲惨故事，时不时贬损贬损资方。我说，不管我在哪里做事，都没人待见，必定落个解雇的下场。烧火工们对这番遭际并不陌生，听了自然开心，他们对地名也感兴趣。（去年夏天，我曾横穿大陆，四处打零工，对地名熟稔于心。）在科迪，我说，我从早到晚用砂纸打磨露天舞场，一天只挣可怜的三美元。在明尼阿波利斯，我挨门挨户推销蟑螂药。在大木仓，我割过草。最后总是给人一脚踢开。这是我博取同情的一张牌。虽然素未谋面，他们已经恨上了以往我的每一位雇主。现在我是他们的小兄弟了。我闪来闪去，摆上燕麦粥，一边还要侍弄好咖啡壶，忙乱之中，不觉恢复了我的勇气。头一波喧嚣过后，烧火工开始闷头吃饭，审问告一段落。有一两张面孔看去和蔼可亲。我后来得知，有两个家伙，曾经蹲过监狱，这让我觉得很刺激，敬佩不已，其中一人患有性病，我又觉得不安，提心吊胆。那部表现军旅生涯的著名影片《千锤百炼》，我还记忆犹新，我以为只要使用同一套餐具，很快也会染上性病。

我发现，我的名字叫"伙计"。"伙计，晚上给我拿个橘子！"我初次登场后，一个机舱清洁工离去前喊道。从他的语调中听出，这是一道指令。我还可以想见，清洁工与其说是垂涎橘子的香甜，还不如说是快意于有个小厮可供他欺凌。在底层甲板，伙食中没有水果一项，想吃橘子，要么去种，要么去偷。接下来的日子，我学会了从源头或者从敞开门的特等客舱顺手牵羊。这在海上是件稀松平常的事。我成了凌波踏浪的侠盗罗宾汉，劫富济贫，向我伺候的那帮人提供种种美味。这是他们和我的生存策略的一部分，我套起一根小茴香腌黄瓜，手法之精妙，不下于捕鼬的猎手。烧火工们也不是一点不讲道理。我第一次办差时，浑身冷汗淋淋，只怕一个橘子出现在餐室，会引得众人都闹着吃橘子。结果并非如此。这一帮人倒没有得寸进尺。除了遇上恶劣天气，翻腾的胃口迫使他们调动起关于晕船疗法的全部知识，指望能靠些难得的稀罕物儿奇迹般得到拯救，否则，他们交待的事情，一般都在我能力之内。拜我此前当餐厅侍应的那份工作所赐，我与关键的供应环节维持了宝贵的联系。我同威尔伯·沃尔夫串通一气，他收拾晚间自助餐剩余的餐点，偷偷交给我，我们鬼鬼祟祟的，像毒贩子。不知道底舱哪位爷何时会催命，我在铺位的一处隐秘地方随时备有物资，就像多蛇的乡下，人们手边都备有解毒药。

头一天早饭后，烧火工四散开去当班，巴福德轮高速向北驶入白令海，我将餐室揩抹一过，丢掉那些陈年污秽，洗净了咖啡壶内的布袋儿，又去偷了一只橘子。第一天平安无事地过去了。我来到甲板上，看着巴福德轮撞入了一堵冷雾耸起的白墙。船首楼安排了一个瞭望哨，托尼，那位高大的黑人值更，用力拉起测深锤。虽然我忙着适应新工作，当天的日志里还是洋洋洒洒记了一大篇，想象如何测水深。我很累，但也不耽误肚里的锦绣文章。

餐室服务生的工作，最可怕的莫过于从大厨房经几乎垂直上下的梯子，端下大锅的食物——比偷东西还难。这些炖锅大如一蒲式耳的筐子。两个把手一边一个铆在锅边上。空锅已经沉甸甸的，装满食物后，更是其重无比，还滚烫滚烫的，它们当然需要两手来端，再没有富余的一只留给自己。海上风平浪静时，生手端上这样一只锅爬梯子，也须打点精神。逢到惊涛骇浪，船舶颠簸起伏，乍看之下，攀爬梯子似乎绝无可能。行至中途，梯子不再倾斜，慢慢地接近直立，最后终于耸直了。在怒涛翻卷的大海上，梯子甚至会倒仰过来。路易斯指点我如何爬上爬下。诀窍在于等在上面，抓紧炖锅，直到梯子呈现适宜的角度。然后小心翼翼地往下，踏上一两级。梯子耸直时，迅速伸出一只脚，脚背趾尖勾牢梯撑，像杂技演员倒吊在高架秋千时一样。等梯子完成摆荡，开始恢复适宜的角度，撤出脚再踏上一两级，如此如此，直到脚踏实地。悬在两层甲板之间，端了满当当一锅熟食，一只脚支撑了身体连同吃喝的重量，另一只脚绷得紧紧的，这段时间，仿佛长得没有尽头。幸好我年轻，脚踝同我的信念一样坚强，待巴福德轮回程在北太平洋遭遇强风时，我已经应付自如，一身攀高走低的本领，不亚于当行出色的杂技艺人。

在巴福德轮，水手与烧火工是两个不同的圈子，他们各住各的，各吃各的，连带各想各的。一艘船不像熔炉，它强化阶级界限，直到社会烙印深入骨髓。烧火工鄙视水手，水手取笑烧火工，泅为常例。我想这是一种传统，让人保持强悍。从穿着打扮上来看，水手高出烧火工一头，他们刮脸更勤，衣装整洁，因为这类讲究，越发叫烧火工瞧不起。他们都认为船舶全靠自己这班人驱动，根本不承认另一班人的工作还有航海学上的意义。这个问题——谁人保证了行船？争吵个没完，再无道理可言。我在餐室洗刷碗碟时，听他们喋喋不休地抬杠。实际上，我这班人的那点精气神儿，更多地来自争吵，而不是那锅好吃喝。一点儿小事，都能调动他们的辩才，引起一通喧嚣。

在普里比洛夫群岛的圣保罗，我趁餐室消停下来的空当儿来至岸上，奔向海豹的群栖处，观看海豹。每只硕大的雄兽，都给一群雌海豹围绕。许多雌海豹都有自己的幼崽，那地方就像个欢天喜地，充满乳臭的儿童乐园，大人们还不时爆发争斗。我本可以久久待在这里看热闹，无奈咖啡壶等我赶回去照看。路易斯因为我报告说海豹不会飞，大为沮丧。他正在灌装番茄酱罐子——这个可悲的消息扰了他此刻的好心情。

在圣劳伦斯岛，我们在甘贝尔村外抛锚，安排传教士尼科尔森先生和他的太太上岸。这里是他们旅程的终点。二十个爱斯基摩人登船，满载象牙物件和海豹皮制品。他们不会讲英语，除了几个关键的字眼儿，比如"七十五美分"，脱口说出，清晰而明快。他们口中的"餐巾环"和"裁纸刀"，语音也很地道。旧金山的太太们，早就渴望疯狂购物，又久违了集市，此时一哄而上，竞相高声出价。我占在一处有利地形，眼见一双海豹皮拖鞋从一美元抬到六美元五十美分。那位爱斯基摩人动心了。就在此刻，某烧火工从甲板天窗探出头来，与他四目相对，点头示意。爱斯基摩人撤开太太们，来到烧火工跟前，后者从衬衫里掏出两块脏乎乎的肥皂，一卷纸巾。他们立即成交，海豹皮拖鞋易手了——旧金山商会的拓荒者大受打击。太太们悻悻然。有几位太太心眼儿活泛，腿脚灵便，连忙奔回客舱，拿来肥皂和纸巾，但旧金山、阿拉斯加和西伯利亚之间的贸易已经变味儿，巴福德轮的宏大目标一时蒙上阴云。中午时分，路易斯和我在烧火工餐室给爱斯基摩人开饭，路易斯因为在异乡绝塞碰上化外之民兴奋异常。后来，布朗六兄弟开始吹奏，爱斯基摩人纵情跳舞。他们从没有人听过萨克斯管，那声音令他们陶醉。

在圣米切尔，我们装上鱼。八月十五日，我写了这样一首诗：

> 整整一日，一桶桶鱼哐啷啷掠过长空，
> 从驳船上高高吊起落入船舱。
> 肩膀宽宽的舵工操纵卷扬机——整整一日。
> 夜晚，天空现出橙色，灰暗的云
> 烘托落日，秀发的女孩走来靠在船舷上
> 注视肩膀宽宽的舵工。
> 她是他的姑娘，我说。他们会结婚，儿子长大
> 　像父亲一样也是宽宽的肩膀。
> 　海鸥从水面掠起，飘然滑向橙色的西方。

巴福德轮平稳地北上，我的诗歌水准也平稳地下降。诗

人的麻烦在于疲乏，一天过后，他已经筋疲力尽。

八月十七日，星期五，巴福德轮泊在诺姆，我们来到世界之巅的门户前。海涛凶险，有一阵子，我们无法卸货。流言蜚语不胫而走——供水不足啦，油料短缺啦，我们不会进入浮冰群啦，返回美国的时间要晚上一个星期啦。热纳维芙号拖轮靠过来，我和其他一些人顺着梯子爬下，搭船上岸。热纳维芙号为此费了很大力气，有两位太太晕船，踏上岸后，一副弱不禁风的样子。星期六晚上，大约九点钟，我等在诺姆成衣公司对过儿的《消息报》编辑部门外，观看印刷机吐出当期的第一批周报。《消息报》编辑部里挤满男人和狗。我花二十五美分买下一份，浏览那则通栏标题："诺姆前景看好；诺姆与旧金山在北纬五十三度之外携手合作"。旧金山与诺姆的合作，是商业史上一个怪异的时刻。轮船上彩旗缤纷，这个沉闷小镇的居民欣然看到镇上来了宾客，虽然他们刚一落脚就开始呕吐。我不清楚这一盛事将如何在贸易界结出硕果，我目睹的唯一成果是旺格太太商店的橱窗，那里展示了从巴福德轮上卸下的新款秋季帽子和套装。明晃晃的白夜下，我绕这座冷落的小城闲逛，眼前晃过一处处景致——北极面包房、诺姆金属板工场、梦幻剧场、安德鲁·博克斯高档浴池和旅店（客房附设暖气），还有欧旺格太太店内的鲜艳时装。

《消息报》专门增加了四个版面，纪念此事，鼓吹友好与贸易。社论版上还登载一则道歉启事：

就周报脱期致惠爱我们的读者

谨此向《消息报》读者说明，我们认为，本期报纸需要扩增四版之事实，可以解释报纸因何未能如期出版。为此扩增，我们星期五彻夜工作，整晚没有合眼。

上文中的"我们"，即为乔治·S.梅纳德，《消息报》的老板和出版人，诺姆镇的镇长，一个不折不扣的夜猫子。

我常常奇怪，旧金山的大亨瞥见北方这些衰微破败，三家村般的荒凉地方，不知作何感想。诺姆想必尤其令人震惊。诺姆那些东倒西歪的房子，沿主街一路延伸。镇上人人都靠罐头食品活，垃圾处理系统简单而便捷，空罐头盒直接扔出后窗户，掉到海滩上。海滩就是大垃圾场，罐头盒堆积如山，就建筑体积来说，比房屋不差。不过，我得这样来说诺姆：在一天的某个时刻，太阳照得正是地方，垃圾堆就成了一道奇观。最上层的罐头盒突然攫住阳光，此时，从泊在锚地的船舶甲板上望去，新月形的海滩仿佛燃起大火，一时间，破落的淘金小镇像是环在火焰中，看得人目瞪口呆。

在诺姆，我记得最清楚的是一次闯祸。那日清早，我将一大桶泔水拎至垃圾槽前，凌空倒下，不知道头天晚上，有一条驳船系在我们旁边。泔水淋了驳船上某位船员一头一脸。他是个大汉，跳上船来，咆哮着要杀了肇事者。我慌忙窜到头等舱躲起来，他始终没能找见我。不过，这段插曲着实吓人。我现在仍能想见他的面目，头上一塌糊涂，两眼冒血，爬上舷梯来找我。

从诺姆，巴福德轮驶往特勒，那里，淘金热时代曾有上万白人，现在只留下十几人，此后，轮船又穿过白令海峡，经风平浪静的大海，驶向流冰群。我们是第一艘进入世界这一地区的客轮。在北极区，我开始感到衣橱里的匮乏。我甚至没有带上一双毛袜子。夜晚寒冷，通宵明亮，轮船行进中连灯光也不用。我们的一项任务是停靠兰格尔岛，收容滞留在那儿的两个人。此事在船上闹得沸沸扬扬，但事情到底还是落了空，在北纬七十度，航道因冰层受阻，我们根本无法抵达兰格尔。结果，我们转而去捕海象。

当冰层在望，莱恩船长攀上桅杆的侧支索，透过双筒镜瞭望前方，乘客们在甲板上看他，充满景仰。船长很快又下来，命令停船。随后，让我大为吃惊的是，他丢开我们溜走了。四周都是冰，他竟然扬长而去——与我们在诺姆载上的三个爱斯基摩人乘上他们的双层划子狩猎去了。这让每个人都有些惶惑，冰块簇拥着船身，船长却消失不见。猎手们去了很长时间。乘客先是戒备，兴奋，渐渐厌烦了观望和等待，猎手终于两手空空地返回时，人人都很失望。第二天，猎手的运气好些，射杀了七只海象。它们给吊杆吊上船来，卸在前甲板上，立即开始腐烂。这些庞大的尸首伴我们呆了很多天，头和皮最后留在了奥克兰博物馆，假若风向对头，博物馆的馆长肯定早早就会知道展品即将抵达。我对北冰洋之行的全部记载如下：

八月二十二日，星期三。猎捕海象。太太们一致认为，冰山很壮美，海象则很恶心。斯诺先生坐在海象身上，琢磨些俏皮话。水手们的服务生路易斯说："这世界真是太美了。"扎一束马尾辫的姑娘来到甲板上，只为看一眼海象是什么样子，随后便回到轮机长舱里打牌。

（轮机长的舱里，永远有牌局——这是我记住的阿拉斯加的几件事情之一。我还记得见到了生活在自然栖息地的北极熊。路易斯说得对，这个世界真是太美了。）

二十三日大约下午三时，路易斯闯入我的餐室，拨弄一遍所有的阀门，高声宣布："来吧，伙计！赶紧，快着！亚细亚！"他一字一顿地念出那个字——"亚—细—亚"。他换上了一件干净衬衫，急慌慌地要上岸去寄明信片。我们一起跑上甲板，看吧——亚细亚，一处荒凉的海岬，叫作塞尔兹角，一块块雪散在地面上。我们接近陆地时，周遭都是鲸鱼，又是喷水，又是拍打尾片。甲板上遍布臭烘烘的海象，饥饿的爱斯基摩人用刀子分割巨大的尸体，茹毛饮血，尽情享用这战利品，就像我们想点补一下时切割奶酪一样。支离破碎的海象鲜血淋漓，一道道淌在甲板上，船体因轻微震颤而悸动。乘客们则因西伯利亚的名字而悸动；这是我们北极游踪的点睛之笔，让我们不枉来此一场，阿拉斯加—西伯利亚航运公司的名字也因此才显得真实不欺。斯诺先生走上船头甲板，拿布尔什维克取笑。

"没人知道等待我们的是什么，"我写道。"起初，人们纷纷猜测是否会有人朝轮船开火。总而言之，乘客们觉得俄国人有些敌意。"敌意与否，旧金山商会面临它最悬乎，也可能是最心虚的时刻，我毫不怀疑，如果有人朝我们开火，斯诺先生一定会使用我们袭扰塔库冰川，猎杀海象后剩下的弹药奋起还击。哈伯德先生小心翼翼地走在血泊中，发现所谓西伯利亚，不过是二十几个穿戴毛皮的爱斯基摩人和一个入赘为婿的白人男子，巴福德轮刚一抛锚，他们就划了一艘皮筏子登上船来。岸边，我们看到几条狗蜷曲了卧在残雪中。此刻，我须引用巴福德轮上另一位日记写手J.威尔伯·沃尔夫的话。"这里，"他写道："我第一次目睹了爱斯基摩人的小屋。这些土著人实在拘谨，也实在脏得可以。"

　　威尔伯用几块银币换了一个西伯利亚枪套，斯诺先生用顶旧帽子换了一张北极熊皮，随后我们驶往东角，结果，这里不过是塞尔兹角的翻版——海岬，灰色的海滩，一座灰色的小屋，飘扬一面小红旗，兽皮搭建的住房，缥缈的雾，海岸边一块块残雪，低矮的山峦，暗示雾那边超出人们想象力的空廓大陆。（或许是对西伯利亚极端灰暗单调的记忆，促使巴福德轮的合伙人奥格登先生为他的船寻一片青翠的草场；巴福德轮接下来的巡航是萨摩亚和马克萨斯群岛——财政上如同西伯利亚之行一样失败，但至少是一次懒洋洋的游憩。）就感情而言，巴福德轮和它的乘客都厌倦了，只想打道回府。莱恩船长指引他的船跨越海峡，再度停靠诺姆，时间刚够十名乘客上船，随即掉头返乡，有海岸警卫队的大熊号巡逻快艇、热纳维芙号拖轮和哈得孙湾航运公司的一条船行礼欢送，岸上也传来鸣笛声。我们取道福尔斯帕斯，载上一些罐头加工厂的工人，大模大样地横穿北太平洋，直奔西雅图。上路不久，强风席卷而来。

新人从诺姆搭船，导致巴福德轮上住宿紧张，威尔伯和我最先尝到滋味。我们给人踢出头等舱。一时之间，我俩似乎再没地方存身，直到乘务部的某位天才想起了船上的禁闭室。那是个逼仄的铁牢，六英尺乘六英尺大小，有两个坚固、狭窄的上下铺位——一间紧凑的小屋，很少有人光顾。它位于二层甲板，威尔伯和我，先是吃惊，继而又觉得满意。就我而言，我很高兴移入牢房，免得烧火工发现我住在头等舱，威尔伯喜欢我们的新居，是因为它是间面海的屋子。"毕竟，"他在日记中写道，"人总能适应新的环境。"

我们的新环境中最有生气的东西是一根粗大、喧哗的下水管，它从上层甲板人人青睐的洗手间垂直穿下。我们把衣服用床单卷起，掖在管子后面。铁牢的门是厚厚的钢板，钢门槛约有一英尺高，需要跨进跨出。"我们把屋子收拾得像个寝宫，"威尔伯带着禽鸟筑巢后的一阵得意写道。"优点：更隐蔽（如此才好收藏偷来的食品），更明亮，面向大海；空气清新，独立性更强。缺点会逐渐显示，我想。"

缺点的显示无须等待多久。巴福德轮在强风下的第一次摆荡，我们的袖珍寝宫就首当其冲。固定舷窗漏水，不知怎么回事，它将空气挡在外面，却听任海水灌入。屋里的海水给门槛截住，平均深达十英寸。船身刚刚摇晃起来，威尔伯的胃就开始翻腾，他倒在下铺，死样活气地躺了三天，呻唤声与下水管的聒噪声交相呼应，他的床铺像是凸出的礁石，经受室内潮涨潮落，接连不断的冲刷。

巴福德轮上的乘客，没日没夜地喝酒，进餐，人人萎靡不振。半数以上的水手晕船。我的餐室几乎空无一人，但我照例还得把饭菜摆上桌，不管他们是否打得起精神享用。我还得忙着配制特殊的鸡尾酒，我的那些伙计们还指望这个来减轻痛苦——点缀了酸辣泡菜的菠萝冰淇淋，等量的李子汁和番茄汁，加少量肉豆蔻，溏心鸡蛋和腌渍胡萝卜，姜片加调味番茄酱。

暴风袭来的第二天，我刚刚将午餐摆上桌，巴福德轮就把所有东西都颠到了甲板上。在北极无声无息的轮船，此时訇然作响。货舱的货物开始颠来倒去，船员们，那些还能站立的人，忙了一个通宵，让货物复位。冷藏室里大桶的鱼松动了，四下翻滚，撞断了冷冻管，浓盐水淌了一地。主甲板前部，几条北极犬在暴风中首当其冲，它们是一些颇有点雅兴的纪念品收藏者准备带回国内的。有两条狗，我想，是给冲入大海了。其他的狗，挣脱了束缚，一头扎进油漆房，很快就没了模样。两位烧火工来到餐室，长时间一本正经地争论他们中是哪一位晕船，还呕吐。暴风扫荡期间，路易斯丢了工作，我始终不知道为了什么。

对大多数乘客来说，航程是在昏晕和阴郁的基调下结束的。对我，则是凯旋。三日的强风让我感到欢欣和畅快；我奔来跑去，忙活照顾病人，履行我的职责，我不晕不吐，完好无损地度过我平生在海上的第一次大风暴。虽然餐室沉重的长凳歪倒，砸伤我一根脚趾，但这也没打消狂风巨浪中我对餐室服务生生涯的热情。我，餐室和囚牢里的弗洛伦斯·南丁格尔①，不免陶醉于自己的能力，这种陶醉感因为我发明的一个小伎俩更趋高涨： 我在船舶颠簸时，不去抓牢什么，只管随着每一次上下起伏而摆荡，我的理论是，身体的抗拒，至少在一定程度上，导致了晕船。我的这番自得其乐或许没什么了不起，但在北太平洋风高浪急的三天三夜里，我跌跌撞撞地沿着过道行走，身体迁就大海，就像大海是领舞者，我随它翩翩起舞。

再过几个小时，我就要结束逃往遥远北方的行程。我现在一头扎向东南方向，即将沦为无业游民，不知该拿自己怎么办。我将把多姿多彩的乌有乡之旅抛在身后，再度拾回往日的无聊——办公室前的一张桌子，朝九晚五在时钟的滴答声中挨过一天，星期日在市郊打发沉闷的午后，无业青年没结没完的无效逃避（动物园的闲荡，夜间的徜徉，在昏暗的电影院里吸食鸦片）。那情形没个定准——我很少尝试去规范它，它就像一只死亡之鸟悬在我头顶。但在巴福德轮上的最后时刻，强风带给我某种轻松。暴风肆虐时刻，思想是不可能的，未来给大风和波涛卷去，我终于生活在当下，而当下如此辉煌——丰富，美好，令人敬畏。我对生活的所有向往，都着落在这里，仿佛我轰饮下涌上甲板的每一排巨浪，

---

① 弗洛伦斯·南丁格尔（1820—1910），英国女护士，近代护理学创始人。

此后仍然会觉得干渴。终于，我暂时适应了一个艰难的世界，并征服了它；其他人都在晕船，我却生气勃勃。在这场轰轰烈烈的较量中，我摆脱了所有的沉郁和忧思。我一向恐惧又喜爱大海，扑面而来的强风是我的新娘，我们一起度过了三天蜜月，暴戾和动荡中，我得到了意想不到的欢悦和慰藉。青年人永远有数不清的困惑——思想的，心灵的，肉体的。青春岁月中，我想我得到了比分内更多的东西。各种因素的交错，加上一份最底层的差事，令我获得了渴望已久的解脱。

　　蜜月很快结束，风止息了，巴福德轮恢复平稳。九月四日，我们停靠在西雅图。我领取了工资，离船上岸。日志的下一则是九月六日，我在法伊尔旅馆的一间客房——是一首诗歌，题为《尚特可勒》：

　　　　　　你从柜台上传递了多少客牛排，
　　　　　　白臂膊的姑娘，自从我离开后？
　　　　　　你说过多少回，
　　　　　　　"要卤汁吗？"

　　　　　　你的臂膊依旧白皙，
　　　　　　你依旧是整座大堂中
　　　　　　胜过美味佳肴的景象。

　　　　　　你站在那里

餐馆因此成为九月的一部分，
九月，姑娘，是世界的一部分——
一个声音悲切的，美丽的部分。

你从柜台上传递了多少客牛排，
白臂膊的姑娘，自从我离开后？

　　像那个美好的漂泊岁月中无数搅动我的问题一样，这个
问题也始终没有答案。

重游缅湖

一九四一年八月

那个夏季，约在一九〇四年，父亲在缅因的一处湖泊租了营地，带我们前去度过八月天。我们都给小猫染上黄癣，不得不没日没夜地往胳膊和腿上涂抹庞氏癣膏，父亲还衣衫齐整地翻倒在小划子上，但除此之外，假期过得很圆满，从那以后，我们都觉得，世界上再没有地方比缅因的那个湖区更美好。我们一个夏天接一个夏天，总是在八月一日来这里，待上一个月。后来，我成了漂海人，有时在夏季里，连续几天，海上卷起浪涛，海水冷得骇人，狂风一股劲从下午一直刮到夜晚，这让我不禁怀念林中湖面的宁静。几个星期前，耐不住这种强烈的情绪，我买了几只鲈鱼钩和一个旋式诱饵，重返我们当年常来的湖区，准备钓上一个星期鱼，以慰故地相思。

我带了儿子同行，他从不曾下过水，睡莲的浮叶也只隔着火车车窗望见。去往湖区的路上，我开始琢磨那里变成了什么样子。不知时间会怎样侵蚀了这块独特、圣洁的地方——小湾和溪流，落日的山峦，木屋和屋后的小路。我相信那里必然修了柏油路，又不知道它还有哪些可悲的变化。奇怪的是，一旦你听任自己的思想重回故辙，就会记起湖区一类地方那么多事情。记起一件事，蓦然就联想起另一件事。我想我还清楚记得所有那些破晓，此时的湖水，清冽而平静，我记得卧室的建筑板材发出的气味，还有潮湿的林木透过窗纱飘入的气味。营地的小屋，隔板很薄，没有与屋顶取齐，我总是头一个起床，悄悄地穿衣，免得惊扰别人，随后，我就溜到空气清新的户外，登上小划子，借松林长长的荫翳沿湖岸划行。我记得必须小心翼翼地不让船桨碰了船帮，生怕打扰了教堂那般的岑寂。

那湖泊从来不是人们通常所谓的野湖。岸边散落着房舍，这是块农耕的乡园，却也无碍湖边林木繁盛。一些房舍属于邻近的农夫，你可以住在岸边，在农庄就餐。我们家就是如此。湖区虽然不够荒僻，毕竟很大，远离尘嚣，有些去处，至少在孩子眼中，似乎无限辽远，野趣十足。

我对柏油路的预感果然不错：它伸入湖岸半英里。但当我带了儿子回来，住在农舍附近的一处营地，重温旧日夏季的时光，不觉感到，一切都还是当年模样——我很清楚，头一个清晨躺在床上，闻到卧室的气味，听见孩子悄悄走出门，登船渐行渐远。我开始产生幻象，似乎他就是我，因此，简单置换一下，我就是我父亲。这种感觉徘徊不去，我们在那里的日子，时时萦绕在心头。这不是一种全新的感觉，但此时此刻，它却愈发强烈。我仿佛处于双重的存在中。我在做某件简单的事情，拾起鱼饵盒子，摆好餐叉，或者说着什么，忽然就觉得像是父亲在说话或做事。那一刻真让人心悸。

头一天上午，我们去钓鱼。我摸摸鱼饵盒子里覆盖鱼虫的潮湿苔藓，看见蜻蜓贴了水面翻飞，落在钓竿梢头。蜻蜓的飞临，让我确信，一切都不曾改变，岁月不过是幻影，时光并没有流逝。我们将船泊在湖面，开始垂钓，微细的涟漪轻抚船帮，还像旧日一样，船还是那样的船，同一种绿颜色，船肋在同一处破裂，船底还是活水中同样的一些残留物——死鱼蛉、缕缕水藻、锈迹斑斑的废旧鱼钩、昨日捕获遗下的血痕。我们默默盯牢钓竿的梢头，蜻蜓来而复去。我将竿梢缓缓沉入水里，老大不忍地赶走蜻蜓，它们疾飞出两英尺，悬停在空中，又疾飞回两英尺，落回竿梢的更远端。这只蜻蜓与另一只蜻蜓——那只成为记忆一部分的蜻蜓，二者的飘摇之间，不见岁月的跌宕。我望望儿子，他正默默地看那蜻蜓，是我的手握了他的钓竿，我的眼在观看。我一阵眩晕，不知自己是守在哪一根钓竿旁。

我们钓到两条鲈鱼，猛地拽起，像对待鲭鱼，没用抄网，按部就班地把它们拖入船舱，在后脑壳上一记敲昏。我们在午饭前返回来游泳时，湖水一如我们离去时的模样，码头的水深标记如旧，只多了点微风乍起的感觉。这片海一样的水面，似乎给人施了魔法，你完全可以不管不顾地离开几个小时，回来后，发现它依然幽深沉静，那么恒定，值得信赖。浅滩处，黑黢黢的、给水浸泡的长枝短条，或平滑，或腐朽，一簇簇在波纹累累的沙子上摆荡，湖蚌爬过的痕迹清晰可辨。一群米诺鱼游过，每条小鱼都投下自己细细的影子，阳光下截然分明，数目就平白扩大了一倍。其他一些度假者也沿湖岸来游泳，其中一位带了肥皂，湖水变得稀薄，空明，没了现实感。多少年来，始终有这么一位带肥皂的人，执着地守在这里。岁月了无痕迹。

我们穿过土灰色的沃野，前去农庄用饭，球鞋下的公路只有两条车道，中间的一条消失了，那条道上，曾留下牲畜的蹄印，散布了牛马的粪干。以前始终是三条车道，你可以择一而行，现在只剩下两条道。有那么一刻，我深深怀念中间的选择。但公路经过网球场，它卧在阳光下的情景，让我感到一些宽慰；底线的带子松弛了，球场周遭绿茵茵长满车前子和别的野草，球网（六月份拉起，九月份撤除）在干燥的正午耷拉下来，这里弥漫着午间的炎热、饥渴和空旷。饭后的小吃可以要甜馅饼，有蓝浆果馅，也有苹果馅，女招待仍是些乡下姑娘，不见岁月的流逝，只有对岁月流逝的幻觉，仿佛有一重轻纱罩下——女孩子依旧十五岁；她们的头发浣洗过，这是唯一的区别了——她们去过电影院，银幕上的淑女，头发都很清爽。

夏日，哦，夏日，生命中的印记留存不去，那永不消失的湖泊，永不摧折的林木，牧场上遍布香蕨木和桧树，年年岁岁，郁郁葱葱，夏日没有尽头；这是背景，湖边的生活是画面，度假者勾勒的一幅单纯而安谧的图画，他们的小码头上竖着旗杆，美国国旗在蓝天白云下飘扬，树根盘绕，上面的小路引向一个个营地，又折回户外厕所，那里有石灰水罐，供喷洒用，商店的纪念品柜台上，摆了桦树皮做的袖珍小划子，还有明信片，上面的景物看去比实物要好些。美国人逃离城里的溽热，阖家在这里游憩，琢磨小湾顶头营地的新住户是"小门小房"，还是"体面人家"，寻思有人星期日驱车来农庄用餐，是否真的因为人多鸡少，终于没有口福。

这些记忆时时涌上心头，对我来说，那些时光，那些夏日，似乎无比宝贵，值得珍藏。那是曾经有过的欢乐、宁静与美好。游客的抵达（八月初）本身就是件了不起的大事，在火车站，农庄的大篷车停过来，闻到松树第一缕浓郁的香气，瞥见第一个笑呵呵的农夫，行李箱子非常重要，这类事情由父亲全权做主，坐在大篷车上，经受十英里的漫长颠簸，在最后一道蜿蜒伸展的山顶，头一眼望见那湖，这片念兹在兹的水面，一别就是十一个月。其他的度假者见到你，一片欢呼叫闹声，行李箱子得打开，卸去它们的重负。（如今，游客的抵达不那么热闹了，你开车悄没声地进入，将车停在小屋旁的树下，拎出行李袋，五分钟的时间，一切安排妥当，不再大呼小叫，不再欢天喜地地围着行李箱子闹腾。）

宁静与美好与欢乐。而实际上，如今唯一不对头的地方是这里的声响，汽艇的尾挂发动机陌生而恼人的声响。这声音很刺耳，时时打破你的幻觉，让你感受到时代的推移。以往的夏日里，所有发动机都是内置的，稍远一些，它们的声响只带给人安慰，成全了你的仲夏之梦。这些发动机，或单缸，或双缸，有些是通断开关，有些是跳搭点火，有点响动，只会催人昏昏入睡。单缸发动机有节奏地震颤，双缸发动机呜呜作响，那声音都很平和。如今，度假者的汽艇，发动机都装在尾部。白天，炎热的上午，这些发动机任性地、怒冲冲地吼叫；夜晚，夕阳残照的恬静湖面上，它们像蚊子一样在人的耳边嗡嗡聒噪。我儿子很喜欢我们租来的尾挂机艇，他的最大愿望，就是能熟练地用一只手操船，他果然也很快掌握了略略阻塞油门（但不可过分）的诀窍，懂得如何调节针阀。望着他，我会想起当年如何去鼓捣那台带有沉重飞轮的老式单缸发动机，只要从心里与它亲近，使唤起来，自然能得心应手。那时，汽艇上没有离合器，要想靠岸，必须瞅准时候，关闭发动机，操纵静止的舵摆向岸边。倘若你掌握了窍门，也有一种倒船的法子。先扳断开关，就在飞轮转完最后一圈停下来时，重新启动，飞轮因为燃料压缩而反冲，船开始倒退。强顺风时停靠码头，用通常的方法很难减速，男孩子如果觉得汽艇得心应手，就会尝试让船多行片刻，然后倒离码头几英尺。这就需要头脑冷静，如果启动早了那么二十分之一秒，飞轮仍有足够的速度，可以摆过中心，汽艇将腾身跃起，斗牛似的一头撞向码头。

我们在营地悠然度过一星期。鲈鱼踊跃咬钩，艳阳高照，一天又一天。入夜后，我们都很疲倦，躺在小屋里，漫长白昼积聚下的热气弥散开。屋外，清风细细，几乎难以察觉。湿地的味道透过锈迹斑斑的纱窗飘进来。入睡很快，清晨，屋顶上有红松鼠，照例欢快地啪嗒啪嗒蹦跳。清早我躺在床上，常常回想起那一切——那艘小汽艇，尾部很长，圆圆的，像乌班吉①突出的嘴唇，月夜下，它悄没声地行驶，小伙子拨响曼陀林，姑娘们唱歌，我们吃蘸了糖的面包圈，月光皎洁，音乐飘荡在水面上，多么美好，此刻，想想女孩子，又该是怎样一种心情。早饭后，我们前往商店，东西都在原处——瓶子里的米诺鱼，给少年营地的孩子们扒拉得乱糟糟的人工饵和旋式诱饵，还有无花果馅饼干和比曼牌口香糖。店外，道路铺上了柏油，汽车停在商店门前。店内，还是当年的景象，只不过多了可口可乐，少了些"勇气"牌软饮料、根汁汽水、桦啤和菝葜汽水。我们每人买一瓶汽水走出商店，有时，汽水呛了鼻子，很难受。我们静静地沿溪流徜徉，乌龟滚下阳光照映的圆木，蹿入溪底柔软的砂泥中；我们躺在镇子的码头上，给温驯的鲈鱼喂鱼饵。不管走到哪里，我都不免疑惑我究竟是谁，是我旁边走着的这个，还是穿着同一条裤子的这个。

一天下午，我们在湖边，赶上了雷暴。那就像我小时候战战兢兢地看过的一出情节剧。第二幕的高潮，是美国一处湖岸，雷电交加，那情景几乎没有变化。场面很壮观，现在依然如此。一切都那么熟悉，最初是一种压抑和燥热的感觉，沉闷的氛围笼罩营地，让人不敢远行。后半晌（戏里也在此时）乌云密布，万籁俱寂，静得能听到生命的悸动。随后，一阵微风轻扬，雷声隐隐逼来，系泊的船只突然侧身摆

① 乌班吉，非洲萨拉族妇女的别称。

荡。定音鼓敲响，小鼓敲响，跟着是大鼓和钹，噼啪作响的电光划破乌云，山上的众神龇牙咧嘴，兴奋地鼓噪。接下来是一片沉寂，雨点不疾不徐地打在平静的湖面上，天光重现，希望再生，心情豁然开朗，度假的人欢快地跑出门外，冒雨下到湖中戏水，他们欢呼笑闹个不止，因为他们只不过是让雨浇了个透。孩子们为沐雨栉风的新鲜感欢呼雀跃，这个只不过给浇个透湿的玩笑像是坚不可摧的链条，将一代代人连接起来。持一柄雨伞艰难行进的人透着滑稽。

其他人游泳，儿子吵着也要去。他扯下雨中一直晾在绳子上的游泳裤，用力拧干。我不想下水，懒洋洋地望着他，他的光裸的身躯瘦小而结实，穿上冰凉潮湿的短裤时，轻微地打起冷颤。等他扣上浸水的腰带，我的腹股沟突然生出死亡的寒意。

消遣与癖好

大海与海风

醒着或睡着，船都在我的梦幻中——通常是那种小船，船帆轻轻地鼓荡。想一想我生命中有多大一部分都花费在梦想出海时光，而整个这场梦幻都与小船有关，我就不免担忧我的健康状况，因为据说，总是遨游在虚幻的现实中，受想象中的清风吹动，并不是什么好兆头。

我注意到，大多数人去理发店，必须排队等候时，都会坐下来，抄起一本杂志看。我则只管落座，沉浸于我的海上思绪，那番游历始于五十多年前，到现在还没结束。在东部，不管是等候上火车还是等候看牙医，每个地方都成了我的舱室。我还在忙了整理帆索，火车已经启动，要么牙钻开始吱吱嘎嘎地转。

如果人必须迷上点什么，我想一艘船不逊于任何东西，或许比大多数东西还好些。航行中的小船不仅丰姿绰约，而且很有诱惑力，充满了奇特的承诺和不祥的暗示。碰巧赶上机帆游艇，它无疑就是人类永不停歇的大脑所能设计的最紧凑、最巧妙的生活空间了——一个稳定但不凝滞的家，不是一个匣子，而是一条鱼，一只鸟，一位姑娘，主人身在其中，只要有胆量，他的日常生活就可以远远避开陆上的尘嚣，迎风航行或顺水漂流——起居室、卧室、浴室，浮家泛宅，活力无穷。

生活中一丝不苟、渴望简洁的人，进入不受风雨侵袭的海湾里系泊的三十英尺长的帆船舱室，每每感到宽慰。这里，家中杂七杂八的全套装备给压缩在微型空间和无常的谵妄中，悬在天与海之间，随时准备在清晨靠了帆索的奇技和魔力继续启程。难怪人们要将船珍藏在心底的最隐秘处，从摇篮直到坟墓，不弃不离。

与我的船之梦一道浮现的，是我对船的拥有，一艘接一艘，漂在海面上，许多都是闹着玩儿的，说沉就沉。从童年时代起，我就想法子拥有某种小帆船，心惊胆战地驾船出航。如今，我已经年过七十，仍然拥有一条船，仍然热衷听从无情的大海发出呼唤，心惊胆战地驾船出航。大海为何如此地吸引我？从打何时起，我生发出这种在现实或梦幻中扬帆远航的冲动？我与大海的第一次邂逅，其实是一见生恨。四岁时，家人携我前往新罗谢尔的海滨浴场。那里经历的一切都让我恐惧和反感：呛进嘴里的咸水，木头搭建的更衣室里逼人的寒气，乱糟糟的沙滩，散发恶臭的沼泽地。我离开时满怀对海的畏惧与憎恨。后来，我发现曾经畏惧和憎恨的，现在变成了畏惧和爱。

我必须回到海上，因为是它托起一条船，我对船懂得很少，但时刻不能忘怀。我成了海上游子。大海对我是无言的挑战：海风、潮汐、雾霭、暗礁、车钟、凄厉呼叫的海鸥、天气永无休止的威胁与恫吓。一旦海风涨满我的船帆，我就无法离开舵柄，好像是抓住了一根高压线，想甩也甩不开。

我喜欢独自航行。大海对我就像是身边的姑娘——我不希望再有任何人插足。没人指点，我只有自行其是，结果事事都做得古怪，终于没有学会正确操船，更不要说技艺娴熟，虽然我一生在这上面都很起劲。二十岁时，我才知道还有海图存在，此前我的历次出航都得小心摸索，不知已经有先行者留下他们的行踪。三十岁时，我才学会把盘索利利索索地挂在固着楔上。在此之前，我从来都把盘索堆在甲板上，丢掉盘管。我从来麻烦不断，待到重返海面，又招来更大麻烦。航行成了件欲罢不能的事情：船泊在水上，不停摇荡，风在吹，我别无选择，只能登船出航。最早我的船都很小，碰上风不灵光，或者我不灵光，还能动手控制——我可以靠长棹或短桨划回去。后来，我的船升级了，非得乘风，才能破浪。我第一次在这样一条船上卸下锚具，一小时后才乍起胆子，升起三角旗。即使到现在，我经历了上千次的短程航行，每逢出海时，听海鸥鼓噪，软沓沓的主帆噼啪拍击，仍不免习惯性地生出寒意。

近年来，我注意到，航海日益成了一种强制行为，不再是个单纯的乐子。船泊在那里，清晨的微风徐徐吹拂——荣誉攸关，那么，拔锚起航吧。我像个酗酒者，一生丢不开酒瓶子。对我来说，我也丢不开航行。然而，我清楚地知道，我失去了对海风的感觉，实际上，我不再为海风激动。它催我振作，一点不错，而我真正喜欢的却是无风的天气，四周一片平和。有一个非同小可的问题，时时萦绕在我心头，人如果讨厌海风，是否还应当继续摆弄船。但这种反应有些学究气——一直的渴望仍在心中鼓荡，它属于过去，属于青春，所以我挣扎在旧日与现时之间，人在垂暮之年的一种常见病。

人何时应当告别大海？要等到怎样的耳聋眼花，手脚不灵才肯停歇？是见好就收，还是非要等到犯下大错，比如失足落水，或因为篷帆陡转，给掼倒在甲板上？去年冬天，我长时间与自己争论这个问题。最后，认定这条路已经走到头，于是，我写信给船坞，请他们把船拖上来，标价出售。我说我"回头是岸"。不过，在我敲下这一行字时，我怀疑我根本就是说说而已。

假如不见买主，随后的事情可想而知：我将请船坞把船拖下水——"直到有人登门求购。"随后，温煦的东南风吹皱海湾，是那种柔和的、平稳的晨风，带来遥远的海上世界的腥气，那气味把人送回时间的开端，将他与早先逝去的一切联系起来，此时，往日的不安，往日的不确定，又都一一出现。单桅帆船就泊在那里，海风吹起来，我将再度解缆起航。待我横渡海面，避开渔栅的浮标和系索桩，抵达托利群岛外的红色浮筒前。岩礁上聚拢的长鼻鸬鹚一定注意到我的经过。"那老家伙又来了，"它们会说。"又来绕过他的海角，又来征服咆哮西风带①。"我手握舵柄，再次感受海风

---

① 咆哮西风带，指南北纬四十度到五十度之间的海洋风暴带。

给一条船贯注了生命力，再次嗅到往日的威胁，那些为我贯注了生命力的东西：海上世界残酷的美，甲壳动物的细刃，海胆的尖棘，水母的毛刺，还有螃蟹的利螯。

铁　路

一九六〇年一月二十八日，艾伦湾

铁路何物，费我思量？
我从来不曾观望
它要去向何方。
它填平了几道山谷，
为燕子堆起巢梁，
沙尘从此散去，
黑刺莓萋萋生长。

　　写下上述诗行的亨利·梭罗，热衷钻研铁路。他是铁路的拥戴者，虽然很少搭乘。当然，他生活在美国铁路的破晓时分。他不大关心铁路去向何方，只管思索铁路的意义，他对菲奇堡①的评论在本世纪的强光下似乎黯然失色，但其宗教意味仍然不稍减弱。
　　铁路于我又是何物？我必须承认，它对我意义重大。它不仅是填平了几道山谷。它将我与过去连接，又将我与城市连接——二者我都不希望看到断裂。缅因州的铁路公司急切地要打破这些联系，因为发现无利可图，为此已经有所动作。它们希望取消州内的所有客运服务，虽然一九五九年的初次尝试失败了，但今年就可能运气好些。

在新英格兰地区最老的铁路城市中，班戈位居第二；一八三六年十一月六日，一列蒸汽机车驶出班戈，溯河而上，开往旧城。十二英里的路程，行驶两小时三十分钟，列车长名叫索耶，乘客上车，票价是三十七个半美分。这是缅因州开行的第一列，也是新英格兰地区的第二列蒸汽机车。很快，班戈或将在铁路史上留下另一个印记，它可能目睹最后一列火车离去，待到这个庞然大物从铁轨上消失（假使果真如此），缅因将成为美国除夏威夷以外，第一个在各大城市之间没有铁路客运服务的州。

铁路于我竟是何物？它是我心中挥之不去的痛，是厌倦了我和我的怪癖的一位老朋友。与梭罗不同，他的铁路生涯基本上处于精神层面，而我确实关心铁路去向何方。有些时候，比如下星期一，我别无选择，必须出门；我心甘情愿地付车费，深情凝视光裸的黑刺莓藤蔓。我计划搭乘的卧铺车，从班戈开出的卧铺车，已经下线，我得西行一百四十英里，另搭一趟车。（前往火车站的距离越来越远。）我生活在铁路的黄昏时分，它已是日薄西山。过去几个月，我清楚意识到，我是个多余的乘客，渐趋式微的丑陋一族中最后的幸

---

① 菲奇堡，美国伍斯特县一小镇，一八四五年通火车，梭罗曾在此生活，在其《瓦尔登湖》一书中多次提及。

存者之一。实际上，如果听信报纸上的说法，竟是我阻挡了缅因铁路公司靠大把赚钱的快捷货运走向辉煌。这让我觉得自己很没趣。

但我还有其他感触。大约三十年前我买下这所房子，确信不管发生什么，铁路总能拉上我，跑这儿跑那儿，来来往往。今天上午，厚厚的大雪覆盖了我们村子。雪已经无止无休地下了几乎一个星期，最初是东北方向卷来的暴风雪，风力逐渐减弱，天空愈发昏暗，乌云低垂，没日没夜地洒下雪霰，今天，又是东北方向卷来的暴风雪。公路成了一块蛋糕，雪、冰、沙子、盐，还有麻烦，搅成一团。这两个星期，记忆中从未如此频繁的空难连串发生。除过这一切，我曾一往情深的铁路，厌倦了我和我这一类人，让我觉得与周遭的连接都已断裂，仿佛穿了工装裤的人，匍匐在车厢之间，突然用榔头敲断了蒸汽管线。我的思绪，像有时人在郁闷中那样，转向了康科德，转向另一个世纪的另一条铁路。

"一早大雪纷飞，"梭罗写道："仍在肆虐，冻僵了人的血管，间或，我听到车钟低沉的声响，裹在机车冰冷呵气形成的雾障中传出，宣告火车来了，不会耽搁多长时间，尽管有新英格兰东北部的暴风雪阻挠……"我的村子与他的村子，我的世纪与他的世纪，差别有多大！在这场暴风雪中，我听到的，只有自己头脑中震响的车钟声，宣告火车去了——或许，很快还将一去不复返。因为尽管缅因州乘客面对的窘境仍没个了局，毫无疑问，能活到今天，已是侥幸；铁路公司恨不得立刻砍下我的脑袋，一了百了，幸好公用事业委员会研究来研究去，判决对我缓期执行，且看表现如何。它规定，我没事儿必须多坐火车，而且不得享用头等车厢。

缅因有两家铁路公司——班戈和阿鲁斯托克铁路公司，以及缅因中部铁路公司。一家经营北方，从田间和森林运出土豆和白报纸；另一家经营中部，在波特兰与班戈之间运送邮件和糖果包裹，偶尔延伸到温瑟博罗。这两条路线赶上有乘客时，也拉乘客。第三条线路，波士顿—缅因线最远伸展到缅因州的波特兰。第四条线路，加拿大太平洋线路，止于入境缅因后不远处。

几个月前，两家主要铁路公司向公用事业委员会申请取消客运，以便将其聪明才智转用于邮运和货运，又刺激，又赚钱。举行了公共听证会，大部分时候，出席者不多。委员会的委员们在座，聆听铁路方大谈铁路的颓势和困窘。在波特兰一次听证会上，缅因中部铁路公司的律师，概括了各个时期的情况后说："我们目前是在给病入膏肓的患者开药方。"另一次听证会上，吕拜克一家猫食加工厂——"穿靴子的猫咪"牌猫食制造商的代表起身表示，缅因中部铁路公司如果不能摆脱乘客要命的拖累，"穿靴子的猫咪"只好迁往更舒适、更开明的地区。美国猫咪的前途似乎突然间危在旦夕。

总而言之，一九五九年是缅因州铁路公司颠三倒四的一年。星期一，打开晨报，你会看到大幅广告，恳求乘客赏光，体验坐火车的销魂滋味。星期二，打开同一张报纸，又得领教哪家公司发言人气急败坏的呵斥，声称只要你，也就是乘客，腾出地方，方便货运畅通，铁路立刻就能带来繁荣。"每当铁路货车轰隆隆掠过身旁，我都感到精神振奋，心情舒畅，"梭罗写道。缅因中部铁路公司总裁 E. 斯潘塞·米勒想必也是如此。而且，在这个问题上，我们所有人都感到精神振奋，虽然理由不同，眼见列车一动不动地窝在侧线上，长时间等待后，耳听得货车轰隆隆掠过身旁，载了成箱成箱的猫食远去，我们这些饥肠辘辘的乘客总算可以继续赶路了。

对普通乘客，或旅行上的门外汉来说，铁路公司的簿记与半夜里列车临时停驶一样神秘。即使对公用事业委员会，铁路公司的账本也并不是那么透明的。当然，缅因州铁路公司的账本向委员会公开，纸面上写了一些数字。每个铁路公司，我猜，都有两本账，一本记录货运业务，一本记录客运业务；每隔一段时间，账本就会自行设法轧平，从一本账向另一本账发生某种泄漏，如此一来，在外人眼中，很难说只赚不赔的一麻袋土豆，到底有多少是让耗子，也就是我们乘客啃食了。但毋庸置疑，近些年来，我们这些乘客是在不断啃土豆。一些人百般无奈才出此下策，因为我们一站接一站地停靠，饿得要死。前往肯尼贝克的旅途中，列车上没有食品供应，上车之后，乘客必须自己想办法活着。上午十点钟左右，列车在缅因州东线中途的沃特维尔短暂停靠，邮袋给人欢快又随意地掀下车，有史以来，邮件都是这样处理的，趁这个空当儿，火车司机和乘客（我们总共六人）在车站的快餐柜台前，捧了咖啡和炸面包圈聚拢来，一些乘客是从纽约中央火车站这块丰饶文明之地上路，西行四百五十六点六英里来此，一路上没吃没喝。沃特维尔这顿迟来的早餐，结束时的规矩同华盛顿那边的总统新闻发布会差不多。在华盛顿，是一位记者起身说："谢谢总统先生。"在沃特维尔，则是由火车司机示意。他只需从凳子上起身，正正帽子，扬长而去，我们乘客立即会意，连忙跟在他身后爬上车厢，各就各位。

我想，是平生中让我留恋的铁路公司的特性，它们的传统主义，导致了它们（还有我）今日的困境。英国是我所知的最恪守传统的地方了，美国的铁路公司紧随其后。"曾在的将永在"，这是它们的座右铭。将近一百年来，"铁马"是美国的代步者，北美大陆是它驰骋的疆土，铁蹄踏响处，无不显示它的稳定、威严、守时和成功。"城镇边的冷僻林丛，早先只在白天，才有猎手进入，如今，这些灯火明亮的车厢，在漆黑的夜晚掠过丛林深处，包厢中的乘客竟也懵懂不知；列车一时停在镇子或城市华丽的车站上，人群熙熙攘攘，一时又停在迪斯默尔沼泽，惊起猫头鹰和狐狸。列车的启动和抵达是乡间生活的大事情。它们去而复来，恒常，准点，汽笛声远远就可以听到，农人依照列车的运行来对表，结果，一个妥善管理的设施规范了整个国家。"确实如此。慢慢地，铁路公司迷上了自己汽笛的声响，还有灯火明亮的包厢，华丽的车站建筑，甚至汽笛在山岭中变成微弱的喘息，包厢不再时兴，车站的灯火熄灭，铁路公司仍然因循它们的习惯方式，守着它们的铁马，一意孤行。一些火车站根基牢靠，屹立不倒，成了愚昧和衰败的象征。一九〇七年修建的班戈火车站，是铁路公司执迷于旧时辉煌的一个典型例子。只需给窗子安上铁栅，不妨改作联邦监狱。外面挖一道壕沟，装上吊桥，就成了供哪位爵爷安身的城堡。（下雨天，这里同城堡也差不多，我们这些幸存的乘客必须深一脚浅一脚地拖了行李跋涉，攀上月台。）将它的尺寸缩微，绝似往日儿童用五颜六色的积木搭造的火车站模型。总而言之，说它是什么都成，唯独不像它本该成为的东西——一处可供乘客上下车的地方。任何铁路，要想吸引客人，作为赚钱的承运人生存下来，当然首先得把它夷平，也好跟上新时代。想一想吧，班戈火车站，虽然很对爵爷的路数，一度曾是一家繁忙的铁路公司的地产，名叫欧洲和北美人公司，它的梦想是把人装上火车，一溜烟赶往圣约翰岛，随后搭远洋班轮横渡大洋，以此拉近与欧洲的距离。目前车站所在的班戈的这块地产，一八八二年落入缅因中部铁路公司之手，是它租赁了欧洲和北美人公司。租期为九百九十九年，虽然欧洲人早已散伙，但火车站完全可能巍然独存，直到二八八一年，站内的男厕所依然人满为患，货运办公室灯火通明。

我头一次乘火车来缅因是在一九〇五年夏天，此后不断搭车来去。头一次的旅行，我是给人牵手领进普尔曼式特等车厢①的绿色卧房，欣喜地见识了四下摆设的种种想象不到

---

① 普尔曼式特等车厢，十九世纪美国发明家乔治·M.普尔曼设计的豪华型列车车厢。

的设施，它的豪华，用嘴衔了枕头装上洁白枕套的服务生，通往上铺的扶梯，等待我好奇地摆弄控制开关的三速电扇，巧妙悬挂的放置衣服的小吊床，毗连的光灿灿的盥洗室，连同它的镀银陈设和抽水马桶，所有的一切，都让我充满孩子气的惊讶和欢喜，顿时爱上了铁路，那晚之后，再不是同一个男孩。

我们是一个八口之家，我最年幼。父亲平日很节俭，但每年夏季的八月一日，他都认为，带上全家人度一个月假并不为过。他的筹划，始于一九〇五年，在此后许多个夏季欢天喜地地付诸实施，其实也很简单：他用一小笔钱，在贝尔格雷德湖区①的一处租一所简陋的度假营地，用剩下的储蓄付给铁路和普尔曼公司，换来八张头等舱往返车票和卧铺车厢的宽敞空间——够挥霍，也够潇洒。说到旅行，父亲决不肯委屈，虽然他每天都须挺直腰板，坐在污浊的通勤车里，往来于弗农山与纽约中央火车站，但一年一度，他会抛开所有污浊的东西，躺下来，与全家人享受普尔曼式的典雅，他的妻子哪怕火车可能出轨，也要穿戴整饬，第二天在密匝匝的云杉荡起的清风中醒来，走下车，身边是急不可耐的孩子们，庄重地清点过行李箱后，步入贝尔格雷德火车站的月台，正对着梅萨隆斯基②迷人的原始沼泽。一九〇五年那个八月的清晨在贝尔格雷德，特快列车驶离我们后，我第一次

---

① 贝尔格雷德，位于缅因州，一七九六年建镇，以其大片湖泊、溪流和湿地著称。
② 梅萨隆斯基，位于缅因州肯尼贝克县，为贝尔格雷德湖区链中的最后一个湖泊。

见识了这个温和的大沼，在我眼中，它没有一点荒凉的感觉。它是铁路旅行带来的第一波狂喜的不可分割的一部分，也是所有天然生境的不可分割的一部分，从那以后，我深深地迷上了这处美丽的大沼。

今天，深情地回顾五十年来我与铁路的不解之缘，想到一九〇五年的初次搭车旅行，给我印象最深的是列车的行走时间。我们晚上八点钟离开纽约，次日早上九点半抵达贝尔格雷德——耗时十三个半小时，行程四百一十五英里，时速三十一英里。在当下这个十年，我们的现代铁马穿越暗夜，奔驰的速度如何？不久之前，我测算了它从纽约到班戈的时间，用里程除以时间，得出答案：每小时三十四英里。因此，五十五年来，汽车在高速公路上的时速已经提高到令人惊叹的七十英里，飞机成为划破长空的一道气流，火车照样不慌不忙地保持它的步调，每小时跑三十到三十五英里。这是个很有点意思的记录。在我们这个高速运动的世纪，并非每个机构都能将它的理想维持上五十五年。旅客也未必人人都能满意三十四英里的时速。甚至如我这般热爱铁路的人，也拿不准自己是否满意。我们中的一些幻想家希望看到火车从三十四英里提速到四十英里，这样，我们可以在纽约用罢晚餐后出门，第二天午饭时到家。（我刚刚得知，缅因中部铁路公司有个新的列车时刻表，下月初生效。很快，我就有幸在纽约用罢晚餐后出门，第二天下午到家，赶上晚餐。中途在波特兰停靠四个小时，合计须十八个小时。如此一来，我的铁马就从每小时跑三十四英里降到了二十八英里。此马怕是病得不轻。)

铁路旅行的迟慢，不能怪罪它天生驽钝，皆因铁路是个搬弄口舌的地方；它需要走走停停，到后廊上去聊聊天儿，传播点儿小道消息，或告借一杯白糖。列车这股慢悠悠的劲头，常使我想起打发去跑腿儿的小男孩儿，列车终归会到地方，男孩儿也是，但那要经过怎样一番游逛，碰上多少乐子，东张张，西望望，戏耍个够！铁路公司的脑瓜里装了一千零一件事儿，有的事情自然值得，许多事情简直让人陶醉，唯独没有一件事情，能帮助枯坐车上的旅客跑得快点。看来铁路公司要想靠跑客运赚钱，必须严肃对待"跑"这个字眼儿，克制自己的好奇心，别再没完没了地为沿途的大小事情劳神。一些铁路公司设法这样做了，我注意到，但凡这样做，车厢通常都会爆满，它们的钱袋也同样。

铁马步履蹒跚，还有其他原因。缅因州铁路公司的列车晚间离开波特兰，一路趑行，午夜抵达洛厄尔枢纽站。这里，它脱离了波士顿—缅因干线，转入单线铁道，直奔五十英里开外的伍斯特。蜷缩在卧铺上的旅客都知道这段铁道。它是女童子军演习时铺就的。女孩子们砍伐树干做枕木，搜刮废弃的鳟鱼池里的沙砾堆路堤，铁轨靠危旧建筑上拆下的工字钢充数。甚至火车司机对这段颇具特色的路基也充满敬意，他将车速放慢，像是踱方步，凭直觉保全自己，还不致违背了铁路公司严格的安全规章。大约一个小时，缓缓爬行的列车剧烈颠动，好脾气的旅客在各自座位上前仰后合，又困，又怕，又痛，五味杂陈。

明天晚上，最后一班卧车从班戈驶往纽约。我不在车上，但心中必定惦记，它驶过埃特纳，绕行大沼时，我会为它祝福。前些天，有新闻说，对行卧车将被取消，报纸登载了我们的铁路主管哈罗德·J.福斯特的一则声明："我们曾希望，卧车服务将在夕发朝至的基础上，扩大缅因各站与纽约之间的客流。卧车始终客源不足，虽然我们不断在报纸和广播上宣传它的便捷。"福斯特先生的话一点不错，卧车客源不足，除了偶尔，恶劣天气妨碍了飞机起飞，还除了像我这样的怪人，热爱铁路，频频照顾它的生意。对服务的便捷，广而告之，当然，对它的不便之处，就秘而不宣了，好在广大乘客也都清楚——票价高昂，速度缓慢，行李问题，还有（对我来说），它的车站离家门口有五十英里。

　　并非所有病恹恹的铁路公司都一死了之，有些已经出现惊人的转机。长岛铁路公司因纽约州豁免了它的税务而复苏。（我不知道是否连它的罪愆也一道免了，至少税务是如此。）芝加哥和西北铁路公司因为有人为它装备了舒适的车厢和种种现代便利设施，否极泰来。在费城，成立了一家非赢利公司，改进客运服务，给通往费城的铁路客车灌注了新的生机。这就等同于市政补贴，给社区带来的好处或许大大超出它的成本。大约一年之前，罗克艾兰铁路线进行了一次试验，它降低而不是提高头等舱票价。试验持续了几个月，当时，客运量增加了百分之二十。

　　其他一些铁路线也降低了票价，业务蒸蒸日上。我相信有些事情正在发生，或将挽回客运列车的声誉，让它有利可图，人人本来也都希望如此。美国的发展引人瞩目，它的习俗不断变化，难以预料，它的人民流动不居。铁路公司惯于回顾过去，它现在应当展望将来。一些城市已经给汽车堵得死死的；洛杉矶首当其冲，在那里，繁衍迅速的汽车，数量之伙，不下于旅鼠，怕是很快得开入大海，为滚滚而来的新款汽车腾地方，免得民众转不开身，喘不上气。铁路公司的人眼见汽车在它最集中的地区风头正健，实在不应气馁。

至于飞机，飞机已经突破音速，正琢磨追赶光速，看看能否来个突破，很快，我们从东海岸飞往西海岸，还没顾上起降，就已经到达了，旅行的快意消失殆尽——梦幻般的运输系统逐渐成为一场梦魇，人们在此驱使下从一点急速奔往另一点，侧身华尔兹鼠一族[1]。（按照中国的历法，一九六〇年是鼠年，眼见我们的生活狂热到如此地步，我想这一年或将成为华尔兹鼠年。）倘若我们将来的旅行犹如电光石火，只在一瞬间，没了中途的风景，没了中途的沉思，所谓旅行，怕就失去了它的全部意义，我们奔来走去，不过是忙着挪个地方罢了。我相信旅行自有它本身的意义，不只是为了节省时间——时间说到底是省不下的。铁路上的人仰望慢吞吞的老式客机以二百英里的时速在机场上空盘旋，等待浓雾散去，或机头前轮对正跑道，应当振作精神。铁路自有其不可取代的特点，有些长处，从不曾有谁超越过。一列操作娴熟的火车，平稳奔驰在牢固的路基上，带给乘客的惬意和方

---

① 华尔兹鼠，原产于日本，不能走直线，只能绕圈而行。

便，是任何其他形式的交通工具都比不上的。与汽车不同，火车不必转来转去。与飞机不同，火车碰上阴霾天气可以跑得慢些。与公共汽车不同，火车不必每隔几分钟就靠左换道，超过前头的什么东西。

缅因州的铁路人士或许比大多数州都更为沮丧，因为这个州相对人口稀少，对客运来说，这自然是个难题。甚至缅因最大的城市，也还没大到城市出现无序扩张，汽车走在郊外，很少遇上堵得水泄不通。天气晴好时，班戈的居民驱车前去波特兰，倒比搭火车更便捷。就我而言，我从家门口花四个小时就可以开车抵达波特兰，只要我会开车。换上火车，我必须先花一小时到班戈火车站，然后在火车上挨过四小时——总共五个半小时。

关于缅因铁路的一则笑话，说的是邮政合同。在林区的这一段，乘客通常得陪着邮包一道搭火车，列车时刻表是按投递信件、而不是人的需要调整的。班戈和阿鲁斯托克线刚刚制订了一个时刻表，设法让公用事业委员会和邮政部都满意，前者坚持，一九六〇年必须保证客运，后者坚持，缅因某一地区下午五时后寄往缅因另一地区的任何信件，都必须在次日早班投递时寄到。今天，新的列车时刻表宣布了，北上去往卡里布的乘客必须凌晨一点二十分出发，到班戈外面所谓的北缅因枢纽站集结，可能得一手拎着闹钟，一手提着雪靴。我猜在目前条件下，这没准儿是班戈和阿鲁斯托克线能够作出的最佳安排了，但我怀疑它是否能吸引大量乘客，虽然为了增长见识，我自己倒想去坐一回试试。

铁路公司期待也需要邮政合同，可运送邮件的差事将铁路公司变成了联邦政府的小伙计。山姆大叔有权染指美国的任何一列火车，命令它装载邮件。当然，他为此付钱，但他因此就要操控一切。列车的发车时间可以因为邮件无限制地推迟。此外，是邮电局决定如何处理邮件，铁路在此事上没有发言权。列车停驶成为邮件分拣，也就是邮袋分拣过程中的即兴演出。我们的火车司机所以能在沃特维尔享用茶点，皆因为邮袋是一只只丢出的，管丢的人还得不断管运。二十五只邮袋，如果用托盘装运，只须二十五秒就可从邮车上卸下，不过政府可不希望如此。整个过程，不是二十五秒钟，而是二十五分钟。在我看来，既然政府有权为照顾邮件截停某一些列车，它就有义务为照顾乘客，让另一些列车提速。

缅因的铁路公司要想生存，运载乘客，就需要乡村、城镇、州和联邦政府的帮助，我想它们也应当得到帮助。一个没有铁路服务的州难免破碎不堪，列车停在美国任何地方的乡村车站，但凡有一名乘客下车，我想这个村子都是有福的，哪怕孤身客结果是个抢劫银行的江湖大盗，短时间搅起了一通混乱。不过，铁路公司还得自力更生。它们应当提高眼界，而不是票价。它们不该继续闷头生气，而应当以自身之长击汽车之短，在这场较量中，如果我没有看错形势，它们的机会将越来越多。甚至可能有办法帮助铁路乘客摆脱他们的胖婆娘，也即那些邮袋——这桩婚事一向都不美满。我相信，铁路公司只要把它们的服务质量提高百分之十，业务量就将增长百分之二十。它们必须把列车收拾清爽。"密闭的列车一股腌咸鱼的味道，"梭罗写道，他是在列车掠过时闻见的，在最近的听证会上，谈到座席客车的腌臜时，几位缅因公民也呼应了他的看法。

铁路系统极其复杂，它们似乎喜欢复杂，一如它们喜欢仪式，喜欢过去。像我前面说过的，并非所有病恹恹的铁路公司都一死了之，但铁路公司不时要弄出点动静，似乎它们来日无多，此时，仪式就成为死亡计划的一部分。一九五九年，因为我自己、妻子，还有双方家人轮流患病，妻子和我更频繁地光顾铁路，利用它保留下的设施，顺便体验了它的痛苦。去年秋天曾有一个夜晚，令人久久难忘，当时，我们坐在波特兰火车站冷冷清清的候车室里，等待去往纽约的卧铺客车，孤零零的，似乎成了美国铁路临终床榻前的担纲主角，没有哪个好莱坞导演还能鼓捣出比这更凄凉的场面。我们之所以从波特兰上车，而不是班戈，那理由太啰唆，不说也罢。破旧的火车站，坟茔一般笼罩在我们僵直的身体四周，阴惨惨的，冷风飕飕。（这里没有熙熙攘攘的人群。）其他在场者，只有柜台后懒洋洋的检票员，还有红帽子搬运工，正与两个朋友有一搭无一搭地闲聊。时不时地，前门打开，走进一个流浪汉，他们以所有的铁路车站为家。开车前不久，一个服务生露面了，拖来张笨重的木头桌子和两把椅子，铺排检票仪式。桌子似乎与火车站同一把年纪，看去像是给豪猪没完没了地啃过。两位着褪色蓝制服的列车员面无表情地登场，坐在桌子前。妻子和我，领会了提示，起身来到圣所之前，我把车票摊在其中一位的面前。他抓起车票，仔细审视一番，好像平生从没见过这东西，随后递给同伴，大叫一声："二十三厢 B！"像是叫给所有人听，虽然候车室里空荡荡的。另一位随即扬声应答："二十三厢 B！"（像是添上一句，"地球上最后俩乘客"）他扯下票根，递还给我。

仪式中的说辞，虽然我们耳熟能详，经如此喧呼，平添一重怪异的庄严和激昂，我们觉得仿佛不是在乘车，而是在婚礼上盟誓。仪式结束后，我们，最后的两位乘客，跟随推了行李的红帽子，缓缓步入车棚，一路走向候在那里的卧铺客车。中途，我们经过一位苍老的列车员，他的胳膊上挂满煤油灯，正准备以往昔的这些华美饰件儿去装扮铁马。这趟列车的离去有一种说不出的凄凉滋味，末日近在眼前。

我初来缅因居住，火车站距我二十三英里，在埃尔斯沃斯。后来，火车站距我五十英里，在班戈。明晚之后，它（卧车车站）将远在一百四十英里开外，在波特兰。一年之后，全州可能再没有一个火车站——再没有一个灯火璀璨的火车站。我无法想象我的世界中没有铁路线，或许，我得挪挪窝儿，搬到大沼的更热闹处，那里的铁路还在运营。不管是举家迁移，还是羁留原地，只要缅因的铁路停驶了，我都会深深地怀念它们。我会怀念火车破晓时分撕开夜幕——一道光柱投向斑斓的林丛，还有往日的那种兴奋。我会怀念候鸟迁徙季节肯尼贝克河上的黑额雁，卧铺上的早餐，我们沉闷地溯河而上时饮用的罐装葡萄柚汁，加地纳的坚稳的老房子，奥古斯塔的林中通道连同路堤的木制台阶和错杂的藤蔓，还有在我啜着果汁时啄食浆果的雪松太平鸟。我会怀念奥古斯塔以北平静伸展的河流，造纸浆的木材搁浅在岸边；秋日的阴云，冬日的晴空；温斯洛的哈利法克斯堡的小木屋，那些坚固的棱堡；在沃特维尔，老式的四七〇型机车漆黑发亮的侧翼，这些铁马珍藏在当年科尔比大学校园近旁——它们是牵引煤烟时代波特兰驶往班戈的最后一班列车的蒸汽机车。

去年初春，我乘坐的列车停在侧线上，等待另一趟列车通过，从窗口望去，我看见列车长走在明沟里，手上拿一把折刀。他倏忽间不见人影，十分钟后又出现了。手里攥了一大捧双色柳，无疑是送给太太的礼物。这是个怡人的场景，人们习见的小插曲，但记得我当时只觉这场景有点俗滥，它本来属于另一个世纪。铁路公司要想将车速从二十八英里提升到四十英里，吸引乘客，要紧的是采取行动。

或许缅因将再也见不到客运列车，列车长后半辈子，不妨沿着铁路线尽情折柳，周遭黄沙扑面，黑刺莓萋萋生长。我却希望在我有生之年，这一切不会发生，因为我以为，一个妥善管理的设施兴许仍有能力规范整个国家。

附记（一九六二年五月）：缅因铁路的死亡，来得很快。"在我有生之年"，客运列车不仅消失了，而且似乎是在顷刻之间。列车不见了，火车站也不见了。一天，我看电视时，看见波特兰联邦火车站的塔楼訇然倒地，是给吊车臂下摆荡的大钢球撞塌的。我能觉出肚脐处受到撞击。

货运一如既往，速度更快了，但并没出现预期中业务量和利润的激增。几个星期前缅因中部铁路公司的年会上，公司总裁告诉股东，他们将面对"阳光与阴霾"。吕拜克的猫食工厂决定关张，这一事件连累了从阿耶枢纽站到东港的支线，让股东头上阴云密布；这条支线或许得废止，除非能从长途货运公司那里揽来一些生意。我不清楚猫食工厂为什么要退出，没准儿是猫咪倒了胃口，也没准儿罐头加工厂的经营者反倒喜欢生活在有客运列车服务的地方。

北贝尔格雷德的一位太太不久前写信给我说："虽然变化巨大，我们仍然依赖货运列车提醒天气情况。晚上九点钟，如果能听见货车驶过奥克兰，我们就知道风向不对，要下雨了。"我仍然相信风向确实不对，是要下雨了；没有铁路客运服务的土地正在沦落，或者前途未卜。

在西部，铁路仍然蓬勃发展，少数东部的铁路公司，尤其是连接佛罗里达与北部城市的铁路，也在获利运营。但东部整体而言，疾患蔓延。纽黑文铁路公司处于破产状态，去年夏天申请重组；波士顿和缅因铁路公司处境艰难；合并后的伊利—拉卡文纳铁路公司不见起色；巴尔的摩和俄亥俄铁路公司同样感觉不自在。

美国的铁路公司长久保持垄断地位，反而损害了自身利益，铁路缺乏美国人特有的通过新形式、新理念、新方法拓展需求的天才，虽然其他行业的需求都因此受到侵蚀。通权达变仍然是铁马的薄弱处。我完全相信，有成千上万的汽车车主，都愿意搭火车前往佛罗里达或加利福尼亚，只要不必大费周章，就可以将满载的汽车开上火车，像轮渡船一样，到达目的地后，再驱车落地。这种背负式联运免除了自驾出行，路途的遥远和艰辛且不说，还要忍受我的一位通讯者所谓的"千篇一律的"地貌，如此一来，夜间也不必留宿汽车旅馆，不必在路上用餐，还省了人与机器的损耗。如果这在欧洲行之有效，或许在这里也行得通，因为距离更长。新斯科舍与拜尔港之间摆渡汽车的轮船"蓝鼻子"号，每年夏天都爆满；人们乐于付钱，免得驾车长途奔波。

在缅因铁路最后的日子里，我清楚记得从报纸上读到的一位班戈公民的议论。此人在荡平火车站的次日走过下城，惊愕地望着面前的新景观。"嗬！"他说。"从交易所街可以看见布鲁尔了！"（布鲁尔与班戈隔河对峙，相距几百码。）

以往，铁路鼎盛时期，从交易所街望不见布鲁尔，但你可以闭上眼睛，想见美洲大陆在你面前延伸，火车无边无涯地奔向绯红的落日，像煽情小说中的描述。我留恋不能从交易所街望见布鲁尔的时光，那般安谧的景色实在太美了。

书、人与写作

圣尼古拉斯协会

一九三四年十二月

毫无疑问，今日我们国土上弥漫的写作和绘画狂热，面对微乎其微的成功概率，大量的文字和画作仍然不断问世，原因都可直接追溯到《圣尼古拉斯杂志》。本世纪初年，那本生气勃勃的杂志的最后几页，活跃着一个青少年群体，称作圣尼古拉斯协会。协会的成员写诗，写散文，用方镜箱照相机抓拍照片，随手描图绘画，解答字谜。他们选些得意之作送交协会，幸运者就能获得极为荣耀的金徽章或银徽章。

这些小天才，如今仍然乐此不疲者，数量多得惊人，他们宝贵的一生中，始终没有丢下钢笔或画笔。像我这种感情用事的铁杆儿老协会成员，常常在些奇特的地方撞见他们的名字——秋季图书推介目录、分类电话簿，或一伙普利策奖获得者中，回想起"那些欢快、淘气、勤奋的少年人，他们凭借理想和才华聚在一起，热衷投入人人机会均等的一系列竞争，为自己博得承认与成功"。我们这群小毛孩子，面对竞争，奋发而又凶残；我们中的某些人，在那些无忧无虑的岁月里,不知什么时候,丢失或随手处置了我们的银徽章,但我们仍然记得它随邮件寄来的日子: 胜利的狂喜,少年得志的甜美,一九〇四年,协会成员,一位名叫罗伯特·E.琼斯的少年,从新罕布什尔州米尔顿市写信给编辑,永远留存下这一青春年少的时刻:

> 亲爱的圣尼古拉斯: 昨晚我收到奖章,兴奋不已。我会永远保存它,铭记"我的第一幅绘画付印"时那种欢快。这个夏季,我要独自发奋努力,送上更多习作,我希望,能比可印出的还精彩。为那美丽的奖章再次致谢,你永远的,罗伯特·E.琼斯。

顺便说一句,罗伯特信中表达的愿望没有落空。他确实发奋努力。同年晚些时候,获得了纯金徽章,成为协会的荣誉会员。据说,他目前在舞台设计领域一样成绩卓著。

间或,某位作家或艺术家,一阵冲动之下,嬉皮笑脸地招认自己曾经获得过圣尼古拉斯徽章。他的调笑不过是为了掩饰自己的情感。生命中再没有什么能够取代协会的位置。我毫不怀疑,普利策奖对埃德娜·圣文森特·米莱[1]弥足珍贵,但对一九〇五年来自缅因的卡姆登的E.文森特·米莱来说,那实在不足挂齿,她翻开八月号的《圣尼古拉斯杂志》,发现"上面登载了"她以"照耀我,啊,金黄,金黄的

---

① 米莱(1892—1950),美国第一位获得普利策奖的女性诗人。

太阳"开头的诗歌，诗歌的题目是《假日之歌》。这里是其中的第一节和最后一节：

> 照耀吧，金黄，金黄的骄阳，
> 微笑吧，蔚蓝，蔚蓝的天空，
> 鸣啭的鸟儿！恹恹吹动的微风
> 在那浓荫中，睡意蒙眬，
> 唤一声，"醒来，你这懒虫
> 快去追金色的蝴蝶跑动。"

> 啊，刈草人！世界这般欢畅，——
> 快将闪亮的镰刀丢在草场，
> 来吧，让我们跳起欢乐的舞步
> 与鸟儿，与绿叶，与金色的骄阳，
> 我们直跳到浓荫掩在山后，
> 待原野铺洒上皎洁的月光。

早在一九〇七年，埃德娜已是协会的荣誉会员。一九〇四年，她因一篇散文《家族传统》获得荣誉提名。一九〇五年十一月，一九〇六年二月和九月，再度获得提名，一九〇七年春折取桂冠。三年之后她的写字台抽屉里装满了协会能授予杰出会员的所有奖章，此刻，米尔·米莱已经是十八岁的成熟女孩，她坐下来，写下她的告别辞，登在杂志十月号上：

亲爱的圣尼古拉斯：谨此就所获奖金申谢，并道一声再见，因为《朋友》是我最后一篇投稿。我将用这五美元买一本漂亮的《勃朗宁诗集》，我对她仰慕已久，这样花去奖金令我快乐无比。

虽然我不再为协会写稿，但我决不会自外于它。你给了我巨大的帮助和鼓励，我很抱歉因为长大，需要离开你。爱你的毕业生，埃德娜·文森特·米莱。

埃德娜就此庄重告别协会，手里持一本勃朗宁，丢下更年轻些的司克特·菲茨杰拉德以一帧题为《假日场景》的获奖照片，守在当月杂志上。她赢得五美元的《朋友》一诗，抄录如下。编辑似乎并不很明了，他在与一位真正的天才打交道，此诗刊登在协会版面的头条，编者按："这则精美的小诗，文字流畅，韵律严整，对比工巧，通篇自然天成。"

朋　友

一、他

整日下午我坐在这里，望着她灵动的双手
飞针走线。不清楚，她何时才算到头？
刺绣！我不明白莫莉这种通情达理的女孩
怎能为此耗费时光。瞧瞧啊！我可能痴呆，
无论如何，不明白这有什么好玩，要戳这么多洞
在布上，又一个一个缝好。但莫莉却能

　　戳上十几个，细细环绕

手头这块不成方圆的材料。

十几个啊！怎么得了！

为的什么谁又能知晓。

不过，女孩子吗（虽然她是姑娘中的最好）

就让她去缝吧，管它是蠢笨还是灵巧。

二、她

他整日下午坐在那里，谈论一场球赛，

六月份还不去疯跑的男孩，怕是永远又瘸又拐。

橄榄球！鲍勃这样的男孩——善良而又公正——

怎忍心可怜的人受伤倒地。我可能懵懂

却不明白这有什么好玩。"14—16—9"，有人叫喊，

将球踢出，奔跑，拼命要到达那条白线。

鲍勃将整日坐在那里

说个没完，没有一句

还有点意义；也或许

在我看是如此。我不明底细。

可鲍勃是我的忠实朋友。这讨厌的球赛，随他说去，

我只管微笑，装作充满了极大兴趣。

我猜有些成人，一生从没有听说过圣尼古拉斯协会——他们的童年沿循了另一条轨迹，读的是《少年之友》①；长

---

① 《少年之友》，一份以儿童为阅读对象的美国期刊，创刊于一八二七年，宗教和道德教诲气息浓重。

辈不肯订阅《圣尼古拉斯杂志》，他们因此从不知道这份杂志的立场，如我们这些协会成员所理解的，乃是"坚持开明的爱国主义，保护受压迫者，无论是人，还是哑巴动物或鸟类"。我清楚记得善待动物对一个人在协会中的发展是何等重要。对动物缺乏爱心，在协会中便没有前途，除非你是个埃德娜·米莱那样的天才。（我们许多男孩子看不出有什么天赋，不过像小女孩儿一样，待在家里读杂志，而正常的男孩子都跑出家门闹嚷嚷地玩儿猜谜游戏。）街区里我的一个伙伴，与我家向隔前隔两个门，他叫 E. 巴雷·布雷迪，是个目光敏锐的少年，是他帮我明白了善待动物与赢取银徽章或金徽章之间的关系。布雷迪说文章中这类内容多多益善。回过头来浏览一番过往的期刊，再看看我自己的发表作品，我发现其中贯穿了一个惊人的调子，那就是善待哑巴生灵，对狗啦、猫啦、马啦、熊啦、乌龟啦、旅鸫啦，只管同情就是。有三四年的时间，几乎每个月，不管风雨阴晴，我一味对小动物倾注爱心。那结果自然不差。我赢取了银徽章和金徽章，并曾数次获得荣誉提名。揣摩编辑的好恶是我生命中可悲的一章，很能说明问题；显然，我很看重结果，写作、绘画，都不是为了献身艺术。不过，协会的座右铭仍是"为学习而生活，为生活而学习"。

协会的会员资格只须申请一下便可获得。入会后，他们首先会寄来一枚铜徽，上面镌有协会的名称和三色星条会徽（红、白和蓝）。此枚会徽，如他们所宣称，"设计优雅，做工精良。"这一切固然美妙，但也不过是个开端，刚给人尝到一点生活的滋味。协会的好处就在这里——它时不时地总要拿出些具体的奖赏。每个月都有十二名青春期少年分获六枚银徽章，六枚金徽章，奖励两幅最佳绘画、两首最佳诗歌、两篇最佳小说或散文、两帧最佳业余摄影、两个最佳字谜，还有对上期字谜的两套最佳答案。顺便说一句，这些字谜都是些刁钻古怪的东西。果真能一一找出答案，简直就是奇迹。但毕竟有人做到了。一个名叫林戈尔德·W.拉德纳的孩子上了一九〇〇年四月号的字谜获奖名单；斯蒂芬·贝内、约翰·C.法勒、阿兰·邓恩、怀尔勒·沃尔多夫和路易斯·克罗内贝尔格[1]都曾榜上有名。每个月都有关于绘画和诗歌的命题（也可以自己选择主题）。在绘画组，少不了试试《一月》或《九月》，或接下来的随便哪月。没有任何名目的会费，协会存在的三十五年里，会聚了大约二十万名会员，原因或许就在于此吧。

我们这些协会会员都是些忙碌的年轻人。许多人横跨两三个领域，非得处处占上风，包括野生动植物摄影，否则决不罢休。小罗伯特·本奇利是个例外。他一九〇三年九月跻身荣誉名册，作品是一幅题为《多丽丝的功课》的绘画，同一个月里，纽曼·利维获绘画奖，康拉德·P.艾肯因诗歌《摇篮曲》赢得提名。但本奇利虽然几乎从打一开始就入会了（协会是一八九九年建立的），却没有韧性。《多丽丝的功课》是他唯一的一次露面。他很快消失不见，从此再无音

---

① 以上诸人后来多为知名专栏作家、小说家、诗人、编辑。

讯，充分证明了协会的信条之一，"单凭书本学习难有好结果。亲近森林和原野，纵情玩耍，才能求得身心健全发展。"本奇利不熟悉森林和原野，也不亲近动物，只能是昙花一现。

我们大多数人都坚持不懈。艾肯一九〇三年四次，一九〇四年一次发表作品。E.巴贝蒂·多伊奇少年时获奖不下十九次；约翰·C.法勒二十二次；文森特·米莱二十次；苏姗·沃伦·威尔伯二十一次。约瑟夫·奥斯兰德两年时间里十次名声大噪，还有两回名列"粗心者名单"，受到公开申饬——一回是忘了写地址，一回是来稿没有适当背书。（协会的所有投稿人都必须请家长或担保人在稿件背面注明"此系约瑟夫本人作品"并签名。倘若忘记了，大名就会出现在粗心者行列中。）莫里斯·里斯金德一九一三年春季两度疏忽，后来以一首诗歌——《拂晓》和一篇散文——《家庭传统》恢复名誉，倘不是受到版面限制，二者本来都会发表。

根据会员的作品种类断言他们的职业前途，大体是靠不住的。维奥拉·比尔博姆·特里为协会画画儿，后来成了演员。劳拉·贝内写了数篇散文，后来以诗人立身。埃莉诺·怀利[1]（埃莉诺·M.霍伊特）两次出名，都是因为绘画；年少的后来者林戈尔德·W.拉德纳[2]凭诗歌和字谜两度赢得荣誉。（注：他的诗歌据认为还没好到适合发表，只是获得提

---

[1] 埃莉诺·怀利（1885—1928），美国诗人。
[2] 林戈尔德·W.拉德纳（1885—1933），美国体育专栏作家和短篇小说作家。

名。）科妮莉亚·奥蒂斯·斯金纳[1]写了一首诗歌，J.迪姆斯·泰勒[2]和珍妮特·弗兰纳[3]在一九〇一年的疯狂五月双双名噪一时，都是靠了命题绘画《家庭乐事》。马斯特·泰勒后来又曾获奖，一九〇一年凭一帧摄影《十二月的月出》摘取银奖，他抓拍了极其静谧的雪景。艾伦·西格[4]以《我的最佳底片》的摄影胜出。西格蒙得·G.斯佩思[5]，始终着眼现时题材，写诗咏叹二十世纪的第一个春天。约翰·C.莫舍一九〇六年靠他的照相机大出风头，倘若版面充裕，本来会以他的动人照片《家中即景》，给一九〇六年一月号杂志增添光彩。诺曼·格迪斯[6]一九〇九年以他的画作《挚友的心爱职业》获提名。如此等等，不一而足。那真是些欢乐的日子。

稿件甚至来自大洋那边。英国小姑娘薇塔·V.萨克维尔-韦斯特，一九〇二年从英国肯特郡塞文诺克斯的诺尔大宅写来书简，古老世家的那种自豪感跃然纸上：

亲爱的圣尼古拉斯协会：此篇关于我家的故事基本上是真实的，也许能令人开颜一笑。最初，是英格兰的大主教们拥有诺尔大宅。后来，它归于伊丽莎白女

---

① 科妮莉亚·奥蒂斯·斯金纳（1899—1979），美国演员和作家。
② J.迪姆斯·泰勒（1885—1966），美国作曲家和音乐评论家。
③ 珍妮特·弗兰纳（1892—1978），美国作家和新闻记者。
④ 艾伦·西格（1888—1916），美国诗人。
⑤ 西格蒙得·G.斯佩思（1885—1966），美国音乐理论和评论家。
⑥ 诺曼·格迪斯（1893—1958），美国设计家和雕塑家。

王，女王将它赐予我的先祖托马斯·萨克维尔。托马斯死后，诺尔转归他的兄弟理查德·萨克维尔。它就此成为多塞特公爵家族的别墅，随后又属于多塞特郡的郡长们。诺尔有三百六十五间房子，五十二座楼梯，七个庭院。今年发现了一处小修道院。小教堂中的圣坛是苏格兰的玛丽女王被戮前的遗赠。诺尔始建于一一〇〇年或一二〇〇年。英格兰的大多数国王或女王都以之作为赏赐。这里有英格兰制作的第二架管风琴。大宅里有二十一个陈列室。薇塔·V.萨克维尔-韦斯特。

另一位英国小姑娘，丝特拉·本森，数首诗歌获得现金奖励，几番写信答谢编辑，告之她其实并不应当领受金钱。

我们这些会员，甚至长大后，结为夫妇。我娶了一位协会的女孩（散文银徽章得主）；我从档案中获知，威廉·R.贝内也是如此。他的妻子是埃莉诺·M.霍伊特，一九〇一年因《三月》获荣誉提名，比威廉的诗歌《放学之后》获荣誉提名早三个月。我的妻妹是金徽章得主：她以一帧野生动植物摄影获此殊荣，她悄悄拍下了马萨诸塞州伍斯特公园一只谦恭的鸭子。说到摄影，从发表作品来看，协会最坚定的摄影发烧友是个名叫洛伊丝·B.朗的小丫头。显然，她从早到晚噼里啪啦地不停按动她的伯朗尼牌照相机，结果，我们看到，在她名下，有一幅麦田里的女孩的照片，一幅题为《面对面》的照片，另一幅题为《角落》，还有一幅题为《我在何处度假》。

确实，我们是勇敢而活跃的一群。这里有威廉·福克纳、艾丽丝·休斯、诺尔玛尔·克莱因、约翰·梅西、科里·福特、弗朗西丝·弗罗斯特、沃德·格林、约翰·S.马丁、玛格丽特·E.桑斯特、小尼文·布施、罗伯特·加兰、佩吉·培根、费思·鲍德温、玛格丽特·肯尼迪、克莱伦斯·C.利特尔、雷金纳德·马什、贝内特·瑟夫、凯·博伊尔、艾丽丝·哈维、弗里达·伊内斯考特、韦尔·霍尔布鲁克、霍雷肖·温斯洛、李·西蒙森、马乔里·艾伦·塞弗特、理查德·沃夫、安妮·帕里什、利恩·朱格史密斯、克莱门特·伍德、埃德蒙·威尔逊、莱尔·萨克森、马里恩·斯特罗贝尔、玛丽·F.沃特金斯、贝内兄弟们、珍妮·德拉马特、亨利·德赖弗斯、苏姗·厄茨、伊丽莎白·霍斯，还有多少我从不识其名者。

有十年的时间（一八九九年到一九〇九年），协会的种种，应当归功于阿尔伯特·比奇洛·佩因。那日，我买了一本《圣尼古拉斯杂志》，想看看时光带来了什么变化。杂志现在变长，变松软了，像《科利尔杂志》[①]，手感怪怪的。版式也变了，但协会还在，别是一番景象。主办人以一种时兴的美国方式，与艺术必不可少的工具——自来水笔和绘画材料的制造商搅在一起，似乎缓解了金银徽章和现金奖励这类棘手问题。我不安地注意到，一位名叫鲁丝·布莱辛格的

---

① 《科利尔杂志》，爱尔兰移民彼得·科利尔（1849—1918）创办的周刊，始于一八八八年，登载"小说、故事、名言、幽默、新闻"，曾为美国销行量最大的杂志之一。

少女，十三岁，为她的《大地颂》获得沃特曼钢笔公司奖励的自来水笔一支，却不是勇敢银徽章。罗丝·多伊尔，十三岁，为她的绘画获得"首届希金斯墨水公司奖"。

但令人欣慰的是，本期的稿件仍然显示了对生活的眷恋，对自然的虔敬，连同当年鼎盛时期我们会员的那种赤诚。过来人翻阅旧日的期刊，无不感觉喉咙间的哽咽，在那些幼稚的语句和少年人的一本正经背后，有时生发出美的根芽。聆听一九〇八年十一月的米莱小姐，你能听到歌手在歌唱：

> 夜晚多么可爱，平静而沉寂！
> 原野和山峦铺上清冷的荫翳，
> 梦一般的风儿轻轻拂动，
> 刹那间掠过了灌木和林丛。
> 它飘过小溪，吹遍平川，
> 我听到它走近，又送它走远，
> 那窸窣的声响，仿佛每一片草叶
> 都撩起丝绸裙裾，等它通过。
>
> 这是疲惫一天后的休憩时分，
> 夜晚恍如灰毯笼罩了少年人；
> 薄暮中安歇的草场与河畔，
> 青蛙唱起摇篮曲伴你入眠；
> 一颗孤寂的星星，升起在西方，

像蜡炬，为逝去的白昼照亮。

噢，可爱的夜晚，潜入我心中，
请让我默默分享你的安宁；
这平静是对我的亲切祝颂，
直到我自身更加从容，
哦，点燃你的蜡炬，这疲惫的一天，
为我唱起那摇篮曲，就在今晚。

请听纽约州西特洛伊的沃特弗利特兵工厂镇的威廉·R.贝内十五岁时如何审视收获季节：

你躺在颗粒饱满的金黄田野
　　（啊，来吧，收割者，是收获的季节）
枯叶飘落点染了秋的棕色
　　（啊，来吧，收割者，是收获的季节）
西下的斜阳很快就要安歇，
聒噪的乌鸦也会各自归巢；
谷粒要萎缩了，此刻收获最好。
　　（啊，来吧，收割者，是收获的季节！）

请听年轻的小布里顿·尼云·布施一九一九年八月，在发现电影之前，从一首十四行诗中找到了平静，那首诗的开头是：

在静寂星空的光华下，

大地梦幻一般延伸。

让我们伴随十四岁的丝特拉·本森，感受一颗年轻
的心：

鼓荡起金银交织的双翼

年轻的心在升腾，

带了深情的希望和甜美的憧憬，

漫游在粗俗的世界中，

莫在意这赤裸裸的实情；

未来自会照应，且丢开悲痛，

因为年轻的心本来盲目迷蒙。

协会仍然是我们的白色翎毛。我们这些过来人知道戴上
它是何等荣耀。后来这些小小不言的成就，难以让人怦然心
动；荣誉会员的微光代表了一个朦胧、虚幻的年代。倘若重
回一九一四年十月，我的画作（只要版面允许它发表）将题
为《对兔妈妈的眷恋》。

夜之细声

一九五四年夏,艾伦湾

梭罗在一八四一年七月十至十二日的日记中写道:"夜的一缕细声引我侧耳倾听,令生命有说不出的沉静与庄严。这声音或是来自乌拉诺斯①,或是来自百叶窗。"后来,他将乌拉诺斯和百叶窗都写入了一本书,一八五四年出版,如今,一百年过去,《瓦尔登湖》的沉静与庄严不稍失真,还在引我们侧耳倾听,还在传递我们行将遗忘的那种语言,"一切事物和事件的叙说,都不依赖修辞,它本身就是丰富的,自成标准。"

《瓦尔登湖》是美国文学中的一个另类。它可能是我们那些另类作品中最怪异的了。对很多人来说,它简直过于怪异,对另外很多人来说,它又过于沉闷。我的熟人中,看不出有谁喜欢它,虽然说到这本书,人人都保持敬意,我极为推重的一位文学批评家认为,《瓦尔登湖》看过拉倒,没有理由认真。实际上,赞美这本书有时倒让人难堪,因为大多数人都懵懂地认定,作者是那种未开化的人。

我想，人在生命的某个阶段遭遇这本书，自有其好处，这个阶段，你就像一八四五年春的梭罗一样，充满正常的青春焦虑、热情和叛逆情绪，梭罗是借了一把斧子，走入林丛，砍伐树木，斫取木材。此时读这本书，就像有人发来生命之舞的请柬，心情烦乱的受邀者得到保证，不论他面对怎样的成败，都欢迎参加舞会——舞曲同样为他奏响，只须他聆听，跟上脚步。确实，这本书就是如此——一张请柬，平白素朴；它令人激动，像少女第一次接到盛大舞会的邀请。许多人将它视为说教，许多人只当它企图改造社会，有人认为它是在实践对大自然的爱，也有人认为它不过是个喜欢卖弄的怪人撮在一堆儿的胡思乱想。凡此种种，我都不能苟同。对我来说，它仍然是美国人迄今为止写下的最好的青年读本，它正言警告人可能失去最宝贵的东西，它对轻松上路，冒险作出新尝试都有很好的说法，它宣扬了积极崇拜的力量，书中有宗教情怀，却没有宗教偶像，它坚决拒绝记载消极的讯息。甚至书中泛神论的口气也如此纯净，没有丝毫邪恶——纯净得如同远去的夏夜池塘上飘落的笛声。我们的大学院校如果有心，本该同羊皮纸文凭一道，发给每个大学毕业生一册此书的廉价袖珍本，或者干脆免了文凭。即使有些毕业生读后当真，钻入林子里去伐树，也算不上最糟糕的事情：斧头的出现，毕竟早于口述录音机，青年人不妨看看他斫下了哪类木屑，回头再来聆听他自己声音的响动。即使

---

① 乌拉诺斯，希腊神话中天空的化身。

有些人只读完目录，也可以学到如何用仅仅三十九个字词，就能概括十八个章节，体会行文简洁的快意。

倘若梭罗只不过留给我们一本关于林丛生活的记录，或者只不过避入林间，写下他对社会的牢骚，甚至二者兼而有之，《瓦尔登湖》断然不会百年来流传至今。显然，梭罗很可能并不知道他要做些什么，不过是自由自在地在荒天野地里生活了些日子，自以为是，欢愉放纵，却抓住人与自然的关系，人在社会中的困境和人追求精神升华的能力，并将三者掺和在一起，摊出一张颇具创意的煎蛋饼，供人们在饥饿的日子里获取营养。《瓦尔登湖》是第一道富含维他命的美国菜肴。少一些精彩，甚至少一些古怪，它都会成一本倒胃口的书。即使如现在这般，它仍然困扰那些刻板的人，那些无法容纳它的怪诞或接受它的主题的人，或者让他们烦恼。当然，矻矻终日的经济学家要想出入此书，建立清晰的经济思想体系，还有一段路好走。梭罗对十九世纪康科德镇小社会的攻击，有点当代西部片的味道：他策马长驱主题，朝四面八方放枪。子弹乱纷纷弹射回来，擦伤了自己，混战之中，难免前言不搭后语，自相矛盾，像可怕的阴云当头罩下，等枪声消歇，硝烟散尽，人们感叹的，倒是骑手的胆略，而果然有人拍马前来，搅起这么一场骚动，真是了不起。

梭罗初到湖畔，不免有些造作，而且是刻意为之，但他的姿态，不是为了招徕别人，而是为了吸引自己，反身内省。"至少我通过自己的试验得知：坚定地朝着梦想的方向进发，努力去过想象中的生活，就能取得寻常时刻意想不到的成功。"对沉溺在困惑之海的青年人来说，这话有一种起死回生的力量。我回想起读到它的振奋心情，那是在许多年前，我还处在犹疑与绝望中。它让人振作起来。如今，一九五四年，在此书问世一百周年之际，我来向亨利·梭罗致意，不过是偿还一笔债务——或一笔分期付款。

一八三八年五月三至四日，他在从波士顿前往波特兰途次的日记中写道："午夜——头探出船帮——似睡非睡中——不时瞥见安恩角附近一两点灯火。月光闪烁——晕船加强了这种效果。"日记照见了这个人，就像五月之夜的月亮照见了大海。在梭罗看来，翻肠搅肚时刻，自然景色不是黯淡，反而升华，晕船也有晕船的妙处。如果说小艇动摇，至少有一位乘客是坚定的。此种坚定（有人会讥为鬼迷心窍），是《瓦尔登湖》的精华所在——信心、信念、磨炼自己永远去正视现实，对眼前不断生发的新生活始终心存感激。"从来无人写下对生命之赐单纯而压抑不住的满意之情，对上帝的深深赞美。"他动手来弥补这一欠缺。《瓦尔登湖》是他对生命之赐的礼赞。是一位忿忿不平者的告白，只因为（在他看来）很少人听到那从不间断的造物之诗，听到清晨的微风又在吹拂。如果有时他下笔，面对的读者仿佛都是男性，单身，血统高贵，那是因为他作这番告白时，还不免幼稚。就此而言，他从来没有长大。因为作者不成熟和逻辑上有误而拒绝这本书，无异于瓶子里掉进几星软木塞的残屑，就要丢弃一瓶葡萄美酒。

梭罗说，他要求所有作者，每一个人，须对自己的生活有个简单和诚实的交代。这般自负地声明过后，他先就不加理会。他的书和卷帙浩繁的日记，省略或是矫饰了赖以理解他一生的大部分事实。《瓦尔登湖》，副标题是"林中生活"，算不上对生活有个简单和诚实的交代，不管是林中还是林外，它叙述了一个人的回归内心之旅，是对邻人吹响的警号。梭罗明白，除非自己清醒，否则，绝不可能让邻人警觉，所以他走入林中（这是理由之一），保证他在开讲时是清醒的。一八四五年到一八四七年之间发生了什么事情，大都不曾记录下来，读者被阻隔在作者的私人生活之外，他几乎绝口不谈自己，对邻人和天地万物倒是口无遮拦。

至于我，我无法在短短的随笔中对自己的生活有个简单和诚实的交代，但我想梭罗或许会认为，知道以下一点是有帮助的，我写这篇纪念文章时置身的屋子，虽然并非有意，与他在湖畔的居所同样大小和形状——十乘十五英尺见方，逼仄，装修简单，与我的康科德镇相距不远。今天上午我坐的这间屋子，是为了存放小艇，不是住人，但长期的经验告诉我，就其基本格局而言，它比安放睡床的那处大些的住所于我更合适，虽然根据设计，那里才是住房，而非仓库。在这间放船的小屋里，我是个野人，似乎也可以说，还更健康些。我有一把椅子，一条长凳，一张桌子，如果厌倦了陆地，可以走入水中。我的房子正对小湾。两个猎鱼者刚刚到来，想凌空发现鱼踪——一个是鹗，一个是驾驶橙色小飞机的人，为渔业公司工作。我注意到，那人的装备比不上鱼鹰，鱼鹰可以一头扎下，把鱼叼走，用不着打电话。一只老鼠和一只松鼠与我同居。实际上，这间房子是个多功能住所，半独立式房子。正由于我在这里是半独立的，我发现在处理手边的私人事务时，干扰最少。

这里还有只土拨鼠，住在四十英尺外的码头那边。风向对头时，它可以嗅到我的房子；方向反过来，我可以嗅到它的洞穴。我们共用码头，轮流晒太阳，相互迁就对方的时间安排。梭罗吃过一只土拨鼠。我想他以为他对读者有所亏欠，但想想读者在他那里受到的侮辱和申斥（《瓦尔登湖》有些部分完全是在诟骂），此事实在没什么大不了的。也或许，他捕捉土拨鼠，是因为相信每个人都该养成严格习惯，该做什么就做什么，而土拨鼠正在糟蹋他拿来换钱的豆子。我说不清楚。梭罗有强烈的试验欲。吃土拨鼠，或许并不比构思一个句子让它流传上一百年来得艰难。梭罗是我知道的唯一作家，靠吃土拨鼠磨炼自己，准备承担巨大磨难，也是唯一的作家，喝水多了，也有宿醉。（他经常醉醺醺的，虽然他很少沾酒或咖啡或茶。）

这里，只要没有杂志编辑逼迫，我会在这间紧凑的小屋里自由自在过上一天，而与一只（还没给人吃掉的）土拨鼠为邻，我能感到与瓦尔登林丛湖畔小屋的主人贴近，他的小屋距村子一英里，靠近菲奇堡铁路线。即使我眼下忙的事务，也不会妨碍我们之间的交往：梭罗偶尔也会为杂志赶一篇稿子，但对耗费时间刻意去做的任何事情，他始终都不以为然。他说，人得小心，不能因为铁道上掉的每只果壳或蚊子翅膀，就偏离正轨。

对他为什么要隐居湖畔，人们说法很多。认定是逃避主义，显然误解了所发生的事情。亨利进入林丛后，仍然在抗争，《瓦尔登湖》叙说了一个人如何给两股相反的强大动力撕扯——一股是享受世界的愿望（不因一只蚊子翅膀就脱轨），一股是让世界恢复正常的冲动。人不能两全其美，但有时，在很少的情况下，一些良好的甚至崇高的结果就产生于受煎熬的灵魂调停二者的挣扎中。亨利投入抗争，如果说他是自己搭建舞台，按照自己的设想，使用自己的武器来抗争，那是因为他天生做事与众不同，而且自以为是。如果说比起镇子里，湖畔与林丛才适合盖房，那是因为对他，牛铃听起来比教堂的钟声更悦耳。《瓦尔登湖》这本书，更像牛铃的响声，而不是教堂的钟声，理由也说得明白，虽然字里行间响彻了两种声音，都很清晰，都很悦耳。他其实愿意拉开些距离聆听教堂的钟声。

我想他避居林丛的一个理由，其实非常简单，平常——显然他也是这样认为的。"我们生命的某个阶段，"他写道，"看每块地方，都会考虑用来盖房的可能。"说这话的人很年轻，大学毕业刚几年，还守在家中。他尚未结婚，也没找到符合他严格就业标准的工作，像每个年轻人，或幼兽一样，他躁动不安，戒心重重，急于找到自己的窝。当然，大多数寻觅安身之处的年轻人，都是为了离家出走。而梭罗确信，邻居们眼中的好，很多时候并不好，他要离开的，就不仅仅是家人：他想一段时间内躲避开一切，让所有人惭愧他们的乏味，连带为自己的主张做些无伤大雅的试验。

上面关于找房子的一句话，带出了题为"在哪里居住，为什么生活"的一章，接下来的一段，不妨照抄如下，因为它鲜明体现了梭罗运用自如的怪异文风，收则严整，发则狂乱。"我在住处周围十几英里，巡视了乡间的每一处地方，"这位想入非非的青年继续写道。"想象中，我一个接一个买下了所有农场，要买就得都买下，我知道它们的价钱。我依次走遍农家田地，品尝野生苹果，和他们谈谈庄稼，照他的价钱，随便什么价钱买下农场，随后又想象把农场抵押给他；价钱定得更高——买下一切，唯独没立契约——他的话就是契约，我太喜欢和人聊天了——我开发农场，而且，我相信，在某种程度上，也开发农夫，等我开心够了，就抽身离去，把农场丢给他经营。"哪位编辑要想把文字梳理一番，好向上司交差，非得累出双侧疝气，但他的文字无须梳理，它充分表明了作者的意思，还有他下笔汗漫的特点。

"不管坐在哪儿，我都可能在那儿生活，风景绕我辐射开。"梭罗这位找地方安家的人，坐在小丘上，整个马萨诸塞州都绕它辐射开，在我看来，遍数新英格兰人物，他是最幽默的人，众多书中，《瓦尔登湖》也是最幽默的一本，虽然那幽默感始终潜在深层，书中从不故意逗乐，偶尔才有几个稀松平常的笑话和蹩脚的双关语冒出，就像湖里的鲈鱼迎合大师的笛声跃出水面。梭罗写作时经常以句子为单位，并非每个作家都有这个本事，就修辞而言，《瓦尔登湖》是一系列精粹句子的集合，如今看来，一些句子凌乱芜驳，却又不可删减。书是萃取大量日记后写就的，它的饱满盖出于此：他拣取那些悦目的精彩断片，填入他得意的万花筒中旋转，形成了耐看的图案，不管是色彩、形状，还是光影。

梭罗的《瓦尔登湖》当此一百周年纪念之际，仍然很有意义，很适时。我们这个时代，动荡不安，所有人都下意识地只想寻觅一块地方，逃离完全失控的世界，此刻，他在康科德林丛中的小屋无异于避风港。他呼唤"简单，简单，简单！"于我们热衷奇巧和便利的文化，就像警钟长鸣。面对隐然逼近的战争和辐射风暴，他在夏日午后的纯净与从容正可打开记忆的心扉，回望那段欢愉的间歇——它的镇静，它的纯洁，它的悠然，像是睨视熟睡中孩子的面庞，人们只觉得惊奇与欢欣。

"八月一场和缓的雨暴暂停后，与这片小湖为邻，是再好不过的事情，没有一丝风，湖水也静止不动，天空乌云密布，下午三时左右显出傍晚的静谧，黄褐森鸫四处歌唱，此岸与彼岸都能听见它的鸣啭声。"如今，在始终乌云密布的我们这个时代，我们怀着新的认识和深深的谢意，聆听这首连接了此一世纪与彼一世纪的歌。

我有时开心地想象让亨利·梭罗重返人世间，带他去观光。我陪他来到电话亭前，请他拨打气象预报台。"这是个甜美的夜晚，"姑娘的声音说道，"全身舒坦，通过每个毛孔汲取快乐。"我指给他看太平洋上的某处，那里原来有个小岛，后来有些魔法师把它给变没了。"我们不知道身在何处，"我咕哝道。"光亮迫使我们闭眼，带给我们黑暗。只有那一天来临时，我们才会清醒。"我与他翻阅最新一期《时尚》杂志。"两种款式，差别只在于多了或少了几丝特定的颜色，"我读道，"一种将很快销售一空，另一种则堆在货架上，虽然一季过后，后者往往又成了最时髦的。"我们一起乘汽艇游览阿萨贝特河，寻找我们失去的东西——猎犬、栗色马、斑鸠。我指给他看一位烦躁的农夫，忙着赶在雷阵雨之前修复干草打捆机。"这位农夫，"我说，"试图解决生计问题，手段倒比问题本身还复杂。为了牛皮鞋带，他先去牛市作投机买卖。"

我请大作家去"二十一点"餐厅吃午饭，好让服务生研究他的鞋子。餐厅老板很欢迎我们。"不讲究吃喝的人，"他的胳膊挥过餐厅，"还处在幼虫阶段。"午饭后，我们访问了一所学校的课堂，学校是大公司开办的，为了指点那些退休经理如何退出生意场，而又不严重损害健康。（如今，一旦不再日日忙于积累财富，人身体的各个系统都会受到强烈影响，必须设法缓解。）"谋生之道，"老师对学生说，"本没有必要汗流浃背，除非有谁比我爱出汗。我们拿定主意，不等有饥饿感先就饿死。"

我打开收音机，请梭罗听温切尔①喋喋不休地开讲："时间不过是我垂下钓竿的溪流，"温切尔先生叫嚷，一边噼里啪啦敲动电报键。"人们饭后打盹儿半小时，一睁眼抬头就

---

① 沃尔特·温切尔（1899—1985），美国著名记者和电台、电视主持人。

问，'有什么新闻？'得知有人遭抢，或被害，或死于事故，或房子着火，轮船沉没，汽艇爆炸，牛在西部铁路上给撞死，疯狗毙命，或冬天出现了一群蚂蚱，我们就再不关心其他新闻。一条新闻足够了。"

我想梭罗面对二十世纪光怪陆离的景象和声响，未必会晕头转向。"康科德的夜晚，"他曾经写道，"比阿拉伯之夜还奇异。"一架四引擎的客机只能证明他早年对旅行的看法。不管在哪里，他看到的，不过是旧日人的困境和愚妄以新的形式和规模再现——无法无天、如牛负重、鄙吝低下，而与此同时，他们显然有能力实现心智与灵魂的升华。"我们居住的这个离奇世界，不仅仅便利，而且奇妙，不仅仅有用，而且美好，不仅仅供人使用，还应当拿来赞叹和欣赏。"今天，他会看到，成千上万个工程师正忙着让世界更方便，哪怕在此过程中毁了它，其他人决意增加它的效用，即使它的美将失落在中途。

无论如何，我愿意在梭罗陪同下，漫步乡间作一日游，观赏当代风情，体察今天的暴风雪，指点湖山景致，为我的罪孽道出早该道出的歉疚。梭罗是作家中很独特的一位，仰慕他的人发现很难与他共处——他让人浑身不自在。死心塌地的梭罗迷聚成一堆儿，将是个悲惨的景观：憎恨妥协的人妥协了，喜欢无拘无束的人缩手缩脚，在他们一旁，是这位正直者鬼魅般的身影，监察他们，呵斥他们，很久之前，是他论证了他们认为正当的种种冲动，就他们下意识地敌视的那些事物发出了警告。我不喜欢给人称作梭罗迷，然而，我每次推门走进谷仓，都不免皱皱眉头，谷仓长七十五英尺，宽四十英尺，《瓦尔登湖》的作者在我年复一年的琐碎日子里，始终是我的良知。

自在也罢，不自在也罢，有他做伴，比大多数人都好，即使可能，我也不会丢下他，换上一位更清醒或更理智的朋友。我可以重读他的著名邀请，激情丝毫不减。可惜，接受邀请者不见增加，太多的人以这样或那样的理由推辞了，借口有约在先，或是身体欠佳。但邀请依然有效。只要这本不同凡响的书还在印行，它就在发出召唤，而只要还有和缓的雨暴暂停后八月的午后，只要耳朵还能捕捉到交响乐中的微细声响，这本书就将印行。我发现，今日上午坐在这样一间大小适度的屋子里，跨越一个世纪聆听他的笛声，他的蛙鸣，他充满诱惑地召唤人们陶醉于那些放纵的狂欢，真是件很惬意的事情。

闲话幽默[①]

分析家在幽默问题上有其独到之处，我读过此类一些阐释性文献，无奈收获不大。幽默可以解剖，像对青蛙一样，可这么一来，它就死了，除非你长了纯粹的科学头脑，否则那内脏只会让你恶心。

某日我在新闻片影院看了一部影片，有人吹肥皂泡，达到前所未见的高度。他成了美国吹肥皂泡的大师，将肥皂泡事业推向极致，花样翻新，越吹越大，甚至就地将自己罩进了肥皂泡。结果不甚美妙。有些肥皂泡太大了，说不上美丽，他一会儿钻入，一会儿蹦出，或是表演些无聊的把戏。这番景象，其实招人反感。幽默与此有点相像：它架不住大肆鼓吹，架不住颠来倒去。它有某种脆弱性，朦朦胧胧，难以捕捉，人们最好别太认真。就本质而言，幽默全然是一种神秘。人笑得浑身颤抖，笑声变得歇斯底里，无法控制，像是因为打嗝儿或打喷嚏导致失去平衡。

说到幽默作家，最常见的议论是，他们都很忧郁，是些伤心欲碎的丑角。这话有些道理，但表达得有问题。我认为，更准确的说法应当是，每个人的生活中，都贯穿了某种深刻的忧郁成分，幽默作家对此或许比其他人更敏感，却主动和积极地加以应对。幽默作家因麻烦而充实。他们总要从麻烦中得到点什么。他们心怀善意去抗争，达观地承受痛苦，懂得终究会苦尽甘来。你看到他们跟外国话较劲儿，手忙脚乱地对付折叠的烫衣板和膨胀的排水管，忍受夹脚的靴子（或乔希·比林斯②所说的，"轧脚的"靴子）带来的极度痛楚。他们以一种非幻非真的方式，宣泄痛苦且从中受益。在这些令人眼花缭乱的困境表面下，涌动着人类悲哀的大潮。

实际上每个人都是某种程度的狂躁型抑郁症患者，情绪时起时伏，当然，你不必成为幽默作家，才能体会面前此情此景的可悲之处。但笑与哭之间，只有一线之隔，如果一篇幽默小品让人拿捏不定，似乎有可能适得其反，那是因为幽默如同诗歌，本来别具深意。它靠近真理这蓬大火，而有时，读者只感到灼热。

世界热爱幽默，但它居高临下地对待幽默。它将桂冠赐予严肃艺术家，说笑话的人只能得到卷心菜。据认为，一件事如果好笑，自然就不够崇高，真正的崇高只能不苟言笑。作家们知道这一点，严肃对待文学自我的那些人谨言慎行，决不把自己的名字同风趣、诙谐、滑稽或"轻快"联系在一起。他们担心这会贬损自己的名声，果然是不错。当今许多

---

① 据《美国幽默文库》（科沃德·麦卡恩出版社，一九四一年）序言改写。——原注

② 乔希·比林斯（1818—1885），美国幽默作家和演讲人。

诗人写严肃诗歌时署真名，写打油诗时署笔名，只愿意让公众看到他悲苦、沉重的时刻。这是个明智的防范措施。（往往也是个蹩脚诗人。）

我读富兰克林·P.亚当斯①的诙谐日记，偶然翻到一九二六年四月二十八日的一则：

> 读 H.坎比之《舞文弄墨》，非常精彩。但书中言道："幽默感对任何作家都价值千金。"我期期不以为然。我以为，那些最金贵的作家，恰恰无幽默感可言，我还以为，果真有此感觉，必定有害无益，他们将因之踌躇，乃至无法写作。为文之道，情感重于幽默，二者时相冲突。

这是个中肯的看法。冲突不可避免。某些类型的多愁善感的作家，他们在创造性地工作时，始终面对一种危险，乃至内心深处，或字里行间，有些东西会爆裂——分崩离析，化为冷嘲。这里，就是冲突的关键所在：艺术形式的严整，生活形态本身的随意。人如何对待这种不期而来的冷嘲（而且很像是玩世不恭），决定了他的命运。抵制、掩饰、压抑，可能保证他的建筑结构完整无损，拯救他的大厦，世界也无从知晓。而如果他让步，他就成了幽默作家，脑门儿上永远留下小丑的烙印。

---

① 富兰克林·皮尔斯·亚当斯（1881—1960），美国专栏作家。

我想幽默的地位显然随时间的推移而有所变化。莎士比亚时代的宫中弄臣没有社会地位，比男仆好不到哪儿去，毕竟保持了某种艺术家本色，引人洗耳恭听，人们有理由相信，真理就藏在他身上某处。就艺术而言，他可能比今天的幽默作家重要，后者虽然争得了社会地位，但失去了大人物的耳朵。（想想世界如果肯听听那些无稽之谈，该省去多少麻烦！）宫廷中的叙事诗人，歌咏丰功伟绩，比弄臣地位更高，允许穿着华丽服装；然而，我猜想这些叙事歌手往往不过是二流配角，靠抒情取悦他的君主，弄臣则是一流角色，靠插科打诨为君主提供了好的规谏。

　　在当代的大英帝国，吉尔伯特和沙利文一类人物[1]的讽刺性幽默，在此一领域中地位稳固，像西葫芦一样富于英国特色的《笨拙》杂志，不论何处，但凡有英国人存在，都受到社会接受。《笨拙》杂志的编辑不仅写笑话，还帮助英国立法。我们美国，在这块富足丰饶，才气洋溢之地，不乏幽默俏皮之人，他们珍惜幽默的"感觉"这个想法，与此同时，却很戒备一切不严肃的事情。美国人不管有哪些自信或不自信，绝对相信自己颇具幽默感。

　　弗兰克·摩尔·科尔比[2]，本世纪初年活跃在这个国家的最聪明的幽默作家，在"幽默嗜好"一文中描述了美国人如何热爱和守护他最珍惜的财富：

---

① 威廉·施文克·吉尔伯特（1836—1911），英国剧作家；阿瑟·沙利文（1842—1900），英国作曲家，指挥家，二人合作，建立了有英国特色的轻歌剧。
② 弗兰克·摩尔·科尔比（1865—1925），美国作家和教育家。

……当今世界，随处都听人说起，缺乏幽默感是最要命的缺陷。一个人不管多么板正，都会告诉你这话。这是个可悲的凿空之论，危害之大，很难形容。一生没有幽默，就像一生没有腿。你给那种不完整感纠缠，而且不能去朋友们去的地方。你多少还是个累赘。但真正要命的，是没有幽默感，却佯装幽默。总有一些人，天性使然，从摇篮到坟墓一贯严肃。他们只能如此。只要他们忠实于自己的本来面目，他们对任何人都是可靠的伙伴；但超出此限，他们就糟糕了。严肃其实是个福气，决不应鼓励生来严肃的人扭曲自己。

　　我们对幽默顶礼膜拜，已经开始建立一种伪善的迷信，许多人从心底讨厌幽默，却认为他们必须美化幽默。虚情假意的幽默崇拜是社会罪孽中毒害最大者，也是最常见者。没有一丝幽默气质的人时刻都要膜拜幽默。人会坦承背叛、谋杀、纵火、假牙或假发。他们中能有几人承认缺乏幽默？人有勇气承认这一点，将救赎一切罪。

　　相对而言，美国的幽默作家，很少有人真正出名，像许多著名小说家和其他严肃文人一样，博得此地人人景仰。马克·吐温做到了。当然，他从头就幸运，因为他会讲故事，他的幽默不过是添加的噱头。(但也非常，非常精彩。)二十世纪二十和三十年代，林·拉德纳是职业幽默作家和其他许多人的偶像；但我完全可以说，即使在事业巅峰时，他也算不上美国名头最响的文学人物，知道拉德纳大名的，只有数千人，而不是数百万人。他从来不像马克·吐温，能打动美国的先生和女士，甚至所有远洋航行的轮船上，都有读者捧场，我怕他今后也无此可能。总的说来，能给广大读者带来欢乐的幽默作家，是那些笔下人物鲜明，故事生动的人，是那些爱说故事的人。拉德纳也讲故事，也创造了一些人物，但我想他首先是个现实主义者、嘲弄者、讽刺者，而非虚构小说作家。公众需要些能领悟的东西——潘罗德①、哈克贝利·芬②、兔兄弟③和戴老爹。讽刺，诙谐，饶舌，滑稽和嘲讽蕴含的那种微妙不适合大众口味；他们瞄着大雅者（或者，随你的便，也可以说是大俗者）。例如，克拉伦斯·戴发表他的妙绝的《无言的思想》时，其实名不见经传，而这倒是他的代表作；等他生动刻画了父亲其人之后④，才开始声名大噪，颠倒众生。（给出名欲趁早的青年作家的建议：不要描写人类，要描写某个人。）

读德沃托的《马克·吐温鼓噪集》，我饶有兴趣地撞见克莱门斯⑤的一些刻薄议论，说的是他的版权律师送上的一本幽默选集，马克称之为"一本臃肿、粗俗、令人不快的大部头。"他笑不出来。"此书犹如一块墓地，"他写道。

---

① 潘罗德，美国小说家和剧作家布思·塔金顿（1869—1946）小说《潘罗德》中少年。

② 哈克贝利·芬，美国小说家马克·吐温《哈克贝利·芬历险记》中的顽童。

③ 兔兄弟，美国南部非裔美国人传说中角色，后引入迪士尼影片中。

④ 克拉伦斯·戴一九三二年发表《上帝与父亲》，一九三五年发表《与父亲生活的日子》，描写了以专制父亲为中心的家庭生活。

⑤ 克莱门斯，即塞缪尔·克莱门斯（1835—1910），马克·吐温的本名。

在这本停尸的集子里（他接下来说），我看到奈斯比、阿蒂默斯·沃德、约考伯·斯特劳斯、德比、贝德特、伊莱·珀金斯、《丹伯里新闻报》、奥菲厄斯·C.克尔、史密斯·奥布赖恩、乔希·比林斯，等等，等等，他们写的，说的，一度时时挂在每个人嘴边上，现在再也听不到，没有人提起。四十年时间，产生七十八位著名幽默作家，似乎收获不小，但本书并没有搜罗净尽——远远不止于此。它没有提到艾克·帕廷顿，曾经那么出名，那么受人欢迎，没提到阿蒂默斯·沃德众多速朽的模仿者，没提到三位非常流行的南部幽默作家，我记不起他们的名字了，也没提到其他十几位风头甚健的过客，他们曾经红极一时，但岁月流逝，现在已经黯淡无光。

他们为什么湮没无闻？因为他们不过是幽默作家而已。"不过而已"这类幽默作家难以生存。幽默只能算是一种香水，一种装饰。它往往只是讲话或拼读的一种机巧，恰如沃德或比林斯或奈斯比或《遣散的志愿兵》，如今，时过境迁，名声也随之陨灭。

不久前，我一头扎回五十到一百年前，重温马克·吐温认定速朽的方言幽默派。此乃这位粗犷风趣的饶舌者的鼎盛时期，他有时很聪明，更经常的是貌似很聪明，而现在读起来，不免沉闷。读那些顽童们的满嘴方言，让我觉得，使用难以捉摸的、奇特的或拗口的拼读以求幽默效果，往往造成某种极大的困惑。我的意思是说，你经常分辨不清作者究竟想要他的人物写呢还是说呢——举个例子，我认为，开始阅读时，至少必须先弄明白这一点，否则，一上来就会迷糊。比如，彼得罗姆·V.奈斯比的作品中有这样一些拼读："would"成了wood，"of"成了uv，"you"成了yoo，"hence"成了hentz，"office"成了offis。

而我恰恰是将"office"读为offis。还将"hence"读为hentz，甚至将"of"读为uv。因此，我推断奈斯比书中的人物大概不是在说，而是在写。但或说或写，语言的这种扭曲总是没有道理的，说到发音，它们与自然或正常的发音几乎没有区别，而如果人物是在写，实在又不可能拼写成这样。谁会把"of"写成uv呢？没人如此。但凡能写字，都知道如何拼写"of"这么个简单字眼儿。不知道如何拼写"of"，只怕不会拼写任何字，不会想到在纸上写字——遑论写出"solissitood"[①]这样的字眼儿。不懂拼写"of"的人诚属文盲，只有碰上大事变，才会想起写下点什么。他写不出政论，或日记，或书信，或讽刺小品。

就杜利[②]而言，爱尔兰的方言很难懂，但值得花费力气，头一百英里过去，前面就是坦途。芬利·彼得·邓恩[③]是个尖刻和天才的幽默作家，笔下没有二流作品，他对他的

---

① 即solicitude（焦虑）的讹音。
② 杜利，美国幽默作家芬利·彼得·邓恩创造的人物，为爱尔兰移民，每天就政治和社会问题发表看法。
③ 芬利·彼得·邓恩（1867—1936），美国幽默作家，著有《杜利论和平与战争》。

人物抱有同情心，这是非常要紧的。当代犹太人的幽默中，比如米尔特·格罗斯、阿瑟·科伯、伦纳德·Q. 罗斯的作品，也可以察觉类似的情感。是同情心，而非轻蔑或嘲弄，让他们的人物活起来。拉德纳笔下球员的诞生，是因为作家对球员一往情深，不管他们多么孩子气，多么可笑。在所有这些例子中，拼写不是为了追求幽默效果，它是运用素材的必要手段，本身就很幽默。

方言土语大行其道，我想在某种程度上是读者的迎合使然——勘破错综复杂的拼写错误，令读者产生愉快的优越感，眼见他人乡巴佬似的，又不识字，自己免不了很得意。问题当然不全在于此，但确实有些关联。顺便说一句，某位儿童文学权威告诉我，对孩子们来说，方言非常好。他们喜欢苦苦思索书中的字词。一旦明白了其中的含义，想必会初次感受成熟的狂喜——他们拥有比书中人物更高级的智力。

不过，且回头来看马克·吐温和惹他不快的"臃肿、粗俗的大部头"：

有人说（他继续写道），小说应当是纯粹的艺术品，不能用来说教，用来宣讲。就小说而言，或许如此，但谈到幽默，情况则有不同。幽默不可一味宣讲，也不可一味说教，不过，它要想永久有生命力，必须二者兼备。所谓永久，我指的是三十年。即使它意在说教，也不可能超出这个年限。它所说教的东西，当其说教之时还是新鲜的，三十年后，已经不再新鲜，成为常识。于是，这番布道就很难再打动任何人。

　　我始终在说教。我能维持上三十年，原因即在于此。幽默倘若自然而然地出现了，我就在我的布道文中给它找个位置，但我不是为了幽默而布道。不管幽默有没有不请自来，我总得写下我的布道文。我如此坦率地说出这番无聊的话，皆因为我已是坟丘中的亡灵。即使是我，也有足够的谨慎，不会生前直言不讳。我想，我们决不会真正成就完整、真实的自我，非得等我们死后——而且还得死后许多、许多年。人得着手死亡，如此才能早早就变得真实。

　　我想我不同意幽默必须靠说教方能持久；它只须讲真话——我注意到它通常都在讲真话。但毫无疑问，人得着手死亡。

唐·马奎斯[1]

在美国作家的幽默作品中，只有很少几本可以稳稳当当留在书架上。这本靠一只蟑螂大费周章，在键盘上噼里啪啦打出来关于阿奇和梅奇塔贝尔[2]的书，就是其中之一。书写得俏皮，有灵性；一年又一年，销路也不错。销售情况并没有让我吃惊，让我吃惊的是作者，因为我知道（或者我以为我知道）作者写这些俗艳和谐谑的诗，付出了怎样的代价。他不是那种笔头来得很快的诗人；每有产出，常常不满意，难免情绪低落；日日夜夜，他只觉得报社日常工作的要求榨干了他的脑汁；而他也从没有得到过文人和严肃的文学评论家的认可。死时，他已经走到了穷途末路——没钱，也没了力气。一九一六年的一个下午，他在纽约《太阳报》的"日暮"专栏上描述阿奇的诞生时，写道："一小时艰难的文学劳作之后，它疲惫地倒在地板上，我们看到它有气无力地爬入一大堆始终摞在那里的诗歌中。"唐·马奎斯的这句话，写下了他自己的讣告。经过毕生艰难的文学劳作，只为保证报纸的水准，他终于疲惫地倒下了。

继续写下去之前，我觉得有必要先解决一个困扰：读者或将注意，阿奇和梅奇塔贝尔的名字，我用的是大写。我所以提到这一点，皆因为在当年全体"日晷"迷中，大写阿奇的名字被视为一种不可饶恕的罪过，他们滋生出一种乖悖的观念，认定唐·马奎斯的蟑螂都没本事操纵打字机上的字体转换键，显然无人能操纵它。这实在透着荒唐。阿奇自己很想大写它的名字——它不是 e.e.卡明斯[3]。实际上，它还曾琢磨全部用大写字母写一本自己的传记，只要有人能帮它锁定转换键，并为此很是得意。此外，我是比照最高权威才将阿奇大写的：唐·马奎斯在他的专栏中，每逢提起他的主人公，自己也会把阿奇大写。还有比这更高的权威吗？

发明一只蟑螂，在他《太阳报》办公室的打字机上留下信息，既是意外的幸运，同时还圆满解决了一个棘手问题。马奎斯缺乏耐心，难以自在无碍地适应专栏写作的刻板要求，他在这方面，不像（例如）他的同时代人富兰克林·P.亚当斯，能够有条有理，勤勤恳恳地做事。结果，马奎斯总是缺少稿件来填充版面。亚当斯是个极好的编辑，精益求精的校对者，优秀的版面设计家。马奎斯一样都不沾。亚当斯在《世界报》上开设"舰桥"专栏，占了一栏半宽的敞亮空

---

① 本文原为道布尔戴出版公司一九五〇年版《阿奇和梅奇塔贝尔的生平与时代》一书的序言，此处略有改动。——原注

② 美国报纸专栏作家、诗人和剧作家唐·马奎斯（1878—1937）笔下的角色，阿奇是一只蟑螂，晚上在马奎斯的打字机键盘上蹦跳着打字作诗，但它不会操纵字体转换键，所以打出来的东西都是小写。梅奇塔贝尔则是一只母猫，是阿奇的朋友。

③ e.e.卡明斯（1894—1962），美国诗人，坚持与传统作对，将自己的名字小写。

间，有一群可靠的撰稿人。马奎斯挤在一栏宽的版面中，基本上没有外来援助，全靠自己应付。他从未聚拢起一批得力的撰稿人，也从未试过。他耐不住工作的艰辛，忍受不了刻板的限制，然而，表达是他灵魂深处的需要。（阿奇留在他的打字机上的第一句话是"表达是我灵魂深处的需要"，确实意味深长。）

他创造阿奇，出以自由体诗，半是灵感，半是绝望。马奎斯因此可以靠短短的（有时非常，非常短的）诗行，迅速填满版面，与此同时，他的心灵可以扶摇直上，尽管面对底层的阴暗。甚至阿奇的身体限制（它不能操纵转换键），也免去了马奎斯不得已使用大写字母、单引号和双引号的辛苦，这些细小的麻烦，势必拖累那些渴望心灵自由的人按时出报。就排印而言，自由体诗歌消除了每个单栏主持人都头痛的换行和转页。

阿奇以一种特殊的方式，引起成千上万诗人和创造者和新闻奴隶的喜爱，个中缘由不光在它的文学产出。它的创造生涯的种种细枝末节，让它成为写稿人的骨肉兄弟。它埋头于键盘上，使出了全部力气。我们所有人都是如此。劳作之后，它倒在地板上，精疲力竭。它失败（我们所有人都一样）、饥饿、面对底层的阴暗，不断提出是否应当为它的工作获取报酬的问题。它大胆、粗野、革命情绪高涨（它发起了昆虫协会），从不屈服于主人，但总要设法从主人那里混口饭吃，始终能够抓住事情的本质。它很鄙薄一些人只关注写作的技术细节。"关键在于这东西是否有文学性。"这问题困扰它的老板，也困扰我们大家。而此书，连同它销售稳定，不断推出新版本的事实，提供了答案。

在某种意义上，阿奇和它活蹦乱跳的小伙伴梅奇塔贝尔是永恒的。在另一种意义上，它们属于一个时代——本世纪初年和二十年代的美国文学时代，报刊专栏式微前的时代。一九一六年，要想在日报中谋个专栏作家的位置，你必须既是学者，又是诗人——倘非诗人，至少有前辈诗人的转世灵魂附体。如今，主持专栏，只要有窥视者或三流预言家的灵魂就够了。今天的报纸上，闹嚷嚷的丑角和蹩脚诗人很多，但能够侧身纯文学的专栏作家却寥寥无几，当然，任何大型日报上都看不到唐·马奎斯，即使有，我也没见过他的东西。在我看来，这是报业的衰落。马奎斯先生的蟑螂不仅是一颗有创造力，有幽默感的头脑的自然造物。阿奇是逼迫下生出的孩子，新闻业那种严酷的逼迫。今天的逼迫，力量之大，与以往任何时候都一样，但时代精神不同了。阿奇通常从小酒馆的黄金聚会中脱身，带回诗人对底层的生活报告。今天，专栏作家从夜总会的白金聚会中脱身，带回一堆兑水的小道消息和几条没边儿的奇闻轶事。阿奇回来后，沉甸甸地扛的是酒和梦想。后来的这些蟑螂们，从他们的酒吧清醒地走出来，扛了一筐轻飘飘的闲言碎语。我想当下十年的报业出版人应当反躬自问。堕落到如此地步的原因何在？

阐释幽默就像用几何学来解释蜘蛛网一样徒劳无益。对我，马奎斯过去，现在都是个有趣的人，他的作品丰富，给人满足，充满了忧伤的美、猥亵的冒险、政治智慧，还有大胆的揣测；充满了痛苦和欢乐，文字准确，富有灵感。短短的题献写道：

……献给芭布斯

芭布斯知其然

也知其所以然

这是典型的马奎斯式疯狂。一位刚刚将又一本书掷给出版商的作家突如其来的绝望，短暂的痛苦。它无疑带有小酒馆的气息，少了通常玷污献词的那种造作和矫情。

回首往事，"日晷"的时代是个让人开心的荒唐时代，马奎斯为它而生，兴许，它又是为马奎斯而设。自由体诗流行一时，年轻的自由体诗歌艺术家成吨生产散文诗和其他变体诗歌，他们突然体验到没有韵律的诗行纠结在一起，那种悦耳的喧嚣何等痛快淋漓。人们还为通灵术疯魔。阿瑟·柯南·道尔爵士①沉溺于感应亡灵，频频收到冥界的消息。灵的外质②当时缠绕我们每个人的头脑。（阿奇说，用它来粘散架的家具简直棒极了。）此一时期，灵魂是以毕达哥拉斯方式转世的。这是看《拍苍蝇》③，跳希米舞④，贩运私酒的年代。马奎斯陶醉于这种狂欢节气氛，它以某种方式体现在阿奇的报告中。由于阿奇，马奎斯才能写得很快，几乎到了随

---

① 阿瑟·柯南·道尔（1859—1930），即《福尔摩斯探案》的作者。
② 据说灵媒在降神的恍惚状态中发出一种黏性体外物质。
③ 《拍苍蝇》，美国卡通片。
④ 希米舞，二十世纪二十年代盛行的爵士乐舞蹈，跳时抖动肩部和臀部。

随便便的地步（当然也不致过分。）他以自由体诗来游戏文字，明显占了一些便宜。他可以信口开河，因为一只蟑螂和一只猫为他的情感、偏见和观点承担了道义责任。它们由着自己的性子，想写得漂亮就写得漂亮，想写得尖酸就写得尖酸，马奎斯左右逢源，就像一首交响乐，先是暴烈，继而甜美。

阿奇和梅奇塔贝尔，两位一体，确实让它们的主子自豪，倒也不显得自大，甚或自得。它们两位一体，接下了主子甩给它们的任何题目，敷衍成文字。《老艺人》这首诗清楚说明了这二位的合作有多么顺畅。马奎斯作为艺人俱乐部的忠实会员，一肚子哀歌，都是关于那些感时伤世，悲叹戏剧舞台的鼎盛时代一去不复返的老艺人。不难想象他是如何从他在克拉默赛公园①的俱乐部赶回《太阳报》的办公室，检视阿奇的报告时，发现梅奇塔贝尔与一只雄猫栖身在破旧的行头箱中，那雄猫毕生献给舞台，感叹今日的演员心不在焉——"他们不把舞台放在这儿。"（爪子搭在胸口上。）行头箱中的对话是马奎斯在宣泄，他那些念旧的老艺人却都是一副荒诞不经的模样，雄猫演员的爷爷（它曾与福雷斯特②搭档）从活跃在舞台天桥上沦落到以捋胡须自娱。这是一段有双重意义的文字，场景本身很滑稽，显示了浪荡的母猫与过气演员之间的柏拉图式关系，那含义也很滑稽，作家再现

---

① 克拉默赛公园，纽约的一处私人公园，位于曼哈顿。
② 埃德温·福雷斯特（1806—1872），美国戏剧演员，曾主演麦克佩斯、哈姆雷特等重要角色。

了人们熟悉的那种厌倦。双重意义写作，在乔治·赫里曼①那里，成了双重意义的插图。依我看，很大程度上，是赫里曼令这些任性的小生灵形神兼备。它们（如他所画的）拥有高尚的灵魂。很难说梅奇塔贝尔更像一只猫，还是不像一只猫。它是猫，又不是猫；而阿奇无疑既是诗人，又是个烦人的家伙。

马奎斯就其禀性，是个城市居民，他的小朋友们也都属于城市：蟑螂，城市里最常见的虫子；猫，城市里最普通的哺乳动物。二者又都是酒馆里的常客，一如它们的主人。这里活灵活现地展现了一颗美国灵魂，这只放荡的猫，身为舞女，又始终像个贵妇，热情洋溢，还有这只身为诗人的蟑螂，麻烦多多——它们试图表达自己，又难以调和艺术与生活的关系，不断发现顾了一个，就顾不了另一个。

马奎斯很轻易地从一种文学形式转入另一种文学形式。他是游戏诗文作家、历史学家、诗人、调侃者、寓言作家、讽刺作家、记者和讲故事的人。他具备所有这些才能，而且出类拔萃。在这本书中，你能读到以蹩脚的自由体诗歌形式出现的散文，你能读到真正的自由体诗歌，你还能读到韵律诗。他不管弹奏何种乐器，都有歌声响起。我认为《沃蒂·布雷根》一诗，最能见出他的才华，这是一首珠圆玉润的诗歌，光焰四射，又充满喜剧性。读起来曼妙，想一想也很美。

---

① 乔治·赫里曼（1880—1944），美国黑人漫画家，曾为马奎斯的作品插图。

归根结底，唐·马奎斯是个诗人，他的一生没有摆脱诗人风雨飘摇的生存模式。他在寒冷的夜晚与北风共舞，他在沉闷的午后因为没有写作冲动懒洋洋地琢磨新闻，或者违心地待在报社。他写专栏写得疲惫不堪，尝试写剧本（《老酒鬼》），赚了大笔钱，转手又在另一个剧本上（关于耶稣受难）赔个精光。他也曾试过好莱坞，一败涂地，难免怒气冲冲，离开时，口袋里揣了一首激烈的，不宜发表的诗，描写那个地方。他的家庭生活，一场悲剧接一场悲剧——年轻的儿子死了，第一个妻子死了，女儿死了，第二个妻子又死了。最后他也贫病交加。所有这些都是在几年之内发生的。他从不是个强健的人——经常一副萎靡不振的样子，面色灰暗。他喜欢喝酒，医生为此警告他。艺人俱乐部的一些老艺人记得，某日，戒酒个把月后，他来到楼下，踱向吧台，宣布："让意志力见鬼去吧。来双份苏格兰威士忌。"

　　我想，新一代的报刊读者错过了我们曾经拥有过的许多东西，我能清楚感觉阿奇处于最佳状态时和马奎斯在日报上纵论"几乎完美的国家"①时，身为一个青年人意味了什么。当时买一份报纸会有一阵暗暗的激动，这种感觉已经久违了。

---

　　① "几乎完美的国家"，马奎斯在专栏中的一个题目。

威尔·斯特伦克①

　　作者注： 关于斯特伦克教授的这篇文章在《纽约客》上发表不久，有出版商请我修订和扩充《文体要素》，以备再版。我同意做这件事，而且也做了，但本该用一个月完成的工作，却花去我一年。我发现，尽管一些话讲得漂亮，我自己先就做不到——实际上，我是故作高深，平白招惹麻烦。不仅如此，以修辞家面目出现也令我很不安，其实我是靠耳朵写作，从来都不轻松，对风帽遮盖下发生的事情很少有明确概念。

　　斯特伦克的书，是一本"是非分明"的书，它推出时，正当规范修辞的浪潮卷动，冲击放纵修辞的一派，因为他们随心所欲，无所谓是非，也不认为还有什么底线。这本小书站在浪尖上，引领潮流。

　　正是在那些放纵的年代，第三版《韦氏国际大词典》本着词典编纂学的精神编辑完毕，主持其事的戈夫先生下面一段话或许再简洁不过地总结了全部工作，他说，一部词典"不应与……正确或纯粹一类概念扯到一起。它应当是描述性的，而非规定性的。"这一导致混乱和退化的说法让许多人震惊，我同样感到震惊。斯特伦克是一位原教旨主义者；他相信是即是，非即非，大体而言，我也秉此信念。必须有人坚持文字的纯粹，否则，英语势将解体，就像一个家庭，如果无人确定高雅趣味、良好行为和简单正义的标准，终归也会解体一样。

一九五七年七月十五日，龟湾

夜暖了，蚊子多起来，我们的卧室成了它们在星空下飞旋的舞台。我整夜躺下又起来，晃动毛巾轰蚊子，毛巾的一头沾湿，显得更有分量。今天早上，我因为睡眠不足头晕目眩——有点儿像醉酒，很适于写作，只有在此时，我对自己说的，才没了一点责任感。昨天晚上，妻子拿来几码长的丝网，我们跪在地上，用想象中的面纱罩住壁炉。它看去像个新娘。（我们的理论之一，是蚊子顺烟囱潜入。）我在第三大道的五金店买了两块活动纱窗，安在窗子上，无奈此幢建筑的窗框破旧不堪，任何一只蚊子，只要没患象皮病，都能穿过窗纱与窗框之间的空隙，大摇大摆地登堂入室。（为了承受窗纱，必须抬高底框，于是顶框与底框之间出现了更大空隙——住户当然无隙可乘，蚊子则全体受益。）我还花二十五美元买了一台老旧的空调机，便宜得很，我喜欢这台机器。它对室内空气几乎不发生任何影响，只能略略削弱高温的锋芒，它发出吱吱嘎嘎的巨大噪音，令人想起地铁的声响，如此一来，我可以啪嗒啪嗒地关上灯，闭了眼睛，手持湿毛巾扎好架势，随着第一下叮咬，想象我在地下搭车，给恼怒的姑娘们用胸针乱戳。

关于龟湾蚊子，我的另一个理论是，它借助空调机的内流冷气进入人们的卧室，像鹰借助上升暖流一样。这个理论很脆弱，但要想打发失眠的时光，总须琢磨一些理论。我想买些老式的杀虫喷剂，为此去商店，询问弗力特喷枪和弗力特剂。店员诧异地打量我，仿佛纳闷这些年我是在哪里潜伏。"我们有比那更猛的东西，"他说，拿出一罐药剂，含有氯丹和其他叫不出名的化学品。我告诉他，我对氯丹极其敏感，不能用这东西。"伤肝，"我说，对他投去愤愤的一瞥。

上午是公寓里最惬意的时刻了，辗转一夜后的困倦袭来，蚊子饱餐后歇在屋顶和墙上，靠睡眠消食，屋里乱糟糟满是揉皱的床单和脱下的衣服，藤蔓枝繁叶茂，滤入日间的强光，空调机与蚊子一道，终于安静下来。正午阳光下，第三大道传来疯狂建筑师——美国蝉的鸣噪。花园里，麻雀唧啾——古怪的二次对偶，炎热中，激情受到压抑，是夏季的爱情，散漫，倦怠。这所公寓消失后，我会怀念它；我们秋季要离去，把自己放逐到牧场上。[2]我常常试图简化自己的生活，烧掉无用的图书，出售不常坐的椅子，丢掉积累的杂物。虽然如此，我发现，妻子还算大度地容忍的这类自我净

---

[1] 威尔·斯特伦克（1869—1947），美国康奈尔大学英文教授，曾为怀特的老师，一九一八年著《文体要素》，一九五九年经怀特修订和扩充后再版。
[2] 一九五七年，怀特一家定居缅因州北布鲁克林的一处牧场。

化，往往导致了更复杂的添加，我毫不怀疑这次也是一样，因为我不信任处于此类局面下的自己，只怕身如一匹老马，要做的第一件事就是着手改造牧场。没准我还得加入牧场改造协会。上次我试图在火中净化，结果是得到了一个动物园，我还在维持它，为动物大桶大桶地拎水，有时，我已经没力气应付这桩差事。

我决定保留下的一本薄薄的小册子，不久前刚刚寄来，是伊萨卡一位朋友的馈赠。它就是已故的小威尔·斯特伦克所写的《文体要素》，我在康奈尔大学读书时，人们都称它为"那本小书"，强调一个"小"字。我肯定曾经有过一本，因为一九一九年，我是在斯特伦克教授指导下读"英语八"，这本书是必读书，但它显然没能逃过最初的清洗。三十八年过去，我再不曾瞄过一眼。如今，我很高兴再度温习，重新体会它的丰富蕴含。

《文体要素》是威尔·斯特伦克的即兴之作，他试图将错综复杂的英语修辞删削剪裁，把它的规则和要义纳入方寸之间。威尔本人高悬了一个"小"字：他戏谑而又自得地称之为"那本小书"，"小"字出口，抑扬顿挫，好像掷出个旋转球。书名页显示，此书是自费印刷的（纽约，伊萨卡），一九一八年，版权归作者所有。四十三页的篇幅，总结了英语的使用如何做到清晰、准确、简洁。它的活力延续至今，就其重要性而言，我想或许标定了一个很难打破的纪录。康奈尔大学图书馆存有一本。它本来有两本，我的朋友费力得到一本，邮寄给我。

此书包括一篇简短的序言，八条使用规则，十条作文规则，若干形式问题，一份经常误用的字词和表达的清单，一份经常出现拼写错误的字词清单。如此如此。规则和要义采取了直截了当的指令形式，斯特伦克中士铿锵有力地向他的野战排发布命令。"不可在两个独立的句子之间使用逗号。"（规则五。）"不可分断一个整句。"（规则六。）"使用主动句。"（规则十一。）"省略冗词。"（规则十三。）"避免连续使用含混的句子。"（规则十三。）"在摘要中，始终使用一种时态。"（规则十七。）每条规则之后，都有一番简短的告诫，告诫之后，又开列双栏，举出或穿插了各种实例，表明真与伪，正与误，卑怯与大气，粗俗与规整。字里行间，隐约可见我这位教授的顽皮面孔，他的短发从中间整齐分开，遮住前额，眼睛在钢架镜框后一眨一眨的，仿佛刚避开强光，上下嘴唇咬动，像是心神不定的马，精心梳理的胡须间，时时透出笑意。

"省略冗词！"作者在第二十一页吼道，在这个祈使句中，威尔·斯特伦克倾注了他的身心与灵魂。我听他授课的日子里，他省略了无数冗词赘句，如此不管不顾，急切而又兴奋，往往给自己制造难堪，时间富余，得想法填充，又像是电台上的预言家，还不到钟点，已经无话可说。威尔·斯特伦克靠一种小伎俩摆脱困境：他三言两语向学生们演讲完毕，就探身在讲台上，双手揪住西装翻领，别有用心地嘶哑着嗓子说："规则十三。省略冗词！省略冗词！省略冗词！"

他是个令人怀念的人，友好，滑稽。他的善意挖苦刻骨铭心，督促我自一九一九年以来，一直在省略冗词，虽然还有很多字词有待省略，而且这个艰巨的任务将无休无止，但重读斯特伦克关于这一重大主题的精湛论述，我仍然激动不已。他说道：

> 文章简洁始有活力。句不应有冗词，段不应有赘句，如同素描无多余线条，机器无多余部件。此非要求作家句句写短，或略去细节，泛泛描述，而是要他字字精当。

这里，你读到一篇宝贵的短文，说出简洁的性质和美——六十三个字，可以改变世界。这番啰唆之后（在小威尔·斯特伦克的紧凑世界中，六十三个字已经嫌多），教授开始传授删削的诀窍。学生学会砍掉"本篇文章的主题……"一句中的枯枝，改用"本文主题……"，省掉了三个字。他学会将"……用于燃料的目的"删减为"用作燃料"。他明白了"关于是否……的问题"无异饶舌，应当直说"是否"——用一个词代替了四个。

教授专辟一段，讲了"关于……的事实"这种糟糕透顶的表达方式，每一读到，他都会气得发抖。他说，这种表达方式应当"从它出现的每一个句子中删去"。但他的文字中透出一丝忧郁，你能感觉，他知道他的事业多么无望。我想，我在走笔成章，头脑发热之时，曾经一千次写下"关于……的事实"，事后冷静下来，又删了五百次。想想本赛季至今，击球率只达百分之五十，一半的时间不能击中这个呆笨的投球，我不禁黯然神伤，因为这对教我如何打球，如何一击而中的人，似乎是一种背叛。

我看重《文体要素》的尖锐建议，更看重作者的无畏和自信。威尔明白他在坚持什么。他如此确信他的立场，对此立场交待得又是如此清晰和确切，让我自从初次接触他以来，始终受到他怪异姿态的鼓舞，我相信，以往成千上万名他的学生同样如此。他有种种好恶，甚至打领结也挑剔得离奇，然而，他总有办法让人信服。他不喜欢"强力的"一词，建议我们使用"有力的"。他认为"聪明"一词用得太滥，"最好只用它来表达小事上显露的机巧。"他讨厌"学生全体"这种表达，某日特地前往下城的《校友新闻》编辑部，提出批评，建议改为"学众"，这是他自铸新词，似乎觉得与"公众"相仿佛。我听说，不是他的咬文嚼字，就是他的大驾光临，颠倒了《校友新闻》的编辑，结果，他下令埋葬"学生全体"，永远不得超生。"学众"从此取而代之。这算不上什么创新，但毕竟有意思，威尔·斯特伦克也因此很开心。

几个星期前，我注意到《时代周刊》关于小王子查理的一则标题："CHARLES' TONSILS OUT"（查尔斯摘除扁桃体），我立即想起规则一。

一、 以's构成单数名词的所有格。无论结尾辅音为何，都须遵守这一规则，因此应写为：

　　Charles's friend　（查尔斯的朋友）

　　Burns's poems　（彭斯的诗）

　　the witch's malice　（巫师的恶意）

显然，威尔·斯特伦克早在一九一八年就预见到亲王的扁桃体切除手术，医生切除了亲王的扁桃体，《时代周刊》编辑部切除了结尾的"s"。他的书一开头就说到了这点。我向《时代周刊》推荐了规则一，我相信修补的是 Charles's throat（查尔斯的喉咙），而不是 Charle's throat。

　　这类文法，当然属于个人偏好，即使对公认的语法规则，也会有人挑起争议。斯特伦克教授虽然固执、挑剔，也很痛快地承认固执的乖谬和教条的危险。

　　"经常有人说，"他写道："大作家有时罔顾修辞规则。但他们这样做时，读者经常会从句子中得到一些补偿，不再计较作家违规。他人除非自信也能做到这一点，或许还是循规蹈矩为妙。"

　　看到一本书，即使是尘封已久的语法书，仍能维系和充实人的心灵，确实让人振奋。威尔·斯特伦克喜欢清晰、简洁、大胆。大胆或许是本书的一个主要特点。在第二十四页，他说："左侧的文本给人的感觉是，作者犹疑不定或支吾其词；他似乎不能或不敢选择某种表达形式并坚持下去。"他的规则十二是，"直言无忌。"威尔始终如此。他鄙视含混、平庸、寡淡、模棱两可。他认为哪怕出错，也要好过模棱两可。我记得一天在课堂上，他的身体以特有的姿势前倾，人们打算透露机密时往往是这个姿势，沙哑着嗓子说："假若不知道如何拼读一个词，把它大声喊出来！假若不知道如何拼读一个词，把它大声喊出来！"这个滑稽的建议当时给我很深印象，如今我仍然铭记不忘。何必用嗫嚅掩饰无知？何必逃避或躲藏？

《文体要素》通篇，处处表明作者对读者的深切关怀。威尔认为，读者大多数时间都磕磕绊绊，像是挣扎在沼泽中，任何人写英文，都有义务迅速排干沼泽中的污泥浊水，让读者立于坚实的地面，至少也扔条绳索给他。

"那本小书"久已无人理会。威尔死于一九四六年，此前数年，他退出讲坛。如今，英语课上使用的教材更长，但也沉闷了许多，我敢说——充满了未经删削的零碎和动词性短语。我希望一些教材能将更多的智慧压缩在更少的篇幅中，尽快切入正题，表达得风趣些。不过，我想，假如我发现自己突然处于对我来说不可思议的教师位置，面对课堂讲授英语用法和文体，我会干脆探出讲台，揪住我的西服翻领，眼睛一眨一眨的，对学生说："去读那本小书！去读那本小书！去读那本小书！"

福布什的朋友们

鸟类学家爱德华·豪·福布什[①]小时候，每个晴朗的春日，都会拂晓起身，出门去探察西罗克斯贝里的林丛和原野。十三岁时，他制作了一个歌雀标本，这是他初次尝试剥制标本。十六岁时，出任伍斯特自然史协会博物馆的鸟类馆馆长——无疑是随便哪里最年轻的馆长之一。他开始"收藏"，也就是猎杀鸟类，以便深入研究，读过一本关于标本剥制术的书后，继续试验剥制标本。"此类干尸，"他写那些固定于标本架上的鸟时说，"有其用途，但后来我意识到，生命，而不是死亡，能解答所有的谜；检查死的，只是为了进一步研究活的，更重要的是保护活的，而不是死的。"

福布什先生甚至每吃一只鸟（他常常饥饿，为此吃掉自己那一份儿鸟），也要留下鸟的皮进行科学研究。他一生专注天上飞过的一切，事业的结晶见于《马萨诸塞和新英格兰各州禽鸟谱》，皇皇三卷，演绎了鸟类世界。福布什先生死于一九二九年，时年七十一岁，这部书只差几页就将完成。

每逢天气恶劣或思维混乱，难免心情不好，此时，我会坐下来，琢磨一阵儿爱德华·豪·福布什。我常常想起一九〇八年六月那个清晨，他孤身一人困在科德角②急弯附近的小沙洲上，浪潮冲打搁浅的小划艇，船桨漂入大海，西南风呼啸，飞沙走石扑面如割，海水不断上涨，他却自顾自凝神关注栖在沙滩上的"密密麻麻一大群禽鸟"，多数都是燕鸥。我还看见他在缅因海岸外的小岛上，藏身云杉底端的枝桠丛中——那是个温柔、宁静的夜晚。他在观察飞来的白腰海燕，它们的巢就在树下——这是些神秘、奇特的鸟儿，杂乱无章的咕咕叫声，听去像是小精灵们在说话。又是一个晚上，他造访了巴恩斯特布尔的桑迪内克成片沙丘中的一处鹭群栖息地："周遭静止无风，气味难闻；大群蠓虫、鹿虻和蚊子肆意叮咬；邪恶的硬蜱，从草木上悬下，靠它们黏人的脚爪附上身来，在我四肢上爬，寻找能够让头部钻入的缝隙。"在如此糟糕的环境中，靠近鹭鸟，他只觉得满心欢喜。

二十年前，我设法得到一套《马萨诸塞禽鸟谱》，为了破闷和求知，时时阅读。卷一的第一个条目有关赤颈鹬（鹬似乎最接近演化出鸟类的两栖动物）。卷三的最后一个条目有关金冠带鹀，此鸟偶尔才飞来新英格兰地区。两个条目之间，是关于新英格兰各种鸟类的描述和趣闻，不管它们是为了正事儿，或出于闲情飞临这一地区，还是意外地给强风刮过来。我虽然并不研习鸟类，却也时常邂逅它们。这类经验，很像在地铁上邂逅他人：我凝视一只雌禽，充满好奇，

---

① 爱德华·豪·福布什（1858—1929），美国鸟类学家，作家。
② 科德角，为半岛，位于马萨诸塞州东南。

希望得知比现在更多的事情，她的筑巢地点，繁殖习性，个头大小，声音，还有分布地区。在地铁上凝视一张有趣的面孔，除了想象力，我没有其他可以凭借。但说到鸟类，当我碰上一张新面孔，或重新认识以往的面孔，我就求助福布什先生来帮我领悟眼前的事情。当然，他给我的信息是可靠的，往往还很有趣，但对随意浏览的读者来说，他的过人天赋还在于他对一切有羽毛的生灵怀有巨大热情。我想所有鸟类学家都喜欢禽鸟，否则也不会从事这一行，而爱德华·豪·福布什在他漫长和忙碌的一生中，简直是对鸟类着魔。他是鸟类的护卫者，也是它们的解人。

《马萨诸塞禽鸟谱》具有某种工整性。它的排列让人心神恬然。你随时知道你能得到什么，又按照何种顺序得到。比如闲得无聊时，想满足对仓鸮的好奇心，可以搬出第二卷，翻开第一八九页。首先，是拉丁文名称。然后是通称。然后是"俗称"（或多个俗称）——仓鸮的俗称是"猴脸鹰"。然后是小号字排印部分：纲目、大小、羽毛、鉴别特征、叫声、繁殖、分布地区、在新英格兰的分布，现身马萨诸塞州的季节。这一小号字部分，内容极为翔实。例如，仓鸮是新英格兰的稀客，福布什先生甚至把见过或捕捉过仓鸮的人的名字和日期都一一注明（"列克星敦，一九一五年六月十日，蔡斯·福尔捕捉一只雌禽，"等等）。描述鸟的鸣叫声时，福布什先生很少满足于自己的说法，他会找来一群听过鸟叫的人，请他们一一模仿。仓鸮的叫声，要看是谁写在纸面上，分别是"神秘的尖叫；鼻子发出的鼾声；长长的、粗嘎的高声；一连串的哑哑声，听着像是大螽斯的声音，结束时越来越弱，间隔时间也越来越短"。黑喉绿莺的鸣啭，布拉德福德·托里转述为"trees, trees, murmuring trees"（树丛，树丛，窃窃私语的树丛）[①]，美妙的、梦幻般的拖腔，像芦苇荡沙沙作响；到其他人那里，变成"cheese, cheese, a little more cheese"（奶酪，奶酪，再多一点奶酪）；C. W. 汤森博士写做"Hear me, Saint Theresa"（听我倾诉，圣德肋撒）。（据 M. M. 尼斯太太的记录，这歌声一个小时反复咏唱了二百七十四次。）如果你对筑巢地点、鸟卵、孵化时间、繁殖习性、繁殖日期、雏鸟的形态、生长或分布地区还有疑问，在这一部分几乎总能找到答案。

　　一旦用小号字完成了描述禽鸟的宏大事业，福布什先生便摆脱束缚，使用大号字，思想也更自由。在"栖息地和习性"栏目下，都有一篇关于此鸟的随笔，他抛开严谨和超然的科学态度，变成了文体家、爱鸟者和自由自在的记者。这些挥洒自如的随笔，才最有趣——至少对我是如此。风格是作者特有的——辞章华丽，文采斐然，偶尔藻饰过分，但从来都不沉闷或乏味。他很注重闲笔，尾句才引出主题，文章开头，往往先要铺叙环境，暂且不管鸟儿，例如在第一个条目（赤颈鹣）中："一月里的晴朗日子，清风拂拂，河面细流荡漾，注入鳞波闪闪的大海，河口上，浪涌懒洋洋冲刷沙

---

　　① 此句和以下两句描述的叫声均为象声。

洲，一群杂色海豹在晒太阳，长尾鸭和金眼鸭三五成群——伊普斯威奇此情此景，构成大鹱来我们海岸过冬的良好环境。"或在关于象牙鸥的条目中："春日清晨，天气晴好，天光明艳，太阳悬在蔚蓝的北极，照在浮冰上，愈见辉煌，景色极为壮丽，千姿百态的冰排，有的像宝石或水晶一般晶莹剔透，有的聚成巨大、洁白、幻影般的形状；浮冰群的边缘，风割开广阔的海上航道；蜃景折射出从未出现在陆地或海洋的高峻山岭；或夏，或冬，或风雪，或艳阳，白羽的鸥鸟，冰与雪之鸟，就在这里栖居。"

有时，他略去环境，直奔主题，开始为鸟类鸣冤，比如说到仓鸮："有史以来，鸮枭始终是愚昧和迷信的可悲受害者。人们仇恨、鄙视、畏惧它们，它们只是靠了昼伏夜起的习性，才能在文明人周遭生存。在人类头脑中，它们始终与巫师和邪恶的精灵为伍，甚至就是撒旦的化身。据认为，它们预兆了不幸与死亡，一些野蛮部落坚信，鸮枭飞落屋顶，必有人死于非命，据说，有些印第安人，亲眼看见鸮枭落下，竟至忧惧而死。在所有这些神秘的禽鸟中，仓鸮最是受人诋毁和污蔑，因为它面貌诡异，夜来啼声怪谲，性喜在阴沉沼泽和潮湿泥潭栖息，这些地方，调查者一不留神，就会陷入恶臭的泥沼或吞噬万物的流沙中，它还频频造访民居，尤其是空屋和阴森的废墟。毫无疑问，几百年来流传的一些鬼宅的故事，仓鸮难逃恶名。然而，借助科学，廓清笼罩在它身上的鬼祟气氛，仓鸮不仅无害，而且有益于人类，也是一种有趣的飞禽，很值得深入研究。"

有时，福布什先生的随笔，通篇大部分涉及禽鸟的一些怪异之处：麻鹭如何发出为人熟知的汲水声和敲桩声；夜鹭是否可以像有些人认为的，从胸部发光；雪松太平鸟昏头昏脑的着魔状态，是因为它饮了过多的发酵果汁，还是因为它吃得太多。有时，他下笔纯用白描，直截了当，以便打消对描述对象的误解："牛鹂是不受约束的恋人，它们既非一夫多妻，也非一妻多夫——只管乱交。它们没有领地，也没有居所，完全自由自在。它们的求偶过程，时间很短，目的明确。当此浪漫时刻，通常是雄禽主动。"

每当完成此类一篇汗漫的随笔，福布什先生都以一段短文，就事论事地结束他的物种研究，题为"经济地位"。这里，他对禽鸟的益与害作出权衡，在这些结穴处，鸟类的五脏六腑都得勘查一过，你会看到爱鸟者福布什与科学家福布什角斗。二者旗鼓相当，阵势也正正堂堂。这个世界上，并非所有的禽鸟都人见人爱，很多鸟儿留有案底。乌鸦是玉米田的蟊贼。松鸦是下贱的扒手。鸬鹚威胁鲑鱼业。伯劳捕捉其他鸟类，将它们钉在刺丛中，以备今后享用。长刺歌雀糟蹋好收成。鸮枭预兆死亡。银鸥骚扰商业捕捞，玷污停泊的游艇。如此等等——一长串罪孽和过失。然而，爱德华·豪·福布什在他研究鸟类的漫长生涯中，努力更多地看到它们的好，而不是恶，鸟类研究中的黑暗面对他是个极大考验。对残酷的伯劳，他说："我们遗憾其残害其他小鸟，也不得不钦佩它的自立、强健和勇气"，而"所有鸟类经济学家，在调查过它的食物后，都认为它是益鸟"。不过，作者恪守公正——他在辩护词的最后，引用了《俄亥俄禽鸟谱》一书的作者 W.L.道森先生的话，道森先生很难宽宥伯劳的恶行，他说他始终荷枪实弹等待着。

对于顽劣的乌鸦，福布什先生说："它性喜吞食其他鸟类的卵和幼雏，但对此也不应排诋过甚，此后等乌鸦育雏时，受到骚扰的禽鸟通常还有机会在繁殖季节鞠养后代，鸟类须有天敌，这样，它们的数目才能保持在一定限度内。"福布什先生还饶有兴致地提到一位牧羊人，因为乌鸦戕害羊羔，他把周遭的乌鸦剿杀净尽，结果发现白蛴螬激增，最终毁了草场。你可以感到，生态系统的因果报应，多么令他心悸。

福布什先生作为鸟类的辩护律师，不仅满腔热忱，而且谋略过人。他处处点水不漏。在列举海鸥的种种恩惠后（它们消灭蚱蜢和蝗虫，清理死鱼和垃圾，捕食田鼠和其他害虫，雾天中用它们的尖叫声警告水手避开礁石和岩脊），他冷不丁抖出包袱。"战争时期，"他得意地说，"海鸥栖在漂浮的水雷上，指引了水雷的位置。"此番证词之后，哪个陪审团还能判决海鸥有罪呢？

燕鸥："它从不捕食可上市的鱼类。"

松鸦："松鸦将果仁和种子埋入土中，造就了森林。它们还通过反刍传播小粒的种子。"

燕翅鸟："樱桃种植者，经营果园时，沿果园四周，先种上一排早熟的嫩樱桃或桑葚，让鸟儿啄食，可保畅销的大粒果实无虞。"

条纹鹰："农夫不能容忍它对鸡笼的威胁，它也不见容于鸟类保护区。不过，在宇宙的永恒体系中，它的存在有助于遏制小型鸟类的过度繁殖，防止鸟类中羸弱者的增加和疾病的传播。"

褐鹈鹕不仅喜欢吃鱼，而且公然招摇装鱼的喉囊，说到它们的经济地位，福布什先生知道他遇上了难题。他立即拉来 T·吉尔伯特·皮尔森先生帮忙，此公一度担任奥杜邦协会全国联合会主席，一九一八年春季，曾调查鹈鹕的犯罪记录，并向联邦食品署署长提出报告。皮尔森先生如同福布什先生一样，从头到尾作了巧妙辩护。他首先证明，鹈鹕腹中，没有鲑鱼、鲭鱼或鲦鲹，它们是以鳎鱼、石鲈、大鳞油鲱、钉头鱼和线鲱充饥。随后，他提出了扣人心弦的新论证。"这些身躯庞大、面目古怪的水鸟，"他写道，"在码头上颠颠来去，引起冬季旅游者极大兴趣……每年，许多印有鹈鹕的明信片寄往北方。很有可能，佛罗里达报刊亭售出的鹈鹕明信片的利润，超出了鹈鹕沿温暖海岸的水面所捕食鱼类总量的价值。"

浏览福布什的文章，人们常常又惊又喜，路易斯·阿加西斯·富尔特斯和阿伦·布鲁克斯的插图同样精妙无比。对我来说，此书的一个有趣之处还在于福布什先生的眼线，或情报员的众生相：他们时不时地写信或打电话给他，告知与禽鸟的遭遇——耳闻目睹的种种蹊跷和怪诞。福布什先生留心倾听，兼收并蓄，让读者开心，也大大丰富了自己的知识。他像报纸的专栏作家一样，欢迎有人提供线索。有些人是禽鸟行家，与他相识。有些人是自然出版物的撰稿人，福布什先生从他们那里摘引了许多奇闻。不过，有数以百计的业余爱好者和陌生人的姓名散见于本书的一、二、三卷中，他们报告禽鸟的怪诞行为，或记录它们本不可能的出现，从此留下不灭的声名，他们的名字如同嵌入城市便道中的瓶盖一样，嵌入《马萨诸塞禽鸟谱》一书中，传之永久。他们的经历，从现有证据看，似乎非常随意和偶然。其中一位，正在"磨刈刀"，抬头看见老鹰攻击女孩儿；另一位"碰巧"就在那一刻身处住宅外搭建的小房，目睹了三声夜鹰的求偶过程；还有一位，刚好走出面对桤木水槽的小松林，就在眼前，迎头撞见小鹟的巢穴。读者翻开此书的卷一，就有第一位情报员露面："威尔伯·F. 史密斯先生，康涅狄格州，南诺沃克，一九一六年三月二十七日写信告诉我，他见到赤颈鹳在有渔民居住的停泊小船附近捕鱼……史密斯先生注意，鹳吞食了一条很大的鱼后，把头掩在背后，自顾自睡觉去了。"

你瞧，就是如此。到下个月，距南诺沃克的史密斯发现赤颈鹳大餐之后还要小憩片刻，就是五十年了，这则珍闻至今仍像他把信件付邮时一样新鲜。（我刚刚直呼这位情报员的大名"史密斯"，福布什先生乃谦谦君子，介绍他们时，从来都不忘礼貌地称之为"先生"或"小姐"或"太太"或"博士"。）

我自作主张地将福布什的一些朋友凑在一起——犹如情报员的聚会，不管他们是专业还是业余——概述他们关于鸟类的发现。我的名单自然是有选择的；大约千余人中，我只挑选了少许。我压缩了他们讲的故事，只拣要紧的说。好了，他们全数在此，一伙有趣的人，目光敏锐，笔头快捷：

悉尼·蔡斯先生，南图凯特。见鹭鸶餐后漱口。一九二二年五月三日。

哈罗德·库克先生，金斯顿。在车库中见角嘴海雀，饲以意大利面条。食之。一九二二年二月一日。

丽迪安·E.布里奇太太，石港。伫立岩石上眺望大海，见两只小海鸟水中碰面，发出"奇怪尖叫声"。日期不详。

霍勒斯·比尔斯先生，查塔姆。见枵腹乌鸦与银鸥麇集垃圾堆上，乌鸦攻击银鸥。一九一九和一九二〇年冬，天气严寒。

J.A.法利先生。在圣劳伦斯见环嘴鸥飞翔中以爪搔面，逍遥自得。日期不详。

阿伦·凯尼斯顿先生。访问马斯基格特岛时，见有雏鸥欢快地从口中吐出蝉的残骸。蝉是雏鸥的父母从二十英里外的科德角携来。一九二三年。

B.F.高斯船长。见里海燕鸥拍翅俯冲，击碎自己的卵，显然不愿让侵入者染指。日期不详。

戴维·古尔德先生。在瑙塞特，见暴风雨中刚孵出的燕鸥。飞沙附在羽毛上，众多幼雏遭活埋。日期不详。

L.B.毕肖普博士。在北达科他州的斯腾湖，见燕鸥袭杀幼小环嘴鸥，报复成年海鸥啄食其卵。日期不详。

约瑟夫·格林奈尔博士。夜宿阿拉斯加圣拉撒略岛。白腰海燕，彻夜翻飞，成群向火，篝火旋燃旋熄。一八九六年六月。

弗兰克·A.布朗先生。在马希亚斯海岛，发现狗将海燕从巢穴中刨出，每日平均杀死十只海燕。日期不详。

J.H.林斯利牧师。剖塘鹅腹，发现死鸟。剖死鸟腹，发现另一只鸟。鸟中之鸟，鸟又有鸟。日期不详。

乔治·H.麦凯先生。在纽波特外，科摩兰特礁，发现大量奇特球状物。似是鸬鹚排出。一球周长五点二五英寸，含三只蟹。一八九二年四月。

斯坦利·C.朱伊特先生。称在俄勒冈的内塔茨湾，见受伤的红胸秋沙鸭，潜入水下三英尺，攀援水生植物根须而死。显然是自戕。一九一五年五月。

J.A.蒙罗先生，不列颠哥伦比亚省，奥卡纳甘。见雄巨头鹊鸭，癫狂中潜入另一雄鸭身下，将它抛向空中。日期不详。

G.达拉斯·汉纳先生。在普里比洛夫群岛，丑鸭受伤后潜入水中，不复露面。水深八英尺处，见其叼住巨藻而死。显然是自戕。日期不详。

又是乔治·H.麦凯先生。送福布什先生雌绒鸭鸭头，在南图凯特发现时，雌鸭奄奄一息，嘴含大珠蚌。珠蚌夹住它的舌头。绒鸭死于饥饿。珠蚌未死，犹不肯放松钳制。一九二三年一月三日。

W.斯普拉格·布鲁克斯先生。在阿拉斯加潟湖，见三只雄绒鸭向一只雌鸭求偶。脖颈伸长，频频颔首。偶尔，某只雄鸭中止求偶，转去沐浴。雌鸭不为所动。一九一五年六月十四日。

乔治·W.莫斯先生，俄克拉何马州，塔尔萨。见硕大蓝鹭啄食两腿间小鱼，掀倒自己。蓝鹭两腿朝天，颠倒了顺流而下。小鱼犹紧抓不放。日期不详。

L.H.杜伊塞恩特太太。称某日清晨捉住一只沙丘鹤，食一百四十八只蚱蜢、两只衣蛾、两条鳊鱼、一只蜥蜴、一只蝼蛄，十一只蜘蛛。日期不详。

伊萨多·S.特罗斯特勒先生。称丘鹬常常耍闹，相互绕圈奔逐，翅膀扬起，喙高高伸出。

E.O.格兰特先生。跪在地上，模仿枞树鸡鸡崽尖叫声，鸡母照直飞落其头顶。幸无伤害。日期不详。

W.L.毕肖普。发现流苏松鸡没入小溪，仅头部露出水面，躲避苍鹰。日期不详。

查尔斯·海沃德先生。检查流苏松鸡食物。计有苹果叶芽一百四十六枚、月桂树叶一百三十四片、冬青树叶二十八片、桦树叶芽六十九枚、蓝浆果叶芽二百零五枚、蓝浆果梗一百零九根。胃口上佳。日期不详。

伊莱莎·卡伯特太太。少女曾见琴鸡，再见时已嫁为人妇。十八世纪末，十九世纪初。

T.吉尔伯特·皮尔逊先生。朋友夫人，独自在家，见牛骨坠落壁炉炉床，大惊。出门见红头美洲鹫下窥烟囱。禽鸟亦有大意时。日期不详。

威廉·布鲁斯特先生，康科德。站立谷仓墙角，菲比霸鹬遭条纹鹰追逐，以其身为盾闪避。日期不详。

P. L. 哈奇博士。冬季大风日，驾车驶过明尼苏达草原，气温降至华氏零下四十六度，见条纹鹰迅疾掠下，捕获雪鹀。日期不详。

H. H. 沃特曼先生，缅因州，奥本。见库伯氏鹰将扑动鸳浸入路边水渠，水深一英尺，时间长达三分钟。一九二一年五月十五日。

C. 哈特·梅里亚姆博士。为保护母鸡，遭苍鹰攻击。激战中，母鸡隐身荆芥丛下，五小时不敢出。一八八二年十月三日。

M. 森珀先生，不列颠哥伦比亚省，梅普斯。在邻人家中磨刈刀，金雕扑下，叼住主人家小女孩艾琳·吉布斯胳膊。森珀先生上前踢打，无济于事。母亲冲出，逐走金雕。日期不详。

伊丽莎白·加斯维尔太太。见白头鹰直扑其宅。中途骤然掠下，攫起大物，状似田鼠。加斯维尔太太惊诧不已。日期不详。

尤金·P. 比克内尔先生。见游隼飞行中捕捉黑脉金斑蝶，似出于厌憎，旋又放飞。一九二二年十一月十二日。

阿雷塔斯·A. 桑德斯。听雀鹰翱翔时吱吱有声，如田鼠尖叫，或欲引诱田鼠出洞。

福布什先生的朋友，姓名不详。在杜伊塞特购买农庄，发现烟囱上的鹗巢。有鹗盘踞。主人移去鸟巢。鸟儿辄以树枝、泥块和石子重新搭建。主人愤愤，射杀雌鸟。雄鸟飞飓，几小时后又携一伴侣飞来。双双再度筑巢。烟囱从上到下，填满树枝、石子和杂物。主人赌气射杀二鸟。此后不得已拆毁大段烟囱，清理烟道堵塞。可谓不屈不挠。日期不详。

安妮·E.珀金斯博士，自纽约州海尔穆斯来信。拣拾大林鸮的粪团，见其中含有猪鬃和一片碎骨。一九二五年三月二十三日。

约瑟夫·B.昂德希尔先生。捕捉并禁闭大角鸮，旋遭雌鸮攻击，流血不止。一八八五年。

弗洛伦丝·皮斯小姐。告知大猫头鹰，一足受狩猎钢夹钳制，飞落康涅狄格州的一家工厂。工人轰动，工厂关闭一日。一九一九年。

泽纳斯·兰福德先生，普利茅斯。告知J.A.法利先生，曾目睹大角鸮与黑蛇鏖战。角鸮攫虏黑蛇，黑蛇纠缠，鸮不能飞，与猎物一道坠地。角鸮扼黑蛇头下六英寸处，黑蛇反身缠住角鸮脖颈。角鸮几乎气绝，爪不肯松。兰福德先生杀蛇（四英尺），以毛毯包裹角鸮，带回家中，一星期后纵之归去。日期不详。

R.J.格雷戈里先生，普雷斯顿。见雪鸮栖在树上，吞食小鸟——一只草地鹨。饱餐之后，雪鸮飞落地面，以雪洗脸，头部挤入雪中，"人们都知道，猫也如此。"（作者注：腊肠狗同样如此，唯借助阔幅地毯，非积雪。）

F.H.莫舍先生（"敏锐的观察者"）。见黄嘴杜鹃十五分钟内食舞蛾四十一只。复见另一杜鹃，六分钟内食天幕毛毛虫四十七条。

J.L.戴维森先生，纽约，洛克波特。见黑嘴杜鹃与哀鸽一道在旅鸫巢中孵卵。巢中有杜鹃卵二，鸽卵二，旅鸫卵一。管理混乱。一八八二年六月十七日。

玛丽·特里特太太。经常在窗前观看翠鸟捕鱼，风急浪高，鱼踪难觅时，翠鸟飞临水紫树（nyssa aquatica），饱啖浆果，随后吐浆果籽粒，犹如平时吐鱼鳞、鱼刺。日期不详。

吉恩·斯特拉顿·波特太太。检视翠鸟巢中的残羹，发现十分之一为几乎各占一半的浆果籽粒和蚱蜢骨壳。观察颇细致，唯做来容易写来难。日期不详。

W.F.埃尔德雷奇太太，石港。称线绒啄木鸟透过空心枝干的黏固物啄出巢穴孔洞。一九一九年春。

阿瑟·卡斯韦尔太太，阿塞尔。见三只线绒啄木鸟在窗边树上叩打正急。树干上拴了板油。啄木鸟大饱口福，佐以树木汁液。日期不详。

查尔斯·E.贝利先生，福布什先生的助手。观察线绒啄木鸟，自上午九时四十分至中午十二时十五分，攀爬并查勘林地树木一百八十一棵，凿出食物二十六次。（至此，贝利先生自己，或许也已饥肠辘辘。）一八九九年三月二十八日。

哈里·E.伍德斯先生，亨廷顿。见一对黄腹啄木鸟给幼雏喂虫。每只虫子都是啄木鸟叼上树来，树上有一四分之一码孔洞；虫子先浸以树木汁液，然后喂给幼雏。鸡尾酒会沙司吃法。日期不详。

查尔斯·本迪尔少校。目睹三声夜鹰幽会。"二十四日晚，日落约半小时，我恰好身处住宅外搭建的小房，小房位于宅后二十英尺处，听见外面传来奇特、低沉的咯咯声，随后是'喂—波—喂噢'的熟悉叫声……就在上面说过的小房墙根，曾泼撒一桶灰沙，夜来这些鸟儿留下凌乱的指爪痕迹，由此可见，此处它们时时来往，至少是一对夜鹰的欢好之地。从小孔望出去，见一只夜鹰亢奋地在沙地上摇来摆去，沙地面积为二乘三英尺，它悠然自得，不曾注意我，虽然为了驱赶四面扑来的蚊子，我闹出一些响动。它的头部似乎到处发声，声声相催，我与它近在咫尺，听来犹如一声长长的啼叫，赓续不绝。初次尝试后片刻（它是只雄禽），即有雌禽回应，是奇特、低沉、哼哼唧唧或咕咕哝哝的声音，像是'咕—咕—咕'，无疑是为了赞许或示好。这显然很耗精力，它啼叫时，头部几乎接地，羽毛松弛，全身都像在激烈颤抖。雄禽侧身靠近，用喙碰触它的喙，雌禽略作闪避，但动作很慢，雄禽不难贴在它身旁。这种欲迎还拒的动作每次持续一分多钟，躲的又追，追的又躲；两只夜鹰都是既大胆，又忸怩。它们谈情说爱，与人类全然无异，雌禽羞涩腼腆，恰似少女，初次听见恋人求爱，头低垂，想必是为了掩饰娇羞。眼见成其好事，狗自屋内窜出，惊飞一对情侣。"一八九五年。

曼利·哈代先生。在缅因海岸外岛屿露营。四周抛满龙虾煮食后的红壳。红颈蜂鸟破雾飞来，绕虾壳盘旋上下，显然疑之为花朵。一八九五年。

伊内兹·A.豪小姐。观察红冠啄木鸟求偶过程。鸟儿约会林梢，翅膀展开，翩翩起舞，互进，互退，欠身，接吻，随后重新来过。豪小姐深受打动。一九二一年四月二十三日晨。

富兰克林·P.库克先生，新泽西州，劳伦斯维尔。见菲比霸鹟筑巢于步枪射程内的野外电话机匣内，鸣长程步枪，霸鹟无动于衷。日期不详。

弗里霍夫·库姆利恩先生。称友人喂养，照料，保护一只冠蓝鸦，鸦虽老迈、羸弱、半瞎，不弃不离，还定期引往一处清泉沐浴。

J.N.巴思凯特先生。见冠蓝鸦展翅，以胡桃树叶擦拭背面羽毛。日期不详。

格雷丝·埃利科特小姐，印第安纳州，纽卡斯尔。见冠蓝鸦自蚁冢啄食蚂蚁，复藏入翼下保存。一九〇八年。

又是阿塞尔的阿瑟·卡斯韦尔太太。三只乌鸦飞临她家附近的大橡树。一只，随后是另一只低下头，任别的乌鸦帮助梳理羽毛。事毕，互赠树梗，以喙相触。日期不详。

阿德尔伯特·坦普尔先生，霍普金顿。坦普尔先生的儿子携宠物鸦同去冰上垂钓。冰面光滑，乌鸦歪歪倒倒，每次跌扑，辄呱呱笑噱。日期不详。

弗兰克·E.派克先生，瓦里哈姆。儿时将银扣系在缎带上当作玩具。有雄性巴尔的摩莺，猛然扑下，掠走缎带。此后见缎带和鞋扣点缀莺巢，光鲜夺目。日期不详。

又是 E.O.格兰特先生。见缅因州帕藤附近农人，端坐雪堆，堆高约十五英尺，朱顶雀百数成群，栖于农人头顶和肩部，更有一只落在膝上。扰攘半个时辰，农人言道，一生曾无此欢喜。一九二六年三月二十三日。

威廉·霍尔登先生和邻居 E.R.戴维斯先生，莱明斯特。二人常常给禽鸟喂食，包括金翅雀。戴维斯先生时常晏起，金翅雀飞入卧室，叼其发，扭其耳，催促他揭开食盆。某日清晨，戴维斯先生存心试验，蒙头高卧，只留一小洞窥视。金翅雀顺势钻入，剥啄戴维斯先生额头。一九二六年三月。

B.H.纽厄尔先生，缅因州，波因特城。雌家雀从邻近三十五个红石燕巢中挪去鸟卵。家雀逐一啄破鸟卵，丢弃地上。日期不详。

H.C.登斯洛先生。测算亨氏麻雀入眠后的啁啾时间，发现每分钟八次。

维奥拉·E.克里滕顿小姐，北亚当。褐斑翅雀距正在筑巢的旅鸫不远，善意衔来谷草，丢入巢中，方便旅鸫使用。福布什先生认为此举极不寻常。日期不详。

亨利·黑尔斯先生，新泽西州，伍德山脊。雄猩红雀急欲作父亲，转去照料邻近率先孵化的褐斑翅雀。

克拉拉·E.里德小姐。告知红石雀的雀巢倾覆，雏雀随同坠落。收拾雏雀入草莓篮，悬挂原处。雏雀父母接受现状，衔泥涂抹，哺育小儿女。心爱此巢，明年又飞来。日期不详。

切斯特·班克罗夫特太太，泰恩斯镇。告知索顿·伯吉斯[①]她曾见大牛蛙吞噬家燕。伯吉斯先生将此转告福布什先生。一九二七年夏。

多萝西·A.鲍德温小姐，哈德威克。注意雌树燕的不忠贞。配偶离巢时与年少雄燕嬉戏。一日与闯入者出走。雄燕悲哀竟日，消失不见，卵数枚弃于废巢。破碎家庭。日期不详。

约翰·威利森先生。马农梅特角五月花酒馆背后，成群雪松太平鸟欢噪飞来，畅饮稠李果汁。无一不过量，醉落尘埃。（聚众轰饮是太平鸟的老毛病。）日期不详。

威廉·C.惠勒先生。旅鸫接近伯劳时，呼哨鸣啭。（鸟类众多，各有绝技。）伯劳模仿其声，凡三次。日期不详。

尼尔·F.鲍森先生。认为黄林莺每日鸣啭三千二百四十次，或每周二万二千六百八十次。一八九二年。

H.F.珀金斯博士。发现黄林莺巢，高六层，每层各有一枚牛鹂卵。黄林莺每见巢中异己，辄更筑一层，埋卵其下。日期不详。

范妮·A.斯特宾斯小姐。松莺雏鸟困于斯普林菲尔德一教室，前后三日。松莺父母待师生上课时，自窗间飞入喂食。

阿瑟·T.韦恩。在南卡罗来纳大沼追踪路易斯安那水鸫，整整一星期，衣衫破碎。未见水鸫踪迹。日期不详。

---

① 索顿·伯吉斯（1874—1965），美国环保主义者，儿童文学作家。

阿瑟·W.布罗克韦先生。雌性马里兰黄喉莺见屋外旧鞋，筑巢其中，生蛋五枚，孵蛋，遭狗攻击。一八九九年。

乔治·H.麦格雷戈太太，福尔里弗。晚间坐于前廊，闻猫鸟作葬礼号声。或是附近公墓举行葬礼时，无意中学舌。日期不详。

琼·E.卡思太太。闻褐噪鹣学蛙鸣。日期不详。

费尔黑文某谷仓主（姓名不详）。筐中放置雷管，一对卡罗来纳鹪鹩趁便筑巢。幸无意外。日期不详。

戴西·迪尔·诺顿太太。见鹪鹩孤身栖于蓝鸣鸟鸟匣中，忙于巢中杂务，兴奋异常，不容它鸟近前，无论雌雄；靠生蛋消磨时间。生蛋十二枚。日期不详。

伊丽莎白·狄更斯小姐。于布洛克岛见爬刺莺栖在乌鸦的尾巴上。日期不详。

梅布尔·T.蒂尔顿小姐，葡萄园港。与红胸䴓交友。䴓以她的手暖足，叩其指甲。日期不详。

奥利夫·索恩·米勒太太。称在俄亥俄，凤头山雀窃取男人头发用于筑巢。山雀飞落男人头顶，叼起头发，站稳后猛然扯断，飘然远举，旋又飞回，如法炮制。日期不详。

伊丽莎白·L.伯班克太太，桑威奇。见雄旅鸫举止怪异。雌鸟孵蛋，雄鸟卧在草坪上，刻意模仿——抖松羽毛，站起，佯作翻动鸟蛋。日期不详。

弗雷德·G.克诺伯先生，纽黑文。雄蓝鹀不顾自家，殷勤照料邻近鸟匣中幼小鹪鹩。还与它们父母缠斗不休。日期不详。

玛丽·F.霍巴特博士，尼德海姆。雄蓝鹀与笼中金丝雀缠绵。五月十六日开始调情，配偶孵卵期间照旧去寻欢作乐。频频飞落笼上，投入蚯蚓、毛虫。七月一日，心生悔悟，或是厌倦了黄色，重归故巢，为夫为父。日期不详。

在福布什先生的全班情报员中，欣汉布的弗雷德·G.弗洛伊德最让我眼热。他先于我在《马萨诸塞禽鸟谱》中占得一席之地——领先了大约三十年。《禽鸟谱》只有一则关于哈里斯雀的记载，荣誉归于弗洛伊德先生和他妻子。哈里斯雀一九二九年四月现身欣汉布，福布什先生刚刚去世，但发现者仍有机会载入尚未完稿的卷三。五六年前，我同样邂逅哈里斯雀；它光临我在缅因的家中，在喂鸟池前盘桓三日之久——一只娇美的鸟儿，红棕色，面与颈部黑色，腰身白色。起初，我不知面前何物，但很快就明白了。这鸟儿在新英格兰地区几乎无人知晓，从栖居地到此处，它至少飞越了一千英里。不久前，这里曾有七八级大风，它从内布拉斯加或堪萨斯，必是一路乘风而来。

我从未见过潜鸟漱口，倒是从蛛网上搭救过蜂鸟。我想，福布什先生或许喜欢听听这个故事。我从未看到秋沙鸭自戕，倒是曾经在佛罗里达，目睹红胸啄木鸟在白铁皮滴水檐槽的一端，敲打鼓点，另一端，两只扑动鸳闻声起舞。当时，我立刻想起福布什先生。我从未见过牛蛙吞噬燕子，但我第一次借助绕丝轮甩出钓丝（是在草地上练习），上钩的却是知更鸟，它扑棱棱从灌木中飞出，抓住了鱼饵。这些都是我观察到的。可惜，已经太迟。（另外，我知道某人在林中打猎时，探身拾一只手套，给麻鹭咬了鼻子。此人是缅因州蓝山的沃德·F.斯诺先生。时在一九六五年十一月。）

偶尔，爱德华·豪·福布什的文字或许有些夸张，那是因为他无法控制自己的感情，不是缺乏训练。阅读这些随笔，人们自然受到感染。家中书架上，唯有《禽鸟谱》一书，我翻检最勤，也最让我满意。他是位四季皆宜的作家，像飞翔的鹅，引领读者走向别一个季节。冬日夜晚，读到下面一段，谁又能不心旷神怡："春雨和冉冉升高的太阳，点染了草地上的甜茅，鲱鱼溯流而上，黑鹂和青蛙鸣啭鼓噪，此时，鹬也赶趁南风习习的夜晚，飞临此地。"

E.B.怀特其人

E.B.怀特在他五十八岁那年写道:"我生活的主题就是,面对复杂,保持欢喜。"四年之后,一九六一年,在对《纽约时报》的一点声明中,他写道:"我在书中要说的一切就是,我喜爱这世界。各位如果深入些浏览,或许能发现这一点。"他还喜爱美国变体的英语。所有这些事情——面对复杂,保持欢喜,喜爱世界,喜爱美式英语,合在一起,构成了E.B.怀特这位二十世纪最伟大的美国随笔作家。令他欢喜不尽的所谓复杂,即是生活本身。他从眼前的几乎所有事物中,都找到了欢喜,从城里花园中一棵伤痕累累的大柳树,"靠铁丝捆扎才不致摧折",到刚孵出的鹅蛋,从投机的"獾狗"弗雷德,到《美国宪法》和美国民主。复杂生活中的种种特殊性,都让他心欢眼亮,他在其无可比拟的随笔和写给孩子们的三本书中,赞美这些特殊之处,确立了它们在我们文学中的不朽位置。"很久之前我就发现,"怀特在一封信中写道:"描写日常琐事,那些家长里短,生活中细碎又很贴近的事,是我唯一能做又保持了一点纯正和优雅的创造性工作。"怀特以他超逸的优雅和"纯正"文体,揭示了这些"琐事"和"家长里短"的永恒和动人之处，并为之痴迷。

一八九九年七月十一日，在纽约州的弗农山，埃尔温·布鲁克·怀特初次睁开眼睛，打量世界，此后，他将每日都以清新的目光面对这个世界。他的父母，如他充满爱意地形容的，都是"体面的人"，从布鲁克林迁来弗农山，怀特后来猜测，是因为"镇子的名字听着更响亮"。怀特是六个孩子中最小的，比上一个孩子小五岁，他从一开始就不喜欢自己的名字。"我根本不喜欢叫埃尔温，"许多年后，他言道。"母亲把它挂在我头上，那是因为她想不出更好的词儿了。"怀特一家安逸地住在宽敞、不规则的安妮女王式住宅里，少年埃尔温很熟悉这座小镇，他在这里完成了他的全部学业。晚年的 E.B.怀特，试图找出他少年时的一些不愉快，解释他何以成为作家，声称他的童年一直处于焦虑不安中。他在一九七六年的一次访谈中说："我几乎事事上都感到不安。"他终生讨厌在公众面前讲话，也显示了童年时代的欠缺。他上学期间，年年都为学生必须当众朗诵而犯愁，不过每个学年都在轮到他的姓氏字母"W"之前结束。腼腆伴随了他一生，凡是需要讲话的场合，怀特都会付诸笔墨，请他人代为宣读。

年轻的埃尔温探索弗农山的圈子日益扩展，他骑自行车穿越城镇，稍大些后，还深入到邻近的乡野，时不时还要炫耀特技。（他一生喜爱自行车，最终，一九五七年他和妻子搬到缅因后，使用的是十速自行车。）他去到每一处地方，时常流连于当地的谷仓和马厩，乐此不疲地探究，或者干脆坐下来观察。在这些温暖、安宁的所在，他碰上许多小生灵，最迷恋的是仓鼠和蜘蛛。实际上，有几年的工夫，他在远征时，始终有一只宠物老鼠陪伴，就塞在夹克或运动衣口袋里。一九〇四年，父亲首次租下缅因某处湖泊的一个营地，他就爱上了缅因，怀特后来（在《重游缅湖》一文中）写道：父亲"带我们前去度过八月天……我们一个夏天接一个夏天，总是在八月一日来这里，待上一个月"。（一九四一年，怀特带上儿子乔尔，重游那处营地。）少年怀特还早早地用文字和绘画描述他的所见所闻，向流行的儿童期刊《圣尼古拉斯杂志》和其他刊物投稿。九岁时，他凭一首关于小老鼠的诗歌，首次获得《女性家居伴侣》杂志的奖励。他还作为圣尼古拉斯协会的常客，赢得了《圣尼古拉斯杂志》的金徽章和银徽章，他在一九三四年的《圣尼古拉斯协会》一文中，回忆了当时的情景。

怀特的高中时代扩大了他的眼界，显然也强化了他的腼腆和观察力。他是校园报纸的编辑，但始终没能克服对在课堂上当众讲话的恐惧。一九一七年，怀特考入康奈尔大学，师从著名的语法学家小威廉·斯特伦克（怀特后来修订了他关于英语文体的小册子《文体要素》），同时为《康奈尔太阳日报》大量写稿，成为该报的总编辑，还获得了一个爱称——安迪，他恋恋不舍地沿用终生（康奈尔大学的每一名姓怀特的学生，都获此爱称，纪念大学的首位校长安德鲁·D.怀特。）从康奈尔大学毕业后，怀特在纽约为美联社，后来又为《西雅图时报》当记者。他还为《纽约晚邮报》和《纽约先驱报》写文章和诗歌。他后来在《非凡岁月》一文中写道："此时我的文风，是《圣经》、卡尔·桑德伯格、H.L.门肯、杰弗里·法诺尔、克里斯托弗·莫利、塞缪尔·佩皮和模仿塞缪尔·佩皮的富兰克林·皮尔斯·亚当斯的杂糅。"怀特还寻求冒险，一九二三年，遭《西雅图时报》解聘后，他搭乘一艘草率改装的运兵船巴福德号前往阿拉斯加，后来一段航程是在船上靠打工完成的。无论如何，他见识了阿拉斯加。几乎刚一返回西雅图，他就与朋友霍华德·库什曼驾驶一辆敞篷T型福特车，一路做工，重返东部。他们的零碎活计包括在咖啡馆弹钢琴、堆草垛、销售蟑螂药、卖文给当地报纸。

回到纽约后，怀特与一家广告公司签约，担任制片助理和撰稿员，同时继续为各家报纸和杂志写随笔和诗歌。一九二五年，发生了两件大事：二月十九日，《纽约客》问世，九个星期后，怀特的第一篇稿件出现在这份与他的名字密不可分杂志上。怀特靠模仿广告宣传的滑稽作品，在《纽约客》上初露锋芒，这是他为《纽约客》撰写的一千八百多篇文章中的第一篇。（他编辑该杂志的"新闻热点"栏直至八十三岁。）一九二六年，哈罗德·罗斯，《纽约客》的创始人和传奇性的总编辑，聘用怀特作助理编辑。怀特与罗斯、詹姆斯·瑟伯、凯瑟琳·安吉尔（后来嫁与怀特）、威廉·肖恩和其他一些人一道，将《纽约客》塑造成圆熟、诙谐、高雅的文学杂志的典范，而《纽约客》也塑造了他的职业生涯，几十年来，一直是他宣泄情感的主要场所。加入《纽约客》编辑班子后不久，他即成为"编者按"部分的主要撰稿人。此后不久，他开始向杂志的小说编辑凯瑟琳·安吉尔求爱。

三十三岁的凯瑟琳·安吉尔已经结婚九年，是两个孩子的母亲。她一九二五年应罗斯之聘担任小说编辑，直到一九六八年退休，为杂志的高品位小说赢得了巨大名声。怀特写道，他第一次拜访《纽约客》的办公室，立刻为安吉尔"舒缓文学青年紧张情绪的技巧"所打动。放松后的情绪很快转化为别种情绪，安吉尔一九二八年离婚，一九二九年十一月十三日与怀特结婚。他们两人唯一的孩子，乔尔·麦康·怀特后来以船舶建造闻名。

踏入一九三○年代时，怀特双喜临门，他找见又娶回了可以托付终身的女子，他成为《纽约客》的主要撰稿人，而这份杂志又成为二十世纪最受瞩目和尊重的杂志之一。一九三一年，怀特夫妇开始在缅因州度夏，一九三三年，他们在北布鲁克林购置了一处四十公顷的海水农场，凭临蓝山湾。农场让两人有机会躲避城市生活的喧嚣：怀特驾船出海，或忙着看护动物，凯瑟琳经营她的花园（她是位狂热的园丁），阅读稿件，一边如某位评论者所言，"陶冶她对纽约的情思。"

有四年的时间，两人在纽约与北布鲁克林之间穿梭往返。一九三七年，怀特请准他所谓的"休假年"，完全脱离了城市。一年之后，他说服妻子以农场为永久居所。此后虽然还有若干插曲——五年后，他们应哈罗德·罗斯之召返回纽约，帮助"他们的"杂志度过财政危机，还曾前往佛罗里达过冬，无论如何，他们成了缅因州历史上最高级的农夫。这是个像模像样的农场，有十五头羊，一百一十二只新罕布什尔红母鸡，三十六只普利茅斯白岩母鸡，三只鹅，一条狗（獾狗弗雷德），一只雄猫，一头猪和一只笼鼠。二位新"农夫"继续从事他们的写作和编辑工作。实际上，从一九三八年到一九四三年，怀特还为《哈泼斯杂志》撰写了每月读者甚夥的《人各有异》专栏。他后来告诉他的传记作者斯科特·埃利芝，缅因岁月是他一生最快乐的时光。

凯瑟琳除了编辑《纽约客》的小说部分外，还负责儿童读物的年终评论，每年秋季，缅因的家中都涌来装满儿童书的纸箱。显然是由于儿童书的涌入，还有众多小辈的纠缠，怀特开始考虑写一本儿童书。一九三九年一月，他在《哈泼斯杂志》的专栏里写道："与儿童文学领域的密切接触，让我断定，为孩子们写作显然乐趣多多——应当比较容易，甚至很重要。此事的诱人之处在于，需要找到人们从未写过的一处地点，一段时期或一个想法。"

怀特发表的唯一一部诗集《皮派克之狐和其他诗歌》刊于一九三八年，次年发表了《我们去往何方？》，这是一部讽刺小品集，克里斯托弗·莫利称之为"当代焦虑情绪研究"，赞许它的"低调野性"以及它的"欢快和聪敏"。他的笔下继续涌出一篇篇随笔，连同书简和偶尔为之的其他作品，将他推向文体大师的地位。一九四一年，怀特和凯瑟琳编辑了《美国幽默文库》，怀特的序言（修改后收入文集，以一贯的谦虚题为《闲话幽默》）成为关于这一主题的经典评论。怀特的腼腆仍然明显可见。一九四一年访问白宫时，理查德·L.斯脱特准备领怀特穿过一群记者，面见罗斯福总统，但怀特逡巡不前。"他受不了这个，"斯脱特报道说。

一九四二年，怀特夫妇返回纽约，此后十五年，奔走于纽约与北布鲁克林之间。虽然他们现在不是整年守在农场，但他们决心面对第二次世界大战，尽到农夫的责任。罗杰·安吉尔说过："怀特一九四二年的生产指标是四千打鸡蛋、十只猪和九千磅牛奶……"战争和伴随而来对民主的威胁，吸引了怀特作为知名作家的注意力，他开始留心据他认为对美国民主和世界和平至关重要的那些问题。他终其一生，不断仗义执言，维护个人良知、新闻自由、少数人权利和世界大同。正如布鲁斯·阿伦在《基督教科学箴言报》所云："他似乎感到恪守低调不足以成事，必须挺身而出，大声疾呼。"不过，甚至在他看来攸关重大的问题上，他也保持了幽默与严肃之间的出色平衡。一九八四年，斯脱特记述了一九四三年七月，怀特应作家战时委员会的请求，就"民主的含义"写下了一段话。斯脱特引述的怀特的答复如下：

委员会显然懂得民主为何物。它是就正义划定的一条线。它是禁止强制中的禁止。它是大人物身上不经意间显露的破绽。它是高礼帽上的凹痕。民主是始终怀疑一半以上的人在一半以上的时间都是对的。它是对投票站私密性的感觉，对图书馆中亲密交流的感觉，对处处焕发生机的感觉。

民主是写给编辑的读者来信。民主是始于棒球第九局时的得分。它是一种尚未证明不能成立的理念，一首词句尚未给人带来不快的歌。它是热狗上涂抹的芥末，配给咖啡中添加的奶油。民主是战时委员会在战争中期某一个上午半截时提出的问题，想要知道民主为何物。

怀特还是率先直言反对麦卡锡主义和黑名单的人之一。一九四七年，他抨击《纽约先驱报》支持忠诚宣誓和开列好莱坞作家黑名单。他写道，要求雇员"为保有工作表明信仰，不符合我们的宪法理念，自共和国发轫之初，这始终受到心存惕厉者的坚决抵制"。他还加入了最初一批强烈反对氢弹试验者的行列，一九五〇年代中期以降，他一直在警告污染，呼吁保护环境。

一九三八年后，怀特心中继续牵挂儿童读物。所有那些年里，他虽然无法即兴创造出十八个侄儿侄女要求的故事，但时时信笔记下关于一只"鼠小弟"的简略情节，塞到写字台抽屉里。哈泼斯兄弟公司传奇般的儿童文学编辑厄休拉·诺德斯特姆敏锐地意识到它的价值，此即后来问世的《斯图尔特鼠小弟》，也是怀特写给青少年的第一部经典故事。怀特曾经说过，他最初是在一九二〇年代的一次睡梦中梦见斯图尔特鼠小弟这一角色的，"不是只老鼠，而是我的第二个儿子。"他还在其他场合描述道，如今天下闻名的这位骑摩托车的主人公是个"有老鼠特征的小人物，衣着讲究，勇敢，爱刨根问底"。此书甫一出版，立即畅销，至今仍然令孩子和成人神魂颠倒。孩子们询问斯图尔特最终是否找到了失踪的玛格洛，对此，怀特答复道："这些问题问得很好，但我在书中没有作出解答，因为，在某种意义上，斯图尔特的旅程象征了每个人漫无休止的旅程——只为追求那些完美而可望不可即的东西。或许，在一本儿童书中写下这个想法太过缥缈，不过，我还是写了。"斯图尔特鼠小弟的追求与他的创作者的追求并无很大不同。

怀特的第二部经典儿童文学作品，当然是《夏洛的网》，这是他一九五二年写下的不朽故事，描述了谷仓前空场的小猪威尔伯，编织神奇蛛网的蜘蛛夏洛，还有小姑娘弗恩，她经岁连年，参与了他们的生、死与复活。尤朵拉·韦尔蒂评论这部奇妙的小说"几近完美"，将近半个世纪的时光，证实她所言不虚。据怀特自己的说法，故事来自他对自家农场饲养的一头猪的命运的反思，以及他对谷仓里极其耐心和精明的一只蜘蛛的观察。"一天，我去喂猪，"他告诉李·贝内特·霍普金斯，"途中，忽然为它感到悲哀，因为，像别的猪一样，它注定是要死的。这让我很难过。于是我开始想法儿挽救猪的性命……慢慢地，我又把蜘蛛扯进了故事中……是关于农场中的友谊和拯救的故事。"但这篇故事来之不易。彼得·纽梅厄在《注释本夏洛的网》（一九九四年）的序言中指出，怀特"不知疲倦地八易其稿，深入研究了蜘蛛的习性，思索了猪的习性。写作期间，他与编辑、电影制作人和朋友们书信往还，同时还履行了作为《纽约客》主要撰稿人的职责"。实际上，他为儿童写书，其辛勤刻苦，丝毫不下于他为成人推敲那些优美文章。《夏洛的网》出版后十八年，他的第三部儿童文学作品问世了。《吹小号的天鹅》源于作者对动物的迷恋，还有他对禽蛋的赞叹，在他眼中，这些禽蛋是世界最完美的造物之一，他曾不止一次提到这一点。禽鸟，尤其是家鹅和天鹅的孵化、生长和行为，也令他着迷，因此，他写书描述了一只有特殊天赋的高贵天鹅。

怀特的第二部随笔集——《角落前的第二棵树》于一九五四年出版，清楚表明怀特身心二者，皆由城市转向乡村，在那里，他找到了城市社会中迅速消失的和谐与安宁。他还在梭罗的作品，尤其是《瓦尔登湖》中找到平静和满足，《夜之细声》显示了他对梭罗的尊重，显示了对梭罗响应人类社会和自然世界的态度，他自己感同身受。一九五七年，怀特完成了他的转换，他和凯瑟琳终于在北布鲁克林农场定居，逃离了夏洛所说世纪中期城市生活的"忙，忙，忙"，安心养猪，养鹅，养鸡，养狗，在舒适的谷仓里悠然消磨时光。他充分利用了船库，不仅存放他的单桅小帆船，还当作书房，此后的大部分随笔都是在这里写下的。

一九五七年的随笔《威尔·斯特伦克》表达了他对这位康奈尔大学教授的敬意，起因于斯特伦克的《文体要素》的出版商请怀特"修订和充实"此书。他以一贯的谦逊（"我发现，尽管一些话讲得漂亮，我自己先就做不到……不仅如此，以修辞家面目出现也令我很不安"），着手这项工作，一九五九年新版推出后，成为关于文体的标准读物，人们充满感情地将此书简称为"斯特伦克与怀特"。

这是些心满意足的岁月，有乡间的平和，也有对环境污染的关注，有偏远社区的悠闲，也有截稿日期不断造成的紧迫感。他继续面对稿件的压力，写下了一篇篇无人能企及的随笔，谈论缅因州的圣诞树、春日、"一头猪的死亡"、飓风、浣熊、缅因的冬天、红皮蛋之美、核发电站、政治、宪法、裁军、辐射威胁、世界和平、种族主义、T型福特车，等等，等等，妙不可言。一九六一年，凯瑟琳患上罕见的皮肤病，从此，满足转为焦虑。凯瑟琳与疾病搏斗了十六年，最终，一九七七年，死于连续发生的充血性心力衰竭。"前四次她都挺过来，"怀特说。"第五次不行了。"凯瑟琳一九六八年从《纽约客》退休，她一面应付身体的磨难，一面还将自己的园艺作品结集，怀特确保了《园中景象》一书的出版。

怀特的写作生涯仍在继续。一九六二年，他的第三部随笔集《罗盘指针：来自东、西、南、北的书简》出版。由于缅因州冬季严寒，凯瑟琳疾病缠身，怀特夫妇开始在佛罗里达过冬。怀特如同他对待生活中的几乎每件事一样，写下了他对最具南方特色的生活和行为的观察，还试图利用佛罗里达的现成植物，设计出合宜的圣诞装饰。一九六八年，怀特获总统自由勋章，以此开头，他陆续获得了很多当之无愧的勋章、奖励、褒扬和荣誉状（所有这些，都令他尴尬，因为他不得不准备答谢词）。约翰·厄普代克在一九六八年的回忆录《我所见的作家》中，讲述了内向、本色的 E. B. 怀特：

> 站在 E. B. 怀特身边，你会受到一个人极度谦逊态度的某种感染，说话也不禁踌躇，只想接近他的表达方式，免得言过其实……一次，我冲出《纽约客》办公室的一扇门，猛力撞开另一侧的障碍物。怀特正匆匆走下大厅，茫然停住了脚步。我深恐自己伤害了这位脆弱的圣人，这位《纽约客》传奇的活生生的见证，他想必看到我的表情，凑趣地死人般倒下，省去了我的尴尬。

伊斯雷尔·申克讲起，七十九岁的怀特曾抱怨说："上了年纪，实在麻烦，我始终不能摆脱我对自己的印象——一个约摸十九岁的小伙子。"一九七〇年，发表《吹小号的天鹅》那年，这位天赋超常的"小伙子"获美国图书馆协会劳拉·英戈尔·怀尔德奖，表彰他对"儿童文学的持久贡献"。一九七一年，他获得国家文学奖，答词概括了他的写作理念："写作是信仰指使下的行为，如此而已，别无其他。所有人中，首先是作家，满怀喜悦或痛苦，保持了信仰不死。"

他继续频繁地、耐着性子跟当局找别扭。一九七二年十二月二十一日，《埃尔斯沃思美国人》（怀特夫妇在缅因州订阅的当地报纸）报道，七十三岁高龄的怀特冒着华氏十八度的低温（和"刺骨的寒风"），骑自行车递交了一封信函，抗议新的邮政条例规定，所有当地邮件都必须先送往六十英里外的班戈分拣，然后送返北布鲁克林和邻近地区投递。埃尔斯沃思报纸转载了布鲁克林百货公司老板写给抗议函收件人的一封信（且说明，他们怀疑这位大名鼎鼎的骑车人参与了此信的写作）："我雇了个老人家骑自行车送交（抗议函）。他是位老作家——身体虚弱，但胆子不小。他说他有关节炎，头晕症。我告诉他预报会下雪，他只耸了耸肩膀……无论如何，他挺怪——来商场时什么也不买，只买本地沙丁鱼和作记号的铅笔。"

一九七六年，《E. B. 怀特书信集》出版，提供了以往不为人知的更多证据，表明他作为文体家对散文艺术的把握。第二年，《E. B. 怀特随笔集》出版，解消了众多读者许久以来的牵挂。这些半个世纪以来的主要随笔作品，归结在几个大的主题下，显示美国最优秀的作家之一，长期处于巨大创造力的巅峰，令人叹为观止。克里斯托弗·莱曼-豪普特在《纽约时报》上评论《随笔集》，是这样开始的："时不时地，这些随笔让我们评论者眼前一亮，本星期就是如此。"然而，人们的交口赞誉，都淹没在同一年妻子去世带给他的悲痛中，次年对其整体作品的普利策奖特别提名仍然没能稍许缓解这一悲痛。此后七年，他始终深切怀念妻子，但继续投入生活，讲述和看护他的农场和动物。他的幽默感不稍减弱。"我有六个孙儿女，六个曾孙儿女，还有一个等待六月份出生，"在晚年极少有的一次访谈中，他对《纽约时报》

的南·罗伯逊说。"我活得太长，子孙又多，成了公害。"一九八一年，爱德华·霍格兰就《E.B.怀特诗歌与小品文选》写道："E.B.怀特八十二岁了，令人高兴的是，就笔者所知，他一生中的所有重大决定都是出于善意。"

　　一九八五年十月一日，怀特逝于北布鲁克林农场，在美国文人殿堂中名垂不朽。《纽约时报》在十月四日发表的讣告中称"如同宪法第一修正案一样，E.B.怀特的原则与风范长存"。在一九六九年的一次访谈中，伊斯雷尔·申克询问怀特他最珍惜生活中的哪些东西。"我妻子的婶婶卡罗琳九十岁时，与我们一道生活，她曾说过：'记着我们见识的美已经足够了。'我珍惜对美的记忆。我珍惜这庄重的、有强制力的世界。"哈罗德·罗斯的杰出继承者，《纽约客》总编辑威廉·肖恩珍惜 E.B.怀特的文字，所有读者想必也有同感。"E.B.怀特是一位伟大的随笔家，一位超绝的文体家，"肖恩颂扬道。"他的文学风格之纯净，在我们的语言中较之任何人都不遑多让。它是独特的、口语化的、清晰的、自然的、完全美国式的、极美的，他的人长生不老，他的文字超越时空。"在一九八六年二月十日的追思朗诵会上，小说家和幽默作家彼得·德弗里斯谈及 E.B.怀特在美国文学中的位置：

　　　　他一生漫长，充实……他热爱人，也热爱其他生灵，他们都是他的同胞。不晓得怀特是否曾注意过这个词的技术含义。他当然不去教堂。不过，事无大小，爱得深切，即是祈祷。我相信，完全可以说，他天生有足够的敬畏心，无须宗教。梭罗是他的神，或诸神之一。我们这位谦和的朋友，我不知道，是否曾想过我们所有人现在都确信的这件事——所有岁月里，他崇拜的都是同一个事物？

——哈尔·黑格

译后记

　　初识 E. B. 怀特，大约是在二十多年前，当时，从旧书店里拣得其《人各有异》（*One Man's Meat*）一书，是发表在《哈泼斯杂志》上的散文系列结集，后来，又有朋友赠我《怀特书信集》，然而，我都没有仔细读过。我曾戏称自家是"书箱门第"，书多，常常不能读，或插架，或装箱，妥善收藏，以俟将来，将来何时来，也说不清楚。

　　与怀特的再度邂逅，就是这回了。曾记得一位前辈说过，怀特的书是美国文学家中"最好读的"，所谓好读，大概有两个意思，一是读来有趣，一是读来容易。我即取了后一种意思。读起来容易，译起来想必也不难，所以，朋友约我翻译他的散文集，我即贸然应下，也是为了借机把他的散文认真读过。

　　如此就有了其后的煎熬，惩罚我对大师的轻佻。怀特的文字，仿佛漫不经心，但等闲难以理解透彻，表达清楚。我仿佛是行走在大沼泽中，一只脚刚拔出，一只脚又陷下去，跌跌爬爬，长达一年半之久。这里，我须特别感谢上海译文出版社和本书的编辑冯涛先生，他们的鼓励和包容，也持续了一年半之久。

　　怀特是美国一位文学大师，文字生涯绵延二十世纪。但他又很朴素，生活简单，思想也并不复杂。他的思路，大致有两条线索。

一条线索是他对人类和自然一切美好造物的眷顾。他爱人，爱动物，爱城市，爱乡村，爱山川大地，爱草木虫鱼。在他笔下，奄奄待毙的猪，垂垂老矣的狗，争风吃醋的鹅群，一片草叶，一枚羽翎，还有缅因的农场，佛罗里达的海滩，纽约的大街小巷，都让他一往情深。当然，他最觉适意的，还是乡间生活，他在纽约生活多年，最终，还是搬去缅因，买下一块濒临大海的农场，"夫耕于前，妻锄于后"，有模有样地当起了农民。顺便说一句，他的夫人凯瑟琳·怀特既是著名编辑，也是一位很有成就的园艺家。我曾在旧书店中见过她的《园中景象》一书，书的序言，即由怀特亲自执笔。

如果仅止于此，或许我们不妨认他做美国的"五柳先生"，所谓"少无适俗韵，性本爱丘山……久在樊笼里，复得返自然"。但这里还有一条线索，就是他对个人价值、尊严、自由和权利的坚持。他关心的，除过那"十五头羊，一百一十二只新罕布什尔红母鸡，三十六只普利茅斯白岩母鸡，三只鹅，一只鸡，一只雄猫，一头猪和一只笼鼠"，还有国事与天下事。他的文字，由小中见大，自近处及远，遍涉和平、裁军、正义、民主、核辐射、种族主义、新闻自由等等当代重大问题，结穴之处，多是为了抵制地域的、种族的、国家的等等所谓集体意志对个人的压制。他像一条大河，宽宽的，缓缓的，在美国这片土地上流淌，时时也会掀动波涛，但即使如此，始终并不偏执，比如他的这一段话：

"我还从没见过一则不偏不倚的文字，不管是政治性的还是非政治性的。作者倒向哪边，文字就偏向哪边。没有人生来公允，虽然有许多人生来正直。美国新闻自由的美好，就在于偏向、扭曲和歪曲来自许多方向，读者必须筛选、核查、比照，才能得出真相。"又是何等的平实且通达。

所谓大师，有时，或许不是看他说什么，而是看他怎么说。他与他的老师小威尔·斯特伦克教授合著《文体要素》一书，薄薄一册，至今仍给人奉为英语写作指南。斯特伦克教授谈论文章的简洁之美时说过："文章简洁始有活力。句不应有冗词，段不应有赘句，如同素描无多余线条，机器无多余部件。此非要求作家句句写短，或略去细节，泛泛描述，而是要他字字精当。"怀特的文章就有这种因简洁而生发的活力。怀特是一位文体家，他平淡，但也深稳；温和，但也冷峭；含蓄，但也热烈。人们喜欢他的文字，还因为他字里行间，无处不在的幽默，不过，他的幽默并不只是一种机巧，专为博人一粲，他说过："幽默如同诗歌，本来别具深意。它靠近真理这蓬大火……"所以，他的幽默，仍是为了如他所说的"讲真话"。

至于怀特的生平，书末附有他的一篇简短传记，已经无须我赘言。以上所说，只能算一点杂感，毕竟，这一年多的时间，我净顾了与文字较力，还是在全书完成后，重新校读一过，才清楚感到，怀特是个很温暖的人，又时时为他一腔悲天悯人的情怀打动，这在我近年的读书经验中，确是不多见的。

本书在翻译过程中，曾向 Chris Zeller 先生和章颖女士多所请益，在此谨致深切谢意。人民文学出版社的苏福忠先生，自分有督促之责，不容我稍有懈怠，此外，我还要衷心感谢许多朋友对我的指教和帮助。

将文学还原为文学，是翻译本书时的一个目标，书已完成，目标仍远，能达到五六分，我已经满意了。

贾辉丰

二○○六年十月

E. B. White

ESSAYS OF E. B. WHITE

Copyright © 1977 by E. B. White

Chinese (Simplified Characters) edition copyright © 2023 by Shanghai Translation Publishing House

Published by arrangement with International Creative Management，Inc.

Through Bardon-Chinese Media Agency

ALL RIGHTS RESERVED

图字：09 - 2004 - 412 号

图书在版编目(CIP)数据

E. B. 怀特随笔/(美) E・B・怀特(E. B. White)
著;贾辉丰译. —上海:上海译文出版社,2023.4 (2024.10 重印)
(译文经典)
书名原文：Essays of E. B. White
ISBN 978 - 7 - 5327 - 9195 - 8

Ⅰ. ①E… Ⅱ. ①E… ②贾… Ⅲ. ①随笔-作品集-
美国-现代 Ⅳ. ①I712. 65

中国国家版本馆 CIP 数据核字(2023)第 042398 号

E. B. 怀特随笔

〔美〕E. B. 怀特 著 贾辉丰 译
责任编辑/顾 真 装帧设计/张志全工作室

上海译文出版社有限公司出版、发行
网址：www. yiwen. com. cn
201101 上海市闵行区号景路 159 弄 B 座
山东韵杰文化科技有限公司印刷

开本 787×1092 1/32 印张 13 插页 5 字数 211,000
2023 年 5 月第 1 版 2024 年 10 月第 2 次印刷
印数：5,001—7,000 册

ISBN 978 - 7 - 5327 - 9195 - 8/I・5724
定价：79. 00 元